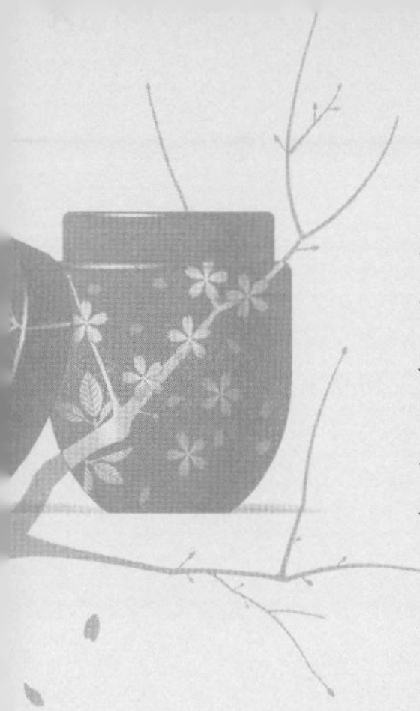

가가 교이치로

加賀恭一郎

냉철한 머리, 뜨거운 심장, 빈틈없이 날카로운 눈매로 범인을 쫓지만, 그 어떤 상황에서도 인간에 대한 따뜻한 배려를 잃지 않는 형사 가가 교이치로. 때로는 범죄자조차도 매료당하는 이 매력적인 캐릭터는 일본 추리소설계의 일인자 히가시노 게이고의 손에서 태어나, 30년 넘게 그의 작품 속에서 함께해왔다.

가가 교이치로가 제일 먼저 등장한 것은 청춘 미스터리 소설 『졸업』이다. 교사가 될 꿈을 품은 평범한 대학생인 가가는 친구들의 연이은 죽음을 접하며 인간의 양면성과, 사건 해결에 대한 자신의 재능을 깨닫는다. 하지만 형사였던 아버지가 가정에 소홀했기 때문에 어머니가 집을 떠났다고 생각한 가가는 형사라는 직업 대신, 교사의 길을 택한다. 그러나 운명은 그를 평범한 교사로 머물게 두지 않았다. 가가 교이치로는 재직 중 어떤 사건으로 인해(자세한 내용은 『악의』에서 밝혀진다) 자신이 '교사로서는 실격'이라 판단하고 사직, 경찰에 입문한다.

가가 교이치로가 다른 추리소설 속 명탐정들과 다른 점은 무엇일까? 가가 형사는 그 어떤 경우에도 다정함과 최고의 선을 향한 인간적인 배려를 잃지 않는다. 이는 상대가 범죄자라 해도 마찬가지이다. 그리고 그것이 바로 가가 형사가 '인간의 심리를 가장 완벽하게 꿰뚫는 한 편의 드라마' 같은 추리소설을 쓰는 히가시노 게이고, 그에게 가장 사랑받는 캐릭터인 이유이다.

〈가가 형사 시리즈〉는 『졸업』을 시작으로 『잠자는 숲』 『악의』 『둘 중 누군가 그녀를 죽였다』 『내가 그를 죽였다』 『거짓말, 딱 한 개만 더』와 나오키상 수상 이후의 첫 작품 『붉은 손가락』, 『신참자』 『기린의 날개』 『기도의 막이 내릴 때』까지 총 10권이 출간되었다.

가가 형사
시리즈

KEIGO HIGASHINO

現代文學 · 가가 형사 시리즈 · 東野圭吾

졸업

설월화 살인 게임

히가시노 게이고

양윤옥 옮김

현대문학

제1장

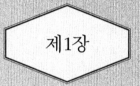

1

"너를 좋아한다. 나와 결혼해줬으면 좋겠다고 생각하고 있어."

가가는 조금의 망설임도 없이 분명하게 말했다. 그리고 그답게, 이런 때도 상대에게서 눈을 돌리거나 하는 일은 없었다.

사토코 역시 그의 시선을 정면으로 맞받았다. 하지만 왠지 그의 말이 마음속에 선뜻 스며들지 않았다. 그저 심상치 않은 순간을 맞이하고 있다는 의식이 들면서 가슴속 두근거림이 약간 빨라졌을 뿐이다. 그의 말을 곱씹어보는 데 몇 초쯤 걸렸다. 그 짧은 동안, 두 사람은 팽팽하게 서로를 마주 보았다. 이윽고 사토코가 입을 열었다.

"또 사람 놀라게 하네."

이 대답이 가가의 예상을 벗어난 모양이었다. "또?"라고 눈썹을 쓰윽 올렸다.

"그래, 너는 항상 사람을 놀라게 해. 별일 아닌 것처럼 태연한 얼굴로 엄청난 소리를 한다니까. 옛날부터 그랬어."

"내가 그랬었나?"

가가는 그제야 표정이 누그러들었다. 그 얼굴을 보고 사토코도 스트레이트의 긴 앞머리를 쓸어 올리며 피식 웃었다.

럭비부와 육상부가 와와 뛰고 있는 운동장 한구석에서의 일이다. 옆에 철봉 세 개가 나란히 서 있었다. 점심시간에 학생식당에서 만났을 때, 가가 쪽에서 사토코에게 이곳으로 나와달라고 얘기했던 것이다.

가가는 검도복을 입고 나왔다. 검도부 활동 시작까지는 아직 한참 시간이 있다. 어쩌면 중대한 고백을 앞두고 마음을 다지려고 일부러 옷을 갈아입었는지도 모른다고 사토코는 생각했다.

"그래서 내가 어떻게 하면 돼? 예스인지 노인지 대답하라는 거야?"

사토코의 물음에 가가는 우뚝 선 자세 그대로 천천히 고개를 저었다.

"아니, 아무것도 안 해도 돼. 이건 프러포즈가 아니라 그냥 내 의사 표시야. 네가 누구를 좋아하건 누구와 결혼을 하건 그건 너의 자유지만 내 마음은 이렇다는 걸 알아줬으면 했어."

"뜻밖이네."

사토코는 솔직한 느낌을 얘기했다. "넌 고등학교 때부터, 아니, 그 전부터 검도만 열심히 했지 여자나 사랑 같은 것에는 관심이 없는 사람이라고 생각했는데. 혹시 그런 마음을 품었더라도 결코 입 밖에 내지 않을 사람이라고 생각했어."

그러자 가가는 쓴웃음을 흘렸다. 윤곽이 짙은 얼굴에 붉은 기가 떠올랐다.

"이건 완전히 『하가쿠레葉隱』✣ 같군."

"하가쿠레?"

"무사도란 죽는 것이니라, 라는 문장으로 유명한 옛날 책이야. 거기에 이런 글이 있어—사랑이란 숨겨두는 것이니라."

"네 이미지하고 잘 어울리는 말이다."

"아니, 지독히 허접한 사상이지. 나는 확실한 건 말로 표현해야 한다는 주의야. 따라서 너에 대한 마음도 말해둘 필요가 있었어. 졸업하기 전에."

그렇게 말하고 가가는 "자, 그럼"이라고 손 인사를 건네더니

✣ 에도시대의 무사이자 승려인 야마모토 쓰네모토가 무사의 마음가짐에 대해 구술한 것을 기록한 11권의 고서. 1716년 출간.

걸음을 뗐다. 사토코 옆을 지나갈 때, 검도복에 밴 땀 냄새가 그녀의 콧속을 자극했다. 시큼한 냄새였다.

사토코는 가가의 등에 대고 물었다.

"잠깐만. 왜 오늘 고백할 마음이 났어?"

가가는 등을 돌린 채 대답했다.

"그냥 오늘 그러고 싶었어. 한 달 뒤에 선수권 대회가 있잖아. 그 전에는 말해야겠다고 생각하고 있었어."

"그랬구나. 근데 나는 좀 난처하네. 앞으로 너를 보는 눈이 달라질 거야."

"그건 어쩔 수 없지. 게다가 너를 보는 내 눈은 벌써 몇 년 전부터 달라졌어."

가가는 다시 걸음을 옮겼다. 무의식적인 것이겠지만 뒤에서 보니 실로 침착하고 여유가 있는, 자신감을 고스란히 보여주는 걸음걸이였다. 고등학교 때부터 정말 한결같은 모습이라고 사토코는 생각했다.

사토코가 다니는 국립 T대학은 현청 소재지인 T시와, 이웃한 S시 사이의 경계선에 자리 잡고 있다. 하지만 엄밀하게는 S시 쪽이라는 게 맞는 말일 것이다. 가장 가까운 역은 'T대학입구'라는 이름의 사설철도 역이다. T시의 중심부로 이어지는 노선이다. T대학 학생 대부분이 이 역을 이용한다. 역에서 T대학 정문까지 약 1킬로미터에 이르는 통학로는 'T대학로'라고 한다.

산을 깎아 지은 곳이라서 대학 주위에 세련된 것이라고는 하나도 없다. 하지만 자연의 혜택만은 풍성해서 바로 요즘 같은 때는 나무에 단풍이 들기 시작해 이제 2, 3주만 지나면 산은 완전히 옷을 갈아입을 터였다.

주변이 온통 녹음으로 둘러싸였지만 T대학로 좌우에는 그나마 카페와 식당과 마작방 등이 줄줄이 들어섰다. 그들의 생계는 T대학 학생의 손에 달렸다고 해도 과언이 아니다. 하지만 그만큼 생존경쟁도 치열해서 개업과 폐업의 사이클이 이상할 만큼 짧았다. 그나저나 파친코 가게는 대학 창립 이래 한 집도 들어오지 않았다. 지역 주민과 T대학 동창회의 강력한 반대에 따른 것이어서 업자들도 어떻게 손을 써볼 수가 없었던 것이다.

사토코와 친구들이 주로 노는 곳은 〈고개를 흔드는 피에로〉였다. T대학 정문에서 300미터쯤 내려와 왼편 옆길로 조금 들어간 곳에 자리한 카페다. 키 작은 사람이라도 머리를 숙이지 않으면 들어갈 수 없는 낮은 문짝 하나가 달렸을 뿐, 그밖에는 창문 하나도 없는 곳이다. 적잖이 으스스한 피에로의 얼굴이 그려진 간판이 일부러 삐뚜름하게 벽에 걸려 있었다.

가가와 헤어진 사토코는 항상 하던 대로 그 낮은 문을 지나

카페 안으로 들어갔다.

가게 안은 어슴푸레했다. 입구 바로 오른편에 열 명쯤 앉을 수 있는 L자형 카운터가 있고, 거기서 머리가 희끗희끗한 마스터가 항상 잔을 닦고 있다. 테이블 석은 그 왼편이다. 둥근 테이블이 네 개, 각 테이블마다 의자가 네 개씩이다. 그리고 벽쪽으로 작은 의자 몇 개를 준비해서 몇 사람이든 동석할 수 있게 해두었다.

사토코가 카운터 앞을 지나려는데 테이블 석의 저 안쪽에서 부르는 소리가 났다. 남자처럼 허스키하고 나지막하지만 어딘지 요염함이 느껴지는 목소리다. 그쪽으로 고개를 돌리자 짐작했던 대로 가나이 나미카가 담배를 손가락에 끼운 채, 나른하게 팔을 들고 있었다.

"여전히 싱글이 잘 어울리는 여인네야."

"고맙다. 근데 나미카 너도 만만치 않거든? 아, 안녕, 도도 군?"

나미카 옆에 앉은, 탄탄한 몸집인데도 단정한 느낌을 풍기는 남학생은 대답 대신 가볍게 눈으로 웃었다. 이 그룹의 한 사람인 도도 마사히코였다. 사토코는 두 사람의 맞은편에 자리를 잡았다.

"웬일로 쇼코는 안 보이실까?"

사토코는 도도의 연인의 이름을 들먹였다. 캠퍼스 커플을 은근히 놀려먹는 것도 인사의 하나였다.

하지만 도도는 진지한 얼굴로 말을 받았다.

"나미카 얘기로는 3교시 강의 끝난 뒤에 집에 갔대. 몸이 안 좋다고 했다는데……."

그는 약간은 걱정스럽게, 그리고 약간은 시들한 기색으로 말했다.

"얼굴색이 안 좋긴 했어. 근데 어디가 아픈지는 못 물어봤네. 뭐, 생리 아니겠어?"

허연 담배 연기를 천장으로 내뿜으며 나미카는 웃지도 않고 말했다. 문리대 영문과인 그녀는 도도의 연인 마키무라 쇼코와 같은 연구실을 썼다.

"별일 아니면 좋겠는데. 이런 때, 마음대로 문병도 못 가는 게 영 재미없다니까."

도도는 굵은 눈썹 사이에 주름을 잡았다.

"어쩔 수 없어, 그 원룸 맨션은."

사토코가 나미카 쪽을 쳐다보며 웃었다. 나미카와 쇼코는 같은 맨션에서 살고 있었다.

나미카는 정말 짜증 난다는 얼굴로 고개를 끄덕였다.

"그 관리인, 혹시라도 도도 군이 쇼코 방에 들어가면 경찰에 신고라도 할걸? 그 맨션을 국보급 문화재로 만들 작정인가 봐."

"이제 다섯 달만 참으면 되잖아."

"그 다섯 달을 나중에 되돌려주신다면야 괜찮지."

세 사람은 약속이라도 한 듯 칙칙한 벽에 걸린 달력으로 시선을 던졌다. 오늘은 10월 22일, 화요일이다.

"취직자리도 정해졌겠다, 술이나 진탕 마셔볼까?"

검고 긴 머리를 쓸어 올리며 나미카가 말했다.

"좋지, 대환영! 언제로 할래?"

"오늘."

"오늘? 엄청 급하네."

"좋은 일은 서두르라잖아."

"오늘은 좀 곤란해. 난 스케줄이 있어."

도도가 두 사람의 대화에 끼어들었다. "쇼코도 없고……."

"가가 군도 못 올 거야. 저녁 늦게까지 검도부 훈련이 있어서."

가가라는 이름을 입에 올리며 사토코는 문득 가슴속이 뜨거워지는 것을 느꼈다.

"몇 년이 지나도 변함이 없어, 그 남정네는."

나미카가 한마디 날렸다. "그럼 오늘은 그냥 사토코하고만 마셔볼까."

2

〈고개를 흔드는 피에로〉를 나오는 길에 도도와 헤어지고, 사토코와 나미카는 역을 향해 걸었다. 술은 〈고개를 흔드는 피에로〉에서도 마실 수 있지만 그녀와 둘만 남았을 때는 단골로 찾는 가게가 있었다. 역 뒤편의 〈버번〉이라는 낡아빠진 느낌의 주점이었다. 가게 이름 그대로 버번위스키 외에는 취급하지 않는다. 이 위스키는 좋아하는 사람과 싫어하는 사람이 뚜렷이 갈라지는 술이다. 독특한 향기를 받아들이지 못하는 사람이 의외로 많기 때문이다. 그런 점이 이 주점이 영 인기를 끌지 못하는 이유였지만, 코밑에 짧은 수염을 기른 마스터는 고집스럽게 자신의 방침을 바꾸지 않았다. 술맛도 모르고 그저 와와 몰려다니는 사람들은 자기 가게에 찾아와도 별로 반갑지 않다는 게 그의 경영 철학이란다.

"밀담을 나누기엔 최고야. 영원히 인기가 없었으면 좋겠어."라는 게 단골들의 본심이다. 물론 사토코와 나미카도 동감이었다.

지정석이 되어버린 카운터 가장 안쪽 자리에 나란히 앉자, 마스터가 무뚝뚝한 얼굴 그대로 두 사람 앞에 모양새가 다른 유리잔을 내려놓았다. 사토코는 미즈와리*, 나미카는 온더록스**다. 우선은 건배, 라고 잔을 마주쳤다.

나미카가 술을 마시자고 하는 건 항상 느닷없었다. 아무런 예고도 없이 갑작스럽게 "야, 가자" 하고 나온다. 대학 들어올 때까지 별로 술 마실 기회가 없었던 사토코는 처음에는 적잖이 당황스러웠지만 이제는 완전히 익숙해져버렸다. 사정이 괜찮으면 같이 가고 안 좋으면 거절한다. 그냥 그걸로 좋다고 생각했다. 그 대신 나미카가 갑작스럽게 술을 마시자고 하는 이유에 대해서는 굳이 캐묻지 않았다. 말하고 싶으면 자기 쪽에서 말할 것이고, 아무 이유 없이 한잔하고 싶을 때도 물론 있을 것이다. 오늘 밤의 나미카는 어느 쪽인지 사토코도 알지 못했다. 늘 하던 대로 "어디 먼 곳으로 여행이나 가고 싶어"라는 말을 입버릇처럼 되풀이할 뿐이었다. 이런 때, 사토코의 대답은 정해져 있다. "가면 되잖아?"였다. 그렇게 말하면 나미카도 술에 취한 눈으로 슬며시 웃는 것이다. 그런 식으로 오늘 밤에도 미리 점찍어둔 술 한 병을 반절쯤 비웠다.

"드디어 그냥 아줌마가 되는 건가……."

카운터 위에서 타닥타닥 타고 있는 램프 불에 술잔의 진한 액체를 비춰 보면서 나미카는 자조하듯이 입가를 삐뚜름하게

✣ 주로 위스키, 소주 등의 증류주를 순수한 물로 희석해서 마시기 수월하게 한 것을 말한다.

✣✣ 도수 높은 술을 얼음을 넣은 잔에 따라서 마시는 것으로, 얼음이 녹는 데 따른 풍미를 즐길 수 있다.

틀었다. "인생, 이제부터가 아주아주 길겠지?"

"웬 인생 타령?"

왼쪽 팔꿈치를 괴고 오른손으로는 건포도 버터를 집어 먹으며 사토코는 쓴웃음을 지었다.

"넌 괜찮잖아? 해야 할 일은 다 해봤으면서, 뭘."

"글쎄, 뭘 했나, 내가?"

"남자 사귀기."

호호, 하고 나미카는 의미심장하게 웃었다. 버번을 한 모금 꿀꺽 마신다.

"에이, 그 정도는 아니야. 게다가 그건 자랑할 만한 일도 아니잖아."

"그럼 칼싸움."

이번에는 나미카의 얼굴이 심각해졌다. 후우 한숨을 내쉬더니 이쑤시개로 건포도 버터를 콕 찍었다.

"잘도 했지, 그딴 짓을 10년씩이나."

"이제 안 하려고?"

사토코가 걱정스럽게 물었다.

"커리어우먼이 여기저기 멍투성이면 촌스럽잖아."

나미카는 유리잔 바닥에 남은 술을 둘러 마신 뒤에 말을 이었다. "다음으로는 골프라도 해볼까?"

사토코는 그런 나미카의 옆얼굴을 바라보며 그녀가 검도를 그만둘 리 없다고 생각했다. 중학생 때부터 죽도를 잡고 여 검사女劍士의 정점을 꿈꾸어온 나미카였다. 그 멋진 모습에 홀려 고등학교 때부터 어설프게 뛰어든 자신과는 검도를 대하는 자세부터가 달랐다. 분명 나미카는 남학생과의 교제에도 적극적이어서 매번 다른 남자를 달고 다녔지만, 데이트 따위로 세월을 보낼 만큼 정식 교제를 했던 일은 사토코가 아는 한, 한 번도 없었다. '연인'이라는 건 집중력을 무너뜨리고 시간을 낭비하게 하는 원흉이라는 게 나미카의 지론이었기 때문이다. 그런 나미카가 죽도竹刀를 버릴 리 없다.

'올해 시합에서 그렇게 허망하게 져버렸으니 힘이 빠질 만도 하겠지.'

사토코는 술잔을 기울이며 한 달 전의 일을 머릿속에 떠올렸다.

9월 23일, 현립 중앙체육관.

학생 검도 개인 선수권 대회 현 예선 여자부는 마침내 결승만 남겨두고 있었다.

결승에 진출한 것은 T대학의 가나이 나미카와 S대학의 미시마 료코. 둘 다 4학년이고, 쌍벽을 이루는 우승 후보였다. 결승 진출은 미시마 료코는 처음이고, 나미카는 지난해에 이어 두 번째지만 작년 시합에서는 연장전 끝에 패했었다.

"단판 승부로 나올 거야."

대기실에서 차례를 기다리는 나미카에게 가가는 침착한 어조로 말했다. "힘과 기술에서는 나미카 쪽이 한 수 위야. 리치✣도 더 길어. 게다가 미시마는 지난번의 두 시합이 제한 시간을 다 채운 끝에 한판승을 거둔 거라서 힘이 상당히 소모된 상태야. 길게 끌면서 지구전에 들어가면 승산이 없다는 건 미시마도 잘 알 거야. 시합 시작과 동시에 자기 특기인 스피드를 살려서 속공으로 나올 게 틀림없어."

"촐랑촐랑 생쥐처럼 뛰는 거? 흥, 위에서 힘껏 내리쳐줘야지."

나미카가 내뱉듯이 말했다.

"씩씩하게 나가는 것도 좋지만, 자칫 상대의 도발에 말려들어서는 안 돼. 나미카가 치고 들어가는 참에 허리를 노리고 들어올 거야. 우선 그쪽의 움직임을 잘 봐가면서 전반에는 공격을 피하도록 해. 결국은 미시마의 발도 멈추게 돼. 그때가 찬스야."

"그쪽의 결점은 뭐야?"

사토코가 물었다. 준준결승에서 패한 사토코는 벌써 블라우스로 갈아입고 나왔다.

✣ 팔과 다리를 뻗어서 닿는 거리.

"눈에 띄는 결점은 없어. 방어도 상당히 뛰어난 편이야. 굳이 찾아보자면 발놀림이 오른쪽으로 돌 때에 비해 왼쪽으로 돌 때가 허술해. 그래서 스피드도 공격도 오른쪽 돌기를 주로 쓰는 거야. 따라서 움직이는 방향이 오른쪽에서 왼쪽으로 바뀔 때, 순간적으로 빈틈을 보일 가능성이 높아."

"그건 나도 눈치챘어."

나미카가 말했다. "하지만 아주 빨라. 그 속도를 따라잡지 못하면 도리어 내 무덤을 파는 꼴이 돼."

"잘 봤어." 가가는 고개를 끄덕였다.

사토코는 손목시계를 보았다. 시합까지 이제 5분 남았다.

"스포츠드링크 좀 마실래?"

땀을 닦은 타월이 축축하게 젖은 것을 보고 사토코가 물었다.

"괜찮아. 조금 전에 마셨어."

그렇게 말하고 나미카는 뺨을 헤실헤실 풀며 웃었다. 하지만 그 표정에는 역시 긴장한 빛이 떠올라 있었다.

다시 한번 잽싸게 호구와 죽도의 점검을 마쳤을 즈음, 감색 스커트에 흰 블라우스 차림의 담당자가 "가나이 나미카 씨, 시간 됐어요"라고 알리러 왔다. 나미카는 호구의 검은 갑*을 타

* 검도 시합 때에 허리를 감싸는 단단한 보호 장구.

악 치며 자리에서 벌떡 일어섰다.

사토코와 가가는 2층 응원석에 올라가 관전했다. 도도 마사히코를 비롯해 테니스부의 와코 이사미, 이자와 하나에, 그리고 사토코나 나미카와 똑같은 문학부의 마키무라 쇼코까지, 항상 함께 뭉쳐 다니는 친구들이 달려와주었다. 모두 같은 고등학교 출신이라서 서로 알고 지낸 지 최소한 4년은 넘는 친구들이었다.

"이길 거 같아?"

도도가 물었지만 가가는 시합장에서 시선을 떼지 않은 채 "모르겠어"라고 말했다. 대학에 들어온 뒤로 그만두었지만, 도도 역시 고등학교 때는 검도부였고 더구나 주장을 맡았었다.

"이긴다면 정말 굉장하네. 남녀 모두 우리 대학에서 제패하는 셈이잖아."

와코 이사미가 눈을 반짝이며 말했다. 그 전날 치러진 남자부 경기에서는 가가 교이치로가 2년 연속 우승을 달성했던 것이다.

시합이 시작되었다.

시간은 5분, 삼판 승부였다. 먼저 두 판을 얻은 쪽이 이기게 된다. 심판은 주심을 포함하여 세 명, 저마다 빨강색과 흰색 기를 들고 있었다. 나미카는 빨강, 그리고 미시마 료코가 흰색이었다.

미시마 료코는 가가가 예상한 대로 빠른 발놀림을 쓰는 전법으로 나왔다. 잠깐 죽도를 마주치고는 오른쪽 왼쪽으로 잽싸게 피했다.

"예상했던 대로야."

사토코는 가가의 옆얼굴에 말을 건넸다. 그는 사토코의 말에 대답하지 않고 지그시 양쪽 선수의 움직임을 눈으로 좇고 있었다.

2분이 지났다. 사토코 옆에서 가가가 "뭔가 이상한데?"라고 중얼거렸다.

"왜?"

"미시마 료코의 공격 거리가 너무 멀어. 저래서는 나미카의 죽도를 막아내더라도 한판을 따내기가 어려워. 전반에는 마냥 도망치는 수법을 쓰자는 건가? 하지만 후반에 미시마 료코가 이길 기회를 잡는다는 것도 어려울 텐데."

그때, 답답했는지 나미카가 공격을 개시했다. 손목에서 머리, 허리로 이어 치는 연속 기술이었다. 나미카의 특기 공격이다. 하지만 미시마 료코는 보기 좋게 피해 나갔다. 발의 움직임에 피로한 기색도 느껴지지 않았다.

"역시 상대방은 발의 움직임이 좋은데?"

감탄한 듯 도도가 말했지만, 가가는 심각한 얼굴로 아무 대답도 하지 않았다.

4분이 경과했다. 아직 두 사람 모두 한판도 얻지 못했다. 앞으로 1분 이내에 승부가 나지 않으면 연장전에 들어간다. 서로 맞붙어 밀치락달치락 몸통 싸움을 벌인 끝에 나미카는 뒤로 쭉 빠지며 머리치기를 날렸지만 미시마 료코는 여유 있게 피했다.

"나미카, 전혀 야무진 맛이 없어."

사토코는 저도 모르게 중얼거렸다. 가가도 동감이라는 듯 작게 "응"이라고 말했다.

그리고 마지막 30초. 미시마 료코의 움직임이 갑자기 바뀌었다. 지금까지 고집스럽게 방어만 하더니 갑자기 공격으로 돌아선 것이다. 마라톤 주자가 마지막 스퍼트를 하듯이 지금까지보다 한층 더 속도를 붙여 나미카 주위를 맴돌다가 빈틈을 노려 품 안으로 뛰어들면서 날카롭게 검 끝을 들이댔다. 발이 바닥을 쓰는 소리가 연속적으로 체육관 안에 울려 퍼졌다.

상대의 갑작스런 속공에 나미카가 크게 당황하는 게 사토코의 눈에도 똑똑히 잡혔다. 가까스로 죽도를 쳐들어 막아내고 있지만 나미카의 움직임에서는 평소의 침착성이 전혀 느껴지지 않았다.

"저런, 밀리고 있어."

사토코가 말했을 때, 나미카는 힘든 상황을 만회해보려는 듯 빠른 머리치기에 들어갔다. 그 순간 가가가 "안 돼!"라고 외쳤다.

나미카와 미시마 료코의 몸이 교차하는 것과, 세 명의 심판이 흰색 깃발을 번쩍 쳐든 것은 거의 동시였다. 가가가 특별히 주의하라고 했던 허리 받아치기에 완전히 걸려든 것이다.

미시마 료코 쪽의 응원석에서 들끓는 듯한 박수 소리가 울렸다. 사토코와 친구들은 입술을 깨물어야 했다.

"초조했어, 나미카."

가가가 신음하는 듯한 소리를 냈다.

10초를 남기고 시합 재개. "시작!"이라는 신호와 함께 나미카는 몸을 날려 머리치기에 들어갔다. 하지만 미시마 료코는 어렵지 않게 그것을 피했다. 그러고는 오로지 도망치기 작전으로 나왔기 때문에 나미카가 그것을 붙잡는다는 건 거의 불가능했다.

"그만!"이라는 심판의 말이 떨어졌을 때, 나미카의 어깨가 툭 떨어지는 게 보였다. 호면 아래의 얼굴은 분해서 잔뜩 일그러져 있을 터였다. 땀이 밴 하얀 검도복이 한층 더 바랜 것처럼 느껴졌다.

대기실에 돌아온 뒤에도 나미카는 아무 말 없이 지그시 허공의 한 점만 바라보았다. 뒷정리를 도와주는 사토코에게 "고마워"라고 작은 인사 한마디만 건넸을 뿐이다.

나미카가 조금씩 변하기 시작한 것은 그즈음부터였다. 그날의 시합 이후로 죽도를 들려고 하지 않았다. 그 대신 멍하니 생각에 잠기는 일이 많아졌다. 왜 그러냐고 물어보고 싶었지만 사토코는 참았다. 기다리다 보면 나미카가 먼저 털어놓을 거라는 믿음이 있었기 때문이다.

사토코가 〈버번〉을 나온 것은 10시를 조금 지났을 때였다. 전차 시간에 맞춰 자리에서 일어선 것이다. 여기서 사토코의 집까지는 전차를 갈아타면서 40분쯤 가야 했다.

자고 가라는 나미카의 말을 뿌리치고 사토코는 역을 향해 걸음을 옮겼다. 나미카의 원룸 맨션은 바로 근처였다. 보통 때 같으면 나미카의 원룸에서 하룻밤 자고 갔을 테지만, 그날은 술김에 자칫 가가의 사랑 고백 이야기를 털어놓게 될까 봐 일부러 사양한 것이었다. 나미카는 좀 더 마시고 가겠다면서 혼자 〈버번〉에 남았다. 그렇게 혼자 몇 시간이고 술잔을 기울이는 게 나미카의 특기이기도 했다.

사토코가 집에 도착했을 때, 손목시계의 바늘은 11시 가까운 시각을 가리켰다. 현관을 지나 자기 방으로 가는 길에 계단에서 어머니와 마주쳤다. 문을 여닫는 소리를 듣고 내려오는 길이었다.

"어서 와라. 늦었구나."

"미안해요. 아버지는요?"

"아직. 그보다 저녁은?"

"괜찮아요. 먹고 왔거든요."

사토코는 빠른 걸음으로 어머니 옆을 빠져나갔다.

그녀는 사토코의 두 번째 어머니였다. 사토코가 중학교 2학년 때, 아버지의 후처로 아이하라가에 들어왔다. 아버지는 사토코와 두 살 어린 남동생 다쓰야가 반발할까 봐 상당히 신경을 쓰는 눈치였지만, 그런 걱정은 할 필요가 없었다. 사토코와 다쓰야는 순순히 새어머니를 받아들였다. 친어머니가 다쓰야를 낳은 지 얼마 안 되어 돌아가시는 바람에 두 사람에게 어머니에 대한 기억이 거의 없었기 때문인지도 모른다.

단지 새어머니를 대하는 두 사람의 태도는 친어머니를 대하는 것과는 크게 달랐다. 그들 둘이서 정한 약속이 있었다. 결코 새어머니에게 폐를 끼치지 않는다는 것—. 새어머니에게 어리광을 부리거나 사랑을 받는 것은 둘 다 처음부터 기대하지 않았다.

계단을 올라간 사토코는 다쓰야의 방을 노크했다. 대답하는 소리를 듣고 그녀는 안으로 들어갔다.

다쓰야는 바닥에 누워서 재즈를 들으며 바벨을 들어 올리고 있었다. 그는 K대학 보트부에서 활동 중이다.

"우엑, 술 냄새!"

사토코가 다가가자 다쓰야는 그 즉시 얼굴을 찌푸렸다.

"시집도 안 간 아가씨가 술 냄새를 풍풍 풍기며 돌아오다니, 정말 못 봐주겠네."

"건방진 소리 하지 마. 너야말로 그 남아도는 체력을 좀 더 유용하게 써보는 게 어때?"

사토코는 다쓰야의 침대에 털썩 누웠다.

"아버지 오셨어?"

바벨 밑에서 다쓰야가 물었다.

"아니, 아직 안 오셨대. 왜?"

"아니, 이제 슬슬 누나랑 화해했나 싶어서."

"흥."

벌렁 누운 채 사토코는 콧방귀를 뀌었다. 취직 문제 때문이었다. 사토코는 어느 출판사에서 일하기로 결정이 되었다. 문제는 그 출판사가 도쿄에 있다는 것이다. T시에서는 도쿄까지 가는 데 최저 두 시간은 걸리기 때문에 당연히 집을 떠나지 않으면 안 된다. 하지만 그녀가 도쿄에 올라가 혼자 산다는 것에 아버지가 반대하고 나섰다.

"누나가 쓴 방법이 좀 유치했어. 아무 상의도 없이 자기 마음대로 면접을 하러 가고."

"항상 내 일은 내가 결정해왔잖아. 너도 그렇게 해야 돼."

"그야 나도 알지. 하지만 아버지는 아무래도 섭섭했을 거야."

"똑같은 소릴 되풀이하긴 싫은데……."

"응?"

"건방진 소리 하지 말라고. 아직 한참 어린 녀석이."

다쓰야는 바닥에 드러누운 채, 못 말리겠다는 포즈를 취했다. 그리고 더 이상 아무 말도 하지 않았다.

이윽고 사토코는 서서히 잠에 곯아떨어졌다.

아침에 일어나자 자신의 침대에 누워 있었다. 간밤에 늦게 다쓰야에게 안겨 건너온 것이 희미하게 생각났다. 다쓰야가 눈에 띄면 "남아도는 체력을 유용하게 써먹었구나?"라고 말해 줘야겠다고 생각하며 사토코는 침대에서 내려왔다.

옷을 갈아입고 아래층에 내려가자 식탁에서는 벌써 아버지가 아침을 먹고 있었다. 신문을 한 손에 든 채 식빵을 한 입 베어 물더니 잠깐 내려놓은 그 손으로 회색 머리칼을 쓸어 올린다. 머리칼을 만진 손으로 음식을 집어 먹는 건 불결하다고 사토코가 몇 번을 말했지만 아버지의 버릇은 고쳐지지 않았다.

"안녕히 주무셨어요?"

사토코가 아침 인사를 건네자 아버지는 흘끔 그녀를 쳐다보더니 잘 잤느냐고 대답했다. 새어머니도 부엌에서 나와 식탁에 사토코의 아침을 차려주었다.

"다쓰야는요?"

"벌써 나갔어. 보트부 아침 훈련이 있대."

"그랬구나……."

사토코는 아버지 쪽을 바라보았다. 여전히 신문만 들여다보고 있었다. 전자기기 메이커의 중역인 아버지가 늘 회사 일에 골몰한다는 것을 사토코는 알고 있었다. 하지만 지금 이 시간만은 분명 딸의 진로에 대해 숙고하고 있을 것이다.

무겁고 조용한 아침 식사였다. 그릇이 맞부딪치는 소리가 놀랄 만큼 크게 들렸다.

아버지 쪽이 먼저 자리에서 일어섰다. 양복 상의에 팔을 꿴다. 사토코가 잘 다녀오시라고 조그맣게 말하자 아버지 쪽에서도 음, 이라고 고개를 끄덕였다.

그 뒤, 사토코도 곧바로 집을 나왔다. 평소보다 30분쯤 이른 시간이었다. 강의를 듣기 전에 마키무라 쇼코의 원룸에 들러 보기로 마음먹었기 때문이다.

나미카와 쇼코가 살고 있는 곳은 백로장白鷺莊이라는 이름의 대학생 원룸 맨션이었다. 두 사람 다 본가에서 학교까지 두 시간 넘게 걸렸기 때문에 따로 나와 살았다. 처음 입학할 때는 부모들이 반대도 했던 모양이지만, 관리가 엄하다는 평판 덕분에 겨우 허락을 받아냈다고 한다.

사토코는 마키무라 쇼코와 고등학교 때 같은 다도부 멤버였다. 이미 검도부에 가입했던 사토코가 다도부에도 들어간 것은 나미카가 '집중력을 기르기 위해' 한번 가보자고 권했기 때문이었다.

사토코와 나미카와 쇼코, 그리고 테니스부의 하나에까지 모두 네 명이 고등학교 때 항상 뭉쳐 다니던 '삐딱한 친구들'이다.

쇼코는 네 명의 여학생 중에서는 가장 얌전한 편이어서 늘 사토코와 나미카에게 끌려 다니는 듯한 구석이 있었다. 성적이 뛰어나서 한 단계 높은 대학에 합격할 수 있었는데도 다른 세 친구의 강력한 권고에 따라 T대학으로 결정했다.

매사에 그렇게 질질 끌려오는 식이어서 사토코와 나미카가 보기에는 적잖이 못마땅한 점도 있었지만, 남학생들의 눈에는 쇼코의 그런 수동적인 면이 사랑스럽게 비쳐지는지 네 명의 여학생 중에서 가장 인기가 좋았다. 대학 입학과 동시에 도도가 사랑 고백을 하면서 두 사람의 교제가 시작되었다. 지극히 타당한 조합의 커플이라고 사토코는 생각했다.

쇼코는 모 여행사에 취직이 결정되었다. 항상 소극적인 쇼코도 여행이라면 기를 쓰고 좋아했다. 친구들끼리 떠나는 여행은 계획 단계에서부터 각종 수속까지 모두 쇼코가 도맡았다. 그런 취미가 졸업 후에는 진짜 업무가 되는 셈이다.

백로장은 그 이름대로 콘크리트 벽에 하얀 페인트를 칠한 2층 건물이다. 입주자는 전원이 T대학 여학생이다. 원룸 맨션이라고는 해도 생활 규칙이 상당히 엄격해서 웬만한 기숙사 못지않았다. 이를테면 맨션 입구에 관리실이 있어서 중년의 관리인 부부가 항상 눈빛을 번뜩이며 지키고 있다. 남학생들의 방문은 물론 허락되지 않았다. 여학생일 경우에는 낮에는 찾아가도 괜찮지만 밤에는 불러 세워 꼬치꼬치 묻는 일이 많았다. 사토코가 나미카의 방에서 자고 갈 때도 관리실 노트에 일일이 이름을 기입하지 않으면 안 되었다. 밤에 문을 닫는 시간은 딱히 정해져 있지 않지만 12시를 넘기면 문을 잠가버렸다. 그 이후에는 입구 옆의 인터폰을 눌러 관리인을 불러야만 한다.

사토코가 들어서자 관리실에서 텔레비전을 보던 중년 여자가 흘끔 그녀 쪽을 쳐다보았다. 사토코가 가볍게 인사를 건네자 무뚝뚝한 표정으로 시선을 다시 텔레비전으로 돌렸다. 그나마 사토코의 얼굴은 기억한 모양이다.

나미카와 쇼코의 방은 2층, 복도를 끼고 마주 보고 있다. 문 손잡이에 털실 커버가 씌워졌고 '지금 취침 중'이라는 일러스트 팻말이 붙은 곳이 쇼코의 방, 아무런 장식도 없이 문의 왼편 위쪽에 매직펜으로 '상중喪中'이라고 휘갈겨 써놓은 곳이 나미카의 방이다. 사토코는 잠시 망설인 끝에 '상중'이라는 방의 문을 두드렸다.

늘어지게 자는지 살짝 두드린 것만으로는 아무 반응이 없었다. 그래서 소리 내어 불렀더니 그제야 하품을 씹는 듯한 억지 대답이 돌아왔다. 달칵 하는 소리와 함께 문이 바깥쪽으로 열리더니 잠옷 차림의 나미카가 나타났다.

"잘 잤어?"

"사토코, 뭐야, 이렇게 이른 시간에?"

나미카는 긴 머리칼을 뒤적뒤적 흩뜨리며 잠에 취한 얼굴로 말했다. 방 안에서 담배와 화장품 냄새가 뒤섞인 공기가 흘러나왔다.

"세상이 죄다 원망스럽다는 얼굴이네."

"원망스럽지. 꿀맛 같은 새벽 단잠을 깨워놓고. 대체 뭔 일이야?"

"화내지 마. 쇼코 좀 보러 왔어. 어제 몸이 별로 안 좋다고 중간에 돌아갔댔잖아."

"아참, 그랬지."

나미카는 눈을 비비며 고개를 끄덕였다.

"나도 어젯밤에 방문을 두드려봤는데 안에서 잠가놓고 자는지 코빼기도 안 보여주더라. 이제 일어났나?"

"글쎄……."

사토코는 몸을 돌려 쇼코의 방문을 두드려보았다. 대답이 없었다.

"아직도 자나 봐."

"쇼코도 늦잠꾸러기거든. 괜찮아, 좀 더 기다려주자고. 내 방에서 차라도 한 잔 드셔. 그사이에 나도 옷 좀 갈아입을 테니까."

그래서 사토코는 나미카의 방에 들어가 오늘 들어 두 잔째의 모닝커피를 마시게 되었다.

나미카의 방은 얼핏 들여다본 사람이라면 결코 여대생의 방이라고 생각하지 못할 만큼 살풍경했다. 꽃이나 봉제인형 같은 화사한 것이라고는 하나도 없다. 벗은 그대로 내팽개친 옷도 거무칙칙한 색깔뿐이었다. 게다가 카펫은 회색이고 커튼은 이끼 색깔이다. 방구석에 놓인 거울 하나가 겨우 여자의 방이라는 것을 주장하고 있지만, 그나마도 그 옆에 세워진 죽도의 존재감이 더 강렬했다.

"어젯밤에 집에 와서 또 마셨어?"

탁자 위에 놓인 위스키 병과 유리잔을 보면서 사토코가 물었다.

"응, 입가심으로 마셔줬지. 습관이야."

옷을 갈아입은 나미카는 화장에 들어갔다. 이게 상당히 시간을 잡았다. 최소 30분은 걸린다. 사토코는 커피를 다 마시고 자리에서 일어섰다.

"쇼코 깨워 올게."

사토코는 쇼코 방의 문을 약간 세게 두드렸다. 이제 그리 이른 시간도 아니다. 옆방에 신경을 쓸 필요는 없었다.

"쇼코, 아침이야. 좀 일어나시지?"

소리를 높여 불러보았다. 하지만 안에서는 인기척이 없었다. 사토코는 문손잡이를 돌려보려고 했다. 하지만 안에서 잠긴 채 돌아가지 않았다.

방에 없나?

그런 생각이 언뜻 머릿속에 떠올랐다. 하지만 다음 순간 그 생각은 지워졌다.

방문 틈새로 불빛이 새어나오는 것이다. 게다가 그것은 햇빛이 아니라 푸르스름한 인공적인 빛, 즉 형광등 불빛이었다.

쇼코는 방 안에 있다, 게다가 형광등을 켠 채로—.

불길한 생각이 사토코의 가슴속을 덮쳤다. 왜 그런지는 그녀도 알 수 없었다. 아무튼 위가 오그라드는 듯한 서늘한 느낌이 덮쳐서 사토코는 다음 순간, 복도를 내달리고 있었다. 계단을 통탕통탕 내려가 관리실에 뛰어들었다. 중년 아줌마가 있었다.

"쇼, 쇼코 방의 열쇠를……. 아무래도 뭔가 이상해요!"

평소라면 금세 내주지 않았을지도 모른다. 하지만 사토코의 흥분한 말투에 압도되었는지 관리인 아줌마는 얼른 열쇠를 건네주었다. 어떤 방문이든 열 수 있는 마스터키인 것 같았다.

키를 들고 사토코는 다시 뛰었다. 마침 나미카가 방에서 나오는 참이었다.

"왜 그래, 갑자기?"

그 말에는 대답하지 않고 사토코는 열쇠 구멍에 키를 꽂았다. 달칵 하고 열리는 소리가 났다.

힘껏 문을 열자마자 사토코는 안으로 뛰어들었다. 동시에 형광등의 하얀 불빛이 눈에 들어왔다. 커튼은 꼭꼭 닫혀 있었다.

"쇼코!"

쇼코는 방 건너편의 좁은 부엌에 쓰러져 있었다. 초콜릿 색깔의 스웨터를 입은 등이 보였다.

사토코는 그 옆으로 뛰어갔다. 쇼코의 얼굴이 보였다. 평소의 동그랗고 예쁘장한 얼굴과는 도저히 비교가 되지 않을 만큼 핼쑥하고 창백했다. 얼굴만이 아니다. 팔도 다리도, 마치 도자기처럼 하얀색이었다. 그리고 투박한 질그릇처럼 윤기가 없었다.

"쇼코!"

사토코는 그녀의 몸을 왈칵 껴안으려고 했다. 그 순간, 나미카가 뒤에서 사토코의 팔을 붙잡았다.

"손대면 안 돼!"

사토코는 그 자리에 털썩 주저앉았다. 콧속이 싸하고 머리가 아파왔다. 눈앞이 흐릿해졌다.

쇼코가…… 죽었어!

사체는 왼팔을 세면기 안에 넣고 있었다. 사토코는 멍한 얼굴로, 세면기 안에서 기묘하게 붉은빛을 되쏘는 액체를 응시했다.

3

왼쪽 손목의 창상에 의한 출혈과다―.

그것이 쇼코의 사인이었다. 면도날로 손목을 긋고, 물을 넣은 세면기 안에 담갔던 것이다. 면도날은 사체 옆에 떨어져 있었다.

사토코는 관리실에서 두 명의 형사에게 질문을 받았다. 둘 다 30대 후반으로 보이는 형사들이었다. 눈매가 날카로운 게 형사 드라마에 나오는 범인 같은 얼굴이라고 사토코는 생각했다.

질문 내용은 세 가지였다. 쇼코와의 관계, 오늘 이 원룸에 찾아온 이유, 그리고 사체 발견 당시의 상황이었다. 사토코는 간단히 대답했다. 특히 사체 발견에 대해서는 거의 진술할 것이 없었다. 문을 열었더니 쇼코가 죽어 있었다―. 그저 그것뿐이었다. 그 상태 그대로 경찰을 부른 것이다.

사토코의 뒤를 이어 나미카가 불려 갔다. 그녀는 조금 더 시간이 걸렸지만, 그래도 15분쯤 만에 나왔다.

두 사람은 일단 나미카의 방으로 돌아가기로 했다. 학교에 갈 마음은 나지 않았다. 게다가 맨션 앞에 구경꾼이 몰려서 그 사이를 뚫고 나갈 기운도 없었다.

살풍경한 방 한가운데서 두 사람은 한참 동안 입도 열지 못하고 앉아 있었다. 맞은편 방에서 사람들이 급한 걸음으로 돌아다니며 큰 소리로 이야기하는 게 들려왔다.

이윽고 나미카가 무거운 입을 열었다.

"커피, 한 잔 더 할래?"

사토코는 고개를 저었다. 기왕 마실 거라면 위스키가 좋다고 말하려다가 그만두고, 그 대신 나미카에게 물었다.

"형사가 너한테는 뭘 물어봤어? 시간이 꽤 걸린 거 같은데."

"별것도 없었어."

나미카가 긴 머리를 쓸어 올리며 말했다. "언제부터 방이 잠겨 있었느냐고 물어보더라. 내가 어젯밤 11시쯤에 돌아와서 쇼코 방을 노크했는데 그때는 이미 잠겨 있었어. 그 얘기를 했더니 알아들었다는 표정이었어. 그밖에 특별한 질문은 없어. 하지만 이따가 자세한 것을 물어볼 거야. 자살의 이유에 대해 뭔가 짚이는 게 없느냐고 캐묻겠지."

그 '자살'이라는 말에 사토코는 퍼뜩 정신이 드는 듯한 기분이었다. 그렇다, 그 상황은 바로 자살이었던 것이다.

"그런 걸 우리한테 물어봤자……."

사토코는 고개를 저었다. "나는 아무 대답도 못 할 텐데."

그러자 나미카도 "나도 그래"라고 대답했다. 답답한 마음을 억누르는 듯 나지막한 목소리였다.

다시 침묵이 흘렀다. 불쑥 사토코가 중얼거렸다.

"쇼코……, 죽었어."

나미카는 허공을 응시한 채 천천히 고개를 끄덕였다.

"그래, 죽어버렸어……."

나미카의 예상대로 형사에게 두 번째 질문을 받은 것은 나미카의 자명종 시계가 10시를 가리켰을 즈음이었다. 수사원들의 움직임도 차분해지고 맨션 주위도 조용해져서 이제 슬슬 나가보자고 하는 때에 노크 소리가 났던 것이다.

문을 열자 조금 전의 형사와는 다른 남자가 서 있었다. 나이는 서른을 막 넘긴 정도일까. 탄탄한 체격에 거무스름한 얼굴의 남자였다. 귀 가까이까지 자란 머리칼에는 느슨한 웨이브가 있어서 첫인상은 형사로는 보이지 않았다.

남자는 현경의 사야마라고 이름을 댔다. 쇼코에 대해 좀 물어보고 싶다고 말을 꺼냈다.

"네, 그러시죠."

나미카는 그를 방 안으로 들어오라고 했다. 그러자 사야마는 약간 당황하는 기색을 보였다.

"앗, 들어가도 될까요?"

"네, 괜찮아요."

사야마는 잠시 망설이는 표정을 보인 뒤에 "자, 그럼 실례합니다"라고 말하며 안으로 들어와 사토코의 맞은편에 자리를 잡았다. 나미카가 문을 닫고 사토코 옆으로 왔다.

"두 사람은 마키무라 쇼코 씨의 친구라고 하던데요?"

사야마는 유난히 공손한 말투로 물어왔다. 사토코와 나미카는 서로 마주 보았고, 나미카 쪽이 "예, 맞아요"라고 대답했다.

사야마는 슬쩍 고개를 숙였다.

"이런 큰일을 겪고 아직 마음의 정리도 안 됐을 텐데……. 이런 때 무례한 질문을 하게 되어서 미안하군요."

여대생의 방에 들어왔기 때문인지 형사는 겉모습과는 달리 바짝 굳은 표정을 보였다. 그것이 성실한 성격을 그대로 보여주는 것 같아 사토코는 아주 조금 마음의 긴장이 누그러들었다.

"그래서 어떤 것을 알고 싶으세요?"

나미카가 앞서서 얘기를 꺼내자 사야마는 고개를 끄덕이고 회색 양복 안주머니에서 수첩을 꺼내더니 메모할 준비를 했다.

"그러면 실례지만 몇 가지 물어보겠습니다. 마키무라 쇼코 씨의 사망에 대해 뭔가 짐작되는 게 있습니까?"

"사망?"

사토코는 저도 모르게 되물었다. 그 말이 묘하게 부자연스럽게 들렸기 때문이다. "그건 그러니까……, 자살의 이유에 대해 어떻게 생각하느냐는 건가요?"

그러자 사야마는 잠시 생각하는 듯한 표정으로 사토코 쪽을 바라보더니 "아직 확실한 것은 아니지만"이라고 전제를 한 뒤에 말을 이었다. "오늘 석간신문에는 자살이라고 보도될 거예요. 사체는 지금부터 부검에 들어가겠지만, 우리도 전체적인 상황으로 봐서는 자살 쪽이 더 가능성이 크다고 생각하고 있긴 한데……."

말끝이 애매한 것이 아무래도 마음에 걸렸다.

사토코는 다시 나미카와 서로 마주 보았다. 자살의 이유에 대해 물었을 경우, 대답은 정해져 있었다. 조금 전에 둘이서 얘기한 그대로였다. 사토코는 그 대답을 이번에도 되풀이했고, 나미카도 따라 했다. 사야마는 그 말을 듣고 고개를 끄덕였다.

"그게 일반적이겠죠. 자살의 경우, 혼자서 고민하는 경우가 많으니까요. 마키무라 쇼코 씨도 아마 그랬을 거예요. 정말 자살이라면 그렇다는 이야기지만."

하지만, 이라고 사토코는 생각했다. 어떤 고민이라도 자기들에게는 말을 했을 터였다. 부모에게는 말하지 못해도 네 명의 친구에게는 뭐든 털어놓는다. 고등학교 때부터 그렇게 지내왔다. 만일 쇼코가 자신들에게도 고민을 털어놓지 못했던 거라면, 그건 그녀가 이미 어른이 되었다는 뜻이었을까—.

"그럼 최근에 달라진 듯한 기색은 없었어요? 뭔가 기운이 없다든가……."

"네, 기운은 늘 없는 편이었어요."

나미카가 말했다. "어제는 몸이 안 좋다면서 먼저 돌아왔을 정도니까요."

"흠, 먼저 돌아왔다……. 그런 일이 자주 있었어요?"

"아뇨."

나미카는 고개를 저었다. "어제가 처음이에요."

"어제 학교에서 무슨 일이 있었습니까? 그러니까, 뭔가 기분이 안 좋을 만한 일이라든가."

"글쎄요."

나미카가 고개를 갸우뚱했다. 형사의 시선이 사토코에게로 옮겨갔지만 그녀도 고개를 저을 수밖에 없었다. 사토코는 어제 쇼코의 얼굴도 못 봤던 것이다.

이어서 사야마는 쇼코의 성격이며 최근의 행동에 대해 꽤 끈덕지게 물어왔다. 사토코와 나미카는 질문을 받을 때마다 서로 마주 보고 눈짓으로 상의해가며 신중하게 대답했지만,

쇼코가 자살할 만한 이유를 암시하는 내용은 나오지 않았다.

이윽고 이야기가 쇼코의 인간관계에 이르렀다. 당연한 일처럼 도도의 이름이 나왔고, 여기서 드디어 사야마는 몸을 내밀며 관심을 드러냈다.

"그렇군. 마키무라 쇼코 씨와 그 남학생은 최근에 사이가 좋았습니까?"

어지간히 속 깊은 내용까지 물어보는구나, 하고 사토코는 생각했다.

"괜찮았던 것 같아요. 둘 사이의 고민이라면 아마 가장 먼저 우리한테 말했을 테니까요."

나미카는 그렇게 대답했고 사토코도 이의가 없었다. 그 두 사람의 교제에 대해 가장 마음을 써준 것은 우리 친구들이라는 자부심이 있었다.

사야마는 두세 가지 질문을 더 한 뒤에 고맙다는 말을 하고 자리에서 일어섰다. 크게 참고가 되었다고 했지만, 수확이라고 할 만한 것은 거의 없었을 거라고 사토코는 짐작했다.

"아마 이 길로 도도 군을 만나러 갈 거야."

형사가 떠난 뒤, 문을 닫고 돌아오며 나미카는 말했다.

"도도 군이라면 뭔가 짐작 가는 게 있을까?"

"글쎄……. 만일 있다고 하면 어떻게 하지?"

"있다고 하면?"

사토코는 고개를 갸우뚱하고 잠깐 생각해보더니 이내 긴 한숨을 내쉬었다.

"우리한테는 말 안 한 얘기가 있었다는 거니까 좀 섭섭하기는 하지만, 뭐, 별 수 없지."

나미카에게 전화가 걸려온 것은 그 직후였다. 관리인의 호출이었다. 방을 나갔던 그녀는 잠시 뒤에 돌아오더니,

"하나에한테서 온 전화야."

라고 부루퉁한 어조로 말했다.

"벌써 소문이 퍼진 모양이야. 왜 빨리 알려주지 않았느냐고 화를 내더라."

"그래서?"

"다들 모여 있대. 지금 당장 쇼코네 집에 가보겠다고 해서 내가 그러지 말라고 했어. 괜히 방해만 될 뿐이잖아. 우선은 우리끼리 모이자고 얘기했어."

"그래……."

사토코는 자리에서 일어섰다. 피곤한 것도 아닌데 몸이 축축 처지는 느낌이었다.

"우리끼리 모여서 어떻게 하지?"

나미카는 고개를 갸웃했다.

"그러게 말이야. 묵념이라도 해야 하나."

새삼 얼굴이 침울해지면서 나미카가 중얼거리듯이 말을 이

었다.

"하나에, 전화에 대고 울었어."

그 말이 사토코에게는 충격으로 다가왔다. 자신도 쇼코와 친구인데 왜 그런지 눈물이 나지 않았다. 충분히 슬퍼야 할 상황인데도 마음속에 아무것도 다가오지 않는 것이다.

한층 어두운 기분이 된 채로 사토코는 나미카와 함께 맨션을 나섰다.

〈고개를 흔드는 피에로〉에 도착하자 이자와 하나에, 와코 이사미, 그리고 가가 교이치로가 기다리고 있었다. 나미카가 말했던 대로 하나에는 지금까지 내내 울었는지 눈가가 빨갛게 부어 있었다. 사토코는 그녀와 고등학교 1, 2학년 때 같은 반이었다. 자그마한 몸매에 귀여운 얼굴이라서 항상 나이보다 어려 보였다. 그런 하나에를 달래주면서 곁에 와코가 앉아 있었다. 햇볕에 가무잡잡하게 그을린 잘생긴 남학생이지만 오늘은 역시 와코의 얼굴빛도 환하지 않았다. 가가도 침통한 얼굴로 입을 꾹 다문 채였다.

"너희 둘이 힘들었겠네."

붉어진 눈을 사토코와 나미카에게로 향하며 하나에가 말을 건네왔다. 두 사람이 의자에 앉는 것을 지켜보고 가가가 카운터의 마스터에게 말했다.

"커피 두 잔 더 주세요."

마스터도 사정을 알고 있는지 조용한 얼굴로 고개를 끄덕일 뿐이었다.

"도도 군은?"

사토코가 물었다. 사야마 형사의 얼굴이 한순간 머릿속을 스쳐갔다.

"쇼코네 집에 갔어. 우리가 말리긴 했는데, 기어코 가겠다고 해서 어쩔 수 없었어."

와코의 대답에 나미카는 "그래, 역시 도도 군이 그 일을 맡아줘야지"라고 누구에게랄 것도 없이 말했다.

"그보다 상황 설명 좀 해줄래? 대체 어떻게 된 일이야?"

와코는 답답하다는 듯한 목소리로 사토코와 나미카의 얼굴을 번갈아 보았다. 두 사람은 우울한 표정으로 서로를 마주 보았다. 다시 여기서도 아까 형사에게 했던 이야기를 또 해야 하는 것이다. 하지만 똑같은 말을 되풀이하는 것 때문에 우울한 것이 아니다. 몇 번씩이나 그 끔찍한 장면을 머릿속에 떠올리는 게 괴로운 것이다.

별수 없이 사토코가 발견 당시의 상황을 설명했다. 형사를 상대로 말했을 때보다 더 논리정연하게 이야기할 수 있었다. 사토코의 말을 들으며 하나에는 다시 손수건으로 눈두덩을 덮었다.

말을 마친 뒤에는 잠시 아무도 입을 열지 않았다. 친구 중의 한 사람이 죽어버렸다는 실감이 그들을 칭칭 감고 있는 것 같았다.

"자살이라는 건 분명한 거야?"

가가가 낮고 또렷한 어조로 말했다. 사토코가 저도 모르게 그의 얼굴을 올려다볼 만큼 침착하고 냉정하기까지 한 목소리로 들렸다.

"그런 것 같은데? 문제는 쇼코가 왜 자살했느냐 하는 점인데……."

와코는 뭔가 짚이는 게 없느냐고 물어보듯이 사토코와 나미카의 얼굴을 번갈아 바라보았다. 하지만 두 사람은 잠깐 얼굴을 마주 본 뒤, 힘없이 고개를 저을 뿐이었다.

"원래 그런 거야."

가가는 블랙커피를 한 모금 마시더니 중얼거리듯이 말했다. 그 말투가 왠지 마음에 걸려 사토코는 입을 열려다가 그만두었다.

"도도 군은 어땠어?"

나미카가 와코에게 물었다. 와코는 흘끔 가가와 하나에 쪽으로 눈길을 던진 뒤, 미간에 주름을 잡으며 대답했다.

"차마 마주 볼 수가 없다고 할까."

"그래……."

"몽유병자처럼 눈동자엔 초점이 없고, 말을 걸어도 그냥 건

성이더라. 도저히 믿을 수 없는 기분일 거야, 아마."

숨이 막힐 듯한 침묵이 다섯 사람을 덮쳤다. 도저히 믿을 수 없는 기분—. 그건 나 역시 마찬가지라고 사토코는 가슴속에서 중얼거렸다.

침묵을 깬 것은 가가였다. 빈 커피 잔을 만지작거리며 그는 말했다.

"그래서 이제부터 어떻게 하지? 이렇게 머리만 맞대고 있어봐야 아무것도 해결되지 않을 거 같은데."

"가가 군은 어떻게 할 거야?"

눈물 자국이 채 마르지 않은 얼굴로 하나에가 물었다.

"강의 들으러 갈 거야. 노 교수님의 잘난 척하는 강의를 들으면서 쇼코가 죽은 이유를 생각해봐야지. 내 나름대로."

"하긴 그러는 수밖에 없겠다."

와코도 자리에서 일어섰다. "우리가 할 수 있는 건 그 정도야."

하나에도 와코를 따라 일어서려는 몸짓을 보여서 사토코는 나미카 쪽을 돌아보았다.

"나미카는 어쩔 거야?"

여느 때 없이 급한 동작으로 담배를 피우고 있던 나미카는 필터 끝까지 짧아진 꽁초를 재떨이 안에 그려진 피에로의 빨간 코 근처에 꾹꾹 누르더니,

"미나미사와 선생님한테 다녀와야겠어."

라고 퉁명스러운 기색으로 대답했다.

나미카의 그 말에 다른 네 사람은 허를 찔린 듯 일제히 침묵했다. 나미카가 그 말을 할 때까지 아무도 그 부인의 이름을 머릿속에 떠올리지 못했기 때문이다.

"그래, 일단 연락은 하는 게 좋겠어. 신문 기사를 볼 때까지 모르셨다가는 우리가 혼이 날 거야."

호주머니에 손을 찌른 채 와코는 고개를 끄덕였다.

"나도 함께 갈까?"

하나에가 말했지만, 가가는 "아니, 그러지 마라"라면서 고개를 저었다.

"그 선생님, 눈물이 많은 분이야. 하나에가 가면 그야말로 눈물보가 터지실 거야."

그 말을 듣고 하나에는 어린애처럼 뾰로통한 얼굴이 되었다. 그 표정에 사토코는 저절로 하얀 이를 드러내고 웃었지만, 뺨이 풀리는 게 너무 오랜만이라서 그런지 얼굴이 억지로 당겨진 듯한 느낌이 들었다.

〈고개를 흔드는 피에로〉 앞에서 나미카 혼자만 역 쪽으로 가고, 다른 네 사람은 T대학로로 나섰다. 와코와 하나에가 앞서서 걸어갔기 때문에 사토코는 저절로 가가와 나란히 걷게 되었다. 그게 자꾸 신경이 쓰여서 사토코는 어쩐지 걸음을 옮기기가 어색했다. 하지만 가가 쪽은 태연한 기색이었다. "좀 더 즐거운 마음으로 너와 걷고 싶었는데"라는 등의 말을 건네왔다. 사토코는 그 말을 무시하듯이 "아까 그 얘기 말인데"라고 일부러 부루퉁하게 물어보았다.

"그런 식으로 말할 것까지는 없잖아? 나도 나미카도 쇼코에 관한 것이라면 다 알고 있어."

"그런 식으로라니?"

가가는 사토코가 하는 말의 의미를 언뜻 이해하지 못한 듯했지만, 곧바로 "아아" 하고 고개를 끄덕였다.

"아무도 자살 동기를 모르는 것에 대해 내가 '원래 그런 거야'라고 말해서 화가 났구나?"

"아니, 화가 난 건 아니고."

"화난 얼굴인데? 근데 나는 진실을 말했을 뿐이야. 만일 쇼코에게 뭔가 고민이 있었고 그것을 너나 나미카가 알고 있었다면 쇼코는 자살 같은 건 하지 않았겠지. 고민이라는 건 남이 알아줄수록 작아지는 성질이 있으니까."

"하지만 뭔가 고민이 있었다면 분명히 우리에게 털어놓았을 거야."

"음, 그런 게 좀 어려운 부분이지. 말할 수 있다는 건 아직 마음속 어딘가에 여유가 있다는 증거야. 하지만 진짜 고민이라는 건 남에게는 쉽게 털어놓기가 어려워. 그런 경우에는 우정도 아무 도움이 안 돼."

"여자의 우정은 특히, 라고 말하려는 거지?"

"아니, 여자건 남자건 상관없어. 고민이 있을 때는 누구라도 고독해. 단지……."

"단지?"

"연애를 할 때는 어떨까? 그런 경우는 나도 잘 모르겠다."

'네가 그런 걸 알 리가 없지.'

사토코는 마음속으로 내뱉었다.

4

점심때까지 잠깐 시간이 있어서 사토코와 하나에는 일단 연구실에 얼굴을 내밀기로 했다. 그녀들이 속한 국문과 4학년은 하루 한 번씩은 연구실에 들르라고 지도를 받은 것이다.

국문과 연구실은 문리대 중에서도 가장 넓고 게다가 오래되었다. 귀가 잘 맞지 않는 문을 열고 안에 들어서면 그야말로 해묵은 나무 책장과 긴 책상이 버티고 있어서 얼핏 보면 도서관 같은 분위기였다. 벽 쪽에는 고古문서가 액자로 장식되어 있기도 했다. 처음 이 연구실을 찾았을 때, 이런 모든 것이 잔뜩 거드름을 피우는 것처럼 보여서 사토코의 눈에는 그리 좋은 느낌으로 다가오지 않았다.

책상에서는 열 명 남짓한 학생들이 리포트를 쓰거나 남의 노트 복사한 것을 정리하거나, 아무튼 뭔가 작업을 하고 있었다. 모두 다 4학년이다. 이 연구실은 3학년과 4학년이 같이 쓰는 방이지만 3학년은 지금 뭔가 중요한 강의가 있는 모양이었다.

사토코와 하나에가 들어서자 책상에 마주 앉아 있던 학생 두세 명이 얼굴을 들고 명백히 평소와는 다른 표정을 지었다. 호기심과 망설임. 무슨 일인지 몹시 궁금하지만 함부로 물어보기도 어렵고—. 그런 표정들이었다. 문리대 쪽에는 여학생들이 많다. 쇼코가 자살했다는 소문이 빠른 속도로 퍼진 모양이었다. 마치 수많은 구슬을 바닥에 쏟아놓은 것 같다고 사토코는 생각했다.

그녀들의 시선을 무시하고 사토코와 하나에는 공부할 준비를 했다. 조사할 것이든 리포트든, 하지 않으면 안 될 일이 산더미처럼 쌓여 있다. 그러나 오늘만은 책상 위에 펴놓은 문헌도 노트도 그저 흉내로 끝날 가능성이 많기는 했지만.

사토코와 하나에가 자리에 앉고 30분쯤 지났을 무렵, 예의 귀가 잘 안 맞는 문을 신경질적으로 열며 조교 가와무라 도키코가 나타났다. 그러고는 큰 걸음으로 책장을 향해 일직선으로 걸어갔다. 사토코는 안 좋은 예감이 들었다. 왜냐하면 도키코는 문헌을 찾아낼 때까지는 아무것도 눈에 들어오지 않지만, 자기 볼일을 마치면 근처의 학생들에게 잔소리를 늘어놓는 버릇이 있기 때문이다.

아니나 다를까 도키코는 문헌을 손에 들고 책장에서 벗어나자마자,

"아이하라 사토코, 사건 현장을 발견했다면서?"

라고 그녀들로서는 도저히 이해할 수 없는 무신경한 질문을 던져왔다.

"엄청 놀랐지?"

"그야, 뭐…… 네."

"왜 자살을 하고 그러지? 혹시…… 남자 때문은 아니겠지, 설마?"

하나에가 책상 밑에서 사토코의 다리를 툭 쳤다. 상대하지 말라는 신호인 모양이다. 괜찮아, 나도 그렇게 바보는 아니야, 라고 사토코는 눈짓으로 대답했다.

"분명 사귀는 남학생이 있었던 것 같은데. 그렇지?"

사토코의 맞은편에 앉아 있던 고노 히로미라는 학생이 말했다. 아까부터 이번 일이 궁금해서 견딜 수 없던 차에 마침 도키코가 포문을 열어주자 기다렸다는 듯이 말을 받은 듯한 느낌이었다.

"응, 있기는 한데……. 나는 잘 몰라."

사토코는 대충 말끝을 흐렸다.

"그 남자, 이공학부 학생이지? 둘 사이의 관계는 괜찮았어?"

"글쎄."

사토코는 그만 짜증이 났다. 이제 막 친구와 영원한 이별을 고한 참인데 뭐가 아쉬워서 이런 저속한 대화를 해야 하는가. 게다가 히로미의 말투는 점점 열기를 더해가서 입가에서 튀는 침의 양이 많아졌다.

"내 생각인데 마키무라 쇼코와 그 남자 친구, 사이가 안 좋았던 거 아닐까?"

"왜?"

"응, 영문과 다니는 애한테 얼핏 들었거든. 이번 여름방학 영문과 강좌 여행에서 마키무라 쇼코 팀이 상당한 '아방튀르'를 즐겼다던데?"

"아방튀르?"

사토코는 되물었다. 아방튀르라면 원래는 일시적인 모험, 이라는 뜻이지만 요즘에는 그중에서도 특히 사랑의 불장난을 가리키는 말로 너나없이 써먹는 유행어가 되었다. 그리고 강좌 여행이라는 건 각 과 단위로 친목을 도모하기 위해 여름에 한 차례 떠나는 여행이다. "목적 없는 단체 행동은 내 취향이 아냐"라면서 나미카는 가지 않았지만, 여행을 좋아하는 쇼코는 참가한 모양이었다.

"여행지에서 만난 남자들하고 밤에 술 마시러 나가고 그랬대. 꽤 요란하게 놀았다는데? 하지만 남자 친구가 있는 애는 보통 그런 데는 끼지 않는 거 아니야?"

"그렇겠지. 하지만 나는 모르는 얘기야."

무슨 소리인가 했더니 그 얘기인가. 사토코는 어처구니가 없었다. 쇼코의 성격은 누구보다 사토코가 잘 알고 있다. 자신의 의지와는 상관없이 남에게 떠밀려 함께 휩쓸리는 타입이다. 아마 그때도 친구들이 자꾸 나가자고 하는 바람에 차마 거절을 못 하고 따라나섰을 것이다.

사토코의 대답이 퉁명스럽다는 것을 눈치챘는지 히로미는 이번에는 가와무라 도키코를 상대로 속닥거렸다. 도키코는 그야말로 흥미진진하다는 듯 눈을 반짝여가며 듣고 있었다. 사토코는 문득 집 근처에서 아줌마들이 둘러서서 길고 긴 수다를 떠는 모습이 생각났다.

점심시간이 되자 사토코는 하나에와 함께 연구실을 나왔다. 오늘은 더 이상 그곳에 돌아갈 마음이 없었다. 오후 강의를 듣고 나면 〈고개를 흔드는 피에로〉에 가든지, 아니면 나미카의 방에 가서 그녀를 기다리자고 생각했다. 나미카의 방 열쇠는 벌써 3년 전에 사토코도 따로 하나 받아두었다.

점심은 학생식당에서 먹기로 했다. 사토코는 치킨가스와 샐러드, 하나에는 튀김 덮밥이었다. 학생식당 메뉴는 몇 년째 변함없이 기름에 튀긴 것뿐이라고 사토코는 생각했다.

두 사람은 반쯤 먹다가 젓가락을 내려놓았다. 배가 고프다는 자각은 있었지만, 위장이 제대로 움직여줄 것 같지 않았다.

플라스틱 컵에 색깔도 맛도 밍밍한 차를 마시며 하나에가 불쑥 말했다.

"우리는 쇼코에게 무엇이었을까."

사토코는 얼른 대답하지 못하고 탁자 위에 떨어진 차만 멍하니 쳐다보았다. 어째서 이렇게 학생식당 탁자는 모두 다 물기가 지르르한 걸까.

"쇼코는 뭔가 큰 고민을 떠안고 있었는데, 우리는 아무도 그걸 알아봐주지 못했어……."

"응……."

하나에가 그런 뜻으로 한 얘기가 아닌데도 사토코는 마치 자신을 나무라는 것처럼 느꼈다. 방금 먹은 점심이 납덩이처럼 위에 묵직하게 걸렸다.

"근데 쇼코의 고민이라는 거, 어쩌면 우리 친구들 중에서 가장 알아채기 어려웠을 수도 있어. 쇼코가 약간 신경질적인 면이 있었잖아."

"그런가……."

그런지도 모른다고 사토코는 생각했다. 하지만 그렇지 않은지도 모른다. 아무튼 쇼코에 관해 사토코는 이제 단 한 가지도 자신이 없었다.

“좀 신경질적이기는 했어. 지난번에는 몸에 작은 뾰루지 하나 생겼다고 엄청 걱정하더라니까. 그딴 거 아무것도 아니라고 내가 몇 번이나 말했는데도 얼마나 걱정을 하는지. 쇼코가 은근히 아이돌 스타 같은 경향이 있어. 정말 엄청나게 신경을 쓰더라고. 그런 성격이니까 이번 일도 어쩌면 아주 사소한 동기 때문에 저질렀는지도 몰라.”

“응, 그럴지도.”

사토코는 애매하게 고개를 끄덕였다.

오후 강의를 들으면서 사토코는 쇼코를 마지막으로 만난 게 언제였는지 생각했다. 벌써 오래전의 일인 듯한 마음이 들었다. 하지만 실은 그저께 오후에 〈고개를 흔드는 피에로〉에서 만났었다. 그때 쇼코는 어떤 모습이었던가. 하지만 왠지 그것을 생각해보려고 할수록 기억은 자꾸 어둠 속으로 흐릿하게 녹아들었다. 어떤 표정이었고 어떤 이야기를 했는지 하나도 생각나지 않는다. 초조함만 머릿속에서 빙글빙글 헛돌고 있었다.

강의가 끝나자 그다음 수업을 들어야 한다는 하나에와 헤어져 사토코는 나미카의 원룸으로 향했다. 어쨌든 이대로 곧장 집에 돌아갈 마음은 없었다. 나미카의 이야기도 듣고 싶고, 그 뒤에 쇼코의 방에서 어떤 일이 있었는지도 알고 싶었다.

사토코가 백로장 앞에 가보니 이제 주위는 활기라고는 찾아볼 수 없는 평소의 흐릿한 풍경으로 돌아와 있었다. 중년 아줌마 관리인이 사토코를 보고 뭔가 한마디하고 싶은 표정이더니 금세 읽고 있던 주간지로 시선을 돌려버렸다.

쇼코의 방은 닫혀 있었다. '지금 취침 중'이라는 팻말이 삐뚜름하게 기울었다.

"쇼코, 너무 오래 자는 거 아니니?"

사토코는 혼자 중얼거렸다. 말끝이 저절로 울먹거렸다.

문득 생각이 나서 손잡이를 잡아보았다. 손바닥에 닿는 털실 커버의 감촉이 따스했다. 손목에 가볍게 힘을 넣어보았다. 당연히 문이 잠겨 있을 줄 알았던 사토코는 손잡이가 아무런 저항도 없이 스르르 돌아가는 바람에 오히려 흠칫 놀랐다. 하지만 그보다 더 그녀를 깜짝 놀라게 한 것은 방 가운데 한 남자가 앉아 있는 것이었다. 회색 양복을 입고 반대편을 향한 채 책상다리를 하고 있던 남자는 사토코가 순간적으로 숨을 멈추고 몸이 굳어버린 것과는 대조적으로 실로 느긋한 동작으로 그녀 쪽을 돌아보았다.

"엇, 안녕하세요?"

"아, 네, 아침의 그분……."

"네, 사야마입니다."

그날 아침에 만난 형사였다. 그는 사토코 쪽으로 몸을 돌리더니 옹색한 듯한 움직임으로 정좌했다. 사토코는 적잖이 당황했다.

"죄송해요, 아무도 없는 줄 알고."

"괜찮아요, 딱히 뭘 하고 있었던 것도 아니고. 잠깐 볼일이 있어 들어온 김에 담배 한 대 태우는 중이죠. 게다가……."
라고 사야마는 슬쩍 고개를 기울였다. "여기는 내 방도 아닌데요, 뭐."

어떻든 더 이상 여기서 형사와 마주하고 있을 이유가 사토코는 생각나지 않았다. 애초에 무엇 때문에 쇼코의 방을 들여다보려고 했는지도 잘 모르겠는 것이다. 그녀는 가볍게 인사를 하고 그만 나오려고 했다. 하지만 사토코의 등에 대고 사야마가 "잠깐"이라고 말을 건넸다. 사토코는 돌아보았다.

"뭔가 생각난 거 없어요?"

자살의 동기에 대해—, 라는 말을 형사는 굳이 하지 않았다. 그들 나름의 배려인 걸까.

"네, 별로 없네요."

의식적으로 또렷한 어조로 대답했다. 아픈 어금니를 일부러 흔들어보는 듯한 가벼운 쾌감이 희미하게 느껴졌다.

"그렇군, 역시."

사야마는 양복 안주머니에 손을 넣었다가 문득 생각을 바꾼 듯 다시 손을 뺐다. 담배를 꺼내려다가 남의 방이라는 게 생각난 모양이다.

"나도 여러 사람을 만나봤는데 별 수확이 없었어요. 친한 친구들에게도 털어놓지 못한 고민을 부모나 대학 교수에게 말했을 리도 없고……."

그럴 거라고 사토코는 생각했다. 자신 역시 마찬가지였다.

"그나저나 참 큰일이네. 보고서에는 아무튼 뭔가 써야 하는데."

"뭐라고 쓸 생각이세요?"

"뭐, 별도리 없죠. 이대로 간다면 충동적 자살이라고 해두는 수밖에."

"충동적……."

쇼코에게는 가장 어울리지 않는 단어였다. 그런 이유를 써낼 거라면 차라리 적당한 동기를 지어내는 게 그나마 그럴싸할 거라고 사토코는 생각했다.

"아참, 그렇지."

사야마는 목소리를 바꾸어 말했다. "일기장이 발견되었어요."

"빨간 표지의?"

"맞아요. 알고 있었어요?"

이 방에서 하룻밤씩 자고 갈 때마다 쇼코가 일기 쓰는 것을 몇 번 본 적이 있었다. 파란 잉크를 넣은 만년필로 한 페이지가 가득 차도록 써넣곤 했다. 노트가 모자랄 만큼 충실한 하루하루를 만들고 싶다는 게 쇼코의 입버릇이었다.

"그래서, 뭔가……?"

하지만 사야마는 고개를 저었다.

"가족들에게도 좀 봐달라고 했는데 동기가 될 만한 건 전혀 눈에 띄지 않았어요. 하긴 예상 못 한 일도 아니지요. 남에게 보여줄 생각은 없지만 혹시 남이 봤을 경우를 생각하며 쓴다. 그것이 일기일 테니까."

그럴지도 모른다고 사토코도 공감했다. 일기를 쓰지 않는 자신으로서는 잘 알 수 없었지만.

"하지만 자살 전날까지 자신의 고민과는 아무 관계도 없는 것을 계속 쓸까요? 나라면 그렇게는……."

"나 역시 그렇게는 못 하죠."

말을 가로채며 사야마가 말했다. "그리고 마키무라 쇼코 씨도 그건 못 했어요. 나흘 전부터 일기장의 날짜가 멈췄거든요."

"나흘 전이라고요?"

"그래요. 따라서 마키무라 쇼코 씨가 자살에 이른 동기는 사흘 전에 발생했다고 생각하는 게 맞겠지요. 친구들도 그때쯤으로 좁혀서 다시 한번 잘 생각해봐요. 진상은 뜻밖의 장소에 있는 경우가 많으니까. ……아, 앞방 친구가 돌아오는 모양이네."

사야마의 말대로 누군가 복도를 걸어오는 발소리가 나더니 이윽고 맞은편 방문의 열쇠를 여는 소리가 들렸다. 그것을 신호 삼아 사야마는 자리에서 일어났고 사토코도 방을 나섰다.

"또 만납시다."

사야마는 그렇게 말하고 복도를 걸어갔다.

5

"나홀 전이라……."

나미카는 인스턴트 블랙커피를 마시며 사토코의 얘기를 듣고 있었다. 얼굴이 피곤해 보이는구나, 하고 사토코는 느꼈다.

"별로 생각나는 게 없는데?"

"그렇지?"

"영문과 애들한테도 물어봤는데, 우리가 모르는 걸 그 애들이 알고 있을 리 없어."

그래, 라고 사토코도 힘없이 고개를 끄덕였다.

"그래서 어땠어, 미나미사와 선생님은?"

사토코가 물어보자 나미카는 말하기도 힘들다는 듯이 입가가 삐뚜름해졌다.

"우시더라, 짐작했던 대로."

"자살……, 이라고 말했어?"

"그거밖에 뭐 할 말이 있어야지. 선생님은, 정말 모르겠다, 모르겠다, 몇 번이나 그러시더라고."

흰 손수건으로 눈물을 훔치는 미나미사와 마사코 선생님의 바싹 여윈 모습이 사토코의 눈에 선히 떠올랐다. 초로의 은사님은 나미카의 보고를 어떤 심경으로 들으셨을까. 그리고 나미카는 어떤 표정으로 그 말을 했을까. 그런 힘든 역할을 자신이 맡지 않아서 다행이라는 마음과 나미카의 다부진 성격에 감탄하는 마음이 번갈아 사토코의 마음을 지배했다.

미나미사와 마사코는 현립 R고등학교에서 다도부 활동을 지도해준 선생님이었다. 사토코와 나미카와 쇼코, 그리고 가가와 도도, 모두 그 선생님에게서 다도를 배웠다. 가가와 도도는 정식 다도부 멤버는 아니었지만 사토코와 마찬가지로 나미카의 적극적인 추천에 따라 일주일에 한 번씩은 참가했다. 그리고 미나미사와 마사코는 고문古文 교사로서도 그녀들에게는 은사였다. 와코와 하나에는 다도부는 아니지만 3학년 때의 담임선생님이었다. 결국 일곱 명의 친구들 모두가 어떤 형태로든 미나미사와 선생님에게 신세를 진 것이다. 그런 인연으로 교사직을 사퇴하고 교단을 떠나신 지금도 한 해에 몇 차례는 선생님 댁에 모여 각자의 근황을 보고하는 게 고등학교 졸업 후의 항례 행사였다.

"그나저나."

커피를 다 마시고 나미카는 담배에 불을 붙였다. "학교 쪽은 어땠어? 다들 쇼코 얘기로 떠들썩하지?"

"글쎄……."

사토코는 가만히 고개를 저었다. "소문이 돌기는 하는 것 같은데……, 잘 모르겠다."

국문과 연구실에서 천박한 입방아가 오고 갔다는 말을 사토코는 하지 않았다. 불쾌한 기분이 되는 건 자기 한 사람이면 충분하다고 생각했기 때문이다.

"결국 쇼코를 앞으로도 오래오래 기억해주는 건 겨우 몇 명 뿐일 거야."

한숨을 내쉬듯이 나미카가 말했다. 사토코는 그런 말은 하지 말았으면 싶었지만, 역시 그게 서글픈 진실일 터였다.

"아참, 그거!"

말을 하면서 연기를 토해내다가 그 연기에 나미카는 스스로 얼굴을 찌푸렸다. "방금 아래층에서 관리인 아줌마에게 들었는데, 그날 밤 10시쯤에 쇼코에게 전화가 왔었대."

"쇼코에게? 누구한테서?"

"그야 뻔하지."

"도도 군?"

"관리인 아줌마가 항상 전화하던 그 남학생이었다고 했어.

전화를 바꿔주려고 쇼코를 불렀는데 대답이 없어서 여기 방에까지 올라 왔었대. 하지만 문도 잠겨 있고 두드려도 대답이 없었나 봐. 화장실까지 둘러봐도 없었다는 거야. 그래서 그냥 자는 모양이라고 말하고 전화를 끊었대."

"그렇다면 그때 쇼코는 벌써……."

그 뒷말을 차마 하지 못하고 사토코는 입을 다물었다.

"그래, 그때 벌써 죽어 있었다는 얘기지."

"도도 군, 결국 쇼코의 마지막 목소리를 듣지 못했네."

"그런 얘기, 도도 군한테는 하지 말자."

쓸쓸한 눈빛으로 나미카는 사토코를 바라보았다.

쇼코의 사체가 발견되고 이틀째 되는 날, 마키무라가에서 장례식이 거행되었다. 사토코를 비롯한 여섯 명의 친구는 큰 소리로 이야기하는 친척인 듯한 사람들과는 약간 떨어진 자리에서 조문 순서를 기다렸다.

"이렇게 다 모인 거, 정말 오랜만이다."

하나에가 친구들의 얼굴을 둘러보며 말했다. 맞는 말이었다.

"하지만 다 모인 거 아니야. 한 사람이 빠졌어."

사토코가 중얼거리듯이 말했다. 그 말의 의미를 깨닫고 잠시 모두들 입을 꾸욱 닫았다.

"동기는 아직도 밝혀지지 않았어?"

대학 교복 차림의 와코가 여학생들의 얼굴을 바라보며 물었다. 사토코는 저도 모르게 시선을 떨구었다.

여학생들이 아무도 대답하지 않자 곁에서 가가가 입을 열었다.

"어제 신문에는 '진로에 대한 고민인가'라고 적혀 있던데? 물론 물음표를 붙여서."

"그럴 리 없어. 그토록 바라던 여행사에 취직이 됐는데, 뭘. 그렇지, 사토코?"

하나에는 불끈해서 말했지만 사토코에게는 그럴 만한 기운이 없었다. 그래서 "글쎄"라는 애매한 대답만 나왔다.

도도는 다른 다섯 명의 친구들과 조금 떨어진 곳에서 차례차례 조문하는 상복 차림의 사람들에게 멍하니 시선을 던지고 있었다. 사토코의 눈에는 그가 지난 이틀 동안 병적으로 여위어버린 것처럼 보였다. 말수가 확연히 줄었고, 그리고 당연한 일이지만 음울하게 찌푸린 얼굴이었다.

어제도 그랬어—, 라고 사토코는 쇼코가 죽은 뒤 처음으로 도도를 만났던 때를 떠올렸다. 아침에 학교 가는 길에 전차 안에서 도도를 만나 함께 타고 온 것이다.

"아, 질문은 사절."

사토코가 입을 열기도 전에 도도는 괴로운 듯 웅얼거렸다. "물어봐도 나는 대답할 수가 없어."

쇼코의 자살 원인은, 이라는 뜻인 모양이었다.

"하지만 쇼코가 4, 5일 전부터 고민한 흔적이 있어. 그래도 전혀 짐작 가는 게 없어?"

"없어. 있으면 진즉에 말했지."

뭔가를 잘게 찢어서 내버리는 것처럼 도도는 말했다.

사토코는 지금 이렇게 그의 뒷모습을 바라보며, 왜 그의 연인은 자신의 고민을 아무에게도 털어놓지 못했을까 하고 생각했다. 말을 안 한 것일까, 아니면 못 한 것일까.

그런 식으로 생각을 더듬다보니 문득 한 가지 이론이 그녀의 뇌리에 싹텄다. 아무 근거도 맥락도 없이 얼핏 떠오른 생각에 지나지 않았지만, 그것은 몹시 설득력이 있는 것처럼 느껴졌다. 아냐, 내가 아마 피곤해서 그럴 거야—. 사토코는 그렇게 생각하기로 했다.

미나미사와 마사코 선생님이 나타난 것은 그들 여섯 명이 조문을 마친 직후였다. 키가 작은 그녀는 여기저기 선 채로 이야기하는 사람들 틈에서 그림자처럼 스르륵 모습을 드러냈다. 은발과 금테 안경과 상복이 너무도 잘 어울리는 것이 사토코의 눈에는 왠지 슬프게만 보였다.

미나미사와는 사토코 일행을 알아본 듯했지만, 눈짓으로 잠깐 인사를 건넨 뒤에 곧바로 마키무라가의 장례식장 안으로 사라졌다.

멍하니 나이 든 은사님의 뒷모습을 지켜보던 사토코는 문득 누군가 어깨를 두드리는 바람에 하마터면 비명을 지를 뻔했다. 험한 얼굴로 뒤를 돌아보니 교복 차림의 가가가 빨간 표지의 노트를 그녀의 눈앞에 내보였다. 그 순간 사토코의 머릿속에 떠오른 것은, 남자들은 어디를 가든 교복 한 벌로 다 통하니까 참 편리하겠다는, 전혀 아무런 관계도 없는 엉뚱한 생각이었다. 오늘 아침에 무엇을 입어야 할지 한 시간 가까이 고민했기 때문인지도 모른다.

"소문으로 떠돌던 그 일기장이야."

무뚝뚝하게 말하면서 가가는 그 노트를 사토코에게 건넸다. "이걸 읽어보고 쇼코의 마음속을 알아내야 해."

"이거 어디서 났어?"

피처럼 진한 빨간색 표지에 시선을 떨구며 사토코는 물었다. 장미 무늬가 돋을새김으로 들어가 있는 것을 처음으로 알아보았다.

"쇼코 어머님에게 부탁해서 빌려왔어."

"이상하게 생각하지 않으셔?"

"사토코가 꼭 보고 싶어 한다고 말씀드렸거든. 잘 부탁한다고 하시더라."

"그래……."

사야마 형사에게서 일기장에 대해 들었다는 말은 가가와 다른 친구들에게도 했다. 그래서 자신들이 그 일기장을 읽어볼 필요가 있겠다고 어제도 이야기했던 것이다.

"고마워."

실로 자연스럽게 감사의 말이 흘러나왔다. 어쩐지 오랜만에 마음이 누그러져 있었다.

"어라, 웬일로 고맙다는 말씀까지 해주실까. 뜻밖이네."

가가는 짐짓 과장스럽게 목을 움츠려 보였다.

미나미사와 마사코가 조문을 마치고 나오자, 지금까지 여기저기 흩어져 있던 여섯 친구가 자석이 끌어당긴 듯 모여들었다. 도도의 표정도 약간 편안해진 것 같아 사토코는 한결 마음이 놓였다.

"집에서 막 나오려는데 염주 실이 뚝 끊어지더구나."

적갈색 구슬을 꿴 염주를 보여주며 미나미사와는 온화한 어조로 말했다. "하나하나 주워서 다시 만드느라고 그만 늦어버렸다. 게다가 여기 오는 전차 안에서 헤아려봤는데 아무래도 구슬 두 개가 모자라. 한 개쯤 모자라면 그런가 보다 하겠는데 두 개라니, 이제 나도 나이가 들었다는 증거야."

"선생님……."

하나에가 더 이상 견디지 못하고 미나미사와의 어깨에 얼굴을 묻었다. 조금 전까지는 그래도 씩씩해 보였는데 감정의 기복이 심한 만큼 다시 울컥 슬픔이 몰려온 모양이었다.

하나에의 그런 모습을 보고 사토코까지 가슴속이 뭉클해졌다. 눈 아래쪽이 뜨거워지는 게 느껴졌다. 그녀의 그런 반응을 알아보았는지 미나미사와는,

"이런 때, 우리 친구 중에 남학생이 있어서 얼마나 다행인지 모르겠다."

라면서 가가와 와코 쪽을 바라보았다. "여학생이 기대고 울 수 있으니까. 하지만 이제 그만 쇼코에게 작별 인사를 해야겠지? 마음을 가라앉히고 느긋하게 차라도 한 잔 마시자꾸나."

차 준비는 해뒀어, 라고 노 교사는 말했다.

6

미나미사와 마사코의 집으로 가는 전차 안에서 사토코는 쇼코의 일기장을 펼쳤다. 첫 페이지의 날짜는 올해 1월 1일로 되어 있었다.

> 절대로 일기를 중간에 그만두지 말 것. 이게 첫 번째 목표다. 왜냐고? 이 일기장, 엄청 비싼 것이거든.

그게 첫머리였다. 쇼코의 장난기 어린 표정이 사토코의 머

릿속에 선하게 떠올랐다.

"결심을 깨뜨린 건 아니니까 쇼코의 목표는 이루어진 셈이네."

옆에서 들여다보던 나미카가 말했다.

"그렇긴 하지만……."

사토코는 애매한 대답을 하고 한 장 두 장 페이지를 넘겼다. 어떤 페이지에나 적어도 한 번쯤은 '도도 군'이라는 말이 나왔다. 이를테면 이런 식이었다.

5월 5일. 비가 내렸다. 모처럼 나간 드라이브였는데, 으이구. 결국 찻집만 차례차례 돌아다녔다.

찻집 〈L〉에서 이야기. 도도 군, 역시 대학원에 갈 생각이란다. 대단하다. 하지만 마쓰바라라는 귀신같은 교수 밑에서 조교로 몇 년을 보내야 할 텐데, 앞길이 험난하겠다고 걱정한다. 도도 군, 힘내! 내가 여행사에 취직할 거라고 했더니 "나 졸업할 때까지 신부 수업이나 하면 돼"라나? 꺄악, 너무 좋아—.

하지만 나 마키무라 쇼코는 커리어우먼이 되기 위해 힘껏 달려갈 것이야.

이런 글을 읽고 있으려니 사토코는 더욱더 가슴이 먹먹했다. 아픔을 털어버리듯이 일기장 뒤쪽으로 훌쩍 넘어갔다. 쇼코가 죽기 얼마 전의 일기였다. 눈에 익은 동글동글한 글씨로 다음과 같이 적혀 있었다.

> 피곤한 하루하루가 이어진다. 써야 할 리포트는 잔뜩 밀려 있고, 나미카의 코 고는 소리는 시끄럽고, 도무지 잠이 오지 않는다. 게다가 습진까지 생겨서 너무 가렵고, 진짜 싫다…….

"이때만 해도 쇼코에게 심각한 고민이 있었다고 하기는 어렵지?"

나미카는 '코 고는 소리'라는 부분을 가리키며 말했다.

"그래, 형사가 말했던 대로야. 이 일기를 쓴 다음 날부터 쇼코의 신상에 뭔가 이변이 생긴 거야. 문제는 그게 무엇이냐는 거지만."

"잠깐만 보여줘."

나미카는 일기장을 자기 쪽으로 당겼다.

"뭐 좀 알아낼 거 같아?"

맞은편 자리에서 팔짱을 낀 채 눈을 감고 있던 가가가 슬쩍 눈을 뜨고 물었다. 와코와 하나에, 도도, 그리고 미나미사와 마사코는 조금 떨어진 자리에 앉아 이야기를 나누고 있었다.

"아직 모르겠어."

그 말을 어떤 의미로 받아들였는지 가가는 조용히 고개를 끄덕이더니 다시 눈을 감았다.

"어라, 이상하다……."

일기장을 넘기던 나미카가 묘하게 나지막한 목소리로 중얼거렸다. "아무래도 이상해."

"뭐가?"

이번에는 사토코가 곁에서 들여다볼 차례였다. 일기장은 8월 8일 페이지가 펼쳐져 있었다.

"설날 아침에 맹세를 해서 그런지 쇼코는 하루도 빠짐없이 일기를 썼어. 시험 기간에도 말이지. 근데 여기는 8월 8일에 쓰고 그다음은 8월 15일이야. 그 사이의 6일 동안은 일기를 쓰지 않은 거야. 왜 그랬지? 여기 말고는 전혀 빼먹은 적이 없어."

"일기를 못 쓴 이유는 적어놓지 않았어?"

"아니, 없어."

나미카가 고개를 저었다.

사토코는 다시 한번 일기장을 훑어보았다. 아닌 게 아니라 이상했다. 일기를 중단한 시기에는 무슨 일이 있었을까. 바쁘다든가 하는 게 아니었다면—.

문득 생각나는 게 있었다. 사토코는 나미카에게 물었다.

"혹시 8월 8일에 영문과 쪽에서 무슨 행사 없었어?"

"행사? 그때는 여름방학 중이라서 행사는……."

없어, 라고 말하려다가 나미카의 말이 문득 끊겼다. 그리고 급한 손놀림으로 가방 안에서 파란 수첩을 꺼냈다. 대체 몇 년을 썼는가 싶을 만큼 표지가 너덜너덜하게 닳아졌다.

"아, 그렇구나!"

나미카는 수첩을 들여다본 뒤 깊숙이 고개를 끄덕였다. "그날, 영문과 강좌 여행이었어."

"역시."

사토코는 한숨을 내쉬었다. 짐작했던 대로였다.

"뭔가 알고 있는 거야?"

탐색하는 눈빛으로 나미카가 바라보았다.

"응, 실은……."

사토코는 가가에게 들리지 않을 정도의 작은 목소리로, 엊그제 연구실에서 들은 이야기를 나미카에게 해주었다. 쇼코가 여행지에서 낯선 남자들과 어울려 놀았다는 소문이다.

이야기를 들은 나미카는 씁쓸하게 미간을 찌푸렸다.

"그 이야기는 나도 들었어. 우리 영문과에 노는 애들이 꽤 많거든. 하지만 그 속에 쇼코까지 낀 줄은 몰랐네."

"대체 무슨 일일까?"

"정말 무슨 일인지 모르겠네. 하지만……."

그렇게 말하며 나미카는 일기장을 손끝으로 톡톡 쳤다. "뭔가 어처구니없는 예감이 든다."

"나미카, 내가 장례식 때부터 생각해봤는데……."

"별로 생각하는 분위기는 아니었던 거 같은데?"

"연인에게도 말할 수 없는 비밀이라는 건 결국 한 가지밖에 없어."

나미카는 부러 그러는 듯 헛기침을 했다.

"그런 쪽이라는 말?"

"그래, 그런 쪽."

나미카는 이번에는 나지막한 신음 소리를 냈다. 그리고 화가 난다는 듯 긴 머리를 벅벅 헝클었다.

"강좌 여행에서 그 낯선 남자들하고 뭔가 있었을 거란 말이지?"

"맞아. 그런 쪽으로 생각하긴 싫지만."

"이를테면 성폭행?"

"그럴지도 몰라. 아무튼 그때 일기도 쓰지 못할 만큼 뭔가 중요한 일이 있었어."

"그게 이번 사건과 관계가 있다는 건가……."

끄응 나지막하게 신음 소리를 내며 나미카는 눈을 감았다.

미나미사와 마사코의 집은 옛날식 가옥이었다. 차량 통행이 잦은 큰 도로를 벗어나 돌멩이가 깔린 언덕길을 50미터쯤 올라가면 그 목조 주택이 나타난다. 길이 느슨하게 굽어들기 때문에 묘한 착시가 일어나는지, 그 집의 정면은 실제보다 훨씬 더 폭이 넓게 보였다. 현관문에 예스러운 격자무늬가 들어가서 시대극의 무대 배경으로도 사용할 만한 풍정이었다. 하지만 바로 앞에 서 있는 콘크리트 전봇대가 모든 것을 다 망쳐버렸다.

길에서 현관까지는 한 단 내려서게 되어 있었다. 미나미사와의 뒤를 따라 사토코 일행은 집 안으로 들어갔다. 가가와 와코처럼 키가 큰 남학생들은 허리를 숙이지 않으면 안 될 만큼 상인방上引枋이 낮았다.

들어서면 곧바로 현관이다. 고요히 멈춰 있던 공기가 자신들의 방문에 의해 크게 흐트러지는 것 같다고 사토코는 느꼈다.

미나미사와를 따라 들어가는 곳은 항상 가장 깊숙한 5평짜리 큰방으로 정해져 있었다. 툇마루가 있고 정원의 화초가 내다보였다. 이 방에 들어서면 왠지 모두들 단정하게 무릎을 꿇고 앉게 되었다.

미나미사와가 차 준비를 하러간 사이에 여섯 명의 친구들은 멍하니 정원을 바라보고 있었다.

"전에 여기 왔을 때는 봄이었지? 저쪽 나무에 하얀 꽃이 피어 있었어."

툇마루에 서서 가가는 나지막한 나무 한 그루를 가리켰다.

"단풍철쭉이야."

나미카가 말했다. "은방울꽃같이 생겼지? 낙엽수지만 아직 물이 들기에는 조금 일러."

"자세히도 알고 있네. 선생님한테 들었어?"

와코가 묻자 나미카가 무표정하게 대답했다.

"아니, 쇼코한테 들은 얘기야."

미나미사와 마사코가 차 도구를 들고 나타나자 여섯 사람은 그녀와 마주하듯이 나란히 앉았다. 수없이 다도 모임을 하는 사이에 저절로 앉는 순서가 정해졌다. 우선 나미카, 그리고 그 다음이 사토코였다.

사토코는 미나미사와의 손의 움직임을 눈으로 좇았다. 한 치의 망설임도 낭비도 없이 마치 물이 흐르는 듯한 움직임이었다. 그리고 기계처럼 정확하고 조용하게 차선茶筅✢을 휘저었다.

묵직한 무게감을 느끼며 찻잔을 들었다. 깊은 풀빛 웅덩이가 그곳에 있었다. 비즈보다 더 자잘한 거품과 함께 마신 뒤에 아무 말도 하지 않고 찻잔을 다시 돌려놓는 것이 우라센케裏千家✢✢ 다도의 예법이었다.

"와코 군과 하나에도……."

✢ 대나무를 가늘게 쪼개고 둥글게 묶어 차 가루가 잘 섞이도록 하는 다도의 도구.
✢✢ 일본 다도의 3대 유파 중의 하나.

차를 저으며 미나미사와가 말했다. "이제 다도에 제법 익숙해진 것 같구나."

"네, 조금."

찻잔을 든 채 와코는 하나에의 얼굴을 마주 보았다.

친구들 중에 그 두 사람만 다도를 경험하지 못했다. 그래도 억지로 데려와 함께 차를 마시도록 했다. 하나에는 금세 어울렸지만 와코는 한참 힘들어했다. 그림물감을 마시는 것 같아 속이 느글거린다고 질색을 했던 것이다. 하지만 요즘에는 어설프나마 자기 손으로 차를 저을 수 있을 정도로 익숙해졌다.

저마다의 근황에 대해 잡담을 나눠가며 한바탕 이야기를 마쳤을 즈음, 사토코는 찻잔을 내려놓으며 물었다.

"선생님이 쇼코를 마지막으로 만난 건 언제였어요?"

미나미사와는 고개를 갸웃이 기울였다.

"글쎄다, 정확한 날짜는 기억이 안 나지만, 아마 여름방학이 끝날 무렵에 쇼코가 우리 집에 왔을 거야."

"여름방학에요?"

사토코와 나미카는 고개를 돌려 서로를 마주 보았다. "무슨 일로 왔었는데요?"

"무슨 일? 글쎄, 생각이 안 나네. 딱히 무슨 볼일이 있었던 건 아니야."

"차를 마시고 그냥 돌아갔어요?"

가가의 질문에도 미나미사와는 그저 "으응"이라고 대답할 뿐이었다.

"쇼코가 자살한 이유를 알고 싶은 모양이구나."

미나미사와는 나미카에게 두 잔째의 차를 저어주며 말했다. 사토코는 말없이 고개를 끄덕였다. 곁에서 나미카도 고개를 끄덕였다.

"도도 군도 알고 싶어?"

갑작스런 질문에 도도는 깜짝 놀란 듯 몸을 긴장시켰다. 그리고 소리를 내지 않고 입술을 슬쩍 움직인 뒤에,

"네, 저도 알고 싶습니다."

라고 약간 떨리는 목소리로 대답했다.

"그렇구나……. 하지만 나는 별로 알고 싶은 마음이 없어."

미나미사와는 찻잔을 내려놓았다. 나미카가 그 찻잔을 집으러 나갔다.

"쇼코가 내내 지켜온 비밀을 굳이 들춰내고 싶지 않아. 이미 세상을 떠나버린 쇼코는 너희들이 뒤를 캐는 데 대해서 아무런 저항도 할 수 없잖아."

"하지만 우리는 이번 일을 도저히 받아들일 수가 없어요."

하나에가 다시 울먹이는 목소리가 되어 말했다. "어떤 비밀이라도 서로 털어놓는 사이라고 생각했는데……."

"털어놓을 수 없기 때문에 비밀인 거야."

그렇게 말하고, 미나미사와 마사코는 "한 잔 더, 어때?"라며 제자들을 둘러보았다.

돌아오는 길에 사토코와 나미카는 중간 역에서 먼저 전차를 내렸다. 그리고 다른 네 친구가 탄 전차가 떠나는 것을 배웅한 뒤에, 반대편 홈에 도착한 전차로 바꿔 탔다.

나란히 자리를 잡자마자 다시 빨간 장미 무늬가 새겨진 쇼코의 일기장을 꺼냈다. 페이지를 넘기는 시간도 아까워하며 사토코는 곧장 원하는 부분을 펼쳤다.

8월 20일, 미나미사와 선생님 댁에 갔다. 선생님이 손수 타주시는 차를 마시며 긴 이야기를 했다. 나 혼자서만 너무 오래 떠든 것 같다. 선생님은 정말 남의 말을 잘 들어주시는 분이다—.

"어떤 이야기를 했는지는 써놓지 않았어."

사토코는 말했다. 그리고 '남에게 보여줄 생각은 없지만, 혹시 남이 봤을 경우를 생각하며 쓴다. 그것이 일기'라고 했던 사야마 형사의 말이 생각났다.

"하지만 여름방학 강좌 여행에서 겪은 일을 상담하러 갔던 건 틀림없어. 쇼코가 순진하고 고리타분한 면이 있어서, 외간 남자와 관계를 가지면 사형이라도 당하는 줄 알았을 거야."

그리고 나미카는 "내가 좀 더 철저히 교육시켰어야 했는데"라는 말을 그야말로 진지한 얼굴로 혼자 중얼거렸다.

사토코와 나미카가 다시 찾아가자 미나미사와 선생님은 뭔가 잊어버리고 간 것으로 생각한 모양이었다. 하지만 사토코가 잠깐 중요한 이야기가 있다고 말하자 미나미사와는 심각한 표정이 되어서 입가에만 웃음을 머금은 채, "그래, 어서 들어와라. 이번에는 커피가 좋겠지?"라면서 응접실 쪽으로 안내해주었다.

이 방은 사토코도 와본 적이 없었다. 넓이는 6평쯤 될까. 방 한쪽에는 다리에 조각이 들어간 오래된 책상이 있었다. 그 책상 위에는 대백과사전들이 나란히 놓여 있었다. 책상도 책도 꽤 오래된 물건으로 보였지만 아주 조금의 먼지도 없이 깨끗했다.

"죽은 남편의 물건이야."

사토코가 물끄러미 쳐다보고 있어서인지 커피 잔을 차려내며 미나미사와가 말했다. "예전에는 이 방을 서재로 썼어. 책장도 있었는데 대부분 처분해버려서……."

미나미사와 마사코의 남편은 모 국립대학의 수학 교수였다. 벌써 10여 년 전에 사별하고 그 뒤로 미나미사와는 내내 홀로 이 집을 지켜왔던 것이다.

"선생님, 실은 쇼코 일로 여쭤볼 게 있어요."

사토코는 그렇게 첫말을 뗐다. 그리고 여름방학 강좌 여행에 대해 말하고, 그 일로 혹시 쇼코에게 상담을 해준 일이 없느냐고 물었다. 미나미사와는 그 질문에는 곧바로 대답하지 않고, "너희는 그걸 어떻게 알았지?"라고 물어왔다.

대학 연구실에 그런 소문이 떠돌고 있다고 설명하자, 그녀는 서글픈 듯이 눈을 내리뜨고는 "그랬구나……. 사람이 죽으면 과거를 대청소하듯이 좋은 소문도 나쁜 소문도 마구 퍼지는 법이지"라고 말했다.

"그래서 너희는 그 일이 이번 사건과 관계가 있다고 생각하니?"

"혹시 그런 게 아닌가 싶어서요."

사토코가 대답하자 미나미사와는 가볍게 고개를 끄덕이고는 조용히 커피 잔을 입으로 옮겼다. 다도의 스승은 이런 때에도 기품이 있어 보였다.

"당했다거나 속은 게 아니고 그 자리의 분위기에 취해버렸던 거라고 쇼코는 말했어. 그런 식으로 무너진 자신이 나빴다고도 했고. 게다가 그 일을 도도 군에게 말해버릴까 하고 생각하는데, 어떻겠느냐고 상담하러 온 거였어."

역시나, 라고 사토코와 나미카는 서로 얼굴을 마주 보았다.

"그래서 선생님은 뭐라고 하셨어요?"

사토코가 머뭇머뭇 물었다. 그러자 미나미사와는 조용히 뺨이 풀어지면서 말했다.

“아무 말 말아라, 라고 했지. 도도 군은 아무것도 모르는데 굳이 유쾌하지도 않은 일을 말해줄 건 없잖니? 자기가 말하지 않아도 결국 알아챌 거라고, 쇼코는 아마 그게 걱정이었던 모양이야. 하지만 남자들이란 그렇게 눈치가 빠르지 않다, 그런 것보다는 네가 앞으로 조심하면 된다. 그런 얘기를 해줬지.”

“좋은 말씀을 해주셨네요.”

나미카가 감사의 말을 했다. 사토코도 똑같은 마음이었다. 하긴 이제 와서는 이런 감사도 무의미한 것이 되고 말았지만.

“그래서 쇼코는 그 충고를 받아들인 거지요?”

사토코의 질문에 미나미사와는 응, 이라고 고개를 끄덕였다.

“그래서 나는 그 문제는 이번 자살과는 직접적인 관계가 없다고 생각해.”

사토코와 나미카는 약속이라도 한 것처럼 똑같이 한숨을 내쉬었다. 안도하는 듯한, 혹은 기대가 어그러진 듯한 묘한 한숨이었다.

“역시 자살의 이유를 캐볼 생각이니?”

미나미사와가 물었다. 나무라는 듯한 그 말투에 마음이 주춤하면서도,

“네, 이 일을 그냥 넘어갈 수는 없어요.”

라고 사토코는 단호하게 말했다.

"그래, 어쩔 수 없구나. 너희에게는 그럴 권리가 있기도 하고……."

"정말 도저히 그냥 넘어갈 수가 없어요."

사토코는 다시 한번 말했다. 미나미사와 마사코는 몇 번이고 고개를 끄덕였다.

미나미사와의 집을 나온 두 사람은 한참이나 아무 말이 없었다. 그날 들어 벌써 네 번째로 타게 된 전차의 흔들림에 몸을 맡기고 사토코는 차 안의 광고판을 멍하니 바라보았다. 시선은 광고 제목 위를 훑고 있었지만 한마디도 머릿속에 들어오지 않았다. 쇼코의 사건과 미나미사와 마사코의 말 등이 불규칙한 모양새로 뇌리를 스쳐갔다.

"아무리 생각해도 가능성은 그거 한 가지야."

긴 머리를 쓸어 올리는 버릇이 다시 나오면서 나미카가 갑작스럽게 입을 열었다.

"가능성이라니, 무슨 가능성?"

사토코는 그녀의 옆얼굴을 바라보았다.

"쇼코가 자살한 건 강좌 여행에서 있었던 일 때문일 거란 말이야. 여름방학에서 상당히 시간이 지나기는 했지만, 한 가지 가능성을 생각할 수 있어."

"뭔데?"

"요즘에야 도도 군이 그 일을 알아챘을 가능성."

"도도 군이?"

전혀 가능성이 없는 일은 아니라고 사토코도 생각했다. 그 강좌 여행에 대해서는 비밀 유지가 그리 철저했다고 할 수 없었다. 사토코만 해도 그저 지나가는 이야기처럼 그 소문을 들었던 것이다. 그것과 똑같은 식으로 도도가 알아챘을 가능성은 충분히 있었다.

"그래서 그 문제로 고민하다가 쇼코가 자살했다는 얘기야?"

"꼭 그렇다기보다 도도 군이 그 일을 나무랐던 거 아닐까? 헤어지자는 이야기도 당연히 나왔을 거고, 쇼코의 성격으로 봐서 그랬다면 아마 상당한 충격을 받았겠지."

"너라면 정말 아무것도 아닌 일이었을 텐데."

"그러니까 쇼코는 나나 너하고는 다르다는 거야."

"이제 어떻게 하지? 그걸 확인하려면 도도 군에게 물어보는 수밖에 없는데……."

그러자 나미카는 고개를 홱 돌리며 "아휴, 난 그건 못 해"라고 말했다.

"나도 싫어."

"일기장……. 그 일기장에 뭔가 적혀 있지 않을까?"

나미카는 사토코의 손에 있는 일기장을 턱으로 가리켰다. 그래서 사토코는 다시 빨간 표지에 손을 얹었다. 여름방학 이후의 페이지를 넘겨보았다. 그렇게 생각해서 그런지, 여름 이전에 비해 '도도 군'이라는 단어가 부쩍 줄어든 것 같았다.

"이게 가장 최근에 도도 군에 대해 써놓은 내용이야."

사토코는 날짜가 10월 15일로 되어 있는 페이지를 나미카 앞으로 펼쳐주었다.

10월 15일 화요일. 도도 군이 자신의 꿈에 대해 말했다. 연구, 국제학회, 대학교수. 그는 내 몫까지 큰 꿈을 꾸어준다. 커리어우먼에서 교수 부인까지.

"그러니까 반드시 쇼코 너여야만 해"라는 그. "미래의 교수 부인은 반드시 숙녀가 아니면 안 되거든."

"내가 숙녀인가?"라고 물어보았다.

"물론이지"라고 도도군은 대답해주었다. "사토코와 나미카는 유감스럽지만 자격이 없어"란다—.

"이런 괘씸한 놈."

나미카가 낮게 투덜거리며 질끈 눈을 감았다.

백로장에 도착한 건 저녁 5시 무렵이었다. 나미카가 "저녁 먹고 술이나 한잔하자"라고 해서 사토코도 여기까지 함께 온 것이다. 그나저나 지난번 선수권 대회 이후로 나미카와 술 마실 기회가 많아졌다고 사토코는 느꼈다.

백로장에 들어서자 사토코는 관리실 쪽에 공손히 인사를 했다. 오늘 밤은 나미카의 방에서 자고 갈 예정이어서 이런 날은 관리인에게 되도록 상냥하게 해두는 게 좋기 때문이다. 하지만 변함없이 부루퉁하게 앉아 있는 중년 아줌마 너머에서 아는 얼굴을 발견하고 사토코는 멈춰 섰다. 지난번에 보았던 그 형사—, 사야마 형사였다.

사야마는 쇼코 옆방의 후루카와 도모코와 이야기를 나누고 있었다. 그리고 사토코와 나미카를 알아보고는 가볍게 머리를 숙이며 말했다.

"그쪽 두 여학생도 이따가 잠깐 시간 좀 내줬으면 좋겠는데."

전에 만났을 때와 비교해 그의 얼굴 표정에 어딘지 절박한 기색이 있는 것 같아 사토코는 은근히 마음에 걸렸다.

"네, 언제든지."

나미카가 대답했고, 두 사람은 계단을 올라 방으로 갔다.

"이야기가 길어질 거 같은데? 도모코한테 뭘 물어보는 거지, 저 형사?"

방에 들어온 뒤에 나미카는 그렇게 말하며 아랫입술을 깨물었다.

후루카와 도모코는 3학년이고 쇼코의 방 바로 왼쪽의 방에서 지내고 있다. 쇼코의 사체가 발견되기 직전에 여행을 갔었기 때문에 경찰의 조사를 받지 못했던 것이다.

"별 얘기 아닐 거야. 마침 그날 여기 없었으니까 오늘 물어보러 왔겠지."

"그런 분위기가 아니었어. 너도 눈치챘잖아?"

나미카는 핸드백을 휙 던진 뒤에 물었다. "홍차 마실래?"

찻잔을 준비하는데 계단 아래에서 관리인 아줌마가 부르는 소리가 들렸다. 나미카는 "여기서 해도 되지?"라고 물으며 샌들을 신고 나갔다. 사토코는 얼핏 무슨 말인지 알아듣지 못했지만, 사야마의 목소리가 계단을 올라오는 소리를 듣고서야 이야기할 장소를 말했다는 걸 깨달았다.

"아, 미안해요."

나미카의 뒤를 따라 들어온 사야마 형사는 머리를 긁적이며 신발을 벗었다. 사토코는 그의 회색 양복을 보고 이 형사는 옷이 저거밖에 없나, 하고 생각했다.

"후루카와하고는 이야기가 끝나셨어요? 꽤 오래 하시는 거 같던데."

넌지시 떠보듯이 나미카가 물었지만, 사야마는 "예, 뭐, 그렇죠"라고 애매하게 얼버무렸다.

"실은 마키무라 쇼코 씨가 자살한 날 밤에 대해 다시 한번 확인하려고요."

"밤?"

나미카는 사토코 쪽을 돌아보더니 다시 사야마에게로 시선을 돌렸다. "무슨 말씀이시죠?"

형사는 짐짓 점잖은 몸짓으로 검은 표지의 수첩을 꺼내면서 물었다.

"그날 밤, 나미카 씨는 백로장에 돌아와 곧바로 마키무라 쇼코 씨의 방을 노크해봤다고 했죠?"라고 지난번의 증언을 확인했다. 나미카는 시선을 그에게로 향한 채 고개를 끄덕였다.

"시각은, 아, 그게 몇 시였더라……."

"11시예요."

"그랬군. 거기서 질문인데요, 그때 방문은 틀림없이 잠겨 있었어요?"

"방문이라……."

나미카는 눈을 내리뜨고 사야마의 질문에 대해 잠깐 생각해보다가 그 눈을 그에게로 던지며 대답했다.

"네, 잠겨 있었어요. 틀림없이 손잡이를 돌려봤는데도 열리지 않았으니까요."

"틀림없습니까? 착각하는 수도 있을 텐데."

"아니, 틀림없어요."

왜 그러느냐는 듯 나미카는 딱 잘라 말했다.

"그 뒤에 마키무라 쇼코 씨의 방에서 뭔가 소리가 나지는 않았어요? 이를테면 누군가 걸어가는 기척이라든가 드나드는 소리 같은 거."

"아뇨, 없었는데요? 그날은 내가 밤늦게까지 깨어 있어서―, 네, 술을 좀 마셨어요. 하지만 쇼코 방 쪽으로 귀를 기울이고 있었으니까 그런 소리가 났다면 내가 금세 알았을 거예요."

"실례지만, 몇 시까지 깨어 있었죠?"

"아마 밤 1시쯤이었을 거예요."

나미카의 평소 생활을 감안하면 분명 그 시간쯤이었을 거라고 사토코도 옆에서 들으면서 고개가 끄덕여졌다.

"그렇군요."

사야마는 뭔가 떨떠름한 목소리를 냈다. 그리고 검은 수첩을 들여다보며 생각을 더듬는지 잠깐 입을 다물고 있었다.

"뭔데 그러세요?"

사토코가 옆에서 한마디 거들어보았다. 하지만 형사는 고개를 저으며 신중한 어조로 "아니, 아무것도 아녜요. 이 일은 되도록 외부에는 말하지 않도록, 부탁해요"라면서 수첩을 덮었다.

고마웠어요, 실례합니다, 라는 인사를 남기고 자리에서 일어서는 사야마의 팔을 나미카가 붙잡았다.

"잠깐만요. 무슨 일인지 설명 좀 해주시겠어요? 후루카와에게서 얻은 정보와 관련이 있는 거죠?"

하지만 사야마는 약간 침울한 표정을 지으며 나미카의 손을 가만히 밀어냈다.

"아직은 말할 수 없어요. 아마 며칠 내로 반드시 말해야 할 때가 올 거예요."

신발을 신으려는 형사의 등에 대고 사토코는 말했다.

"형사님이 말을 안 해줘도 후루카와에게 직접 물어보면 되는데요, 뭘."

사야마는 일순 망설이는 듯 미간에 주름을 잡았지만, 곧바로 원래의 사람 좋은 얼굴로 돌아와 "그건 마음대로 해요"라고 말했다. 그리고 잠깐 고개를 숙여 보이더니 뒤를 돌아보는 일 없이 문 너머로 사라졌다.

형사의 조심스럽게 내딛는 구두 소리가 계단을 내려간 것을 확인한 뒤에 사토코와 나미카는 아무 말도 하지 않고 약속이라도 한 듯이 복도로 나갔다. 그리고 망설임 없이 나미카는 후루카와 도모코의 방문을 두드렸다. 졸린 듯한 목소리가 돌아오더니 자물쇠가 돌아가는 소리가 났다.

"어머, 선배가 웬일이에요?"

도모코는 트레이너 차림이었지만, 깜빡 잠이 들었던지 머리털이 부스스하게 일어서 있었다.

"들어간다?"

도모코의 대답도 기다리지 않고 나미카는 방 안에 쓰윽 들어섰다. 사토코도 그 뒤를 따랐다. 항상 이런 식인지, 도모코도 자기 방에 밀고 들어오는 데 대해 그리 불쾌해하는 기색이 없었다.

"도호쿠에 놀러 갔었구나?"

방 한쪽 구석에 어질러져 있는 선물 봉투를 보며 나미카가 물었다. 도호쿠 지역에서 가장 크기로 유명한 '고이와이 농장'이라는 글씨가 인쇄된 치즈 덩어리를 보고 사토코도 그렇구나 하고 생각했다.

"네, 원래는 홋카이도에 갈 생각이었어요. 근데 마침 N대학에 다닌다는 남학생들이 같이 놀자고 꼬드기더라고요. 건방지게 BMW씩이나 타고 다니면서. 걔들이 홋카이도까지 간다고 해서 딱 좋았는데, 미요코란 애가 추가 시험 때문에 안 된다고 하는 바람에 도호쿠에……."

"형사가 너한테 어떤 질문을 했어?"

도모코의 수다가 더 길어지기 전에 나미카가 냉큼 물었다. 도모코는 말이 끊긴 게 불만스러운 듯 아랫입술을 툭 내민 뒤에, "쇼코 선배가 죽었다면서요. 아까 돌아와서 그날 밤 얘기 듣고 정말 깜짝 놀랐어요. 나 돌아오는 대로 형사한테 연락하라고 했다고 아줌마가 그러더라고요. 그래서 연락했더니 그 형사가 온 거예요. 꽤 성실한 이미지던데요, 그 남정네도?"라고 콧소리를 섞어서 말했다. 아줌마라는 건 관리인을 가리키는 모양이었다. 그리고 연상의 남자까지 '남정네'라고 하는 그 나이 또래가 사토코는 불현듯 그리웠다. 1, 2년 전만 해도 사토코와 나미카도 그런 식으로 말하곤 했다.

"도호쿠 지방 신문에는 이번 사건이 안 실렸니?"

"나야 모르죠. 게다가 내가 신문 같은 거 보겠어요?"

무슨 자랑거리인 듯 그렇게 말하며 도모코는 웃었다.

"그래서 그날 밤 무슨 일이 있었어?"

"뭐, 별일도 없었는데요?"

나미카가 담배를 꺼내자 도모코는 과일 통조림의 빈 깡통을 내밀며 말했다.

"그날 밤에 나미카 선배도 쇼코 선배의 방문을 두드렸다면서요? 실은 나도 그 조금 전에 쇼코 선배한테 갔었어요. 근데 방의 전깃불이 꺼져서 깜깜하고 문 앞에서 불러도 대답이 없더라고요. 지금 생각해보니까 그때는 벌써 자살한 뒤였나 봐요."

감정의 기복이 많은 체질인지 조금 전까지 흰 이를 드러내며 웃던 도모코가 말끝에는 거의 울먹이는 소리를 냈다.

"그때 내가 알았으면 살릴 수도 있었는데……."

"아, 잠깐! 전깃불이 꺼져 있었단 말이야?"

"네, 맞아요. 아직 이른 시간이라서 뭔가 좀 이상하다고 생각하기는 했는데……."

"잘못 본 거 아냐? 방문 틈새로 형광등 불빛이 새어나왔을 텐데?"

자신이 사체를 발견했을 때는 분명 그랬다고 기억을 확인하면서 사토코가 물었다.

하지만 도모코는 그다음에 더욱더 놀랄 만한 소리를 입에 올렸다.

"문 틈새로? 그런 건 상관없죠. 내가 문을 열고 쇼코 선배를 불렀는데요, 뭘. 열쇠요? 문은 잠겨 있지 않았어요."

제2장

1

T대학 이공학부는 부지 내의 서남쪽 끝, 정문에서 보면 가장 안쪽에 자리 잡고 있다. 문학부와 사회학부, 그리고 경제학부 건물이 어떤 형태로든 새롭게 개축된 데 비해 이쪽 이공학부 건물은 하나같이 대학 창립 때의 모습 그대로였다. 원래 이 대학은 T시립 이공학 전문학교에서부터 시작되었기 때문에 이공학부 자체는 T대학보다 오히려 역사가 오래된 셈이다. 시대의 흐름 따위는 아랑곳하지 않고 옛날식 목조 건물과 벽돌 건물이 차례차례 늘어선 이공학부의 모습은 마치 그 전통을 과시하며 다른 곳과는 다르다는 점을 강조하려는 것처럼 보였

다.

이공학부는 크게 나누어 이학계와 공학계로 나뉘지만 전체의 80퍼센트는 공학계라고 해도 무방하다. 공학계 안에는 다시 전자과, 전기공학과, 기계공학과, 금속공학과, 화학공학과 등이 있고 저마다 전용 연구실을 갖고 있었다.

마키무라 쇼코가 죽은 지 4일째인 토요일, 다저스 야구 점퍼를 걸친 가가 교이치로는 금속공학과 전용 건물 안을 마치 처음으로 해외여행을 하는 사람처럼 걸어갔다. 가가는 사회학과 학생이다. 이런 곳에 발을 들인 건 입학 이래 처음이었다. 무엇 때문에 복도를 이렇게 어두컴컴하게 해두는 거야, 하고 그는 입 속에서 혼잣말을 흘리며 걸었다.

'금속재료 연구실'이라는 팻말이 붙은 교실 앞에서 가가의 발은 멈췄다. 이곳이야, 틀림없어—.

연구실 문에는 학생의 행선지를 보여주는 팻말이 붙어 있었다. 학생 이름을 적고 그 옆에 '실험실'이니 '식당'이니 하는 마그넷을 붙여두는 것이다. 도도의 이름은 위에서 세 번째에 있었다. '재실在室'이라는 팻말이 붙어 있었다.

잠시 망설인 뒤에 두세 번 노크를 했다. 대답은 없었다. 대답이 없더라도 문을 열고 들어오라고 도도가 미리 알려주었다.

문을 열자 느닷없이 로커와 캐비닛이 턱 가로막고 있었다.

딱히 의미가 있는 건지는 모르겠지만, 어떻든 안쪽의 상황이 곧장 외부로 드러나지는 않았다. 가가는 "도도 군, 안에 있어?" 라고 조심스럽게 부르며 로커 옆을 돌아 안으로 들어갔다.

그곳에는 두 개의 책상이 서로 마주 보게—즉 책상이 네 개—놓여 있었지만, 책상의 주인은 아무도 없었다. 그러니 조용할 만도 하다고 가가는 생각했다. 어디선가 물이 흐르는 듯한 소리가 들려왔다.

"도도, 없냐?"

얼빠진 물음이라고 생각하며 가가는 조금 큰 소리를 내보았다. 이윽고 옆방에서 "네에"라는 대답이 들려왔다. 하지만 도도의 목소리가 아니었다.

옆방과 이쪽 방을 이어주는 문이 열리고 검은 테 안경을 쓴 키 작은 남자가 나타났다. 낯선 얼굴이었지만, 학생인 모양이었다. 몇 년은 빨지 않은 듯한 흰 가운—어떻든 흰 가운—을 입고 있었다.

"도도는 지금 실험실 정리를 하느라고……. 금방 끝나니까 잠깐 기다려 달라던데."

"그래? 여기 좀 앉아도 될까?"

가가는 의자 하나를 가리켰다. "응, 앉아"라고 그 학생은 말했다.

책상에서 의자를 빼내는 겨를에 그 발치에 작은 수조가 놓여 있는 것을 알았다. 금붕어 몇 마리를 넣으면 꽉 차버릴 만큼 작은 수조였지만, 그 안에는 금붕어가 아니라 두 개의 도르래가 나란히 들어 있었다. 한쪽은 지름 8센티미터쯤, 그리고 또 한쪽은 그 반절 정도의 크기였다. 둘 다 알루미늄 같은 색깔이었다. 두 개의 도르래는 축의 높이가 거의 비슷하게 설치되었고 용수철 모양의 벨트로 이어져 있었다. 그리고 두 개의 도르래가 3분의 1쯤 잠길 정도로 물이 차 있었다. 벨트로 이어진 그 두 개의 도르래가 계속 돌아가기 때문에 물소리가 났던 것이다.

하지만 가가는 그 수조를 들여다보고 아주 신기한 점을 깨달았다. 도르래가 경쾌하게 돌아가는데, 그것을 돌리는 동력, 즉 모터가 눈에 띄지 않는 것이었다. 물론 태엽이나 고무 장치도 아닌 것 같았다. 가가는 검은 테 안경의 학생에게 물어보았다. 그러자 그는 매우 흐뭇한 기색으로 입가에 싱글벙글 웃음이 번지며 말했다.

"물에 비밀이 있는 거야."

그래서 가가는 얼굴을 가까이 대고 자세히 들여다보았다. 물의 표면에서 살짝 수증기가 피어오르는 것 같았다.

"뜨거운 물인 모양인데?"

"맞아, 그게 원동력이야. 이 장치는 내가 만들었어."

검은 테 안경의 학생은 의기양양한 표정이었다.

그때 문이 열리고 도도가 모습을 드러냈다.

"오래 기다렸냐?"라고 표정이 담기지 않은 목소리로 말했다. 표정을 바꾸는 방법을 잊어버린 사람처럼 그의 얼굴은 큰비가 쏟아지기 직전의 잔뜩 흐린 상태로 항상 고정되어 있었다.

검은 테 안경의 학생이 자리를 바꾸듯이 옆방으로 가버렸기 때문에 가가는 도도에게 "이거, 꽤 재미있다"라고 수조를 가리켰다. 도도는 자신의 책상 위를 정리하면서 시선도 돌리지 않고 대꾸했다.

"그냥 시시한 장난감이야."

그가 샤프펜슬을 서랍에 챙겨 넣을 때, 그 안에 고급스러운 라이터가 들어 있는 게 보였다. 이 녀석, 담배도 안 피우면서 웬 라이터야, 라고 가가는 생각했다.

입구의 행선지 팻말에 '귀가歸家'라는 마그넷을 붙여놓고, 도도와 가가는 나란히 걸음을 옮겼다. 마루 복도를 건너가는 불규칙한 발소리가 물을 끼얹은 듯 조용한 건물 안에 울려 퍼졌다.

말없이 금속공학과 전용 건물을 나선 참에 도도 쪽이 먼저 입을 열었다.

"다 모이라고 한 건 사토코?"

"응, 아까 식당에서 만났는데 모이라고 하더라. 쇼코 일 때문이라고 하던데?"

가가가 대답했다.

"당연히 그 얘기겠지."

도도는 일부러 그러는 척하는지, 마치 남의 일처럼 말했다.

"쇼코 일로 잠깐 상의할 게 있어."

사토코가 가가에게 인사 대신 건넨 말이었다. 가가는 돈가스 덮밥을 몰아넣던 손을 멈추고 "동기를 알아냈어?"라고 물었다.

"그런 거 아냐."

사토코는 우울한 표정으로 고개를 흔들었다. "하지만 중요한 일이야. 여기서는 말 못 하지만."

"지난번 내 고백만큼 충격적이야?"

가가는 일부러 진지한 얼굴로 물었다. 그러자 사토코도 검은 눈을 요만큼도 움직이지 않은 채 "그래, 훨씬 더 충격적이야"라고 대꾸했다.

전원 집합을 원했기 때문에 가가는 오후에 도도와 와코에게도 연락을 해두었다. 4시쯤 데리러 간다는 것도 그때 약속한 것이었다.

"사토코가 너 걱정하더라. 기운을 좀 차렸는지 모르겠다고 하던데."

"착한 여자네."

"응, 착한 여자야. 쇼코도 착했지만."

"사토코는 대학 들어오더니 정말 예뻐졌더라. 역시나 네가 선택할 만한 여자다."

"그냥 짝사랑이야."

"그게 더 좋은 경우도 있어."

본심을 토로하는구나, 하고 가가는 생각했다.

두 사람은 운동장 가장자리를 돌아갔다. 그 끝에 철망으로 에워싼 테니스 코트 네 세트가 있었다. 가가와 도도가 그쪽으로 가보니 마침 테니스부의 연습이 시작된 참이었다.

가장 앞쪽 코트 구석에 네 명이 앉을 정도의 벤치가 놓였고 와코는 그 위에 길게 누워 있었다. 얼굴에 타월이 덮여 있었다. 가가와 도도가 옆에 다가가 철망 너머로 불렀다.

"T대학의 매켄로John McEnroe✢께서 웬일로 누워 계셔?"

가가의 목소리에 와코는 무겁게 몸을 일으키더니 두 사람을 바라보며 "어, 벌써 시간이 그렇게 됐냐?"라고 말했다. 아무래도 잠을 자고 있었던 모양이다.

"하나에는 어떻게 됐어?"

똑같이 테니스부에서 활동하는 하나에를 가가는 눈으로 찾았다.

"먼저 갔어. 장소는 〈피에로〉라고 했지?"

✢ 1959~. 거친 매너 때문에 '악동 매켄로'라는 별명으로 불린 미국의 유명 남자 테니스 선수.

"그래. 야, 그보다 빨리 준비나 해. 기다려줄 테니까."

"아냐, 할 일이 남았어. 나는 나중에 갈게."

"그래? 너무 늦지는 마라."

"응, 미안하다."

"괜찮아."

테니스 코트를 벗어나면서, 늘 붙어 다니는 와코와 하나에 커플이 따로따로 행동하다니, 별일이 다 있다고 가가는 생각했다.

교문을 나서는데 클랙슨 소리가 났다. 두 사람이 멈춰 서자 눈을 부라리며 위협하는 듯한 빨간색 승용차가 오른편에서 나타나 그들 앞에 정지했다. 정말 못생긴 자동차구나, 라고 생각하며 가가는 그 납작한 차를 내려다보았다.

파워윈도가 느릿느릿 내려가더니 선글라스를 낀 젊은 여자가 얼굴을 내밀었다.

"가자, 가가 군."

'가가 군'의 '군'을 유난히 강조하는 억양으로 여자가 말을 걸어왔다.

"뭐야, 너였어?"

무뚝뚝하게 가가는 대답했다. 여자는 오른쪽 조수석을 턱으로 가리켰다.

"빨리 타라고."

“미안하지만 오늘은 못 가겠다. 급한 볼일이 생겼어.”

“안 돼, 미리 약속했잖아.”

“사범에게는 내가 미안하다고 연락할게.”

“안 된다니까.”

여자는 얼굴을 차 안으로 들이더니 파워윈도를 닫아버렸다. 그리고 정면을 향한 채 핸들을 쥐었다. 가가는 과장스럽게 어깨를 들어 올리며 한숨을 내쉬었다.

“누구야?”

도도가 의아한 얼굴로 미간을 찌푸렸다. 가가는 “응, 너는 모를 거야”라고 소리를 낮추어 말했다.

“미시마 료코야.”

다시금 뭔가 질문하려는 도도의 입을 향해 가가는 오른쪽 손바닥을 내밀었다.

“사토코한테는 내가 사정이 있어서 못 왔다고 말해줘. 그리고 이 여학생 얘기는 비밀이다?”

“어딜 가는데?”

“다음에 말할게. 기회가 있으면.”

그렇게 말하고 가가는 승용차 오른편으로 돌아가 무거운 문을 열고 올라탔다. 도도가 잠시 그 자리에 멀거니 서 있다가 이윽고 걸음을 떼는 것이 룸미러 안으로 보였다.

미시마 료코는 자동차를 부드럽게 발진시켰다.

"친구야?"

가운뎃손가락으로 선글라스를 슬쩍 밀어 올리며 료코가 물었다.

"고등학교 때 함께 검도부 활동을 했던 친구야. 주장이었어. 도도 군."

"아, 나도 본 적이 있어."

료코는 고개를 끄덕이며 핸들을 꺾었다.

경찰 도장에서 연습할 수 있게 해줄 테니 함께 가지 않겠느냐고 미시마 료코에게서 제안이 들어온 것은 쇼코 사건이 일어나기 사흘 전쯤이었다. 각종 검도 대회에서 얼굴을 마주하는 일이 많았기 때문에 가가는 료코와 이전부터 아는 사이였던 것이다.

"경찰 도장? 메리트는 뭐지?"라고 가가가 묻자 료코는 씨익 웃으며 "훌륭한 연습 상대가 많다는 거. 대학에는 이제 별로 쓸 만한 상대가 없지?"라고 정확히 아픈 곳을 건드렸다. 그래도 가가는 료코와 함께 어울릴 마음이 없었지만, 그다음에 그녀가 한 말, 즉 "왕년의 일본 챔피언에게 수업을 받을 수 있어"라는 말에 단숨에 마음이 흔들렸다. 그도 그럴 것이 전국대회가 바짝 코앞에 다가온 지금까지도 여전히 만족스러운 연습을 하지 못했던 것이다.

그 왕년의 챔피언이 수업을 해주는 건 일주일에 한 번뿐이라고 했다. 그래서 가가도 그날만 함께 가기로 했던 것인데, 오늘이 하필 그날이었다.

"가나이 나미카는 그 시합 뒤로 어때?"

신호를 기다릴 때, 감정이 실리지 않은 목소리로 료코가 물었다. 엄청 궁금하면서도 아닌 척하고 있네, 라고 마음속으로 툴툴거리면서 가가는 대답했다.

"휴식 중이야."

뒤를 이어서 "신경이 쓰이는 모양이지?"라고 물었더니 료코는 부러 그러는 듯한 웃음을 입가에 띠었다.

"아니, 별로. 그냥 인사차 물어본 거야. 패자에게는 관심 없어."

"패자라……."

"어쨌든 내가 이겼잖아?"

"그거야 어쩌다 이긴 거지."

뭐라고 대꾸하려나 하고 가가는 료코의 옆얼굴을 보았지만 더 이상 아무 말도 하지 않았다. 신호가 파란불로 바뀌자마자 힘껏 급발진을 해서 타이어가 비명을 올리게 했을 뿐이다.

현경 교통과 소속이라는 아키가와 요시타카 4단은 경찰관치고는 얼굴 생김새가 온화하고 몸집도 그리 큰 편이 아니었다. 신장 180센티미터의 가가는 처음으로 한 수 배웠을 때, 리치에서는 지지 않는다고 생각했다. 실제로 5센티미터쯤 길었다. 하지만 막상 대전을 해보니 자기보다 짧을 터인 상대의 팔이 유난히 길게만 보였다. 이 정도면 닿지 않는다고 분명히 거리를 확인했는데도 그의 죽도에는 마지막 순간에 한 뼘쯤 깊은 찌르기가 있어서 번번이 완벽하게 당해버렸다. 거꾸로 이제는 잡았다고 생각해도 그는 잡히기 바로 직전에 가가의 찌르기 기술을 쉽게 쓰윽 피해버렸다. 상대는 기술도 별로 쓰지 않고 몸의 움직임도 적었다. 가가는 그보다 세 배는 공격을 가했지만 그 대부분이 헛손질이었다. 가가는 땀범벅이 되어 아키가와 사범을 쫓아다니면서 자신의 둔해빠진 죽도를 수없이 원망했다.

"아니, 공격은 날카로운 편이야."

도장 끝에 정좌하여 호면을 벗으며 아키가와는 말했다. "공격만 놓고 보자면 일본에서도 톱클래스에 들어갈 거야."

"문제는 방어입니까?"

가쁜 숨을 억누르며 가가는 물었다.

"그런 게 아냐. 자네에게 부족한 것은 탈력脫力이야. 내 힘을 투입하고 정신을 집중하는 건 단 한 순간이면 된다는 걸 알아야 해. 계속해서 죽기 살기로 전력투구해서는 상대에게 그리 큰 공포감을 줄 수 없어. 거꾸로 여유를 줄 뿐이지."

"탈력이라고요?"

"인간은 아무리 애를 써도 정신집중을 몇 분씩 지속할 수는 없어. 스스로는 집중하고 있다고 생각해도 실은 짧은 사이클로 집중과 산만을 되풀이하지. 어느 정도 집중이 이어진 뒤에는 반드시 산만이 오게 돼. 그런 때 공격에 들어가거나 거꾸로 공격을 받으면 아무래도 허점이 나오겠지. 그런 때 필요한 건 계속 정신집중을 하려는 게 아니라 언제라도 집중할 수 있는 준비상태로 자신을 컨트롤하는 거야. 말하자면 그게 탈력, 힘 빼기야."

"어렵네요."

"자네 정도의 실력을 가진 사람에게 자잘한 요령을 일러줘봤자 별 도움이 안 돼. 앞으로 검도를 계속하는 가운데 평생의 과제로 삼아주면 돼. 물론 나도 그러고 있어."

"노력하겠습니다."

가가는 아키가와를 향해 호면을 벗은 머리를 깊숙이 숙였다.

장내에서는 미시마 료코가 현경의 여 검사와 마주치기 연습을 하는 참이었다. 상대 여 검사는 2년 전에 현 대회에서 우승한 여경이라고 아키가와가 알려주었다.

"미시마 료코와 원래 아는 사이였습니까?"

가가가 묻자 아키가와는 고개를 저었다.

"저 여학생의 아버지가 그 유명한 미시마 그룹의 일족이라서 권력 외에 인맥도 대단한 모양이야. 현경의 높으신 분에게도 얼굴이 통하는 모양이더라고. 그런 연줄로 내가 불려나오게 된 거지."

아키가와는 자동차에서 가전제품, 사무 자동화 기기에 이르기까지 문어발식으로 각종 메이커에 손을 뻗치고 있는 미시마 그룹 이야기를 했다. 가가도 료코의 아버지가 미시마 상사라는 종합무역회사의 중역이라는 건 어디선가 들어서 알고 있었다. 하긴 그런 것에 아무 관심도 없었지만.

"저 여학생의 검도, 한참 전부터 내가 주목하고는 있는데……."

여전히 발을 재게 움직이는 공격을 주로 하는 료코의 죽도의 놀림을 지켜보며 아키가와는 소리를 낮추어 말했다. "실력이 영 늘지 않아 고민인 모양이야. 한 단계 비약하는 게 아무래도 안 되더라고."

"하지만 현의 대학생 챔피언이에요."

"일단은 그렇지. 하지만 나는 자네 대학의 가나이 나미카라는 여학생의 검도가 훨씬 더 낫다고 보고 있어. 미완성이지만 안에 잠재된 파워가 상당해."

"나미카가 듣는다면 굉장히 좋아할 겁니다."

"그냥 공치사가 아니라고 전해줘. 지난번 대회에서도 나는 가나이가 틀림없이 이길 거라고 생각했어."

"유감이었지요."

"응, 정말 유감이었어."

"그 시합은 왜 그런 결과가 나왔다고 생각하십니까?"

그러자 아키가와는 팔짱을 끼고 끄응 신음을 올린 뒤 "첫째로는 미시마의 작전이 승리한 거겠지"라고 말했다.

"그리고 또 한 가지는……, 그냥 어쩌다 요행수로 이긴 거야."

그때 미시마 료코가 빠른 머리치기에 들어갔다. 상대가 그것을 모로 후려치는 것과 동시에 죽도가 쫘악 쪼개지는 소리가 났다.

2

승용차는 아까와 마찬가지로 T대학 정문 앞에 조용히 정차했다. 가가는 다저스 야구 점퍼를 한 손에 든 채, 오른쪽 문으로 내렸다.

"다음번에는 데이트 좀 하자."

창 안쪽에서 료코의 목소리가 들렸다. 차 안의 그림자에 대고 가가는 말했다.

"내 취향이 고급 레스토랑보다 대중식당 쪽이라서 안 되겠네."

"흥, 막상 가보면 그런 소리 안 할걸?"

료코의 승용차는 가가의 바지 자락에 배기가스를 힘껏 뿜어내고는 달려갔다. 냄새와 먼지에 가가는 얼굴을 찌푸렸다.

야구 점퍼를 걸치고 가가는 역의 반대 방향으로 걸음을 옮겼다. 대학 담장을 따라 몇 백 미터쯤 걸어가자 찻길 건너편으로 작은 숲이 보였다. 자세히 바라보면 붉은 칠이 벗겨진 절 문도 보일 터였다.

그쪽으로 조금 더 걸어 들어가면 키 낮은 집들이 옹기종기 들어찬 동네가 나타난다. 옛 서민 동네의 길쭉한 공동주택을 두 단계쯤 미니어처로 줄여놓은 듯한 모양새였다. 가가는 이곳에만 오면 항상 어렸을 때 했던 '뱅커스bankers 게임'이라는 게 생각났다. 땅을 사들이고 그 땅에 집을 짓는 놀이인데, 게임판 위에 새끼손가락만 한 집의 미니어처를 올려놓는 것이다.

가가는 그쪽 방향으로 걸어가 앞에서 세 번째 건물—같은 모양의 작은 집 네 개를 옆으로 반듯하게 늘어놓은 듯한 건물—의 가장 왼편 문을 두드렸다. 문의 오른쪽 위편에는 매직펜으로 '와코 이사미'라고 꼼꼼한 글씨체로 적혀 있었다.

대답을 하기도 전에 문부터 여는 소리가 들렸다. 와코는 얼굴을 내밀자마자 큰 소리를 내질렀다.

"야, 가가! 사토코가 눈을 부릅뜨고 어째서 가장 먼저 말한 사람이 안 오느냐고 방방 뛰었어."

"그럴 줄 알고 내가 왔지. 들어간다."

가가는 뒷손으로 문을 닫고, 좁아터진 현관에서 운동화를 벗었다.

와코의 방은 항상 깨끗이 정리되어 있다. 2평 남짓한 방 안에 책상과 냉장고와 플라스틱 서랍장이 놓였고, 어떤 작은 물건이라도 단정하게 정리해두었다. 진한 초록색 카펫 위에는 빵 부스러기 하나도 떨어져 있지 않고, 독신 남학생 특유의 햄이 썩는 듯한 냄새도 이 방에는 없었다.

가가는 카펫 위에 책상다리를 틀고 앉아 방 안을 쓰윽 둘러보며 말했다.

"하나에가 자주 들락거리는 모양이지?"

와코가 극단적으로 청결한 걸 좋아하는 성격은 아니라는 것을 가가는 알고 있었다. 게다가 어떤 남자도 이렇게까지 세심하게 방 정리에 신경을 쓰지는 못하는 법이다. 와코는 의자에 앉으며 "뭐, 그렇지"라고 약간 쑥스러운 듯이 대답했다.

"귀하게 모셔라. 틀림없이 좋은 아내가 될 거야."

"그거 말인데……, 얼마 전에 하나에 부모님을 만났어. 쇼코 사건이 터지는 바람에 너희한테는 미처 말을 못 했다만."

"그래?"

가가는 와코의 얼굴을 올려다보았다. "드디어 만났구나. 그래서 어땠어?"

"2, 3년 뒤에, 라고 하시기는 했는데, 인상은 그리 나쁘지 않았던 거 같아. 아직 너무 어리다고 난색을 표했지만 우리 둘이 좋다면 어쩔 수 없다는 분위기랄까……."

와코는 그렇게 말하고, 부끄러운지 턱을 쓰다듬었다. "역시 취직자리가 확정되었다는 게 가장 크게 작용했을 거야."

"꼭 그렇기야 하겠어?"

"하지만 하나에 아버지가 은행원이잖아. 회사에 관해서는 빠삭하셔. 내가 어중간한 회사에 취직했다면 그리 좋은 얼굴은 안 하셨을 거야."

"스트레스 받았겠네."

"뭐, 그 정도는 아니고."

와코는 말끝을 흐리더니 "아참, 지금 이런 얘기를 할 때가 아니지"라면서 책상 위에서 검은 리포트 용지를 집어 들었다.

"사토코가 해준 이야기, 그게 더 중요해."

와코는 가가 앞에 리포트 용지를 펼쳐놓았다. 거기에는 네모난 안내도 같은 것이 프리핸드 스케치로 그려져 있었다. 오늘 전원 집합 때 사토코의 이야기를 들으며 스케치한 모양이었다.

"무슨 그림인지 알겠냐?"

와코가 물었다. 가가는 한 번 쓰윽 보고서도 "오늘 이야기 내용으로 봐서는 백로장일 거 같은데"라고 대답했다. 와코는 맞다고 고개를 끄덕였다.

"사토코의 말을 종합해보면 결국 이 안내도가 되는 거야. 하지만 뭐, 처음부터 얘기하자. 우선 사건이 일어난 날 밤이야. 10시 넘어서 도도가 쇼코를 불러내려고 백로장에 전화를 했어. 하지만 방이 잠겨 있고 아줌마가 불러도 대답이 없었어. 그래서 쇼코가 그때는 이미 자살을 꾀했던 거라고 생각하게 된 건데……. 아, 그건 됐고, 그다음 11시경에 나미카가 백로장에 돌아와 쇼코의 방문을 두드렸어. 여기까지는 너도 알고 있지?"

"응, 알아."

"그때 나미카가 방문을 열려고 손잡이를 돌렸대. 하지만 돌아가지 않았어. 즉 방문이 잠겨 있었던 거야."

"그렇지."

"다음 날 아침에 사토코가 찾아갔을 때도 쇼코의 방은 잠겨 있었어. 그래서 관리인에게 마스터키를 빌려다가 문을 열고 들어가 봤더니 쇼코가 이미 죽어 있었지."

"그것도 알아."

"그래, 여기까지는 모두 다 아는 사항이야. 근데 문제는 그 다음이야. 실은 그날 밤에 쇼코의 방에 갔던 건 나미카만이 아니었어. 쇼코의 옆방에 사는 3학년 여학생도 나미카보다 먼저 쇼코 방에 갔었다는 거야. 그 여학생의 증언에 의하면, 자기가 갔을 때는 문이 잠기지 않았고 틀림없이 자기 손으로 열어보기까지 했대. 게다가 그때는 전깃불이 모두 꺼져 있어서 방 안이 깜깜했었다는 거야. 너도 알다시피 사토코가 사체를 발견했을 때는 형광등이 켜져 있었다고 했잖아."

"……."

"놀랐지?"

"아, 잠깐만."

가가는 팔짱을 낀 채 왼손으로 양쪽 눈두덩을 지그시 눌렀다. 뭔가 생각할 게 있을 때 가가가 이따금 보이는 버릇이다.

"그건 말하자면 이런 거 아니냐?"

얼굴에서 손을 떼더니 둥그렇게 뜬 눈으로 와코에게 시선을 던졌다. "그 여학생이 갔을 때, 쇼코는 아직 자살을 시도하지 않았다. 아니, 그보다 자살하기 직전이었다. 그리고 나미카가 찾아간 건 자살한 직후였다……."

"하지만 그 여학생과 나미카가 문을 두드린 시간이 겨우 15분쯤밖에 차이가 나지 않아. 그것도 관리인이 쇼코의 방이 잠겼다는 것을 확인한 뒤야. 자살한 사람의 방이 왜 잠겼다 열렸다 한 거지? 게다가 형광등까지 켜졌다 꺼졌다 했어."

후우 하고 한숨을 토해낸 뒤, 와코는 제 방의 형광등을 올려다보았다. 링 모양의 등 두 개가 들어 있는 타입이지만, 그 두 개가 모두 끝이 거무스레해져 있었다.

"그러니까 네 말은 이런 거야?"

침울한 목소리로 가가는 말했다. “쇼코는 자살한 게 아니라 누군가에게 살해되었다는?”

“사토코는 그렇게 말했어.”

“쇼코가 살해되다니…….”

순진하게 웃던 쇼코의 얼굴이 가가의 뇌리에 떠올랐다. 그 얼굴은 왜 그런지 최근의 쇼코가 아니라 고등학교 때, 통통하던 시절의 쇼코였다.

“가가 군은 좋겠다. 이래저래 망설이는 게 없잖아.”

문득 그 시절에 쇼코에게 들었던 말이 생각났다. 둥글둥글한 느낌의 간사이 지방 사투리는 그녀가 중학교 때까지 오사카에서 살았다는 증거 같은 것이었다.

“뭔 소리야? 나도 이래저래 망설이는 게 많아.”

가가의 대답에 쇼코는 생각 깊은 얼굴을 가로저으며 말했다.

“그치만 가가 군에게는 검도가 있잖아. 나한테는 아무것도 없어. 뭣 때문에 대학에 가는지, 그것도 잘 모르겠어.”

그러면서 쇼코다운 느긋한 한숨을 내쉬었던 것이다.

정말로 쇼코는 항상 망설이기만 했다. 친구끼리 찻집에 들어가도 쇼코는 언제까지고 주문을 정하지 못해서 사토코와 나미카는 ‘망설임 공주’라고 부르곤 했다. 그리고 대학 진학까지도 망설이고 망설인 끝에 다른 친구들의 강력한 권고에 마지 못한 듯 T대학으로 정했던 것이다. 하지만 "나 혼자서는 아무 결정도 못 내리는 걸 보면 나는 틀림없는 바보인가 봐"라고 스스럼없이 웃으며 말할 줄 아는 쇼코를 친구들은 아끼고 좋아했다. 도도의 연인이지만 동시에 친구들 모두의 아이돌이기도 했다.

그런 쇼코가 누군가에게 살해되었다니.

"범인으로 짐작 가는 사람은 있어?"

감정을 억누르며 말한다고 했는데도 목소리가 저절로 붕 떠버렸다. 태어나서 지금까지 한 번도 가까이에서 접해본 적이 없는 '살인'이라는 말을 갑작스럽게 받아들이지 않으면 안 되는 사태를 맞이하고 어지간히 대범한 가가도 당황하고 있었다.

"그런 게 있겠냐? 그래서 사토코가 우리를 다 불러들인 거야. 모두 함께 어떻게든 단서를 찾아보자고."

"탐정 놀이를 하겠다는 거야? 역시 여간내기가 아니야, 사토코는."

"아주 열심히 하더라고. 게다가 입 밖에 내지는 않았지만 사토코는 너한테 꽤 기대하는 눈치였어."

"글쎄다……."

"친구가 살해됐잖아. 나는 적극적으로 협력할 생각이야."

가가는 눈을 감았다. 〈고개를 흔드는 피에로〉의 깊숙한 안쪽 테이블에서 사토코가 담담한 어조로 모두에게 이야기하는 모습이 눈에 선히 떠올랐다. 아무리 뜨거운 화제라도 말투만은 담담한 것이 고등학교 때부터 사토코의 특기였다.

"그래서 역시 지금으로서는 단서가 없는 거지?"

"전혀 없어. 이건 사토코의 말이야."

"도도는 좀 어때?"

"도도는 처음부터 더 이상 우울할 수 없는 상태였으니까 별다른 변화는 없었어. 자살이건 타살이건 짐작 가는 게 없는 건 똑같다고 하더라."

"지식인이랍시고 그 녀석, 완전히 억지로 쿨한 척하는구나."

"그래서 일단 그날 밤에 과연 무슨 일이 있었는가 하는 것부터 추리해보기로 했어. 사토코의 추리로는 관리인이 노크했을 때 이미 쇼코가 살해되어 있었던 게 맞을 거라고 하더라. 그리고 범인도 아직 방 안에 있었고."

"3학년 여학생이 찾아갔을 때, 문이 잠겨 있지 않았던 건 왜지?"

"어떤 이유로든 범인은 방문을 열 필요가 있었을 거야. 어쩌면 일을 저지르고 탈출하기 직전이었는지도 모르지. 근데 그 여학생이 쇼코의 이름을 부르며 방문을 여니까 당황해서 얼른 숨었을 거야. 범인으로서는 가장 위험한 순간이었겠지. 그리고 한참 동안 상황을 살펴본 뒤에 방문을 열고 탈출했어. 나미카가 쇼코의 방문을 두드린 건 그다음일 거야. 물론 이건 모두 다 사토코의 추리일 뿐이지만."

"그렇군."

와코의 이야기에 고개를 끄덕이더니 가가는 눈앞에 놓인 리포트 용지를 손에 들었다.

"그래서 이 안내도가 문제로 떠오른 건가?"(그림 1·2)

와코는 고개를 갸우뚱하더니 말했다.

"그래. 이 문제를 푸는 것, 그게 가장 중요한 거야."

뚜껑이 벗겨져 작은 지우개가 드러난 샤프펜슬을 한 손에 들고 와코는 설명하기 시작했다.

"나도 백로장에 들어가본 적이 없어서 확실한 이미지가 있는 건 아니지만, 오늘 사토코 이야기로 대강의 포인트는 파악했으니까 일단 말해줄게. 상세한 건 다시 사토코에게 물어봐."

"알았어."

와코의 손끝을 응시한 채로 가가는 대답했다.

"우선 여기가 백로장 입구야. 들어가서 왼편으로 관리실이 있고 항상 뚱뚱한 중년 아줌마가 앉아서 텔레비전이나 주간지를 보고 있어. 맨션을 출입하는 사람은 반드시 이 아줌마의 엄중한 체크를 받게 돼. 이 관리실 바로 앞이 계단이고, 관리실 옆을 지나가면 정면에 복도가 있어. 1층에는 이 복도를 끼고

그림 1　백로장 1층

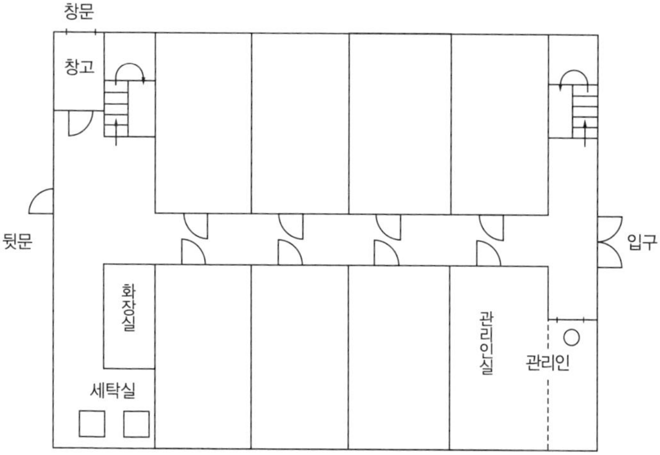

그림 2　백로장 2층

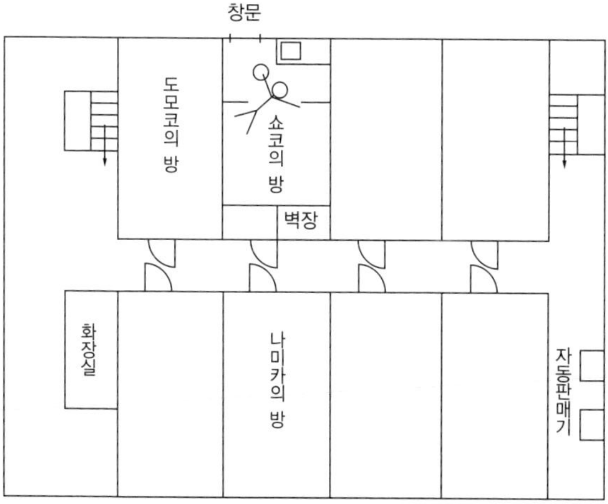

네 개씩, 도합 여덟 개의 방이 있어. 그중 한 칸은 관리실과 이어져 있지? 계단을 올라가면 마찬가지로 복도가 있고 여기도 똑같이 여덟 개의 방이 있어. 그리고 쇼코의 방은 여기 2층 오른편 안쪽에서 두 번째야. 참고로 나미카의 방은 그 맞은편이고 아까 이야기했던 3학년 여학생은 쇼코 방의 왼편, 즉 가장 안쪽에서 살고 있어."

와코는 안내도 안에 관리실, 쇼코, 나미카라는 글씨를 써넣었다. 저절로 힘이 들어가는지, 샤프펜슬의 심지를 몇 번이나 뚝뚝 부러뜨렸다.

"계단이 안쪽에도 하나 더 있어서 아래층 복도로 이어져. 안쪽 계단을 내려간 바로 옆에 뒷문이 있고, 이건 보통 때는 열쇠가 채워져 있어. 하긴 안쪽에서는 누구라도 간단히 열 수 있는 타입이라더라. 그 옆에 창고가 있고, 창고 문은 열쇠가 없으면 열 수 없는 모양이야. 그리고 여기와 여기가 화장실. 물론 여성 전용이야."

대충 말하자면 이 정도야, 라고 말하고 와코는 가가의 반응을 살피듯이 그의 얼굴을 들여다보았다. 가가는 잠시 도면 위에 시선을 떨어뜨리고 있다가, 이윽고 무겁게 입을 열었다.

"요컨대 쇼코가 누군가에게 살해되었다고 해도 범인이 이 백로장에 드나드는 건 불가능했다는 거야?"

"지금으로서는 그런 얘기가 되지."

가가는 안내도 위의 '쇼코'라고 적힌 방을 집게손가락으로 툭툭 쳤다.

"첫 번째 수수께끼는 쇼코 방을 어떻게 드나들었느냐 하는 문제로군. 범인이 어떻게 들어오고 어떻게 나갔는가……."

"아니, 나가는 건 문제가 없어."

와코는 샤프펜슬을 잡은 손을 슬쩍 흔들었다.

"백로장의 방문은 모두 다 반자동으로 잠기는 타입이야. 방 안쪽 손잡이 한가운데 붙어 있는 버튼을 눌러주면 그다음은 문을 닫기만 하면 저절로 잠기는 거."

"그럼 범인은 방에 들어가기만 하면 되겠군. 하긴 들어가는 것도 그리 큰 문제는 아닐 거야. 쇼코에게 방문을 열어달라고 하면 되니까."

"역시 범인은 아는 사람일까? 사토코도 그렇게 말했는데."

"만일 강도였다면 비명이라도 질렀겠지. 얼굴을 아는 사람이었고, 빈틈을 노려 수면제를 마시게 했다……, 그런 쪽이 아닐까?"

하지만, 이라고 가가는 다시 생각에 잠겼다. 이런 식으로 간단히 추리를 전개해나가다 보면 결국 그다음의 커다란 벽에 부딪치는 것이다.

"제2의 수수께끼가 문제로군."

신음하는 듯한 끄응 소리가 나왔다. 와코도 얼굴이 흐려지더니, "범인이 대체 어떻게 백로장에 들어갔고, 그리고 나갔는가. 그게 수수께끼라는 거지?"라고 말했다.

"설마 정면 입구로 들어간 건 아니겠지?"

"백로장 관리인이 얼마나 엄격한지는 가가 너도 잘 알잖아. 혹시나 해서 사토코가 물어본 모양인데, 그날 밤에는 백로장 입주자 이외에는 관리실 앞을 지나간 사람이 없었다고 했대."

"쇼코의 사체를 발견했을 때, 뒷문은 분명하게 잠겨 있었어?"

"잠겨 있었던 모양이야. 증인이 많아."

"그 열쇠도 관리인이 갖고 있는 건가?"

"그래. 입주자에게 열쇠를 줬다가는 다들 뒷문으로 들락날락할 테니까."

"흠."

가가는 다시 한번 안내도에 시선을 떨구었다. 그리고 처음 방에 들어왔을 때처럼 팔짱을 끼더니 작지만 또렷한 목소리로 말했다.

"딱 한 가지, 간단한 추리가 있어."

와코는 가가의 눈을 들여다보았다.

"백로장에 사는 사람이 범인이라면 문제가 풀린다는 얘기를 하려는 거지?"

"그건 물론이고, 주범이 외부에서 침입한 자라고 해도 백로장 안에 공범이 있었다면 이 범행은 아주 쉬워. 뒷문으로 탈출하고 그 공범에게 안에서 잠그라고 하면 되니까. 하지만 그런 공범이 없었다면 이건……."

"이건?"

"이건 밀실 살인인 셈이야……."

가가는 곱씹듯이 그렇게 말했다. 와코는 천천히 고개를 위아래로 끄덕였다.

"맞아, 그런 식으로 생각할 수밖에 없어, 지금 상황에서는."

3

다음 주 월요일, 3교시가 휴강이어서 가가 교이치로는 검도장에 들렀다. 4학년은 실제로는 그해 5월을 기해 은퇴한 셈이어서 이제는 3학년을 중심으로 검도부 활동이 추진되고 있었다. 가가와 나미카의 대 활약으로 부쩍 인기를 끌기 시작해서 최근에는 언제 들러도 열정적인 구령 소리가 들려올 만큼 T대학 검도부는 활기를 띠고 있었다. 가가가 찾아간 그때도 7명의 부원이 연습을 하러 나와 있었다. 남자 부원이 5명, 그리고 여자 부원이 2명이었다. 그중 6명은 연습을 하고 있었지만, 그 곁에서 쉬던 남자 부원은 큰 소리로 인사를 한 뒤에 가가 곁으로 뛰어왔다. 주장을 맡고 있는 모리타라는 3학년 남학생이다.

"일찍 나오셨네요, 선배님."

모리타는 짧게 깎은 머리를 긁적이며 말했다.

"다들 의욕이 넘치네."

"의욕은 넘칩니다. 실력이 없는 게 흠이지요."

"그건 흠이 아니야."

"넵, 죄송합니다!"

가가는 신을 벗고 척척 도장 옆방으로 걸어갔다. 그 뒤를 모리타가 머리를 긁적이며 따랐다. 손윗사람을 대할 때, 머리를 긁적이는 게 그의 버릇인 모양이다.

"다른 4학년들은 가끔 찾아오냐?"

"요즘에는 별로……."

"그래?"

4학년은 모두들 졸업을 앞두고 이래저래 바빴다. 자신처럼 시합이 있다면 모르지만, 빈 시간에 잠깐 검도를 하러 나올 만한 여유는 없을 거라고 가가는 생각했다.

도장 옆방에서 검도복으로 갈아입고 모리타를 상대로 가볍게 죽도를 휘둘렀다. 그저께 아키가와가 해준 '탈력'이라는 조언을 의식하며 움직여봤지만, 그 의미도 감각도 손에 잡혔다고 하기는 어려웠다. 검도의 극의極意라는 건 정말 어렵다, 하고 가가는 호면 아래에서 몇 번이나 혀를 찼다.

한바탕 땀을 흘린 뒤, 호면을 벗고 쉬고 있으려니 여자 부원 둘이 선배를 대접하겠다고 스포츠드링크를 들고 왔다. 두 사람 모두 2학년이었다.

"여학생 쪽도 OB들은 별로 안 오나?"

가가가 물어보자 하마지마 나오미라는 여학생이 잠깐 생각해보더니 고개를 끄덕이며 대답했다.

"네, 다들 바쁘신가 봐요. 가나이 나미카 선배님이 잠깐 나오신 정도예요."

"나미카가? 하지만 나미카도 현 개인전이 끝나기 전에나 왔을 텐데?"

"아뇨, 연습은 안 했어도 그 시합 끝난 뒤에 두세 번 얼굴을 내미셨어요."

"응, 개인전 끝나고 일주일쯤 뒤였지?"

스도 지에코라는 키 작은 여학생이 나오미의 얼굴을 올려다보며 확인하듯이 말했다.

"그때 좀 이상한 걸 물어보지 않았어?"

"이상한 거라니?"

가가는 지에코를 내려다보았다.

"이력서가 어떻고 하는……."

"아, 그때?"

나오미는 스포츠드링크 캔을 손끝으로 탕 쳤다.

"부원의 이력서 같은 거 없느냐고 물어보셨어."

"나미카가 그런 걸 물어봤어?"

"네, 하지만 그런 건 본 적이 없고, 여기 가입할 때도 이력서는 쓴 적이 없어서……. 그렇게 말했더니 나미카 선배님도 그건 그렇다고 하면서 웃었어요."

당연한 일이다. 대체 뭘 하려고 그런 걸 찾았을까, 하고 가가는 나미카의 서늘하게 그늘진 눈매를 머릿속에 떠올렸다.

"그래서 나미카는 그대로 돌아갔어?"

그러자 지에코 쪽이 고개를 저었다.

"이력서가 없다면 이거라도 봐야겠다면서 클럽 명부를 가져갔어요. 그리고 아마 곧바로 다시 가져왔을 거예요. 이제 됐느냐고 물어봤더니 학생회관에서 복사를 했으니까 됐다고 했어요."

"클럽 명부라……."

초대에서부터 현역까지 검도부 부원의 이름과 주소, 전화번호, 출신지, 출신 고등학교 등을 적어둔 것이었다. 나미카 자신의 이름도 제19대 부원으로 올라 있을 터였다. 하지만 그녀가 이제 새삼 왜 그런 것이 필요했는지, 가가는 전혀 짐작도 가지 않았다.

"주소록이라도 만든 거 아닐까요?"

2학년이라면 스무 살일 텐데 아직 고등학교 2학년이라고 해도 통할 만큼 천진한 웃음을 내보이며 지에코는 말했다. 가가는 "음, 그럴지도 모르겠다"라고 대충 받아넘기고 자리에서 일어섰다. 고등학교 때부터 나미카에게서 편지나 연하장은 한 번도 받아본 적이 없다고 가가는 머릿속에서 생각하고 있었다.

샤워를 하고 옷을 갈아입은 뒤 가가는 사회학과 연구실로 향했다. 문리대 쪽 건물은 이공학부와는 달리 철근 콘크리트 5층 건물이다. 벽에는 아직 흉한 얼룩이나 갈라진 틈도 없고 유리를 넉넉히 사용한 근대적인 외관이 그럴싸한 오피스 빌딩 같은 모습이었다.

엘리베이터가 있는 것도 T대학 내에서는 이곳뿐이다. 가가가 건물 안으로 들어서자 엘리베이터 앞에서 세 명의 학생이 위로 올라가는 버튼을 누른 채 기다리고 있었다. 가가는 그들을 지나쳐 그 옆에 있는 계단을 두 단씩 뛰어올라갔다. 둔한 움직임과 느린 반응, 엘리베이터의 그런 점이 가가는 싫었다.

연구실 문을 열자 안개가 잔뜩 서려 있었다―. 아니, 그런 것처럼 보였다. 실제로는 몇 종류의 담배 연기가 허공에서 뒤엉켜 포화상태가 된 것이었다. 연기의 중심에는 윤기 없는 머리칼을 길게 늘어뜨린 카피라이터 지망의 여학생이 있었다. 화장기 없는 얼굴에 둥근 금속 테 안경을 쓰고 그 입으로는 항상 '퍼포먼스'라느니 '아이덴티티'라느니, 아무튼 가가에게는 어렵기만 한 단어들을 쏟아내는 여학생이다. 세 명의 남학생이 그녀를 에워싸는 모양새로 앉아 있었다. 매스컴이 떠들어대는 것에 유난히 빠삭한 자들로, 가가는 그들을 되도록 멀리해왔다. 그들 쪽에서도 시대정신이 부족하다고 무시하는지, 가가에게 다가오는 일은 없었다.

가가가 문을 열고 들어갔을 때, 그들은 일순 이쪽을 바라보며 대화를 멈췄지만 곧바로 아무 일도 없었다는 듯 자기들의 세계로 돌아갔다. 귓속에 날카롭게 뛰어드는 여학생의 목소리, 거기에 반론이나 동의를 펼치는 남학생의 신경질적인 목소리, 그 소리들을 애써 무시하면서 가가는 자신의 전용 책상까지 더듬어갔다.

졸업논문은 3분의 1쯤 완성되었다. 사회심리학에 무도武道와 다도茶道의 세계를 조합하여 멋진 논리로 마무리해낼 생각이었다. 이 논문 주제를 사토코에게 말했더니 '삼제화三題話' 같다면서 웃었다. 그건 또 뭐냐고 가가가 물어보자, 관람객이 내주는 제목 세 가지를 사용해 즉석에서 한 편의 우스갯거리를 만들어내는 만담이라고 알려주었다.

정말 딱 맞는 말이다―. 고민 고민하며 리포트 용지를 채워나가면서 가가는 혼자 쓴웃음을 지었다.

두 줄쯤 써 내려갔을 때 다시 문이 열렸다. 토론을 하던 자들의 목소리가 다시금 스위치를 내린 것처럼 뚝 멈췄다. 그리고 들어온 사람이 마루야마 조교라는 것을 알자 다시 남들에게 폐가 되건 말건 침을 튀기며 토론에 들어갔다.

마루야마는 이제 막 대학원을 졸업했기 때문에 그다지 나이 차가 나지 않는—어느 쪽인가 하면 학생보다 오히려 어려 보이는 얼굴—조교였다. 평소에는 무슨 일을 하는지 아무도 알지 못했다. 교수 가방이나 들고 다닌다는 소문이 돌았지만, 의외로 정곡을 찌른 말일 거라고 가가는 내심 생각하고 있었다.

마루야마는 말없이 가가의 책상 옆으로 오더니 갑작스럽게 "경찰이……"라고 말했다. 그 목소리가 비일상적으로 높아서 토론하던 학생들까지 이쪽을 돌아보았다. 마루야마는 적잖이 당황한 기색으로 얼굴에 비해 큼직해 보이는 안경의 위치를 바로잡았다.

"경찰이 가가 군을 만나겠다고 찾아왔어……."

드디어 왔구나, 하고 가가는 가볍게 어금니를 깨물었다.

"어디 있어요?"

"지, 지금 전화가 왔는데 정문 수위실에 있는 모양이야……."

"정문요."

가가는 자리에서 일어나 점퍼를 들고 빠른 걸음으로 연구실을 나섰다. 문을 열 때 "영문과 여학생이 죽어서……"라는 말소리가 등 뒤에서 들려왔다. 정보화 사회에 관한 토론에도 열심이지만 세속적인 소문에도 흥미가 있는 모양이다. 가가가 몸을 돌려 쓰윽 노려보자 심약해 보이는 학생이 목을 움츠렸다.

사회학부 건물에서 정문까지는 약 200미터 거리다. 가가가 점퍼를 손에 든 채 한달음에 달려가면 수위실까지 채 2분도 걸리지 않는다. 이제 막 담배에 불을 붙인 형사는 당황해서 그 긴 담배를 옆에 있던 재떨이에 비벼 껐다.

회색 양복 차림의 형사는 사야마라고 이름을 밝혔다. 사토코가 말했던 그 사람이다, 라고 가가는 생각했다.

"어디서 얘기 좀 했으면 좋겠는데."

사야마는 주위를 둘러보는 몸짓을 보였다. 침착하게 이야기할 수 있는 조용한 장소, 라는 뜻으로 가가는 해석했다.

"괜찮은 가게가 있긴 한데요."

가가의 말에 형사는 씨익 하얀 이를 내보였다. 사토코가 몇 번 말했던 '청결해 보이는 입매'가 바로 이거구나, 하고 생각했다.

"〈고개를 흔드는 피에로〉 말이지?"

"아세요?"

"조금 전에 와코 군하고 거기 있었어."

"그렇군요."

"자네들이 노는 영역에서 탐문수사를 하는 건 그리 좋은 방법이 아니겠지?"

"누군가 있었습니까?"

"미녀 둘이 있었어. 오히려 나한테서 정보를 얻으려고 하는 것 같더라고."

"성공한 눈치였어요?"

"글쎄. 굉장한 질문 공세를 받긴 했어. 아무튼 그 카페는 안 되겠어. 시간도 그렇고, 식사나 할까?"

"네, 괜찮습니다."

의견이 일치되어 두 사람은 나란히 걸음을 옮겼다.

그들이 간 곳은 T대학입구역 앞의 〈북경반점〉이라는 중화 요리점이었다. 진열 케이스의 요리 견본이 꾀죄죄하게 먼지를 둘러쓰고 있는 식당이지만 안에는 손님들이 꽤 앉아 있었다. 두 사람은 마침 비어 있는 가장 안쪽 테이블에 자리를 잡고 마주 앉았다.

"닭튀김 정식요."

가가는 물을 가져온 여점원에게 주문했다. 사야마도 같은 걸로 해달라고 말했다.

가가가 물을 마시고 잔을 내려놓기를 기다려 사야마는 느긋한 몸짓으로 양복 안주머니를 더듬었다. 수첩을 꺼낼 거라는 가가의 예상을 깨고 형사가 내놓은 물건은 중간이 접혀서 쭈그러든 담뱃갑이었다. 거기서 뽑혀 나온 담배 한 개비도 역시 참혹하게 부러져 있었다.

"와코 군하고는 고등학교 때부터 아는 사이였던 모양이던데?"

사야마는 구부러진 담배를 그냥 입에 물었다. 그 모습으로 말을 하자 담배 끝이 움찔움찔 오르내렸다.

"자네는 검도, 와코 군은 테니스로 전국 고교대회에 나갔다면서?"

"그냥 출전에 의미를 둔 것뿐이에요."

뭘 그런 얘기까지 했나, 하고 가가는 와코의 순해빠진 얼굴을 머릿속에서 생각했다. 처음 만난 사람에게도 거의 경계심을 품지 않는 게 와코의 좋은 점이기도 했다.

"도도 군도 마찬가지지?"

형사의 목소리 톤이 바뀌었다. 동시에 가가는 형사가 이야기를 어떻게 풀어가려고 하는지 눈치챘다. 그래서 선수를 치고 나갔다.

"쇼코와도 그렇습니다."

사야마의 표정이 일순 멈췄다. 그리고 검은 눈동자만 불안정하게 움직였다. 이윽고 "음, 좋아"라고 입술 끝을 풀며 웃었다.

"바로 그 마키무라 쇼코 건으로 다시 조사할 필요가 생겼어."

"다시 조사해요? 자살한 게 아니었습니까?"

"자네들 사이에서도 여러 가지 억측이 오고 가는 모양인데, 그 점은 아직 분명하게 말할 수 없어. 신발 신은 채 발바닥 긁는 소리 같아서 좀 답답하겠지만."

"본론으로 들어가시죠."

가가는 다시 물을 한 모금 마셨다.

"괜히 말을 빙빙 돌릴 건 없겠군. 좋아, 그럼 우선 첫 번째 질문이야. 마키무라 쇼코가 죽은 날 밤, 즉 10월 22일 오후 8시 이후에 자네는 어디서 무엇을 하고 있었지?"

"갑작스럽게 알리바이 확인인가요?"

"바로 본론으로 들어가자고 한 건 자네잖아."

사야마는 서늘한 얼굴을 했다.

"그날은 화요일이었으니까 검도부 연습이 있었어요. 9시쯤까지 했을 겁니다. 그다음에는 곧바로 집에 갔어요. 부원 중의 누군가에게 확인해보셔도 됩니다. 방향이 같은 후배하고 중간역까지 함께 타고 갔으니까 그 후배에게 물어보는 게 좋겠군요."

그리고 가가는 후배의 이름을 말해주었다. 사야마는 수첩을 꺼내, 일단은 적어둔다는 식으로 내용을 메모했다.

닭튀김 정식이 나왔다. 대학생 상대의 장사라서 그 가격치고는 양이 상당히 많았다. 사야마는 순간 눈이 휘둥그레졌지만, 곧바로 그 눈을 가가에게로 향했다.

"마키무라 쇼코는 어떤 여학생이었지?"

"착한 여학생이었어요. 먹어도 되겠지요?"

"응, 어서 들어요. 착한 여학생이라는 건, 어떤 식으로?"

"누군가에게 살해될 만한 여학생은 아니라는 뜻입니다."

어린애 주먹만 한 고깃덩어리를 가가는 덥석 베어 먹었다. 사야마는 '살해되다'라는 말에도 전혀 표정이 바뀌지 않았다.

"그렇게 착한 여학생이라면 꽤 인기가 있었겠는데?"

"그렇죠."

사실이었다. 사실을 감출 필요는 없다고 가가는 생각했다.

"그래도 연인은 도도 군 한 사람뿐이었어?"

"치정에 얽힌 사건으로 추리하시는 건가요? 유감스럽지만 우리가 아는 한에서는 그런 남자는 없었어요."

"소문도 들은 적이 없어?"

"소문에는 별로 관심이 없는 편이라서."

"도도 군과는 사이가 어땠지? 요즘에도 서로 잘 지냈어?"

"글쎄요, 그런 건 옆에서 봐서는 모르는 일이죠."

후우, 하고 사야마는 담배 연기를 토해냈다. 닭튀김과 밥을 연거푸 입에 퍼 넣는 가가를 바라보며 그는 아직 젓가락도 들지 않았다.

"처음에 자살로 추정했을 때도 다들 짐작 가는 게 없다고 했어. 근데 타살로 추정할 경우에도 마찬가지로 다들 모르겠다는 건가?"

가가는 젓가락을 든 손을 멈췄다.

"타살? 하지만 그렇게 확정된 건 아니잖아요."

"자네는 어때? 타살이라고 생각해?"

"나는 그 이야기를 들었을 뿐이에요. 쇼코 옆방 여학생의 이야기."

"어떻게 생각하지?"

"뭐라고도 말할 수가 없군요. 사토코는 꽤 열의를 보였지만, 사람의 기억이라는 건 애매한 경우가 많아요. 탐정 놀이 삼아 억지로 꿰맞춘 것인지도 모릅니다."

"냉철하군."

"그런가요?"

"자네들에게는 앞으로도 도움을 청하게 될 거야. 그러니 한 가지만 정보를 주지."

그렇게 말하고 형사는 마침내 나무젓가락을 집어 요란한 소리를 내며 반으로 딱 쪼갰다.

"마키무라 쇼코가 손목을 넣었던 세면기 옆에서 피를 닦아낸 흔적이 발견되었어. 처음에는 마키무라 쇼코가 닦아낸 거라고 생각했지만, 아무래도 이상하잖아? 자살할 사람이 바닥에 조금 흘린 피에까지 신경을 쓸까?"

4

오후에 3교시를 들은 뒤, 가가는 예정대로 〈고개를 흔드는 피에로〉로 나갔다. 허리를 숙이며 낮은 입구로 들어서자 카운터 자리에 사토코와 하나에의 모습이 보였다. 마스터도 그녀들 앞으로 다가와 함께 이야기하는 모양이었다. 가가가 들어선 것을 알아보고 마스터가 슬쩍 고개를 끄덕였다.

"아침부터 내내 여기서 죽치고 있었어?"

사토코 옆자리에 앉으며 가가가 물었다.

"아냐, 지금 막 왔어. 근데 아침에 우리가 여기 있었다는 거 아는 걸 보니 와코 군하고 만났었구나?"

라고 하나에가 대답했다. 가가는 고개를 저었다.

"아니, 형사를 만났어. 마스터, 코코아 한 잔 주세요."

"무슨 얘기를 했어?"

사토코는 은근히 걱정스러운 얼굴을 보였다.

"수확이 거의 없었던 모양이야. 푸념하는 말을 슬쩍 흘리더라."

"우리도 수확이 없어. 동병상련이네."

"형사와 경쟁할 거 없어. 서로 돕는 게 쇼코에게 공양이 될 테니까. 그나저나 그 형사에게서 정보를 한 가지 얻어왔어."

가가는 조금 전에 사야마에게서 들은, 피를 닦아낸 흔적이 있었다는 이야기를 해주었다. 사토코는 두어 번 고개를 끄덕이며 "역시 경찰은 프로구나"라고 말했다.

"범인이 어떻게 백로장에 출입했는가에 대해서는 아직 수사 중이라고 했어."

가가는 사야마의 말을 떠올리며 코코아를 입 안에 흘려 넣었다. "우선은 백로장에 사는 사람들을 의심하는 것에서부터 시작할 거야. 말투를 보아하니 그렇더라고."

"그거야 당연하지. 그런 의미에서 가장 먼저 의심을 받을 사람은……."

"나미카."

"맞아, 그렇다니까."

라며 사토코는 미간을 찌푸렸다.

"글쎄, 나미카의 알리바이를 확인하더라고. 그날 밤은 나하고 〈버번〉에서 술을 마셨는데."

"정말 말도 안 돼. 나미카가 뭣 때문에 쇼코를 죽이겠어?"

하나에는 화가 난다는 표시인지 컵에 든 물을 벌컥벌컥 마셔버리고 그 컵을 카운터에 타앙 하고 난폭하게 내려놓았다.

"경찰로서는 백로장의 출입을 비롯한 물리적 동선, 그리고 범행 동기 같은 인간 관계의 동향, 양쪽에서 공략할 거야."

가가의 말에 그때까지 입을 다물고 듣고 있던 마스터가 조금 머뭇거리며,

"나한테도 물어봤어, 동기에 대해서."
라고 말을 거들었다.

"단골로 다니던 가게를 탐문하는 건 범죄 수사의 기초라는 거야. 최근에 어떻게 지냈느냐, 친하게 어울리던 사람들은 누구냐, 그런 걸 물어봤어. 물론 나야 너희하고 비슷한 대답밖에 못 했지."

"누구에게 물어보나 다 똑같을 거야."

가가는 코코아를 그야말로 맛있다는 듯 후루룩 마셨다.

〈고개를 흔드는 피에로〉에서 나온 뒤, 백로장에 들러보겠다는 사토코와 헤어져 가가는 하나에와 함께 대학으로 돌아왔다. 가가는 검도 연습이 있었고, 하나에도 테니스 대회를 앞두고 있는 처지였다. 하나에는 와코와 한 팀이 되어 전국대회 출전을 목표로 연습하고 있었다.

"시합이 언제였지?"

가가는 지역 예선의 일정을 물었다. 이번에는 자신이 응원하러 달려갈 차례였다.

"11월 3일하고 4일이야. 현영懸營 경기장에서."

"얼마 안 남았네. 그때까지는 쇼코 일은 더 이상 생각하지 마."

"에휴, 생각을 안 할 수가 있어야지."

하나에는 볼이 부루퉁해졌지만 곧바로 "그래야지"라고 작은 소리로 대답했다.

테니스 코트 옆에 도착하자 그새 와코가 옷을 갈아입고 준비운동을 하는 게 보였다. 하나에는 그를 향해 손을 흔들고, 가가에게는 "자, 그럼"이라고 인사를 던지고는 뛰어갔다.

가가는 몇 분쯤 테니스부의 연습 장면을 지켜보다가 천천히 걸음을 옮겼다. 그때 옆에서 다가온 남자가 가가에게 말을 건넸다. 가가와 같은 사회학부고 지난번에 테니스부의 회장을 맡았던 남학생이었다. 1년 내내 햇볕에 그을린 갈색 얼굴에 테니스 셔츠 가슴팍으로는 짙은 가슴 털이 삐죽 내보였다.

그는 인사 대신 가가의 검도 연습은 어떻게 잘되어가느냐고 물었다. 그러고는 와코와 하나에 팀이 전국대회까지 너끈히 올라갈 수 있을 만큼 쾌조를 보이고 있다는 이야기를 했다. 무도武道식으로 말하자면 심心, 기氣, 체體가 모두 완벽한 상태, 라고 그는 그럴싸한 표현을 했다.

"무엇보다 하나에의 부모님이 두 사람의 결혼을 허락해준 게 결정적인 플러스로 작용했어. 취직 문제가 잘 안 풀리면 아무래도 허락을 안 해줄 거라고 와코가 꽤 걱정하는 눈치였거든."

테니스부의 옛 회장은 와코와 하나에의 연애에 대해 꽤 자세히 알고 있는 모양이었다.

"나도 와코에게 그런 얘기를 들었어. 근데 와코 녀석, 왜 그렇게 취직 걱정을 하는지 나는 잘 이해가 안 되는데?"

가가의 말에 그는 "뭐야, 몰랐어?"라고 의외라는 듯 눈을 둥그렇게 떴다.

"와코의 형이 문제야. 형이 예전에 학생 운동가였거든. 요즘은 그쪽과는 손을 끊고 장사를 하는 모양이지만, 그쪽 세계에서는 상당히 열렬한 투사로 이름을 날린 사람이야. 근데 요즘 회사 취직 시험이라는 건 운동권 사람을 체크하는 게 첫째 목적이야. 와코에게 그런 형이 있다는 건 상당히 불리한 핸디캡이 되는 거야."

가가는 처음 듣는 이야기였다. 고등학교 때부터 친하게 지내는 사이였지만 그런 이야기는 들은 적이 없었다. 어쩌면 친한 사이였기 때문에 더더욱 말하기가 어려웠던 것일까.

"그럼 이번에 합격한 회사에서는 그 형에 대한 사항은 무사히 넘어간 모양이지?"

"글쎄, 모르지. 대기업의 조사기관이라는 건 꽤 우수한 편인데 그런 걸 알지 못했을 리는 없어. 형은 형이고 동생은 또 다르다는 걸로 대충 눈감아준 거 아니겠어?"

"관대한 회사로군."

"음, 괜찮은 회사야. 산토 전기. 나도 내년에는 거기에 시험을 쳐볼까 해."

가슴 털 근처를 북북 긁으며 옛 회장은 말했다. 그는 학점이 모자라서 1년을 더 다니는 불우한 처지였다.

가가는 4시 반부터 검도부 연습에 참가했다. 합동 연습은 주장 모리타를 비롯한 3학년을 중심으로 실시되었다. 가가를 비롯한 4학년도 코치를 겸하면서 후배 주장의 진행에 따르는 게 관습이었다.

가가와 맞상대하는 부원은 기술적인 이유 때문에 대개는 몇 명으로 정해져 있었다. 주장 모리타와 부주장 쓰쓰이, 그리고 이번 여름의 개인전에서 상당한 레벨까지 올라갔던 핫토리라는 부원까지 세 사람 모두 3학년이었다. 가가는 그 세 명의 후배와 한바탕 연습을 한 뒤에 무작위로 1학년 중의 한 사람을 지명했다. 키는 크지만 어딘지 허약한 느낌이 드는 부원이었다. 하지만 긴 리치로 찌르고 들어오는 기술에 상당한 속도감이 있어서 가가의 눈길을 끈 것이다.

"저 1학년, 제법 쓸 만하다."

호면을 벗고 휴식을 취하며 가가는 모리타에게 말했다. 모리타는 "사이토 말이죠?"라고 말하며 흐뭇한 듯 실눈이 되게 웃었다. 그 1학년생의 이름이 사이토인 모양이다.

"고등학교 때는 제법 활약을 했다고 들었어요. 아직 몸은 만들어지지 않았지만 앞으로 1년만 지나면 충분히 써먹을 수 있을 겁니다."

그리고 모리타는 "가나이 선배도 눈독을 들이는 눈치던데요?"라고 말했다.

"나미카가?"

별일이라고 가가는 생각했다. 여자부의 최고 실력자이면서도 후배 지도에는 지독히 소극적이던 나미카였다. 주장으로 추천을 받지 못했던 것도 클럽 활동에 전혀 협조적이지 못한 그녀의 성격이 원인이었다. 그런 나미카가 1학년생의, 게다가 남자 부원에게 눈독을 들인다는 건 전혀 생각할 수 없는 일이었다.

"잠깐 불러올까요?"

모리타는 큰 소리로 사이토의 이름을 불렀다. 선배의 상대를 마친 그는 호면을 벗더니 뛰는 걸음으로 이쪽으로 왔다. 땀에 젖은 발바닥 흔적이 점점이 이어졌다.

모리타는 사이토에게 며칠 전 가나이 선배에게 어떤 이야기를 들었느냐고 물었다. 사이토는 가가 쪽을 의식하는지 머리를 긁적였다.

"감이 좋다고 칭찬해주셨어요."

주장은 만족스러운 듯 또다시 눈이 가느스름해졌다. "그리고?"

"고등학교는 어디 다녔냐고 물어서 S고등학교라고 대답했어요."

"엇, S고였어?"

가가는 어린 1학년생의 얼굴을 다시 바라보았다. S고는 고교 검도로 명성을 떨치고 있는 학교였다.

"그밖에 뭔가 또 말한 거 없었어?"

다시 모리타가 묻자 사이토는 말하기 난처하다는 듯 고개를 슬며시 튼 뒤에 "이상한 걸 물어보시던데요"라고 대답했다.

"혹시 어떤 여자를 좋아하느냐고 물었나?"

모리타가 시시한 농담을 날렸지만 완전히 묵살 당했다.

"지난번 여자 개인전에 응원하러 왔었느냐고 물었습니다."

"……응원? 그래서?"

"응원하러 갔었다고 대답했어요. 그랬더니 그다음에는, 시합하는 동안 어디 있었느냐고 물어서 응원석에 있었다고 했죠. 근데 누구하고 함께 있었느냐고 하셔서 같은 1학년 노구치하고 함께 있었다고 말했어요."

"그랬군……."

정말로 이상한 질문이라고 가가는 생각했다. 마치 용의자의 알리바이를 추궁하는 형사 같은 질문이다. 나미카가 대체 무슨 생각을 하는 건지 가가는 도무지 감이 잡히지 않았다.

"그게 언제쯤이었지?"

가가의 물음에 사이토는 약간 긴장한 얼굴을 비스듬히 기울이고, "이달 초였을 겁니다"라고 대답했다.

지난번 여자 부원이 명부가 어쩌고저쩌고 했던 것도 같은 시기였어, 라고 가가는 퍼뜩 생각했다.

훈련의 끝은 달리기로 마무리한다는 게 T대학 검도부의 관습이다. 가가도 후배들 틈에 섞여 달리기로 했다. 남학생은 학교 바깥을 한 바퀴 도는 약 3킬로미터 코스, 여자는 학교 안을 도는 약 2킬로미터의 코스다. 거리는 짧지만 기복이 심해서 상당한 체력이 필요하다. 게다가 통이 넓은 검도복 바지를 입은 채 달리기 때문에 보기보다 훨씬 더 힘이 들었다.

자신의 페이스로 후배의 뒤를 따라가던 가가는 바로 앞에서 달리는 부원의 검도복 바지에 꿰매놓은 이름표에 눈이 갔다. 행서行書로 '노구치'라고 적혀 있었다. 조금 전에 사이토가 함께 응원했다고 한 1학년생 부원이 틀림없었다.

가가는 약간 속도를 높여 그를 따라잡은 뒤 최근에 가나이 나미카에게 뭔가 질문을 받은 적이 있느냐고 물어보았다. 이마에 여드름이 두세 개 솟은 노구치는 달리느라고 숨이 찬 데다 천하의 가가 교이치로 선배가 말을 걸어오는 바람에 약간 상기된 목소리로 대답했다.

"아, 예, 얼마 전에."

"뭘 물어봤지?"

"아, 그러니까……, 지난번 여자 개인전 때, 사이토가 내내 응원석에 앉아 있었느냐고 물었습니다."

"그래서 뭐라고 대답했지?"

"내내 앉아 있었던 것 같기는 한데……, 실은 솔직히 말해 잘 기억이 나지 않았어요."

"그렇겠지."

가가는 다시 속도를 높였다. 노구치는 눈 깜짝할 사이에 뒤로 처지고 스무 명 가까운 현역 부원도 금세 따라잡았다. 모리타를 비롯한 후배들이 놀랍다는 듯 고개를 내젓거나 말거나 가가는 점점 더 속도를 높였다.

5

다음 날 아침, 가가는 도도를 찾아 다시 금속공학과 전용 건물 안을 걷고 있었다. 여전히 어두침침하고 게다가 인기척도 없는 복도였다. 하지만 오늘은 적어도 헤매는 일 없이 도도가 소속한 연구실 문 앞까지 갈 수 있었다.

지난번과 마찬가지로 두세 번 노크한 뒤에 문을 열었다. 문을 여는 것과 동시에 안에서 "네"라는 대답이 들렸다.

안에 있는 사람은 도도뿐이었다. 그는 책상을 마주하고 뭔가 쓰고 있었지만, 가가가 들어선 것을 알아보더니 "네가 여기는 웬일이냐?"라면서 만년필을 내려놓았다.

"지난주에도 왔었는데?"

"예고 없이 나타난 게 뜻밖이라서 물어본 거야. 커피라도 마실래?"

도도는 자리에서 일어서더니 입구 바로 옆의 싱크대에 잔을 가지러 갔다. 가가는 도도 옆자리에 앉아,

"사토코에게서 들었을 테지만,"

이라고 입을 열었다. 도도의 어깨 근육이 일순 흠칫하는 것 같았지만, 다시 곧바로 인스턴트커피를 타는 동작으로 돌아갔다.

"네 생각을 좀 듣고 싶어서 왔어."

"내 생각이라고 해봤자……"

도도는 건너편을 향한 채 커피 잔에 주전자의 뜨거운 물을 따랐다. 그윽한 향기를 품고 김이 피어올랐다. "나도 뭐가 뭔지 모르겠다."

"짐작 가는 건 없는 거지?"

"없어. 있을 리가 있냐? 커피 다 됐다."

도도는 양손에 잔을 들고 돌아왔다. 그리고 한쪽을 가가 앞에 내려놓더니, 자기도 원래의 자리에 앉았다. 가가는 "고맙다"라고 말하고 손을 내밀었다. 어디선가 공짜로 받아온 경품 같은 느낌의 싸구려 커피 잔이었다.

도도는 후루룩 소리 내며 한 모금 마셨다.

"쇼코는 살해된 게 아니라는 게 내 생각이야."

잔을 입에 가져가려다 문득 동작을 멈추고 가가는 도도 쪽을 보았다.

"자살이라는 거야?"

"그래. 쇼코가 살해될 리 없어."

하지만, 이라고 말을 하려는데 불쑥 입구의 문이 열렸다. 들어선 사람은 갈색 스리피스 양복을 입은 키 작은 남자였다. 나이는 50대쯤일까. 키가 작은 그만큼을 옆으로 퍼진 폭으로 커버한 듯한 체형이었다. 그래서 그런지 묘하게 뒤로 젖힌 자세로 걸었다. 머리칼이 헤싱헤싱하고 이런 몸매의 남자에게서는 보기 드물게 신경질적인 눈매였다.

그 남자가 들어오자마자 도도의 얼굴이 갑자기 팽팽하게 긴장하는 것을 가가는 감지했다. 도도는 손에 들었던 잔을 잽싸게 책상 위에 내려놓고 있었다.

키 작은 남자는 가가가 와 있는 것을 보고 한순간 놀란 듯한 기색이었다. 얼굴도 움직이지 않고 검은 눈만으로 가가를 발끝에서 머리끝까지 찬찬히 훑어보았다. 이윽고 그 눈빛이 허공으로 올라갔을 때, 남자가 코가 막힌 듯한 높직한 소리를 냈다.

"원고는 다 됐나, 도도 군?"

눈매도 그렇고 목소리도 그렇고, 뚱뚱한 남자에게서는 보기

드문 타입이라고 가가는 생각했다.

"아뇨, 하지만, 곧 다 됩니다."

왜 그런지 도도는 자리에서 일어나 꼿꼿이 선 채로 대답했다.

"학회가 언제인 줄 알고 있나?"

"네, 다음 달 7일입니다."

"알고 있으면 됐어."

남자는 한 차례 실내를 둘러보더니 벽에 붙은 아이돌 스타의 포스터가 눈에 띄자 "저런 저런"이라고 중얼거리며 방을 나갔다. 나갈 때도 다시 한번 가가 쪽으로 시선을 던졌다.

남자가 열었던 문이 탁 닫히는 소리를 듣고서 도도는 후우 한숨을 내쉬었다.

"교수야?"

가가가 묻자 도도는 의자에 털썩 앉으며 고개를 끄덕였다.

"마쓰바라 교수야. 금속공학과에서는 최고 실력자라서 저 사람한테 찍히면 재미없어."

"거꾸로 마음에 들면 좋은 거고?"

글쎄다, 라고 도도는 머리를 긁적였다.

"마음에 들어야 하는 건 필수조건이라고나 할까. 이 대학에서 살아남기 위한 필수조건. 내가 저 교수의 연구실을 희망한 것도 그런 예상 때문이기는 하지만."

"그래서 지금으로서는 마음에 든 편이야?"

"안 그러면 곤란하지."

도도는 대학원에 진학할 생각이었다. 기술직으로 출세하기 위해서는 학부생 정도의 지식이나 실력으로는 별 도움이 못 된다는 게 그의 생각이었다. 우선은 석사 자격을 따고 필요하다면 그 위까지도 노릴 거라고 도도는 말하곤 했다.

"이번에 학회가 있어서 그 원고를 쓰라는 지시가 떨어졌어. 이게 잘되면 내년 봄에 미국에서 개최되는 국제 심포지엄에 데려갈 가능성이 커."

"와, 굉장하네."

"굉장하지. 그래서 지금 열심히 해야 하는데 이번 사건이 터졌잖아. 도무지 집중이 안 되어서 보다시피 커피만 마시고 있다."

도도는 잔을 기울이더니 그 김 너머로 엷은 웃음을 내보였다. 전에 없이 초점이 불안정한 그의 눈은 대체 무엇을 보고 있는 걸까. 쇼코가 사망한 뒤로 도도의 비탄에 젖은 얼굴을 수없이 보았지만 오늘 그의 표정은 어느 때보다 더 슬퍼 보인다고 가가는 생각했다.

"교수도 이번 사건을 알아?"

"알지. 하지만 아무 관심도 없어. 그건 그거라는 거지, 뭐."

"그건 그거라……."

"원래 그런 사람이야."

도도는 체념한 듯이 말했다.

"대개 거물들은 악바리라서 성공하는 거야. 역시 대단하다는 생각이 들어. 그건 그렇고, 너한테도 형사가 찾아왔었지?"

가가의 물음에 도도는 불쾌한 표정이 되어 대답했다.

"응, 내 알리바이를 캐묻더라."

"나한테도 물었어. 그래서 너는 뭐라고 대답했어?"

"그날 밤에는 여기 연구실에 있었어. 하루 종일 기계를 작동해야 하는 실험이 있어서 누군가는 자리를 지켜야 했거든. 여기 바로 옆방인데, 그런 때를 위해 취침용 간이침대도 있어."

"요즘 같은 때는 춥겠는데?"

"기계가 움직이면 그리 춥지도 않아. 근데 그날 밤은 10시쯤까지 다른 학생의 실험실에 있다가 거기서 쇼코에게 전화를 하고 그다음에 여기로 왔었어. 여기에 온 뒤로는 나 혼자뿐이었으니까 공교롭게도 알리바이를 증명할 수는 없었어. 사야마 형사라고 했던가? 그 사람, 의외로 나를 의심할지도 모르겠다."

"10시까지의 알리바이는 확실한 거잖아. 그거면 충분해."

"뭔가 트릭을 썼다는 식으로 생각하는지도 모르지."

도도의 말에 가가는 일부러 푸훗 웃음을 터뜨렸다.

"동기가 없잖아?"

가가가 묻자 도도는 어깨를 으쓱 쳐들며 "사랑 싸움?"이라고 진지한 얼굴로 말했다. 가가는 흐흥 코웃음을 지어 보이고는 면바지의 무릎을 탁 치며 자리에서 일어섰다.

"일하는 데 방해해서 미안하다."

"사토코에게 전해줘. 진상을 밝히기 위해서라면 나는 어떤 일이라도 할 거야. 뭔가 새로운 정보가 들어오면 나한테도 연락해달라고 해줘."

"응, 말할게."

"그리고 이것도. 나는 아직도 쇼코가 살해되었다고는 생각하지 않아. 쇼코는 자살한 거야."

가가는 대답 대신 오른손을 들어 인사를 건네고 방을 나섰다.

점심때부터는 비가 내렸다. 비가 내리면 학생식당은 평소의 두 배 이상은 붐빈다. 밥을 다 먹은 뒤에도 나가지 않고 그대로 눌러앉아 잡담들을 하기 때문이다. 빈 그릇을 늘어놓고 몇몇 팀들이 여기저기 테이블을 점령해버렸다. 학생식당은 금연이라서 재떨이가 없지만 그들은 아무렇지도 않게 찻잔에 재를 떨기도 했다.

새우튀김 정식을 얹은 쟁반을 끌어안듯이 들고서 빈자리를 찾던 가가는 사람들의 입김과 음식 수증기로 뿌옇게 변한 창문 곁에서 눈에 익은 얼굴들을 발견했다. 쟁반 위의 된장국이 쏟아지지 않도록 조심조심 사람들 사이를 누비며 그쪽으로 다가갔다. 테이블에 쟁반을 내려놓자 그녀들 쪽에서도 얼굴을 들고 가가를 알아보았다.

"어라, 누군가 했더니만."

사토코가 말했다.

"나미카는 함께 안 왔어?"

가가는 사토코와 하나에의 얼굴을 번갈아 바라보며 물었다. 나무젓가락에 우동을 두세 가닥 걸친 채로 하나에는 고개를 저었다.

"요즘 통 얼굴을 못 보겠어."

"나미카한테 무슨 볼일이라도 있어?"

사토코의 물음에 가가는 아냐, 라고 대답했다. 딱히 볼일이 있는 건 아니었다. 검도부에서의 수수께끼 같은 행동에 대해 잠깐 물어보려고 한 것뿐이다.

"그 뒤로 백로장 쪽은 좀 어때?"

가가는 화제를 바꾸었다. 사토코는 가방에서 손수건을 꺼내더니 가볍게 입을 닦았다. 엷은 블루의 체크무늬 손수건이었다.

"나도 잘은 모르지만 입주자 전원이 어떤 형태로든 경찰의 조사를 받은 모양이야. 알리바이라든가 쇼코와 어떤 사이였느냐 하는 거."

"상황으로 봐서 입주자들이 가장 먼저 의심을 받는 건 당연하지. 그래서 결과는 어땠어?"

"경찰이 어떤 판단을 했는지는 모르겠지만 지금까지는 특별히 눈독을 들인 입주자는 없는 거 같아. 이건 쇼코 옆방에 사는 후루카와라는 애한테 들은 이야기."

"그날 밤, 백로장에는 몇 명쯤 있었지?"

"아, 잠깐."

사토코는 손수건을 가방에 챙겨 넣더니 그 대신 명함 크기 정도의 수첩을 꺼냈다.

"원래 백로장 입주자는 1층에 5명, 2층에 4명인데……."

"뭐야, 얼마 안 되네?"

"인기가 없거든, 그 원룸 맨션이."

우동을 다 먹은 하나에가 얼굴을 찌푸려 보였다.

"그날 밤 11시쯤, 나미카가 쇼코의 방을 노크해도 대답이 없었다고 했을 때는 백로장에 모두 합해 5명이 있었어. 1층에 2명, 그리고 2층에는 쇼코, 나미카, 후루카와까지 3명이야."

"그럼 나머지 네 사람은 그 시간까지 밖에서 노느라고 안 들어온 거야? 부모들이 알면 어지간히 걱정하겠다."

가가는 새우튀김을 포크로 콕 쑤셔 입으로 가져갔지만 중간에서 그 손을 문득 멈췄다. "잠깐, 방 15개 중에 9개밖에 차지 않았다면 빈방이 6개나 되는 셈이잖아. 그런 방은 평소에 어떻게 해두지?"

"물론 열쇠를 채워뒀지. 내가 쇼코나 나미카 방에서 잘 때, 둘이서 한 방에 자는 게 비좁아서 그런 빈방에 이불을 들고 가 자려고 했던 적이 있어. 하지만 안 되더라고. 다른 사람이 빈방을 쓰지 못하게 방문을 다 잠가둔 거야."

"흐음……."

그렇다면 범인이 빈방에 숨었을 가능성도 없는 것이다. 도중에 멈췄던 손을 다시 움직여 가가는 새우튀김을 바삭 베어 먹었다. 냉동식품 특유의, 풍미가 전혀 없는 새우를 씹으면서, 과연 무엇을 못 보고 지나쳐버린 걸까 하고 가가는 생각했다.

"아참, 아까 도도를 만났어."

가가의 말에 사토코와 하나에의 얼굴에 살짝 그늘이 졌다. 이번에 일어난 사건으로 누구든지 도도만 생각하면 그런 표정이 되었다.

가가는 그가 진상 규명을 위해 어떤 일이라도 하겠다고 선언했다는 것, 지금도 쇼코는 자살한 거라고 생각한다고 말했다는 것 등을 전했다. 사토코는 침울한 얼굴 그대로 "그렇겠지, 나도 그 심정은 이해해"라고 하나에와 서로 마주 보며 고개를 끄덕였다.

"도도는 심정적으로 그렇게 말했겠지만, 분명 경찰에서도 완전히 타살설만 믿는 건 아닌 모양이야. 쇼코가 저항한 흔적이 없는 것도 그렇고, 백로장에는 마음대로 드나들 수 없었다는 점을 보더라도 자살설을 아예 제외하지는 않은 거 같아."

"일기장의 빈 부분도 문제야."

하나에가 곁에서 말했다.

"밀실 수수께끼는 여전히 풀리지 않았어?"

"응, 답이 안 나와."

사토코는 반쯤 포기한 듯이 고개를 흔들었다. "혹시나 해서 다시 한번 관리인 아줌마에게 확인해봤는데, 절대로 누가 그냥 지나가게 놔둔 적이 없대. 사체가 발견되었을 때, 뒷문을 잠가둔 것도 확실하다고 했어."

"쇼코 방의 창문은 잠겨 있었지?"

가가도 혹시나 해서 일단 물어보았다. 하지만 사토코는 간단히 부정했다.

"물론이지. 창문이 잠겨 있었던 데다 높이가 몇 미터나 되니까 거기로는 절대 못 들어와."

"그러면 완벽한 밀실 사건이라는 건가?"

"범인이 외부에서 침입한 것이라면 그렇지."

사토코는 눈 크기에 비하면 크고 또렷한 편인 눈동자로 허공을 보고 있었다. 침입 방법에 대해 그녀 나름대로 궁리를 하는 모양이었다. 가가는 사토코의 그 눈짓에 마음을 빼앗겨 2, 3

초쯤 젓가락질을 멈췄다.

"근데 말이야."

대화가 끊기기를 기다렸다는 듯이 하나에가 말문을 열었다. "이번 주 토요일, 시간 어때?"

"토요일?"

사토코가 되물었다. "나는 괜찮은데……. 왜 무슨 일이라도 있어?"

그러자 하나에는 섭섭한 기색으로 눈썹을 늘어뜨리고 "뭐, 잊어버릴 만도 하지"라고 중얼거렸다. "근데 11월 2일이잖아."

그 말에 가가도 사토코도 퍼뜩 생각이 나서 동시에 "아참, 그렇구나!"라고 말했다.

"설월화雪月花의 날이야."

사토코는 손으로 이마를 짚으며 입술을 살짝 깨물었다.

"까맣게 잊고 있었어. 선생님한테 혼나겠다."

"나도 그래. 하나에는 잘도 기억하고 있었네."

"어제 전화로 와코하고 이야기했는데 그때 와코가 그 말을 꺼내더라고. 올해는 어떻게 할 거냐고."

"어휴."

가가는 사토코와 서로 마주 보았다.

"정말 꼴이 우습게 됐다. 고등학교 때부터 다도를 한 우리도 까맣게 잊고 있었는데."

"그래서 올해는 어떻게 하지?"

하나에의 물음에 사토코는 "물론 해야지"라고 대답했다.

"안 할 이유가 없어. 게다가 내년에는 졸업이라서 올해가 마지막이 될지도 모르잖아."

"선생님, 올해로 몇 살이시지?"

"예순넷일 거야." 하나에가 대답했다.

"벌써 그렇게 되셨나? 이거, 정말 꼭 해야겠다."

"나미카는 기억하고 있으려나? 오늘 학교에서 못 만나면 내가 집에 가는 길에 들러봐야겠다."

사토코의 말에 가가도 "그럼 나는 도도한테 확인해둘게"라고 약속했다.

11월 2일은 그들의 은사 미나미사와 마사코의 생일이었다. 아이가 없는 데다 남편과도 사별한 미나미사와에게는 생일을 축하해줄 사람이 아무도 없었다. 그래서 사토코, 나미카, 쇼코 등의 다도부원은 그날 은사의 집에서 다도 모임을 갖고, 동시에 생일도 축하해드리기로 결정했다. 그리고 그날에 '설월화의 날'이라는 이름을 붙였다. '설월화'라는 건 다도 모임에서 차를 마시면서 하는 '설월화 의식雪月花 儀式'을 말한다. 이 의식은 또한 미나미사와 선생님께 생일 선물을 드리는 사람을 정하는 게임이기도 했다. 처음으로 그 게임을 했을 때, 미나미사와 선생님이 너무나 감격한 나머지 차선을 젓는 손까지 파르르 떨었다는 '전설'이 남아 있다.

사토코 팀의 고교 졸업과 함께 미나미사와 마사코도 정년퇴직을 했기 때문에 다도부원에 의한 '설월화의 날'은 결국 2년 만에 끝이 나고 말았다. 그것을 안타깝게 생각한 다도부원들은 가가와 도도까지 끌어들여 새로 이 행사를 하기로 했다. 여기에 와코와 하나에까지 동참해서 작년까지 모두 세 차례의 모임을 가질 수 있었다. 고등학교 다도부원으로서 이 행사를 치를 때에 비하면 엄숙한 맛은 한참 줄어들었지만, 미나미사와 선생님이 손수 요리한 음식까지 대접해주셔서 제자들에게도 만추의 즐거운 행사 중의 하나였다.

'이번 모임은 쇼코의 조문회도 겸하게 되겠구나.'

적잖이 감상적인 생일이 될 것 같다고 가가는 생각했다.

6

그날 4교시를 마친 가가는 검도 연습은 쉬고 〈고개를 흔드는 피에로〉 쪽에 얼굴을 내밀었다. 보통 때는 반드시 친구 중의 누군가가 커피를 마시고 있었는데 오늘은 웬일로 아무도 없었다. 테니스부의 콤비인 와코와 하나에는 시합이 코앞에 다가와 연습을 하느라 정신이 없었고, 도도도 학회 원고 때문에 바빴다. 그렇다면 사토코와 나미카쯤은 분명히 있을 거라고 짐작하고 왔는데 그녀들도 오늘은 나오지 않은 모양이었다.

"사토코가 잠깐 왔었는데 가게 안을 한 바퀴 둘러보고는 그냥 갔어. 아마 나미카에게 갔을 거야."

입구에 서 있는 가가에게 마스터가 말을 건네 왔다. 4년 동안 들락거리다보니 완전히 친한 사이가 되었다.

가가는 마스터에게 가볍게 손을 들어 보이고 다시 낮은 출입문을 지나 밖으로 나왔다.

역시 검도부 연습이나 하러 가야겠다고 생각했지만 문득 머릿속에 떠오르는 것이 있어서 그대로 발길을 역 쪽으로 돌렸다. 하지만 역에 가려는 것이 아니었다. 가가는 역을 지나쳐 완만하고 좁은 언덕길을 천천히 올라갔다.

백로장은 T대학 클럽하우스와 별로 다를 것 없는 크기의 건물이다. 하얀 벽에 나란히 늘어선 창문에는 과연 여대생의 방이라는 느낌이 드는 커튼이 걸려 있었다. 커튼이 없는 곳이 빈 방이구나 하고 가가는 판단했다.

원룸 맨션 앞에 서서 가가는 안쪽을 들여다보았다. 와코가 그려준 안내도대로 왼편에는 관리실이 있었다. 뚱뚱한 몸을 둥글게 숙이고 털실로 뭔가 뜨개질을 하는 아주머니는 소문이

자자한 그 관리인일 터였다. 뜨개질을 조금 하고서는 목을 돌리며 자신의 어깨를 툭툭 두드린다. 그녀의 시선이 이따금 실내로 향하는 것은 텔레비전을 보기 때문인 것 같았다.

이윽고 뚱뚱한 관리인 아주머니가 건물 안을 들여다보는 남자를 눈치챈 모양이다. 수상쩍다는 눈빛으로 흘끔 가가 쪽을 보았다.

가가는 정식으로 인사를 하기로 했다. 섣불리 자리를 떴다가는 그 아주머니의 마음속에 괜한 의혹만 남길 뿐이다.

가가는 현관문을 열고 "가나이 나미카, 있습니까?"라고 물었다. 중년의 관리인 아줌마는 가가를 머리끝부터 발끝까지 재빨리 훑어본 뒤에 "학생은 누구야?"라고 눈을 치뜨고 가가의 얼굴을 보았다. 가가는 그 험상궂은 눈빛에 지지 않고 웃는 얼굴을 지으며,

"친구예요. 가나이 나미카, 안에 있어요?"

라고 다시 한번 물었다. 관리인의 무뚝뚝한 표정은 바뀌지 않았다.

"아직 안 왔어. 그 애는 항상 늦어."

"항상 늦어요? 어디 갔는데요?"

"내가 아나? 술 마시고 오는 일이 많은 것 같긴 하더라만."

"술 마시고……."

〈버번〉에 갔나, 하고 가가는 생각했다. 나미카가 자주 찾는

단골 술집이다.

"그런데요, 제가 마키무라 쇼코하고도 친구예요."

순간 관리인의 눈빛이 번뜩였다. 역시나 이번 일로 신경질적이 되어 있는 듯했다.

"방을 좀 보여주실 수 없을까요?"

뻔히 안 된다고 할 거라고 생각하면서도 가가는 말해보았다. 하지만 관리인은 안색이 확 바뀌어서 고개를 저었다.

"여성 전용 원룸이야. 그걸 어기면 우리 맨션의 신용이 떨어져."

"안 될까요?"

"당연하지."

'당연하다'의 '당'에 힘을 주어 관리인은 말했다. 그리고 뜨개질 쪽으로 시선을 돌리더니 다시 급하게 손을 움직이기 시작했다. 작은 소리로 "참내, 요즘 대학생들은 왜들 저러는지 몰라"라고 툴툴거렸다. 그 둥근 어깨는 가가를 완전히 배척하고 있었다.

가가는 원룸 맨션을 나왔다. 〈버번〉에 가볼까 하고 생각했지만 시계를 보니 너무 이르다는 마음이 들었다. 고개를 돌려 백로장 입구 쪽을 보니 뚱뚱한 관리인은 여전히 의심의 눈초리로 수상한 남학생의 등을 쳐다보고 있었다. 가가와 시선이 마주치자 당황한 기색으로 다시 뜨개질을 시작했다.

학교로 돌아갈 수밖에 없겠다—. 그렇게 생각하고 걸음을 뗐을 때, 누군가 뒤에서 작은 소리로 가가를 불렀다. 짙은 갈색 스웨터에 베이지색 바지, 거기에 적갈색 재킷을 걸친 여대생이 햇볕에 잔뜩 그을린 얼굴로 웃고 있었다. 가가는 그런 그녀를 보고 오븐에서 구워낸 쿠키를 연상했다.

"저 원룸에 무슨 볼일?"

익숙하지 않은 말투로 쿠키 여학생이 말을 걸어왔다. 가가는 대답하지 않고 그녀의 갈색 얼굴만 멀거니 바라보았다. 쿠키 여학생은 "어머, 나 누군지 몰라?"라고 볼이 팡팡하게 토라진 얼굴을 보였다.

"법학 강의, 함께 받았잖아."

"아, 그렇군."

그녀의 말을 듣고 금세 생각이 났다. 옆자리에 앉아 말을 나눈 적이 있었다. 분명 3학년이라고 했었다. 이름은 듣지 못했다.

"옆자리에서 잠자던 애?"

"쳇, 잠을 잔 게 아니라 명상중이었어."

두 사람은 다시 천천히 걷기 시작했다. 쿠키 여학생은 역으로 가려는 모양이었다. 가가의 발도 자연히 함께 따라서 움직였다.

"문지기 아줌마하고 무슨 이야기를 했어?"

"문지기 아줌마?"

묻고 나서야 백로장 관리인을 가리키는 말이라는 것을 알고 "너도 그 원룸이야?"라고 연거푸 질문을 던졌다. 그녀는 고개를 끄덕였다.

"감시받으며 갇혀 사는 원룸이야. 너무 가엾지?"

"그나저나 이름이……?"

"나? 후루카와 도모코."

가가는 걸음을 멈췄다.

"쇼코 옆방의?"

"어, 잘 아네?"

라고 놀란 표정을 지은 뒤, 그녀는 찰싹 손을 마주쳤다.

"아, 그렇구나, 그 사건 때문에 문지기 아줌마한테 뭔가 물어본 모양이지?"

"안에 잠깐 들어가게 해달라고 부탁했는데 거절하더라."

"그야 당연하지!"

도모코는 코 위에 주름을 잡았다. "저 갱년기 장애 아줌마가 그런 걸 허락해줄 리가 있어?"

"현장을 보고 싶었거든. 명탐정 노릇을 할 마음은 전혀 없지만."

이미 포기했다는 뜻으로 두 손바닥을 펼쳐 보이고 가가는 걸음을 옮겼다. 그러자 도모코는 그 발이 멈칫 서버릴 만큼 큰 소리로 "아, 잠깐!"이라고 가가를 불렀다.

"내가 들어가게 해줄까?"

못된 꾀라도 생각난 아이처럼 의미심장하게 눈을 슬쩍 치켜뜨고 도모코는 가가를 보았다. 가가는 다시 멈춰 서서 곰곰이 그녀의 얼굴을 마주 바라보았다.

"할 수 있어?"

"한 가지 조건이 있어."

도모코는 혀를 쏙 내밀더니 윗입술을 싸악 핥았다.

"전공과목 노트 각 1년치."

그 말을 듣고 가가는 한숨을 내쉬고, 그리고 쓴웃음을 지었다.

"조건은 그거 한 가지?"

"그래, 1년 더 다니는 건 창피하니까."

도모코는 몸을 돌려 방금 온 길을 다시 돌아갔다. 가가는 적잖이 당혹감을 느끼면서도 그녀의 뒤를 따라갔다. "역에 가던 길 아니었어?"라고 도모코의 등에 대고 물어보자 "역이 도망가는 것도 아닌데, 뭘"이라는 대답이 돌아왔다.

백로장 가까이에 도착하자 도모코는 그보다 한 칸 앞길을 오른쪽으로 굽어들었다. 가가도 따라갔다. 그곳은 자동차 두 대가 마주 지나갈 수 없을 만큼 좁은 길이었지만 그녀는 도중에서 왼편으로 꺾어져 다시 더 좁은 길로 들어섰다. 길이라기보다 틈새라고 하는 게 더 적합한 그 골목은 이제 조금만 시간이 더 지나면 아예 깜깜해질 거라고 예상될 만큼 등불이라고 할 것이 하나도 없었다.

그 골목으로 들어가 10미터쯤 나아간 곳에 왼편으로 크림색 콘크리트 벽이 나타났다. 군데군데 빗금이 가고 거기서 검은 물이 흘러 얼룩이 져 있었다.

"여기가 백로장 뒤쪽이야."

도모코의 말에 가가는 저도 모르게 위쪽을 올려다보았다. 아닌 게 아니라 건물 옆에 늘어선 창문들은 조금 전에 바라본 것이었다. 커튼 색깔도 본 기억이 있었다. 그리고 크림색이라고 생각했던 벽이 실은 흰색이 변한 색깔이라는 것도 알았다.

"그리고 저기 저 문이 뒷문이야."

그녀가 가리킨 곳은 전체적으로 녹이 잔뜩 낀, 그야말로 묵직해 보이는 문이었다. 문 앞에는 두 단짜리 발판이 있었다.

"이거, 항상 잠가두는데 원룸 안쪽에서는 금세 열 수 있어."

"열어줄래?"

"노트."

"알았어."

부루퉁하게 가가가 내뱉자 도모코는 뭐가 재미있는지 킥킥 웃으면서 백로장 벽을 따라 골목을 빠른 걸음으로 걸어갔다.

도모코의 모습이 사라진 뒤, 가가는 그녀가 지나간 길을 따라 몇 걸음 들어가보았다. 백로장 벽은 뒤쪽 역시 퇴색한 크림색이지만 도중에 빗물 통이 있고 거기서부터 앞쪽은 새로 칠한 하얀 페인트였다.

정확히 그 근처에 머리 높이 정도의 창이 있었다. 젖빛 유리창이어서 안은 보이지 않았다. 쇠로 된 창틀이 달렸지만 그 틀도 도장이 벗겨지고 적잖이 녹이 슬었다. 가가는 와코가 보여준 안내도를 머릿속에 그려보며 그곳이 창고라는 것을 알았다. 다른 방의 창문과는 크기나 높이가 달랐기 때문이다.

가가는 쇠로 된 창틀을 잡고 열어보려고 했다. 이곳에서 침입이 가능한지 알아보기 위해서였다. 하지만 창문은 열리지 않았다. 고리 같은 게 걸려 있는 모양이라고 가가는 짐작했다.

원래의 자리로 돌아와 잠시 기다리자 문손잡이 근처에서 자물쇠가 풀리는 듯한 소리가 났다. 그리고 문이 천천히 이쪽 편으로 열리더니 도모코가 햇볕에 그을린 얼굴을 내밀었다. 가가가 말을 하려고 하자 그녀는 집게손가락을 둥근 입술에 대고,

"조심조심 들어와. 소리 내면 안 돼."

라고 작은 소리로 알려왔다. 가가는 고개를 끄덕였다.

그가 들어가자 도모코는 신중한 손놀림으로 다시 문을 닫았다. 그리고 마찬가지로 열쇠 고리도 채웠다. 그녀와는 아까부터 말을 나눴지만 그런 진지한 얼굴을 보인 건 처음이었다.

안은 상당히 어둑어둑했다. 소리도 거의 들리지 않았다. 입주자가 적다고 했던 것이 생각났다.

뒷문 바로 옆에 계단이 있었다. 와코의 안내도 그대로였다. 도모코는 손가락으로 위를 가리키며 입을 달싹거렸다. 계단을 올라가라는 뜻인 것 같았다.

뒷문도 계단도 관리실에서는 사각지대였다. 범인도 이 통로를 더듬었을까, 하고 가가는 생각했다.

계단을 올라가자 1층과 마찬가지로 어두침침한 복도가 있었다. 뒤를 따라 올라온 도모코가,

"저기가 내 방이야."

라고 가장 앞쪽의 방을 턱으로 쓱 가리켰다. 그렇다면 그 오른편 옆이 쇼코의 방이다. 꽉 닫힌 그 문이 가가에게 뭔가 말을 건네는 것 같았다.

가가는 쇼코 방의 문손잡이를 잡고 조용히 돌려보려고 했다. 하지만 돌아가지 않았다. 반자동 록의 특징이다. 도모코가 등 뒤에서 "문이 잠겼지? 조금 전까지 경찰이 와서 뭔가 부스럭부스럭 조사하는 거 같았는데"라고 말했다.

쇼코 방 바로 앞이 나미카의 방이라고 들었기 때문에 가가는 그쪽에도 시선을 던졌다. 마구 갈겨쓴 '상중'이라는 글귀가 그야말로 나미카답다는 생각에 가가는 저절로 입가가 풀어지며 웃음이 터졌다.

"차라도 한잔할래?"

도모코는 가방에서 열쇠를 꺼내더니 자기 방 손잡이의 열쇠 구멍에 꽂아 넣고 슬쩍 돌렸다. 달칵 하고 열리는 소리가 의외로 복도에 크게 울렸다.

"아, 잠깐."

가가는 도모코의 등에 대고 말했다. "다시 한번 방문을 잠가 봐."

"응? 왜?"

어리둥절한 눈빛을 보인 뒤, 도모코는 하라는 대로 문을 다시 잠갔다. 안에서 손잡이 중앙 버튼을 누른 상태에서 문을 닫는 것뿐이었다. 달칵. 이건 조금 작은 소리였다.

"오케이, 잘 알았어."

가가가 고맙다는 듯 오른쪽 손바닥을 세우자 도모코는 아랫입술을 툭 내밀고 다시 열쇠를 꽂아 문을 열었다.

도모코의 방은 하나에가 자주 찾아와 치워주는 와코의 하숙방보다 훨씬 더 지저분했지만, 가가가 알고 있는 다른 친구들의 방보다는 그나마 단정하다고 할 정도의 수준이었다. 화장품과 담배 냄새가 뒤섞인 공기가 조금 거슬렸지만, 땀 냄새와 음식이 썩는 듯한 냄새가 동거하는 남학생 방에 비하면 천국이라는 마음도 들었다.

"편하게 앉아."

도모코는 자신의 재킷을 옷장 안에 걸더니 탁자 위에 있던 주전자를 들고 부엌으로 갔다. 방에는 한 평 남짓한 부엌이 있는데, 그곳은 당연히 마루방이었다. 부엌과 거실이 장지문으로 나누어진 형태였다.

"쇼코의 방도 똑같은 구조겠지?"

가가가 묻자 도모코는 주전자를 불에 올리며 그렇다고 대답했다.

"네가 쇼코를 찾아갔을 때, 방 안이 캄캄했다고 하던데 이 장지문은 열려 있었어?"

그러자 도모코가 돌아보며 가만히 자기방의 장지문을 응시했다. 그때의 상황을 떠올려보는 기척이 그대로 느껴졌다. 하지만 결국 그녀는 "잊어버렸어"라며 혀를 쏙 내밀었다. 하긴 그럴 거라고 가가도 포기했다.

도모코가 쇼코의 방에 갔을 때, 만일 범인이 아직도 실내에 있었다면 과연 어디에 숨었을까. 거실과 부엌이 있을 뿐인 실내에서 숨을 곳이 그리 많을 리 없다. 아마도 장지문을 닫고 부엌에 숨어 있었을 거라고 가가는 추리했다. 물론 쇼코의 사체와 함께.

"쇼코의 방에 갔다온 뒤로 방문을 잠그는 소리가 들리지는 않았어? 조금 전의 달칵하는 그 소리."

"그거, 경찰에서도 물어보던데?"

쟁반에 두 개의 찻잔을 얹고 도모코는 신중한 걸음으로 돌아왔다. 차라고 해서 홍차나 커피일 거라고 생각했는데 아무래도 우롱차인 것 같았다. 가가는 이 발랄한 여학생과 예스러운 우롱차라는 게 도무지 연결이 잘 안 되었다.

"근데 솔직히 말해서 나는 기억이 안 나. 어떻게 아무것도 생각이 안 나느냐고 경찰한테도 싫은 소리를 들었지만, 그런 거 기억하는 게 도리어 이상한 거 아니야?"

"그건 그렇지."

가가는 우롱차를 받아들며 맞장구를 쳐주었다.

"그렇지? 진짜 짜증 나."

도모코는 후루룩 요란한 소리를 내며 차를 마셨다. "게다가 그 시각에는 텔레비전을 보느라 정신이 없을 때였으니까 다른 소리는 귀에 들어오지도 않았어."

"너는 쇼코나 나미카와는 친한 것 같은데, 입주자들끼리 자주 어울리는 편이었어?"

가가의 물음에 도모코는 "글쎄"라고 고개를 외로 꼬았다.

"솔직히 말하자면 별로 어울릴 일이 없었어. 되도록 서로 간섭하지 않는다고 할까. 왜냐면 바로 옆에 살면서 친하게 지낸다는 게 어쩨 좀 성가시잖아."

"그렇군."

"저기, 쇼코 선배, 정말 살해된 거야? 나는 믿을 수가 없어."

주위를 꺼리듯이 목소리를 낮추어 도모코가 물었다. 가가는 "글쎄, 어떨까"라고 애매하게 받아넘긴 뒤에,

"근데 1층에 창고가 있는 거 같던데?"

라고 화제를 바꾸었다. 도모코는 찻잔에 입을 댄 채 고개를 끄덕였다.

"거기에 잠깐 들어가볼 수 없을까? 안의 상태를 좀 보고 싶은데."

"안 되지, 열쇠가 채워져 있는데. 관리인한테 열쇠를 빌려오지 않으면 안 돼. 나, 그 아줌마하고는 별로 말하고 싶지 않아."

"부탁이야."

"아이 참, 기록장에 이름도 써넣어야 하고 이래저래 귀찮단 말이야."

"이 은혜는 나중에 꼭 갚을게."

가가가 말하자 도모코는 "은혜를 갚다니, 무슨 구닥다리 같은 소리야?"라면서 푸훗 웃음을 터뜨렸다. 그리고 끙차 하는 소리를 내며 일어서더니 "흠, 별수 없지. 은혜를 좀 베풀어드려야지"라고 말하고 방을 나갔다.

도모코는 5분쯤 지나서 돌아왔다. 묵직한 청소기를 안고 있었다. 아무래도 그것을 창고 열쇠를 빌리는 구실로 삼은 모양이었다.

"청소기는 나도 있지만, 내 것은 부서졌다고 했어. 이런 정

도말고는 창고를 열어야 할 이유 같은 게 없어서."

"미안해."

가가는 그녀에게서 청소기를 받아 방 한쪽에 내려놓았다.

방을 나선 가가와 도모코는 발소리를 죽이며 조심조심 계단을 내려갔다. 창고 입구는 계단 바로 아래쪽에 있었다. 문에는 그녀들의 방과는 다른 타입의 열쇠가 채워져 있었다. 이쪽은 반자동 록이 아니라 보통 잠금장치였다.

"열쇠로 열어뒀어."

도모코가 작은 소리로 말했다. 손잡이를 돌려 당기자 문은 삐거덕거리는 소리도 없이 의외일 만큼 조용히 열렸다. 자세히 들여다보니 이곳의 문짝은 비교적 새것인 것 같았다. 잠금장치는 뒷문과 마찬가지로 안쪽에서 열리는 타입이었다.

창고 안은 2평 정도의 넓이에 크고 작은 다양한 종이박스가 자리가 비좁다 하고 쌓여 있었다. 종이박스에는 '형광등'이라든가 '화장실 휴지' 같은 글귀가 매직펜으로 적혀 있었다. 종이박스 이외에는 주로 청소 도구였다.

창틀은 낡아빠진 쇠틀이었다. 검은 페인트로 칠을 했지만 군데군데 녹이 슬었다. 이 창문 역시 잠겨 있었다. 두 짝의 유리창이 마주치는 곳을 쇠고리로 고정하는 크레센트 자물쇠였다(그림 3).

가가는 자물쇠를 내리고 창문을 열어보았다. 녹이 슨 겉모양새로는 상상도 할 수 없을 만큼 가볍게 스르르 열렸다.

가가는 자물쇠를 살펴보았다. 이것만 나중에 붙인 것인지, 철 새시에 비해 한참 새것으로 보였다.

"경찰이 이 창고는 조사를 안 했나?"

"아냐, 조사하는 거 같았는데?"

당연한 일이라는 듯 도모코는 대답했다. "관리인 아줌마 입회하에 뭔가 뒤적뒤적 살펴보더라고. 하지만 이 창고는 열쇠가 없으면 들어올 수 없고, 사건이 일어난 날은 아무도 열쇠를 빌려간 사람이 없다니까 이런 데는 조사해봤자 아무것도 안 나왔을 거야."

그건 그렇다, 라고 가가는 일단 맞장구를 쳐주었다.

창고를 나와 뒷문으로 탈출하려는데 갑자기 가장 앞쪽의 방문이 벌컥 열리고 머리가 긴 여학생이 나왔다. 어디로 숨을 곳도, 그럴 만한 시간도 없었다. 가가는 이걸 어쩌나 생각하면서 그 자리에 우두커니 서 있을 수밖에 없었다.

머리가 긴 여학생은 가가 쪽을 바라보며 잠깐 아, 라는 듯이 입을 헤벌렸다. 하지만 그건 가가가 각오했던 반응에 비해서는 한참 약소한 것이었다. 게다가 도모코도 전혀 당황하는 기색이 없는 것이 가가로서는 의외였다.

머리가 긴 여학생은 별다른 말없이 복도를 건너갔다. 아무 일도 없었다는 듯이 도모코는 뒷문을 열었다. 가가가 얼른 바

그림 3 크레센트 자물쇠

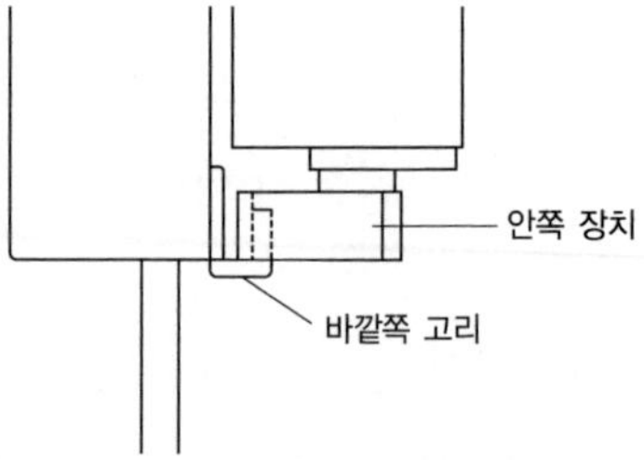

안쪽 장치
바깥쪽 고리

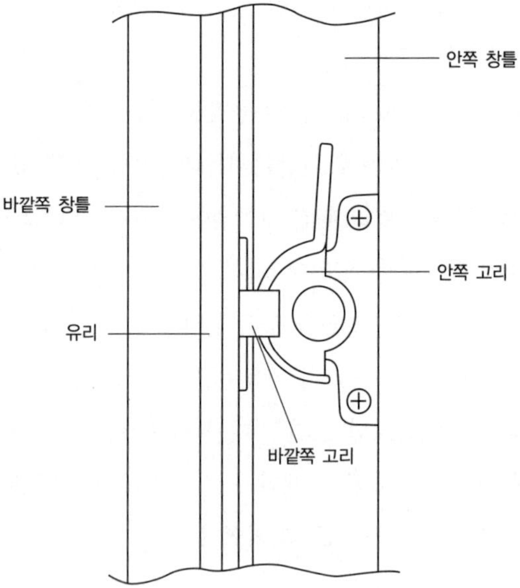

안쪽 창틀
바깥쪽 창틀
안쪽 고리
유리
바깥쪽 고리

깥으로 나오자 손잡이 안쪽에서 달칵 하고 열쇠가 걸리는 소리가 들렸다.

가가가 그새 컴컴해진 골목길에서 혼자 기다리고 있으려니 잠시 뒤에 도모코가 다가왔다. 청소기를 돌려주고 왔다고 그녀는 말했다. 가가는 조금 전의 일이 걱정이 되어 슬쩍 물어보았다.

"들켜버렸는데, 괜찮겠어?"

하지만 도모코는 씨익 웃으며 윙크를 했다.

"우리끼리만 아는 일이지만, 뒷문으로 남자 친구를 데려오는 애들이 꽤 많아. 여기 관리인 아줌마, 괜히 잔소리만 많지 항상 관리실에 틀어박혀 있잖아. 의외로 허술한 점이 많아. 그래서 아까처럼 갑작스럽게 남학생이 나타나도 아무도 시끄럽게 하지 않는다는 게 백로장 입주자들에게는 암묵의 규칙이야."

"남성 출입금지라는 건 공식적인 멘트일 뿐이네."

이건 무시할 수 없는 사실이라고 가가는 생각했다. 도모코의 말을 그대로 받아들인다면 범인—그게 남자였어도—은 관리인의 눈만 피한다면 얼마든지 이 원룸 안을 드나들 수 있었다는 이야기다. 그리고 더욱 중요한 것은 이런 사실이 경찰의 귀에는 들어가지 않았을 거라는 점이었다.

"아무한테도 말하면 안 된다?"

도모코는 집게손가락을 입에 대고 조금 전과 마찬가지로 윙크를 해보였다.

7

역 앞의 〈북경반점〉에서 저녁을 해결하고 집에 돌아왔더니 8시 가까운 시각이 되어 있었다. 어두운 현관 앞에서 호주머니에서 열쇠를 꺼내 달빛에 의지해 열쇠 구멍에 꽂았다.

문을 열자 희미하게 된장국 냄새가 풍겼다. 아버지는 저녁나절에 다녀간 모양이다. 등을 꼿꼿이 세우고 짧은 보폭으로 빠르게 걷는 아버지의 특징적인 뒷모습이 가가의 머릿속에 떠올랐다.

거실에 들어가 형광등을 켰다. 하얀 불빛 아래로 오래된 탁자와 그 위에 무뚝뚝하게 놓인 메모가 드러났다. 가가는 선 채로 메모를 집어 들었다. 신문 속에 끼어 오는 광고지를 잘라 그 뒷면을 사용한 메모였다. 거기에는 이렇게 적혀 있었다.

내일, 집에 못 온다. 급한 볼일이 있으면 아래로 전화할 것.

×××-○○○○.

내일 집에 못 온다는 건 모레나 돌아온다, 혹은 모레도 못 올지 모른다는 뜻이다. 아무튼 지금 확실한 것은 내일 밤 가가가 돌아왔을 때도 집 안은 불이 꺼져 있을 거라는 점이었다. 가가는 메모를 탁자에 다시 내려놓고 점퍼를 벗어 휙 던져버리고는 방바닥에 몸을 던졌다.

아버지와 이야기해본 게 언제였나—. 가가는 문득 기억을 더듬어보았다. 얼굴을 본 건 2, 3일 전이지만, 대화다운 대화를 나눈 건 한참 전이었다. 2주일쯤 전에 진로에 대해 보고했던 것이 가장 최근에 나눈 대화라는 게 생각났다.

2차 교사 임용시험을 치르고 왔다, 다른 구직활동은 하지 않겠다, 떨어지면 연구생으로 대학에 남아 내년에도 도전할 것이다—. 분명 그런 내용의 이야기를 일방적으로 했던 것이다. 아버지는 신문에 눈을 떨군 채, 마치 듣고 있지 않는 것처럼 아무 반응이 없었다. 하지만 이윽고 알아듣기 어려울 만큼 낮은 소리로,

"자신이 없냐?"

라고 물었다. 가가는 거꾸로 "자신 있어"라고 큼직하게 대답했다. 그러자 아버지는,

"그렇다면 떨어질 때를 걱정할 건 없어."

라고 신문 읽는 자세를 무너뜨리는 일 없이 말했던 것이다.

교사가 되고 싶다는 희망을 올해 봄쯤에 처음으로 말했을

때도 아버지의 반응은 그 비슷한 것이었다. 왜냐고 묻는 법이 없었다. 가가는 그야말로 김이 팍 새버렸다.

만일 이유를 물었다면 "교사 아니면 경찰이 되고 싶지만, 경찰은 가족을 불행하게 하니까 안 할 거야"라고 대답할 작정이었다. 그 말을 듣고 아버지가 어떤 얼굴을 보일지, 가가는 내심 잔뜩 기대했었다.

하지만 아버지는 아무 말도 하지 않았다. "그러냐?"라고 한마디 대답했을 뿐이었다. 아버지 쪽에서 그 일에 대해 다시 물어오는 일도 없었다.

아버지가 아무 대답도 해주지 않게 된 건 그때부터였다—. 가가는 10여 년 전을 떠올렸다. 중학교에 올라가기 조금 전이었다. 어머니는 어디로 갔는가—. 그것이 가가의 물음이었다. 바로 전날까지 부엌에서 칼과 도마 소리를 울리던 어머니가 돌연 사라졌던 것이다. 그는 계속해서 물었다. 하지만 아버지는 아무 대답도 해주지 않은 채 시간만 분명하게 흘러갔다. 이른바 '증발'이라는 것인 모양이었지만, 그것을 알게 된 것은 가가가 어머니의 사랑을 완전히 상실해버린 뒤였다.

가가는 다시 한번 탁자 위의 메모를 집어 들고 이번에는 그것을 둘둘 뭉쳐 쓰레기통을 향해 내던졌다. 쓰레기로 변해버린 메모는 정확하게 통 속으로 들어가고 집 안은 다시 정적으로 뒤덮였다.

제3장

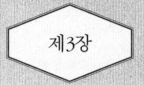

1

3교시를 마치고 국문과 연구실에 잠깐 얼굴을 내보인 뒤 대학을 나섰더니 집에 도착하자 3시쯤이 되었다. 5시까지 미나미사와 선생님 댁에 도착하려면 4시 전에 출발하면 되겠다고 사토코는 시계를 보며 계산했다. 입고 갈 옷은 검은 바탕에 페이즐리 무늬의 원피스로 정했다. 옷을 미리 정해두어서 그나마 시간이 절약될 것 같다. 평소에는 옷을 고르는 데만도 30분 가까이 망설였다. 그리고 화장 쪽이라면 사토코는 거의 시간을 들이지 않았다. 잽싸게, 하지만 빈틈없이—. 그것이 화장에 대한 사토코의 규칙이었다. 그녀는 입술을 그리며 예전에 가가가 했던 말을 떠올렸다. 화장은 여자의 특권이니까 그걸 안 하는 건 태만이다—. 그 말을 나미카에게 해줬더니 그녀는 이렇게 말하며 웃었다. 그건 마더콤플렉스의 반증이야—. 말은 그렇게 하면서도 나미카는 화장을 하는 데 한 시간을 훌쩍 넘길 때가 많았다.

사토코가 모든 준비를 마쳤는데 아직 3시 반도 안 되었다. 홍차라도 마시고 가자, 라는 생각으로 그녀는 방을 나섰다.

계단을 내려가려는 참에 1층 거실에 아버지의 모습이 보였다. 회사에서 막 돌아온 길인지 조끼에 넥타이 차림이었다. 양복 윗도리가 아무렇게나 소파 위에 던져져 있었다.

이거 영 재미없네, 라고 사토코는 생각했다. 취직 문제 때문에 껄끄러워진 뒤로 아버지와 둘이만 있는 게 왠지 서먹서먹했다. 하지만 여기서 돌아선다는 것도 너무 부자연스럽고 도망치는 것 같아 자존심도 상한다. 사토코는 의식적으로 아버지 쪽을 쳐다보지 않으려 애쓰면서 계단을 내려갔다.

아버지에게 등을 돌린 채, 사토코는 자신을 위한 홍차를 탔다. 아버지는 잡지책을 보고 있었다. 뭐가 그렇게도 재미있을까 싶은 경제 관련 잡지였다. 그녀는 아버지가 잡지 너머로 자신의 뒷모습을 빤히 쳐다보는 것 같아 마음속이 편치 않았다.

자신을 위해서만 차를 탈 생각이었지만 무의식중에 찻잔 두 개를 준비하고 있었다. 오랜 세월의 습관이란 참 이상한 것이다. 하지만 꺼낸 것을 일부러 다시 치울 건 없었다. 사토코는 고개를 조금 돌려 잠깐 망설이면서도 먼저 말을 건넸다.

"아빠, 홍차 마실 거야?"

아버지는 잡지를 손에 든 채 "마셔볼까?"라고 대답했다. 어이없을 만큼 평소와 다름없는 말투였다.

홍차를 타고 찻잔을 쟁반에 얹어 소파까지 가져갔을 때, 아버지의 독서는 잡지에서 신문으로 옮겨가 있었다. 출근하기 전에 읽지 못한 곳을 찾아 읽는 모양이었다.

"T대학의 가가라고 하면 네 친구 가가 군이냐?"

갑자기 아버지가 꺼낸 말은 사토코가 하마터면 찻잔을 엎지를 뻔했을 만큼 뜻밖의 질문이었다. 사토코는 애써 아무렇지도 않은 척하며 되물었다.

"응, 그럴 거야. 근데 왜?"

한심하게도 목소리가 살짝 갈라져 나왔다.

아버지는 신문의 한 부분을 가리켰다. 스포츠 면이었다.

"여기에 검도 전국대회 뉴스가 실렸는데 학생 우승 후보 중에 가가라는 이름이 나왔어. 대단한 친구구나."

사토코는 그 신문을 들여다보았다. 아닌 게 아니라 작은 글씨로 가가의 이름이 실려 있었다. 하지만 가가는 이미 고등학교 때부터 이런 정도의 뉴스에는 자주 오르내렸다. 사토코가 그렇게 말해주자 아버지는 감탄한 듯이 호오 하고 입이 동그래졌다.

"그러고 보니 기골이 탄탄한 아이였어. 내 기억이 정확한지는 모르겠지만."

"지금도 그래."

사토코는 대답하면서 소파 곁을 떠났다. 거실 한쪽에 자리를 잡고 아버지에게 등을 돌린 채 홍차를 마셨다. 이따금 뒤에서 아버지가 뜨거운 홍차를 후후 불며 마시는 소리가 들려왔다.

"근데……."

아버지가 입을 열었다. 사토코는 순간 긴장했다. 이번에는 분명 취직 이야기겠구나—. 아버지가 무슨 말을 할지는 뻔했다. 도쿄에 가는 건 허락을 못 한다, 라는 거.

"네 친구가 사망했다는 이야기 말이다."

아, 그 얘기가 아니었네. 그러고 보니 쇼코의 사건에 대해서도 아버지와는 아직 이야기한 적이 없었다.

"아직 결론이 안 나왔어?"

"글쎄."

아버지에게 등을 돌린 채 사토코는 고개를 갸우뚱했다. 아버지도 여전히 신문을 들여다보면서 얘기하고 있을 터였다.

"그런 것 같아."

"그래……. 뭔가 내막이 있을 듯한 사건이야."

"……."

아버지가 신문을 내려놓고 자리에서 일어서는 기척이 났다. 슬리퍼를 끄는 소리도 들렸다. 사토코는 왠지 충동적인 기분이 되어 뒤를 돌아보았다.

"아버지, 도쿄 출판사 말인데……."

분명 멈춰 설 거라고 생각했다. 아버지에게는 지금 가장 마음에 걸리는 일이 그것일 테니. 하지만 아버지는 아무 말도 못 들은 것처럼 그대로 계단을 올라갔다. 딸 쪽을 보려고도 하지 않았다. 어색한 분위기 속에 사토코만 홀로 남겨졌다.

미나미사와 선생님 댁에 도착한 것은 5시 15분 전이었다. 다른 친구들은 대부분 약속시간보다 일찍 오는 일이 없다. 안에 들어가보니 역시 사토코가 가장 먼저 온 모양이다. 작년까지는 매년 쇼코가 일등으로 왔었다.

미나미사와는 짙은 초록색 명주 기모노를 입고 제자들을 기다리고 있었다. 사토코가 들어서자 평소의 안쪽 거실로 안내해주었다.

"선생님, 생신 축하드려요."

정좌를 하고 앉은 뒤에 사토코는 공손히 머리를 숙였다. 미나미사와도 가볍게 고개를 끄덕이며 웃음을 보여주었다.

"고맙다. 하지만 축하를 받을 일인지 모르겠네. 이만큼 나이를 먹으면 어쩐지 세상에 죄송스러운 마음이 들어."

"아이, 왜 그런 말씀을 하세요"라고 말하면서 사토코는 아닌 게 아니라 선생님이 요즘 부쩍 늙으신 것 같다고 느꼈다. 역시 쇼코 사건의 영향 때문인지도 모른다.

다른 친구들을 기다리는 동안 사토코는 취직 건에 대해 선생님에게 얘기해보았다. 출판사로 정해졌다는 건 이미 말씀드렸지만, 도쿄로 가야 하는 것 때문에 아버지가 반대한다는 이야기는 하지 못했었다. 어떻게 해야 좋을지 모르겠다고, 사토코는 자신의 심경을 솔직히 전했다.

"아버님으로서는 이래저래 걱정이 크시겠지. 그 심정은 나도 이해가 되는구나. 게다가 너를 떠나보내기가 섭섭한 마음도 있으실 거야."

미나미사와는 온화한 웃음을 지으며 말했다.

"그래도 이제 어린애도 아닌데 나를 좀 믿어줬으면 좋겠어요."

"아버님이 너를 안 믿는 건 아니실 거야. 아버님이 믿지 못하는 건 너 이외의 사람들이지."

"그래도……."

"그래도 너는 출판사에 다니고 싶고, 도쿄에도 가고 싶은 거지? 그런 마음은 어떻게도 할 수 없는 거고……. 나는 결국 네가 집을 뛰쳐나가는 수밖에 없다고 생각해."

"옛?"이라고 사토코는 되물었다. 그녀들의 은사님은 예전부터 이따금 이런 과격한 말투를 쓰시곤 한다.

미나미사와는 온화한 얼굴 그대로 말을 이었다.

"어떻게 해봐도 사방팔방 모두 다 흡족할 수는 없는 경우가 많아. 네가 이미 마음을 정했다면 그 결심대로 하면 돼. 아버지의 허락도 얻고 주위 사람들 모두에게 축복을 받으며 길을 떠나겠다는 건 어떻게 보면 자기중심적인 생각이야. 게다가 딸로서 아버지를 설득하려고 하는 건 너무 오만한 짓이라고 나는 생각해."

그럴지도 모른다고 사토코는 생각했다. 내가 원하는 길을 내 뜻대로 선택했으니까 그에 따른 시련은 미리 각오했으면서도 아버지의 전폭적인 지지를 원하는 마음이 분명 있었다. 하지만 그건 어리광 이외의 아무것도 아니다.

"취직 문제가 힘들긴 힘든 모양이네."

사토코가 심각한 표정으로 고개를 숙이자 딱딱한 분위기를 무마하려는 듯 미나미사와는 목소리의 톤을 바꾸었다. "다들 고민이 많은 것 같아. 너희처럼 착하고 성실한 아이들일수록 이래저래 속앓이를 하는 건가 봐."

사토코는 얼굴을 들었다.

"다들이라면……?"

"상담까지 하러 온 건 아니지만, 이야기를 듣다 보면 어쩐지 그런 게 감지되더구나. 와코 군도 고민하는 거 같고, 나미카도 하나에도 막상 결정을 못하고 망설이는 기색이었어. 처음부터 확고하게 결정한 건 도도 군이 대학원에 가겠다는 거하고, 그리고 쇼코 정도였나?"

고등학교 때부터 매사에 망설이기만 해서 '망설임 공주'라는 별명이 붙었던 쇼코가 가장 중요한 대목에서는 전혀 망설이지 않은 셈이었다.

"가가 군은 어땠어요?"

별일 아닌 듯이 사토코는 물었다.

"올해 봄이었나? 교사 아니면 경찰관이 되겠다고 했었는데 결국은 교사 쪽으로 정한 모양이야. 가가 군은 예전부터 평범한 샐러리맨은 안 될 거라고 예상은 했었지. 하지만 나는 경찰관 쪽으로 더 소질이 있다고 생각했는데……. 평범한 교사로는 그 아이의 내면에 감춰진 뜨거운 에너지 같은 것이 도저히 발산될 거 같지 않아."

동감이라고 사토코는 생각했다. 그가 교사가 된다면 아마도 학생들에게 좋은 선생님이 되기는 하겠지만, 현재의 학교 교육은 상상하는 만큼 자유로운 교육방침을 취하지 않는다고 들었다. 어떤 의미에서는 샐러리맨보다 더한 조직성이 필요한 모양이었다. 그런 식의 조직 전체적인 짬짜미 속에서 아무래도 가가가 제대로 운신할 수 있을 것 같지 않았다.

"선생님, 사실은요……."

사토코는 며칠 전에 가가에게서 갑작스럽게 사랑 고백을 받았다는 이야기를 미나미사와 선생님에게 밝혔다. 오늘까지 아무에게도 말하지 않았는데 왠지 선생님에게만은 밝히고 싶었던 것이다. 미나미사와는 "드디어 실토를 했구나"라고 얼굴을 풀며 흐뭇하게 웃었다.

"가가 군이 고백을 하다니. 하지만 그 아이다운 사랑 방식인지도 모르겠다."

미나미사와는 고백을 받으면서 사토코가 품었던 것과 똑같은 느낌을 내비쳤다. 그리고 뭔가 생각이 난 듯 크게 고개를 끄덕이더니,

"아하, 가가 군이 그래서 경찰 쪽은 버렸는지도 모르겠다."

라고 사토코에게 미소를 건넸다.

"그 아이의 어머님 일은 알고 있지? 가가 군은 어머님이 집을 나간 게 아버지 때문이라고 생각하고 있어. 아버지가 경찰이기 때문이라고. 그 아이 속에는 경찰이란 가족을 불행하게 만드는 것이라는 고정관념이 생겨버린 것 같아. 그래도 이번 봄에 교사 아니면 경찰관이 되겠다고 했던 건 그 아이에게 아직 가족이라는 것이 구체적인 형태를 갖지 못했었기 때문일 거야."

"하지만 그것이 프러포즈와 관계가 있을까요?"

"너에게 프러포즈를 했다는 건 너를 장래의 가족으로 보게 되었다는 얘기지. 그러니까 너를 어머니처럼 고통스럽게 하지는 않겠다는 마음에서 경찰 쪽은 단념한 거야."

"하지만 가가 군은 내가 누구와 결혼하건 내 자유라고 하던데요?"

"가가는 그런 아이야, 옛날부터. 그리고 아마 그건 고집을 부리는 것도 아니고 수줍어서 그런 것도 아니야. 진심으로 그렇게 생각하는 거겠지."

그래도 가가는 자신과 결혼했을 때의 일을 생각해서 경찰이 되기를 단념했다—. 그렇게 생각하니 사토코는 적지 않은 마음의 부담과 확실한 두근거림을 느꼈다.

5시가 가까워지자 친구들이 하나둘 나타나기 시작했다. 우선 와코와 하나에. 최근에는 두 사람이 항상 붙어 다닌다.

"내일, 드디어 시합이야. 이제 새삼스럽게 발버둥 쳐봤자 별 수 없겠지만, 그래도 마지막 조정 연습을 하고 왔어."

와코는 하나에와 얼굴을 마주 보며 웃었다. 호흡이 척척 맞아떨어진다는 뜻일까. 이런 상태라면 내일 시합은 기대할 만하겠다고 사토코는 생각했다.

그다음은 도도, 나미카의 순서로 모습을 드러냈다. 도도는 웃는 얼굴로 은사의 생일 축하 인사를 하고 있었지만 얼굴색은 여전히 핼쑥했다.

"가가는 조금 늦을 것 같아."

사토코 곁에 앉으며 도도가 말했다. "검도 연습이 있는 모양이야."

"검도? 오늘은 만사 제치고 이쪽으로 오기로 했는데?"

가가답지 않다고 사토코는 마음속으로 투덜거렸다. 이런 일에는 누구보다 성실하게 임하는 게 가가의 장점인데—.

"학교 쪽이 아니라 경찰서 도장에 수업을 받으러 가는 모양이야. 일부러 도와주려고 마련한 수업이라서 도저히 빠질 수가 없나 봐. 전국대회도 머지않았고."

"그래? 경찰서 도장이야?"

처음 듣는 이야기였다. 그런 쪽의 일이라면 지금까지 모두 다 말해주었던 만큼 자신에게 숨기는 게 있는 것 같아 사토코는 적잖이 불만스러웠다.

불만이라고 하자면 나미카에 대해서도 마찬가지였다. 요즘 들어 거의 얼굴을 본 적이 없었다. 대학 안에서도 눈에 띄지 않고 백로장에 찾아가도 늘 방에 없었던 것이다. 오늘 모임에 대해서는 백로장 방문 틈에 메모를 끼워두었지만, 실제로 올지 어떨지 내내 불안했던 것이다. 사토코가 그 말을 하자 나미카는,

"응, 이래저래 일이 좀 있었어."

라고 어딘지 애매한 대답을 했다.

가가를 빼고는 모두 모였기 때문에 우선 미나미사와 선생님의 차를 맛보기로 했다. 항상 앉는 순서대로 자리를 잡고 근황 보고를 하며 찻잔을 돌렸다. 한차례 끝난 참에 다음 음식 준비를 위해 미나미사와가 자리에서 일어섰다. 항례의 '설월화 의식' 때문이었다. 미나미사와를 도와주려고 여학생 셋이 그녀의 뒤를 따라갔다.

2

다도 수업에서 가장 중요하다고 일컬어지는 칠사식七事式은 우라센케 8세 유겐사이잇토又玄齋一燈가 선에서 말하는 칠사수신七事隨身의 정신을 기초로 형님이던 오모테센케 7세 죠신사이如心齋와 함께 창제한, 다도의 지도자가 가져야 할 가장 중요한 사항이라고 할 수 있다. 그 칠사라는 건 화월花月, 차좌且座, 회탄廻炭, 회화廻花, 차茶 가부키, 일이삼一二三, 원차員茶의 일곱 가지를 말한다.

이날 미나미사와 선생님 댁에서 하기로 한 '설월화 의식'은 이 칠사식에 준하는 것으로, 사람 수가 여섯 명 이상일 경우를 생각하여 '화월 의식'에 기준을 두고 11세 겐겐사이玄齋가 고안

한 것이었다. '화월 의식'은 다섯 사람으로 하는 것이기 때문이다.

설월화 의식을 한마디로 쉽게 설명한다면 바로 '제비뽑기 게임'이다. 차를 마시는 사람이나 다식茶食을 먹는 사람, 나아가 다음에 차를 준비할 사람을 매회 제비를 뽑아 결정하는 것이다. 제비뽑기의 방법은 지극히 단순하다. 오리스에折据라고 하는 상자에 몇 장의 카드를 넣고 참가자가 일렬로 앉아 순서대로 뽑아가는 것이다. 당첨되는 카드는 설雪·월月·화花 세 장이다. 각 카드의 앞면에는 소나무 그림이 그려져 있고 뒷면에는 설·월·화라고 적혀 있다. 이 중에 설 카드를 뽑은 사람은 다식을 먹고, 월 카드를 뽑은 사람은 이미 준비되어 있는 차를 마시며, 화 카드를 뽑은 사람은 다음 회에 월 카드를 뽑게 될 사람을 위해 차를 짓는다. 당첨된 카드 이외에는 1·2·3이라는 식으로 번호가 적혀 있다. 이건 말하자면 '꽝'인 셈이다.

이렇게 게임을 계속 이어가는데 참가자 중 누군가 한 사람이 설·월·화 카드를 모두 뽑았을 때, 게임은 끝이 난다. 그리고 미나미사와 마사코의 생일을 축하하는 이 모임에서는 맨 처음 카드를 다 뽑은 사람이 마사코에게 선물을 건네기로 한 것이다.

"게임하는 방법, 잊어버린 것 같은데……."

능숙한 손놀림으로 준비하는 여학생들을 바라보며 와코가

불안한 얼굴을 보였다. 그는 해마다 이런 말을 하면서 머리를 긁적이는 것이다.

"괜찮아, 시작하면 다 생각날 거야."

하나에가 달래듯이 말했다.

"그러면 시작해볼까?"

미나미사와의 말에 모든 참석자가 일단 방 밖으로 나갔다.

제대로 하자면 자리에 앉는 순서부터 게임으로 정하지만, 해마다 그건 생략하고 항상 앉는 순서대로 시작하기로 했다. 왜냐하면 정객正客이라고 해서 가장 상좌에 앉게 되는 사람, 즉 가장 먼저 제비를 뽑는 사람은 이런저런 절차가 너무 복잡해서 원래부터 다도부원이던 사토코나 나미카가 아니고서는 맡기가 어려웠기 때문이다.

답입첩踏込疊이라고 하는 방의 한쪽 귀퉁이에서부터 나미카, 사토코, 도도, 와코, 하나에의 순서로 방 안에 들어가 안쪽에서부터 자리를 잡고 앉는다. 가가가 있을 때는 사토코와 도도 사이에 들어갔다.

전원이 자리를 잡고 앉자 미나미사와는 답입첩에 들어가 손을 짚고 일례一禮를 올렸다. 참석자도 따라서 머리를 숙인 뒤에 각자 백사帛紗✣를 펼쳤다.

✣ 사방 아홉 치의 천으로 다기를 닦거나 받치는 데 사용한다(저자 주).

미나미사와는 이른바 주인 역할이었다. 다도회에 사용하는 여러 가지 도구를 준비하는 사람이다. 수옥水屋✣으로 물러나 담배 합盒을 들고 정객, 즉 나미카 앞에 가서 일례를 한 뒤에 다시 수옥으로 물러난다. 나미카는 담배 합을 상좌 쪽에 놓는다. 뒤를 이어 미나미사와는 건과류 그릇을 들고 나와 마찬가지로 나미카 앞에 놓았다. 단 이때는 예는 올리지 않고 그대로 물러난다. 나미카는 건과류 그릇을 담배 합 앞쪽에 놓는다.

여기에서 미나미사와는 오리스에라고 하는 것을 들고 나타난다. 이 오리스에가 화월 의식 혹은 설월화 의식의 중요한 소도구다. 단단한 화지로 만든 사방 세 치, 약 9센티미터의 평평한 정사각형 그릇이다. 바깥쪽은 감색 종이, 안쪽에는 금색 종이를 바르고 겉에 '관關'이라는 글자가 적혀 있다. 참고로 화월 의식일 경우에는 이 오리스에가 좀 더 작고 일一이라는 글자가 적혀 있다.

앞서 말했듯이 오리스에 안에는 '화월 패'라고 불리는 카드가 여러 장 들어 있다. 이번 경우에는 설·월·화라고 적힌 카드와 1·2·3이라고 적힌 번호 카드까지 도합 여섯 장이다. 사람 수가 많은 경우에는 4·5……라는 식으로 번호 카드를 늘려간다. 이 번호 카드의 앞면에도 설·월·화 카드와 마찬가지로 소

✣ 차 도구를 씻는 곳으로 다실에 딸려 있다.

그림 4

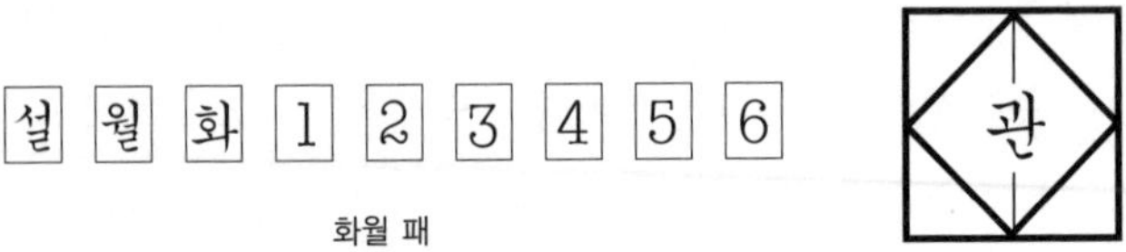

화월 패

오리스에

오리스에 안에는 앞면에 소나무 그림, 뒷면에 설·월·화라는 글자를 적은 세 장의 카드와 1에서 6까지의 숫자를 적은 카드를 참가한 사람 수에 따라 넣어둔다(이번 경우에는 1에서 3까지 세 장의 번호 카드가 들어 있었다).

나무 그림이 그려져 있어서 앞면만 보고서는 구별할 수 없게 되어 있다(그림 4).

오리스에를 내려놓은 뒤 미나미사와는 수옥으로 물러나 찻잔을 들고 나왔다가 다시 수옥으로 물러나서 이번에는 건수✣를 들고 나왔다. 건수를 내려놓으면 말석에 앉은 손님의 다음 자리, 즉 여기에서는 하나에의 다음 자리에 앉는다(그림 5).

이상이 주인이 자리에 앉기까지의 순서다. 하지만 오랜 수련이 필요한 것은 단지 정해진 순서대로 하는 것만이 아니라 첫발을 딛는 위치, 좌우 어느 쪽 발부터 일어서느냐에 이르기까지 지극히 상세한 규칙이 정해져 있기 때문이었다.

✣ 찻잔을 헹군 물을 버리는 그릇.

그림 5 최초의 위치

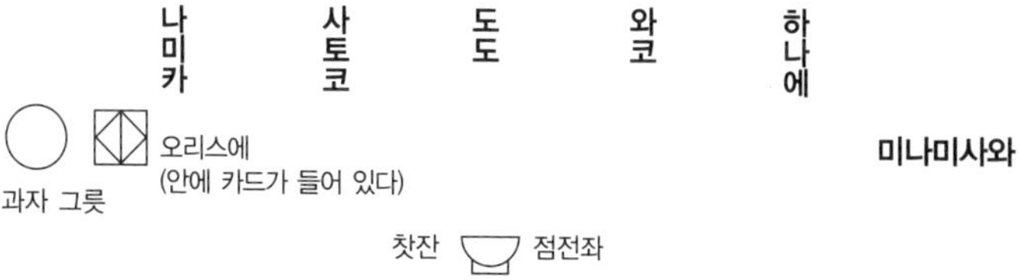

자리에 앉은 미나미사와는 표정을 온화하게 풀고 나미카 쪽을 향해 "오리스에를 돌리세요"라고 일례를 했다. 그 말을 신호로 1회째의 제비뽑기가 이루어졌다. 다만 1회에서는 과자를 먹는 사람(설)이나 차를 마시는 사람(월)은 정하지 않고 차를 젓는 사람(화)만 정했다. 왜냐하면 월 카드를 뽑은 사람은 그 전회에 화 카드를 뽑은 사람이 저어준 차를 마시게 되어 있는데 첫 회에는 '전회'라는 게 존재하지 않아서 이 시점에는 월 카드를 뽑은 사람이 마셔야 할 차가 아직 준비되어 있지 않기 때문이다. 따라서 여기에서는 2회째에 대비하여 차를 저을 사람(화)만 정하는 것이다. 이 1회째의 '화'를 초화初花라고 부른다.

나미카는 옆자리의 사토코 쪽에 예를 하고 나서 오리스에를 들었다. 그리고 오리스에를 열어 안에서 카드를 한 장 꺼냈다.

사토코는 약간 긴장하고 있었다. 고등학교 때 다도부에서

배우기는 했지만, 이번은 오래간만에 해보는 다도 모임이었다. 혹시 잘못하더라도 와코나 하나에처럼 나중에 들어온 멤버라면 그저 웃어넘길 수 있지만 자신이 실수를 하는 건 아무래도 모양새가 좋지 않다. 진지하게 정신을 집중하면서 머릿속에서 순서를 되새겨보았다.

카드를 뽑은 나미카가 오리스에를 사토코에게 돌렸다. 고급 화지로 만든 오리스에는 표현하기 어려운 묵직함을 간직한 그릇이었다. 사토코는 그 감촉을 맛보며 오리스에를 열었다. 카드를 뒤적거리며 고르는 것은 예의에 어긋난다. 사토코는 가장 위쪽에 있던 카드를 무작위로 골라 앞에 내려놓고 오리스에를 닫아 다음 차례인 도도에게로 돌렸다(그림 6-1). 이때 카드의 뒷면은 미리 들여다봐서는 안 된다.

이렇게 도도에게서 와코, 그리고 하나에에게로 오리스에가 돌아가고, 말석의 미나미사와가 마지막으로 카드를 뽑고 오리스에를 내려놓으면 전원이 동시에 카드를 확인한다. 사토코가 뽑은 카드는 설이었지만 이번 첫 회에는 아무것도 하지 않아도 된다. 이윽고 옆자리의 도도가 "화!"라고 우렁우렁한 바리톤의 목소리를 울렸다(그림 6-2). 그 말을 듣고 미나미사와는 자신의 카드를 오리스에에 다시 집어넣고 순서대로 상좌에 보냈다. 오리스에가 도도의 자리까지 건너오자 여기에서 도도는 자신의 화 카드를 오리스에에 다시 돌려놓는 것뿐만 아니

그림 6-1 초화를 정하는 순서(1. 오리스에를 돌려 각자 카드를 뽑는다.)

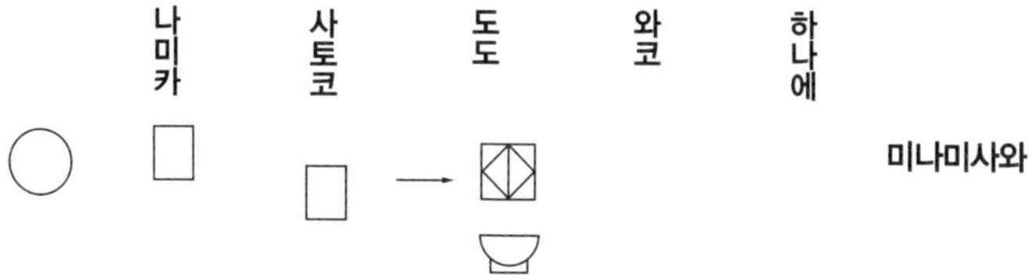

그림 6-2 초화를 정하는 순서(2. 화를 뽑은 사람이 이름을 댄다.)

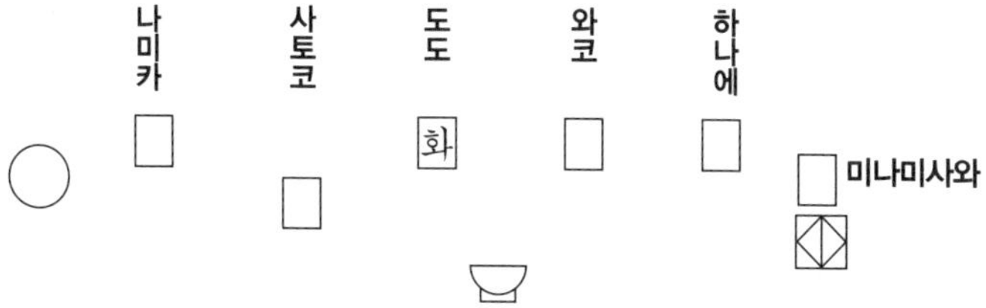

그림 6-3 초화를 정하는 순서
(3. 오리스에에 카드를 돌려놓는다. 도도는 화 카드를 돌려놓고, 대체 카드를 잡는다.)

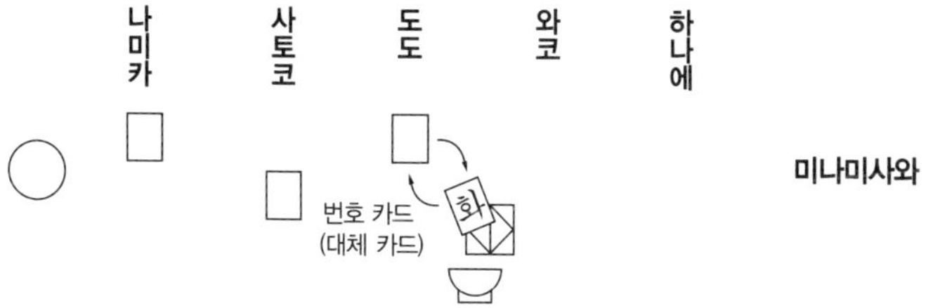

라 이전 사람(여기서는 미나미사와, 하나에, 와코 세 사람)이 돌려놓은 카드 중에서 번호 카드를 찾아 한 장을 뽑아둔다(그림 6-3). 한 가지 역할에 당첨된 사람은 연속하여 당첨되지 않도록 미리감치 번호 카드를 확보해두고 다음 회의 제비뽑기에는 참가하지 않는 것이다. 이 카드를 '대체 카드'라고 한다.

오리스에가 사토코 앞까지 건너오자 그녀는 거기에 자신의 카드를 넣고 나미카에게로 돌렸다.

나미카가 오리스에를 정 위치에 놓자 도도는 화 카드 대신 집은 대체 카드를 들고 일어나 점전좌点前座✣로 나갔다. 도도가 초화, 즉 처음으로 차를 젓는 사람으로 정해진 것이다. 사토코는 도도가 왼발부터 일어나는 것을 곁눈으로 지켜보며, 분명 오른발부터였는데, 하고 마음속으로 복습하고 있었다. 예전에는 까다롭게 그런 형식을 따졌지만 이 모임의 설월화 의식은 일종의 게임이었기 때문에 자잘한 것은 아무도 잔소리를 하지 않는다.

초화 다음에는 주인이, 즉 도도의 원래 자리에는 미나미사와가 앉았다(그림 7).

도도가 헹군 찻잔을 닦기 위해 차 수건을 손에 들자 그와 동시에 사토코 곁에서 나미카가 오리스에를 집는 기척이 났다.

✣ 차를 젓는 곳.

그림 7　초화(도도)가 점전좌에 나간다. 빈자리에 미나미사와가 들어간다.

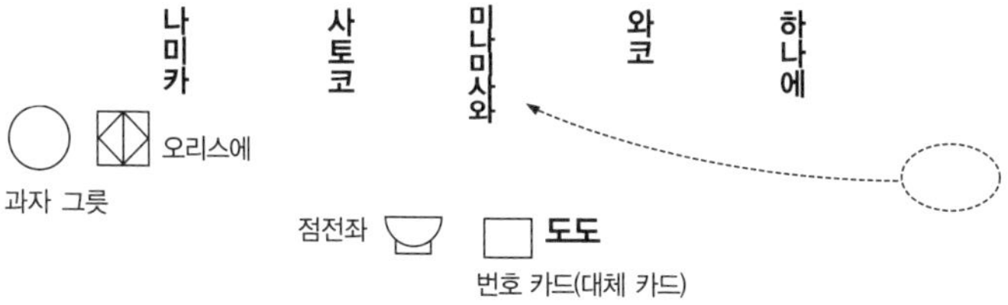

그림 8-1　2회째의 제비뽑기(1. 오리스에를 돌려 카드를 뽑는다. 설 · 월 · 화 카드는 이름을 댄다.)

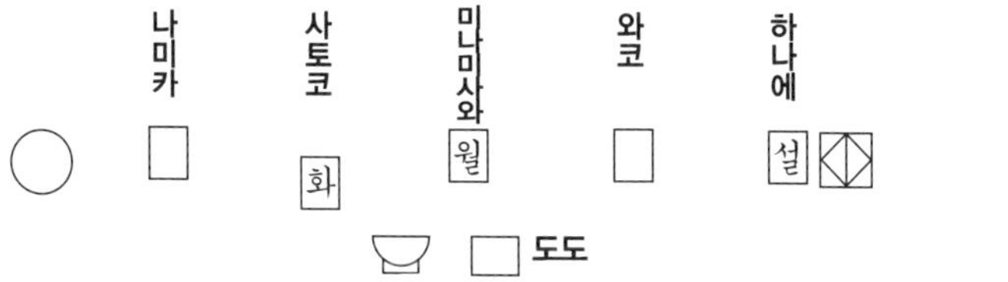

그림 8-2　2회째의 제비뽑기(월은 차를 마시고, 설은 과자를 먹는다.)

그림 9　도도, 가좌로 이동한다.

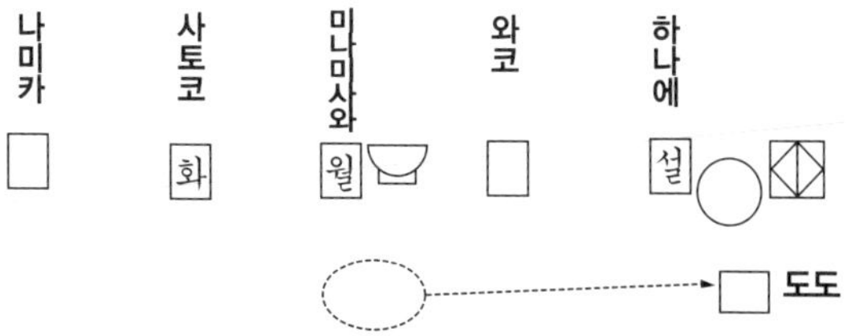

2회째의 제비뽑기가 시작된 것이다. 몇 초 지나자 다시금 오리스에가 돌아왔다. 사토코는 카드를 뽑고 다음 자리의 미나미사와에게 돌렸다. 오리스에는 하나에까지 돌아갔다.

도도가 차를 휘저어 앞으로 내밀면 전원은 자신이 뽑은 카드를 볼 수 있다. 사토코는 화 카드였다. 다음에 차를 젓는 역할이다.

오른쪽부터 하나에가 "설!"이라고 약간 머뭇거리며 카드 이름을 대는 소리가 들렸다. 이어서 미나미사와가 "월!" 그리고 사토코가 "화!"라고 카드 이름을 댔다(그림 8-1).

사토코 옆의 미나미사와는 월 카드를 집어넣더니 오른쪽 다리부터 세우고 찻잔을 가지러 나갔다가 왼발부터 다시 돌아와 차를 마셨다. 그 사이에 견과류 그릇이 정객인 나미카 쪽에서 하나에 자리로 보내졌다(그림 8-2). 설 카드를 뽑은 사람은 다식을 먹기로 되어 있다.

"살찌는 이 과자를 하필 내가 먹어야 하다니."

쟁반 위에는 벚꽃 모양의 다식 아홉 개가 있었다. 다식이라는 건 찹쌀을 재료로 한 다식 가루에 설탕을 섞어 나무틀에 찍어 모양을 만들어낸 것으로, 오늘 준비된 것은 가나자와 지역의 명물인 히나마쓰리 장식 과자였다. 크기는 모양에 따라 다양하지만 다도에 사용하는 것은 한입에 먹을 수 있을 만큼 작은 과자를 좋은 것으로 친다.

하나에는 그런 쓸데없는 소리를 한마디 한 뒤에야 다식 하나를 입에 넣었다.

"엄청 달지?"

와코가 곁에서 물었다. 하나에는 입을 우물거리며 고개를 끄덕였다.

점전좌의 도도는 대체 카드를 들고 일어서더니 후우 하고 굵은 한숨을 내쉬었다. 첫 화에 당첨되어 상당히 긴장했던 모양이다. 예의작법이고 뭐고 생각할 것도 없이 도망치듯이 말석의 하나에 앞에 앉았다. 여기는 가좌假座라고 해서 화의 역할을 마친 자가 대기하는 자리였다(그림 9).

가좌에 앉은 도도는 대체 카드로서 들고 있던 번호 카드를 오리스에에 집어넣고 그것을 상좌로 보냈다. 설을 뽑은 하나에는 설 카드와 교환하여 방금 도도가 넣은 카드를 대체 카드로서 집은 뒤에 오리스에를 다음으로 돌렸다. 즉 다시 카드의 회수가 이루어지는 것이다. 단지 1회의 도도 때와 마찬가지로 설·월·화 중에서 한 가지가 당첨된 자는 연속하여 당첨되는 일이 없도록 카드를 돌려놓을 때에 번호 카드를 대체 카드로서 집어둔다. 이를테면 다음의 와코는 조금 전에 번호 카드를 뽑았기 때문에 그것을 그대로 돌려놓는다. 그리고 그다음의 미나미사와는 월 카드와 그 번호 카드를 교환하여 그것을 대체 카드로서 가지고 있는 것이다. 그런데 이 경우, 오리스에가 사토코가 있는 곳에 건너왔을 때는 그 안에 설과 월 카드만 들어 있어서 그녀의 손에 있는 화 카드와 교환해야 할 번호 카드가 없게 된다. 이런 때는 사토코가 오리스에를 우선 나미카 쪽으로 돌려 번호 카드를 넣어달라고 한 뒤에 다시 오리스에를 받아 화 카드와 바꾸어 그 번호 카드를 집는 것이다. 그녀가 집은 것은 3의 카드였다(그림 10).

화를 뽑은 사토코는 대체 카드를 들고 오른발부터 일어나 두 잔째의 연한 차를 젓기 위해 점전좌로 나갔다. 가좌에 앉아 있던 도도는 다시 사토코가 앉았던 자리로 왔다(그림 11).

첫 번째 월이었던 미나미사와 마사코에게서 돌아온 찻잔을 집어 들어 사토코는 그것을 뜨거운 물로 헹구어 차 수건을 들고 안을 닦기 시작했다. 그와 동시에 나미카는 오리스에를 집어 들었다.

오리스에는 현재 카드가 손에 없는 나미카, 도도, 와코에게로만 돌려졌다. 그리고 오리스에 안에는 설·월·화 세 장의 카드밖에 없기 때문에 세 사람 모두 반드시 어떤 역할에든 당첨되는 것이다. 저마다 카드를 뽑아 들고 사토코가 차를 다 젓기를 기다렸다. 그리고 사토코가 찻잔을 내밀면 각자 카드의 이름을 대는 것이다.

"설!"

수줍은 기색으로 머리를 만지면서 와코가 말했다. 다음에

그림 10 오리스에를 돌려 카드를 회수한다.
설 · 월 · 화를 뽑은 사람은 대체 카드로서 번호 카드를 뽑아둔다.

그림 11 바로 전에 화를 뽑은 사토코가 점전좌로 나가고, 빈자리에 도도가 앉는다.

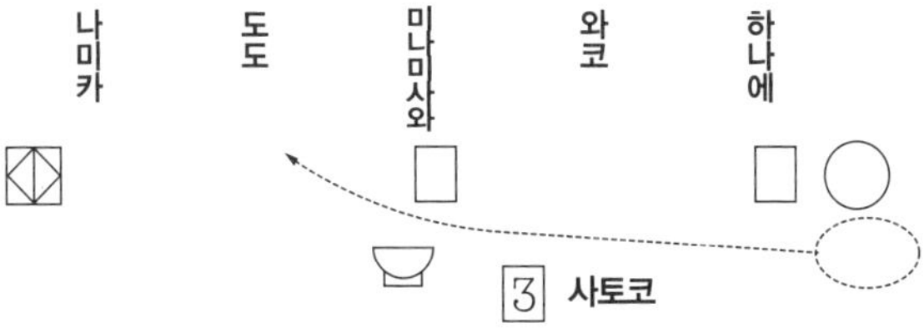

그림 12 3회째의 제비뽑기

그림 13 오리스에를 돌려 카드를 회수한다. 설 · 월 · 화를 뽑은 사람은 대체 카드를 집고,
화의 도도는 점전좌로 나간다.

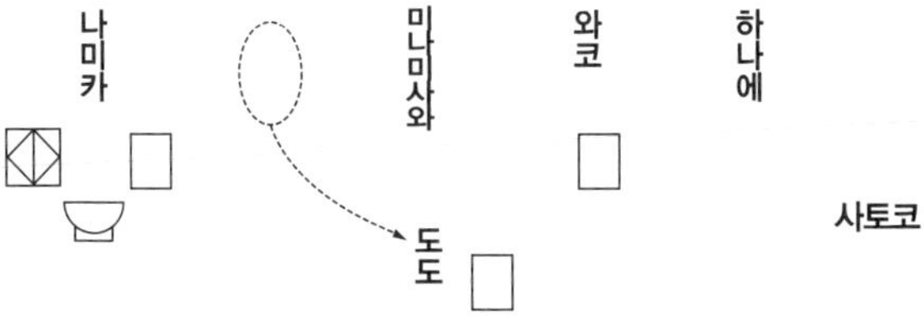

나미카가 월 카드라고 이름을 댔고, 마지막으로 도도가 “또 화야?”라고 짜증 난다는 듯이 말했다.

“오늘은 도도 군이 주역이구나.”

미나미사와가 웃음을 건넸다. “아무래도 그런 모양입니다”라고 도도도 표정이 부드러워졌다.

그리고 월 카드에 당첨된 나미카는 순서에 따라 찻잔을 가지러 나왔다가 자기 자리로 돌아갔다. 그사이에 건과류 그릇이 전회에 설을 뽑은 하나에에게서 이번 회의 설인 와코에게 보내졌다(그림 12).

“이 과자, 너무 달아요. 내년부터는 소금맛 전병으로 해주시면 안 될까요?”

단것이라면 질색을 하는 와코의 말에 모두들 한바탕 웃었다.

점전좌에서 할 일을 마친 사토코는 안도의 한숨을 내쉬고 왼발부터 일어섰다. 점전좌에 오를 때는 오른발부터, 물러설 때는 왼발부터라는 게 규칙이다. 그밖에도 별다른 실수는 없었다. 스스로 생각하기에도 순서대로 잘해냈다고 내심 흐뭇해하면서 사토코는 가좌로 물러앉았다.

가좌에 자리를 잡자 카드를 다시 넣어 오리스에를 돌렸다. 조금 전과 마찬가지로 번호 카드를 들고 있는 사람은 그대로 오리스에 속에 다시 집어넣고 설·월·화 카드를 들고 있던 사람은 그것과 바꾸어 번호 카드를 집는다. 그리고 다시 한번 화카드가 당첨된 도도는 번호 카드로 바꿔 들고 점전좌로 올라갔다(그림 13).

그때, 털썩 하는 소리가 났다.

고개를 숙이고 다다미 바닥의 이음매를 바라보고 있던 사토코는 그 소리에 얼굴을 들었다. 가장 먼저 눈에 띈 것은 방바닥 위를 느릿느릿 뒹구는 찻잔이었다. 방금 사토코가 차를 저어 내놓은 찻잔이었다. 기요미즈 도자기라고 미나미사와 선생님이 특별히 자랑하던 고급품 중의 하나다. 그 찻잔이 무슨 영문인지 속을 내보인 채 뒹굴고 있었다. 나미카의 심상치 않은 모습을 깨달은 것은 그로부터 2, 3초가 지난 뒤였다. 나미카는 윗몸을 앞으로 푹 숙인 채 마치 고양이가 기지개를 켜는 듯한 모습으로 온몸을 파들파들 떨고 있었다. 숨 쉬기가 힘든지 그녀의 등이 거세게 물결치고 있었다.

"나미카!"

"나미카!"

처음에 뛰어든 것은 도도였다. 나미카의 어깨를 껴안아 몸을 일으켰다. 하지만 도도의 품 안에서도 나미카는 팔다리를 가늘게 떨어댈 뿐이었다. 크게 부릅뜬 눈은 허공을 헤매고 있었다. 그 눈이 사토코의 뇌리에 낙인이 되어 찍혔다.

사토코도 나미카에게로 달려갔다. 그녀의 팔을 잡고 "나미카, 나미카!"라고 급하게 흔들었다. 하지만 나미카는 대답을 할 만한 상태가 아니었다. 온몸이 급속히 경직되어 갔다.

"흔들면 안 돼! 우선 자리에 눕히자. 그리고 병원으로 전화, 빨리 빨리!"

도도의 지시에 하나에와 와코가 허둥지둥하지만 전화가 어디 있는지 알지 못해서 결국 미나미사와가 방을 뛰어나갔다. 하나에와 와코는 다시 나미카 쪽으로 돌아왔다.

도도가 나미카의 윗도리를 벗겼다. 그 대신 사토코가 나미카의 몸을 받아 안고 천천히 바닥에 눕혔다.

"간질 발작일까?"

하나에가 누군가의 의견을 묻듯이 작은 소리로 말했지만 아무도 대답이 없었다. 사태는 그리 낙관적인 게 아니라는 것을 모두가 감지하고 있었다.

나미카의 경련이 잦아들었다. 하지만 그것이 회복을 의미하는 조용함이 아니라는 건 그녀의 안색만 봐도 명백했다. 사토코는 애가 탔다. 수없이 친구의 이름을 불렀다.

경련이 멈추었다. 동시에 모두의 반응도 멈췄다.

하나에가 비명 같은 울음소리를 올린 것과 사토코가 부르짖은 것은 거의 동시였다. 사토코는 자기 스스로도 뭐라고 소리쳤는지 알지 못했다. 귀에 아무 소리도 들어오지 않았다. 게다가 아무것도 보이지 않았다. 두통, 그리고 현기증. 소리를 지르면서도 대체 왜 자신이 소리치고 있는지도 알 수 없었다. 아무튼 혼란스러웠다.

누군가가 무슨 말인가를 했다. 거기에 대해 누군가가 대답을 했다. 사토코 주위에서 사람들이 황급하게 움직였다. 그 시간에 자기만 홀로 남겨진 것처럼 사토코는 그곳에 멍하니 앉아 있었다. 멀리서, 아무튼 아주 머나먼 곳에서 사이렌 소리 비슷한 것이 울린다는 것을 알았다.

누군가 등 뒤에서 사토코의 몸을 부축해주었다. 그 손길에 의지해 가까스로 자리에서 일어섰다. 하지만 왜 일어설 필요가 있는 것일까. 게다가 왜 그런지 낯선 사람들이 모여 들었다. 아무것도 모르겠다. 아무것도 들리지 않는다.

그때, 돌연 사토코의 귀에 와 닿는 목소리가 있었다. 참으로 갑작스럽게 그 목소리는 사토코를 다시 현실로 끌고 왔다.

"괜찮아?"

목소리의 주인이 다시 똑같은 말을 했다. 사토코의 등 뒤였다. 그녀는 뒤를 돌아보았다. 왠지 그립게 느껴지는 얼굴, 가가의 얼굴이 그곳에 있었다. 가가는 미간을 좁힌 채 걱정스러운 표정으로 사토코의 얼굴을 들여다보고 있었다.

사토코의 마음속에서 무언가가 뚝 끊겼다. 그리고 그녀의 몸도 실이 끊어진 추처럼 가가의 가슴에 털썩 무너졌다.

3

엄청나게 긴 시간이 미나미사와가의 응접실 안을 흘러갔다. 어쩌면 그렇게 느낀 것은 사토코뿐이었는지도 모른다. 자신이 부축을 받아 이곳으로 온 뒤로 대체 얼마나 시간이 지났을까. 아무튼 이 방에 자리한 사람들 모두가 아까부터 거의 꼼짝도 하지 않고, 그리고 한마디도 하지 않는다.

설월화의 멤버 중에 지금 이곳에 없는 것은 미나미사와 마사코뿐이었다. 그 대신에 가가가 계속 사토코 곁을 지켜주었다. 가가는 나미카가 사망했다는 정보를 얻었을 뿐, 일의 앞뒤 경과를 전혀 알지 못할 터였지만, 누구에게도 그것을 캐묻는 일 없이 당시 현장에 있었던 친구들과 똑같이 팽팽한 공기 속에 자리를 함께하고 있었다.

모두의 신경을 자극한 것은 문손잡이가 덜그럭 돌아가는 소리였다. 그 소리는 이런 분위기를 배려하는 듯 매우 조심스러웠지만, 역시 모두의 가슴속을 파들파들 떨리게 하는 결과를 가져왔다.

응접실에 들어선 미나미사와 마사코는 핏기를 잃어 창백해진 얼굴로 제자들을 바라보며 말했다.

"경찰에서 나오셨어."

조금 칼칼하게 쉬기는 했지만 떨림이 없는 또렷한 목소리였다.

"경찰?"

하나에의 어깨를 안고 있던 와코가 의아한 듯 미나미사와를 바라보았다. "경찰이, 왜요?"

와코와 똑같은 마음인 듯 도도도 팔짱을 풀고 자리에서 일어서더니 미나미사와 쪽으로 한두 걸음 다가갔다. 미나미사와는 표정을 바꾸지 않고, 그리고 소리에 감정을 담는 일도 없이 대답했다.

"의사 선생님이 나미카를 진찰한 끝에 독극물에 의한 사망일 가능성이 있다고 하셨어. 그럴 경우 반드시 경찰에 신고해야 한다고 하셔서 내가 연락한 거야."

"독극물?"

놀란 소리를 올린 것은 가가였다. 그는 다시 한번 "나미카가 독극물을 먹고 사망했다는 말씀이세요?"라고 물었다.

미나미사와는 가만히 고개를 끄덕였다.

"그럴 가능성이 크다고 하셨어."

"하지만, 왜요?"

그러나 마사코는 고개를 저었다.

"나도 모르겠다. 그것을 이제부터 경찰 분들이 조사하시겠지. 일단 내가 사정을 말씀드렸는데, 너희에게도 이야기를 듣고 싶다고 하니까 이제 곧 이쪽으로 오실 거야. 아마 전후의 일을 상세하게 물으실 테지만 질문에는 되도록 있는 그대로 성실히 대답해다오."

그렇게 말하고 미나미사와가 소파에 앉는 것과 동시에 다시 문이 열렸다. 아직 상당히 젊어 보이는 제복 경관이 얼굴을 내밀었다.

"대단히 미안하지만, 여러분의 소지품을 조사하도록 하겠습니다. 여자분들은 지금 여성 경관이 올 테니까 그쪽의 지시를 따라주십시오. 남자 분들은 수고스럽지만 제 뒤를 따라오세요."

그 경관의 뒤를 따라 도도와 와코, 그리고 가가가 나가자 탄탄한 몸매의 여성 경관 두 명이 들어왔다. 그녀들은 정중한 말투로 사토코 일행에 대한 무례를 사과하고, 재빠른 손놀림으로 조사를 해나갔다. 소지품을 조사하는 것뿐이라고 해도 그것은 이미 완전한 신체검사였다. 여성 경관들의 목적이 독극물을 지녔는가 하는 점에 대한 조사라는 건 사토코도 쉽게 짐작할 수 있었다.

결국 이 신체검사에서는 아무것도 나오지 않았다. 여성 경관들은 다시 한번 사과 인사를 건넨 뒤에 방을 나갔다. 곧이어 도도와 와코와 가가도 조금 전의 경관을 따라 응접실로 돌아왔다.

"어땠어?"

울어서 눈이 퉁퉁 부은 채 하나에가 작은 소리로 와코에게 묻는 소리가 귀에 들어왔다. 와코는 가만히 고개를 저으며 "별 문제는 없었던 것 같아"라고 남의 일처럼 대답했다.

모두가 아까처럼 소파에 앉기를 기다려 젊은 경관이 말했다.

"지금부터 각자의 진술을 듣도록 하겠습니다. 누구부터라도 좋으니 한 사람씩 나와주세요."

잠깐 서로 얼굴을 마주 보다가 도도가 먼저 앞으로 나섰다.

"제가 먼저 하겠습니다."

도도가 문을 닫고 나간 뒤, 와코가 누구에게랄 것도 없이 "독극물이라니, 우리는 그런 건 모르잖아"라고 중얼거렸다. 어떤 의도에서 한 말인지는 모르지만 사토코에게는 그 말이 모두의 마음을 대변하는 듯한 느낌이 들었다. 그렇다, 독극물 같은 건 우리는 알지 못한다. 우리는 그저 다도 모임을 하고 있었을 뿐이다. 돌연 4차원에 내던져진 듯한 상황에서 그 이유를 말하라고 해봤자 어떤 대답도 할 수 있을 리 없었다.

"그 차는……"

미나미사와는 소파에 앉아 손수건을 움켜쥐고 있었다. "어제 내가 새로 사 온 것이었어."

그래서 차가 상했다거나 할 일은 없다고 말하고 싶은 모양이었다. 하지만 물론 이 상황에서 거기까지 생각할 수 있는 건 미나미사와뿐이었다.

도도에 대한 진술 조사는 약 15분 정도로 끝이 났다. 응접실에 돌아온 도도는 역시 긴장했었는지 입술이 하얗게 변하고 뺨도 바짝 긴장한 얼굴이었다.

그의 뒤를 이어 조금 전의 제복 경관도 들어왔다. 그리고 하나에와 사토코의 얼굴을 번갈아 바라본 뒤에 물었다.

"아이하라 사토코 씨가 누구죠?"

사토코는 가슴이 덜컥해서 등을 꼿꼿이 세우며 손을 들었다.

"부탁합니다."

경관이 머리를 숙였다. 사토코는 저도 모르게 가가 쪽을 바라보았다. 이름을 지목 받아 불려나가는 바람에 더욱더 압박감이 느껴졌다. 가가는 입을 조그맣게 움직였다. 괜찮아, 라고 말하는 것이었다. 그것으로 사토코는 얼마간 힘을 얻었다.

진술 조사에 사용된 곳은 사건이 있었던 화실의 바로 옆방이었다. 네 평 정도의 넓이였다. 옆의 화실과는 장지문으로 나뉘어져 있어서 그쪽에서 현재 어떤 수사가 진행되는지는 내다볼 수 없었다.

탁자 앞에 앉아 사토코를 기다리는 사람은 안경을 쓰고 갈색 양복을 단정하게 차려입은 30대 중반쯤의 남자였다. 형사라기보다 대기업 샐러리맨 같은 느낌이었다. 사토코가 나타나자 "아, 어서 와요"라고 말하며 머리를 숙이는 인사 방식도 자연스러웠다. 그 형사 옆에 또 한 사람이 있었지만, 이쪽은 그야말로 부실해 보이는 남자였다. 나이는 서른 살을 앞둔 정도일까. 눈매가 고약한 것이 형사의 조건이라고 생각하는 모양이었다. 이 남자 쪽은 되도록 쳐다보지 말자고 사토코는 속으로 다짐했다.

"크게 놀랐지요?"

형사의 첫마디였다. 그녀는 네, 라고 대답하려고 했지만 소리가 나오지 않았다. 그래도 형사는 다 이해한다는 듯 고개를 끄덕였다.

"선생님에게 대강의 사정은 들었어요. 오늘이 선생님 생신이었다고 하던데요."

"네……."

"설월화라고 했나요? 나는 그런 쪽으로는 전혀 문외한이지만, 다도의 작법 중의 하나라고 생각해도 될까요?"

"네, 그렇습니다."

"흠. 그래서 그 도중에 가나이 나미카 씨가 차를 마시고 사망했다……. 사인은 알고 있어요?"

"독극물…… 이라고 들었어요."

"청산 중독이라는군요, 의사의 소견에 따르면."

형사는 그런 말을 하는 것쯤은 익숙한 일이라는 듯 표정을 전혀 바꾸지 않았다. 하지만 사토코에게는 엄청난 충격이었다. 일순 온몸이 부들부들 떨리는 것을 어떻게도 막을 수가 없었다.

"아마도 청산가리였을 텐데 가나이 나미카 씨가 차를 마신 직후에 고통스러워했다니까 그 차에 독이 들었을 가능성이 가장 유력하겠지요. 그 점에 대해 뭔가 얘기할 게 있을까요? 이를테면 사망자가 차를 마시기 전에 뭔가 먹는 것을 봤다든가."

차를 마시기 전에—. 사토코는 그때의 상황을 머릿속에 떠올려보려고 했지만 곧바로 그게 쓸데없는 일이라는 것을 깨달았다. 사토코는 몸을 숙인 채 고개를 저었다.

"그때 나는 '화'였기 때문에 다른 사람을 살펴볼 여유가 없었어요."

"화? ……아, 차를 젓는 사람 말이죠? 선생님에게 들었어요. 그렇군. 실은 도도 학생에게도 똑같은 질문을 했는데 차를 젓는 사람 이외에는 모두 똑같은 방향을 향하고 앉아 있기 때문에 사망자가 어떤 행동을 했는지는 알 수 없다고 하더군요. 그래서 혹시 사토코 학생이라면 알지도 모르겠다고 생각했는데. 흠, 그렇군……. 뭐, 어떤 경로로 독극물을 먹게 되었는지는 조사해보면 금세 밝혀지겠지요. 그런데 오늘을 빼고 가장 최근에 가나이 나미카 씨를 만난 건 언제쯤이죠?"

사토코는 잠시 생각해본 뒤에 "지난주예요"라고 대답했다.

"나미카가 사는 원룸 맨션에 갔었어요."

쇼코의 장례식에 참석하고 돌아오던 길이었다. 나미카와 함께 백로장에서 후루카와 도모코에게 중대한 증언을 얻은 날이다. 생각해보면 그날 이후로 나미카의 얼굴을 본 적이 없었다.

이 증언에 대해 형사는 강한 관심을 보였다. "아, 지난번의 그 사건 말이죠?"라고 몸을 앞으로 내밀었다.

"선생님에게도, 그리고 도도 학생에게도 들었어요. 친구들 간에 상당히 열심히 탐정 활동을 했던 모양이던데. 어때요, 뭔가 알아낸 게 있다면 좀 알려줄래요?"

"딱히 알아낸 것도 없었어요."

사토코는 후루카와 도모코에게서 들은 이야기를 하고, 그건 이미 현경의 사야마 형사가 알고 있다는 것, 그리고 친구들을 소집해서 조금이라도 단서를 찾아보려고 했던 일 등을 말했다. 물론 아직 한 가지도 단서를 잡지 못했다는 것도 말했다.

형사는 그녀의 말을 믿어주는 기색이었다. 하긴 아마추어 탐정이 뭘 할 수 있었겠느냐고 은근히 비웃는 듯한 느낌도 있었지만.

"그 사건이 타살일 가능성이 높다는 것을 알았을 때, 가나이 나미카 씨는 어떤 반응을 보였지요?"

어떤 반응을 보였는지 사토코는 기억을 더듬었다. 하지만 그때도 자신의 충격이 너무 커서 남의 반응까지 신경을 쓰지 않았다. 어쩔 수 없이 사토코는, "나미카도 나하고 똑같이 크게 놀랐을 거예요"라고 대답했다.

그리고 형사는 나미카가 평소에 어떤 생활을 했는지, 어떤 사람을 만났고 어떤 곳에 들렀는지, 상당히 끈질기게 질문을 던져왔다. 남자 관계도 당연히 물었다. 감출 일은 아무것도 없었다. 사토코는 자신이 알고 있는 일은 모두 다 이야기했다. 이만큼 열심히 협력했으니 부디 한시바삐 진상을 밝혀달라는 간절한 마음이 있었다.

"그러면 마지막으로 다도에 대해서인데."

형사는 목소리의 톤을 미묘하게 바꾸었다. "오늘 했다는 그……."

"설월화 의식 말인가요?"

"그래요, 그 설월화 말인데 누가 차를 마실지 전혀 예상이 불가능한 건가요?"

이 질문은 미나미사와에게도, 그리고 도도에게도 했을 터였다. 두 사람의 대답도 충분히 상상이 되었다. 그리고 사토코도 똑같이 말했다.

"그건 불가능해요. 누가 마시는지는 화월 패로 정하는 거니까요."

"그 카드 말이군요?"

"네, 그렇습니다."

형사는 딱히 낙담하는 기색도 아니었다. 작게 한숨을 내쉬었을 뿐이다.

"그 차를 저었던 건 사토코 학생이었죠? 그때 뭔가 마음에 걸린 일은 없었어요?"

"마음에 걸린 일?"

"찻잔이라든가, 다기라고 하죠? 그런 것에 무슨 이상은 없었어요?"

"이상……."

이런 질문은 대답하기가 어려웠다. 무의식중에 흘러간 시간을 되짚어보라고 해봤자 사진을 현미경으로 확대해서 보는 것과 마찬가지여서 보이지 않는 건 결국 안 보이는 것이다.

이번에는 사토코가 한숨을 내쉬었다.

"잘 생각이 안 나요."

그렇게 말할 수밖에 없었다.

결국 형사의 질문은 거기까지였다. 두서없는 이야기를 길게 하고 난 듯한 마음이 들었지만 "수고했어요"라고 말하는 수사관의 얼굴에서는 뭔가 수확을 얻었다는 듯한 기색이 엿보였다. 혹은 그것도 취조의 테크닉인지 모른다고 사토코는 생각했다.

응접실에 돌아오자 모두가 걱정스러운 얼굴로 기다리고 있었다.

"힘들었지?"라고 물으며 자리에서 일어선 것은 하나에였다. 사토코는 "괜찮아"라고 말하고 가까스로 입가를 풀며 웃어 보였다.

사토코와 자리를 바꾸듯이 방을 나간 것은 와코였다. 그의 뒷모습을 보며 사토코는 다시 소파에 앉았다.

"꼬치꼬치 캐물었지?"

도도는 시선을 바닥의 카펫에 떨어뜨린 채, 염려해주듯이 말했다. 사토코는 머리가 아플 때면 곧잘 하는 대로 집게손가락과 엄지손가락으로 눈두덩을 꾸욱 눌렀다. "응, 원래 그런 거잖아." 실제로 가벼운 두통이 몰려왔다.

사토코는 옆자리의 가가를 보았다. 그는 팔짱을 끼고 지그시 눈을 감는 그만의 포즈를 취하고 있었다. 자고 있는 게 아닌가 싶을 만큼 꼼짝도 하지 않았다.

"가가 군……."

사토코는 그를 불러보았다. 왜 그런지 그의 목소리를 꼭 듣고 싶었다.

가가는 그 자세 그대로 입만 움직였다.

"어떻게 된 일인지는 다른 친구들한테 대충 들었어."

"그래서?"

"음, 내일 생각하자."

가가는 말했다. "내일 생각하면 돼. 오늘은 아무것도 생각하지 마."

"가가 군……."

그건 그의 배려라고 사토코는 해석했다. 그가 말하는 대로 지금은 나미카의 죽음에 대해 논의할 기력 따위는 없었다. 이렇게 가만히 앉아 있는 게 사토코가 할 수 있는 최선이었다.

나미카의 부모님이 달려온 것은 그 직후였다. 미나미사와 마사코가 나갔지만, 사토코 일행은 얼굴을 마주하지 않았다. 부모는 아마도 경찰에서 사인을 들었을 터라서 괜한 트러블은 피하고 싶다는 미나미사와의 배려인 듯했다.

와코가 돌아오고, 그 뒤로 하나에, 가가 순으로 경찰의 질문을 받으러 나갔다. 가가는 현장에 없었으니까 그저 참고나 하는 정도로 금세 끝날 거라고 생각했지만 다른 사람과 똑같이 시간이 걸리는 모양이었다. 오히려 하나에 쪽이 더 짧았을 정도였다.

전원의 진술 조사가 끝난 뒤, 마침내 해방되었다. 시각은 8시 가까이가 되어 있었다. 사토코는 자신들이 저녁을 먹지 않았다는 것이 생각났다. 지금까지 그런 생각을 할 여유 따위는 없었던 것이다. 하긴 생각이 났어도 식욕은 전혀 없었지만.

사토코 일행 다섯 명은 거의 아무 말도 없이 역으로 향하는 길을 따라 무거운 걸음을 옮겼다. 친구의 죽음이라는 사실 외에도 자신들의 마음을 무겁게 짓누르는 게 분명히 존재한다고 사토코는 생각했다. 그리고 그것의 정체를 모두가 어렴풋이 감지하고 있었다…….

전차는 비어 있었다. 다섯 명은 옆으로 나란히 앉았다. 맞은편 유리창에 모두의 얼굴이 나란히 비쳤다. 모두 똑같이 슬픈 얼굴이고 그리고 당황스러운 표정이었다.

말다운 말을 맨 처음 꺼낸 것은 와코였다. 그는 옆자리의 하나에에게 말을 건넬 생각이었겠지만, 그것은 모두의 신경을 자극하는 말이었다. 와코가 이렇게 말한 것이다.

"자살일 가능성이 높은 것 같아."

거기에 대답한 것은 하나에가 아니라 도도였다.

"말을 바꾸자면 타살일 가능성도 있다는 거지."

"그럴 리가 없잖아?"

하나에가 말을 받았다. "타살이라면 우리 중의 누군가가 독을 넣었다는 얘기가 된단 말이야."

"아, 이를테면 말인데,"

와코가 입술을 깨무는 것이 창문 유리에 반사되어 사토코의 눈에 들어왔다. 뭔가 궁리하면서 말할 때 나오는 와코의 버릇이었다. "무차별 살인이라는 건 어떨까?"

"무차별?"

"아, 그렇지."

도도는 몸을 앞뒤로 흔들며 맞장구를 쳤다 "우리와는 전혀 무관한 사람이 독을 탄 거야. 그렇다면 선생님이 어제 새로 사 오셨다는 그 차가 수상해. 즉 선생님이 사왔을 때 이미 그 차에 독극물이 들어 있었어."

"초콜릿이나 캔 주스에 그런 사건이 있었지? 하지만 그런 거라면 조사해보면 금세 드러날 거야."

"아마 드러나겠지."

"그게 아니라면 역시 자살이네."

와코는 어떻게든 친구들의 동의를 얻어내고 싶은 눈치였지만 그 말에 대해서는 아무도 대답하지 않았다.

사토코는 조금 전 자신이 생각했던 것을 새삼 확인했다. 우리의 마음을 무겁게 하는 원인은 바로 이것이다. 자살인가 타살인가. 방금 도도가 말한 특별한 경우를 제외하고는 타살일 경우 자신들 중의 누군가가 범인이라는 이야기가 된다. 그런 일은 절대로 있을 수 없다고 생각하기 때문에 나미카는 자살했다는 결론을 내릴 수밖에 없다. 하지만 나미카가 자살 같은 것을 할 친구인가. 그 점에 대해서라면 여기 있는 우리 모두가 다른 누구보다 잘 알고 있었다. 타살일 리도 없고, 나미카가 자살했다는 것도 말이 안 된다. 그런 패러독스가 모두의 마음을 무겁게 짓누르는 것이었다.

사토코는 슬그머니 가가 쪽을 보았다. 가가는 이런 이야기를 듣는지 마는지, 아무튼 눈을 꾹 감고 있을 뿐이었다. 지금 여기에서 논의해봤자 아무 의미도 없다는 것을 알고 있는지도 모른다. 그 무표정한 옆얼굴은 여전히 사토코에게 "내일 생각하자"라고 말하는 것 같았다.

그래, 내일 생각하자—. 사토코는 생각을 중단하기로 했다. 지금 필요한 것은 마음의 휴식이다.

하지만, 이라고 사토코는 다시 생각에 빠져들었다. 아무리 내일이 되더라도 마음속에 딱 한 가지, 절대로 변하지 않을 생각이 있었다. 그것은 나미카에 대해 자신이 무엇 하나 아는 게 없다는 것이었다.

4

커튼 틈새로 햇살이 강하게 꽂혀드는 바람에 아직 충분히 잠을 자지 못했는데도 눈이 저절로 뜨였다. 간밤에 마신 브랜디의 취기가 아직도 남았는지 머리가 무거웠다. 침대에 파고들어도 도무지 잠이 오지 않아서 아버지의 브랜디를 슬쩍했던 것이다. 잠이 올 정도까지만, 이라고 생각하며 마셨는데 결국 불쾌감만 몰고 왔다. 친구가 죽은 다음 날 아침에 술이 덜 깬 머리로 일어나다니, 뭔가 슬펐다. 그리고 이런 아침일수록 지금까지의 외상을 털어내듯이 날씨가 화창한 것이다.

사토코가 커튼 틈새를 막으려고 침대 밖으로 팔을 뻗었을 때, 노크 소리가 들렸다. 목이 잠긴 소리로 대답하자 문이 살짝 열리고 시커먼 팔이 나타났다. 그러고는 손에 든 신문을 휘익 내던졌다.

"신문."

낮고 무감정한 소리를 내는 것이 누나에 대한 최대한의 위로라고 다쓰야는 생각하는 모양이었다. 그리고 분명 이런 아침에는 그런 배려가 고마웠다.

"다쓰야."

닫히려는 문이 멈췄다. "왜?"라는 남동생의 목소리.

"커튼 좀 닫아줄래?"

문 건너편에서 잠시 망설이는 듯한 침묵. 몇 초 뒤에 문이 열리더니 다쓰야의 큼직한 몸이 들어왔다. 집 안에서도 트레이닝복 차림이었다. 땀 냄새를 물씬 풍기며 침대 옆을 지나가더니 꼼꼼한 손놀림으로 커튼을 닫아주었다. 그 참에 문 앞에 던졌던 신문도 집어 왔다.

"고마워."

"그나저나 아침밥 말인데."

다쓰야는 문손잡이를 잡으며 물었다. "샌드위치면 되지?"

"응."

"마실 것은?"

"홍차."

"오렌지 페코 홍차밖에 없어."

"최고지."

그러자 다쓰야는 더 이상 아무 말도 하지 않고 문 너머로 사라졌다. 어느새 저만큼이나 자신을 갈고닦았을까, 라고 사토코는 한참이나 문을 바라보았다.

조금 더 자보려고 했지만 아무래도 신문 기사가 마음에 걸렸다. 커튼까지 닫아달라고 했으면서 뭐야, 라고 스스로 피식 웃으며 베개 곁의 스탠드를 켰다.

처음에 눈에 띈 것은 날짜였다. 11월 3일, 문화의 날이었다. 아, 그래서 그랬구나, 라고 사토코는 생각했다. 문화의 날은 매년 날씨가 좋다고 미나미사와 선생님이 자주 말했던 것이다.

사회면을 보았다. 네 칸짜리 만화 옆에 '다도회에서 독극물 사망 사고'라는 제목이 눈에 들어왔다. 신문 기사의 제목이라는 건 어쩌면 이렇게도 사실과 이미지가 어긋나는 걸까. 그게 아니면 이렇게 하는 게 독자로서는 알아듣기 쉬운 건가.

어느 정도는 사실에 충실한 기사였다. 잘못된 점이라면 어제의 모임을 '다도부 행사'라고 한 것, 그리고 설월화에 대한 설명이 대폭적으로 엉터리라는 것이었다. 아마도 기사를 쓴 사람이 확실하게 이해하지 못한 모양이었다.

기사를 읽어본 바로는 아직 자살로도 타살로도 판단을 내리지 못한 듯했다. 단지 뉘앙스로서는 자살설을 밀고 있는 경향이었다. 쇼코 사건과의 관련성에 대해서는 다루지 않았다.

—가나이 나미카(22세).

그렇게 적힌 위쪽에 나미카의 얼굴 사진이 실려 있었다. 대체 어디서 이런 괴상한 사진을 구해왔을까. 묘하게 음영이 강해서 마치 몽타주 같은 부자연스러운 표정의 사진이었다. 이런 식으로 취급되는 나미카가 너무 가엾어서 어제와는 또 다른 슬픔이 끓어올랐다.

사토코는 침대에 얼굴을 묻었다. 나미카가 없다, 이 세상에 없다, 다시 한번 그 목소리를 들을 일도 없다—. 그런 사실이 자신의 내부에서 아직 소화가 되지 않았다. 실감이 나지 않았다. 하지만 그것은 현실이었다. 그 사실에 하루빨리 익숙해지지 않으면 안 되는 현실. 하지만 그런 때가 과연 오기나 할까.

전화 소리가 울렸다. 이런 화창한 아침에는 나미카나 쇼코에게서 어딘가 놀러 가자는 전화가 걸려오곤 했는데 이제 그 다정한 두 친구는 이 세상에 없다…….

"전화 왔어."

문 너머에서 돌연 목소리가 날아들었다. "누구한테서?"라고 되묻는 게 버릇이 되었다. 다쓰야는 잠시 침묵한 뒤에 "남자야"라고 말했다.

"남자?"

"가가라던가?"

"아, 응."

사토코는 자리에서 일어나 가운을 걸쳤다.

"지금 바로 갈게."

전화는 본체와 무선이 있어서 무선 쪽은 2층 복도 끝에 두었다. 가족들에게 얼굴을 보이지 않고 통화할 수 있다는 게 이런 아침에는 특히 좋았다.

"나야."

겸연쩍은 듯한 여운. 약간 우물거리는 것처럼 들렸다. "읽었어?"

신문 기사를 말한다는 건 금세 알았다. "응, 읽었어."

"그래……."

그리고 가가는 입을 다물었다. 뭔가 망설이고 있었다. 드문 일이라고 사토코는 생각했다.

"지금 밖에 나올 수 있어?"

잠시 뒤에 가가가 말했다. 응, 이라고 대답하자 "잠깐 만날까?"라고 물어왔다.

이 또한 드문 일이었다. 좋다고 했더니 S역 앞에 있는 카페를 알려주었다. S역 앞은 시내 한복판의 번화가다. 그가 알려준 카페는 젊은 남녀의 데이트 장소로 유명한 가게였다. 가가가 그런 카페를 선택한 것도 사토코에게는 뜻밖이었다.

수화기를 내려놓으면서 아주 잠깐이나마 기운이 되살아난 자신을 깨달았다. 가가의 목소리를 들었기 때문이다. 하지만 그보다 더 강하게 사토코를 일으켜 세운 것은, 자신이 지금 우울해하고 있을 때가 아니라는 각오 같은 것이었다.

'나미카, 너를 위해.'

졸업할 때까지의 내 시간을 모조리 쏟아부을게, 라고 사토코는 결심했다.

〈기억〉이라는 이름의 그 카페는 잡답의 한복판에서도 뭔가 폐쇄적인 분위기를 고집스럽게 지키고 있는 느낌의 커피하우스였다. 왜 그런지 가게 안에 유난히 기둥이 많았다. 그 기둥마다 아주 오래된 느낌의 벽시계가 걸려 있는데 그 하나하나가 모두 기막힐 만큼 정확한 시간을 새겨냈다. 테이블이라기보다 책상이라고 하는 게 더 어울릴 만한 테이블에, 30분 이상 앉아 있는 건 고통스러울 듯한 목제 의자가 단정히 늘어서 있었다.

"전화하는 건 매번 힘들어."

벽시계 아래에서 가가는 토스트 샌드위치를 먹고 있었다. 아침밥 대신일까, 아니면 11시가 넘었으니 점심 대신인가.

"아무래도 긴장하게 된다니까."

"그러고 보니 우리 집에 전화한 적이 한 번도 없었지?"

"그야 전화할 일이 별로 없었으니까."

가가는 두툼한 식빵을 커피와 곁들여 몰아넣고 있었다. 학생식당에 있을 때와 별반 다르지 않다는 게 어쩐지 사토코의 마음을 편안하게 해주었다.

"기분은 좀 괜찮아졌어?"

가가가 물었다. 사토코가 "응, 그럭저럭"이라고 대답하자 "다행이다"라고 어른스럽게 고개를 끄덕였다. "내가 본 신문에서는,"

샌드위치를 다 먹고 물을 벌컥벌컥 마신 뒤 가가는 말을 이었다. "찻잔에서 청산가리가 검출되었다는 기사가 있었어. 하지만 차 가루에는 독극물이 없었다는 거야?"

"내가 읽은 기사도 그랬어."

아무래도 목소리가 침울하게 가라앉아버렸다. 이래서는 안 되는데—.

"와코가 말했던 무차별 살인설은 성립하지 않게 된 거야. 독극물은 설월화 의식 중에 누군가가 넣었다는 이야기지. 그런 점에서 사토코의 의견을 좀 듣고 싶다."

"의견이라니, 내가 무슨……."

사토코는 마치 열병에라도 걸린 것처럼 나른한 소리가 나왔다. 그때와 마찬가지였다. 쇼코의 죽음을 입회했을 때. 그때도 마찬가지로 목이 메었다.

"나는 뭐가 뭔지 모르겠어. 그 상황으로 보면 나미카가 스스로 독을 넣었다고 생각할 수밖에 없고, 그렇다고 자살할 만한 동기는 전혀 짚이는 게 없고."

그리고 이런 이야기를 나누는 것도 쇼코 때와 똑같았다. 그때도 쇼코가 자살할 만한 이유를 찾는 것에서부터 시작했던 것이다. 그리고 그때 함께 고민했던 나미카가 이번에는 어려운 문제를 던져주는 쪽으로 돌아서 있었다.

"전혀 연결이 안 되는 건 아니지."

가가는 묘한 말투를 썼다. "죄를 범한 사람이 회한의 심정으로서 죽음을 선택하는 일은 자주 있으니까."

사토코는 깜짝 놀라서 가가의 입가를 빤히 바라보았다.

"……나미카가 쇼코를 살해했다는 거야?"

"쇼코가 살해되었을 때의 상황을 기억하고 있지? 백로장에는 입주자가 아니면 아무도 드나들 수 없어. 그런 의미에서 나미카는 상당히 수상쩍은 입장이기는 했어."

"범행 추정시각인 10시경에 나미카는 나하고 함께 있었어, 버번에서."

"그 추정시각도 절대적인 건 아니야. 처음에 생각했던 대로 쇼코는 그저 잠이 들어 있었는지도 모르니까. 너와 헤어진 뒤에 백로장에 돌아갔고 그런 다음에 살해했을 가능성도 전혀 없는 건 아냐. 아니, 오히려 유력하지."

"나미카가 쇼코를 살해했다니……."

사토코는 두통을 느꼈다. 뺨이 파르르 떨리는 것도 느껴졌다. "너무 심한 말이잖아, 아무 증거도 없으면서. 나미카는 누구보다 친한 친구였어?"

"그런 동기도 있을 수 있다는 얘기야."

가가는 표정을 바꾸지 않았다. 이론으로는 알고 있어도 그것을 차마 자기 스스로 인정하거나 입 밖에 내지 못하는 경우가 있다. 하지만 가가에게는 그런 약한 부분이 없었다.

"단지 이건 나미카가 자살했다는 전제 아래서 상상해본 것뿐이야. 실제로는 자살이라고 생각할 근거도 그리 명확하지 않아. 자살설이 유력한 것은 단순히 상황으로 봐서 그렇다는 거지."

"상황이라니?"

"설월화 의식 중에 죽었다는 상황 말이야. 차를 마시는 사람은 화월 패로 정해지지? 어느 누구도 그것을 예측할 수는 없어. 따라서 계획적으로 나미카에게 독을 먹이는 건 가능하지 않아."

"가능하지 않지, 단 한 사람의 예외를 빼고는."

"그래, 너를 빼고는."

가가는 아무 일도 아닌 것처럼 말했다. "나미카가 월 카드를 뽑았다는 것을 안 순간에 차를 젓는 역할을 맡았던 것은 사토코, 너야. 그런 네가 독을 넣는 건 그야말로 간단한 일이지."

사실을 사실로서 냉정하게 받아들일 줄 아는 사람이라고 사토코는 다시금 깨달았다.

"의심하는 거야, 나를?"

"경찰이 의심한다고 하면 우선 너일 거야. 어쩌면 미행도 하고 있는지 몰라."

그 말을 듣고 사토코는 저도 모르게 주위를 둘러보았다. 집에서 여기까지 그런 기척은 느끼지 못했다. 하긴 미행 전문가라면 당연히 그런 기척을 들키지 않겠지만.

"하지만 만일 정말로 네가 나미카를 죽일 계획이었다면 그런 뻔히 보이는 방법을 쓸 리가 없어. 경찰이 그런 식으로 생각하리라는 것을 거꾸로 이용했다는 추리도 성립하겠지. 근데 그건 리스크가 너무 커서 역시 실행에 옮기기는 어려운 일이야. 경찰에서도 그런 건 잘 알고 있을 테니까 차를 저을 때 네가 독을 넣었다는 추리는 일단 제쳐뒀을 거야. 그리고 나도 그렇게 생각해."

말을 마치고 가가는 사토코의 얼굴을 흘끔 쳐다보더니 당황한 듯이 "물론 처음부터 너는 믿고 있었어"라고 덧붙였다.

놀랍도록 냉철하구나, 라고 생각하며 사토코는 가가의 말을 듣고 있었다. 나를 의심하는 거냐는 질문에 우선은 강하게 부정해주기를 사토코는 기대했다. 하지만 그는 그렇게는 하지 않았다. 언제 어떤 경우에라도 가가는 이론적으로 정확했다. 그래서 망설이는 법도 없었다. 그리고 마지막으로 덧붙인 말은 그의 배려였다. 사실은 추리를 할 때는 믿네 마네 하는 건 계산에 넣지 않을 테니까.

"그런 이유에서 지금 단계에서는 계획적으로 나미카를 독살하는 건 불가능하다고 생각할 수밖에 없어. 그렇다고 단순한 사고도 아냐. 즉 소거법消去法에 따라 어쩔 수 없이 자살이라는 결론이 나온 거야."

"자살설의 근거는 또 한 가지 더 있어."

사토코는 똑바로 가가의 얼굴을 보았다. "그 자리에 있었던 사람들은 우리가 가장 마음을 터놓을 수 있는 친구들이었다는 거야. 그중의 누군가가 나미카를 살해했다는 식의 생각을 할 수 있어?"

그러자 가가는 드물게도 멈칫거리듯이 검은 눈동자를 불안하게 움직였다. 그리고 그 눈을 사토코에게서 돌리더니 시간을 벌려는 듯 곁에 다가온 웨이터에게 핫 밀크를 주문했다.

"요즘 날씨가 쌀쌀하니까 따뜻한 게 당긴다."

그는 흰 이를 내보였지만 그 눈은 웃고 있지 않았다. 도리어 분위기가 더 어색해진 것을 깨달은 듯 가가는 그답지도 않은 실없는 웃음을 거두었다. 그리고 뭔가 각오한 듯이 숨을 토해낸 뒤, "과연 우리가 다른 친구들에 대해 얼마나 알고 있을까?"

라고 중얼거렸다. "실은 아무것도 알지 못하는 거 아닌가?"

그가 하는 말의 진의를 미처 파악할 수 없어 사토코는 침묵하고 있었다. 가가가 말을 이었다.

"나미카는 자살인지도 모르지. 아니, 지금으로서는 그럴 가능성이 더 크다고 해야 할 거야. 하지만 우리는 그 동기에 대해 아무런 단서도 없어. 누구보다 친한 친구라고 생각했는데 실제로는 나미카에 대해 아무것도 알지 못했어. 쇼코 때도 마찬가지야. 그런 우리가 이를테면 도도나 하나에에 대해 얼마나 알고 있다고 할 수 있을까."

사토코는 어금니를 꾹 물었다.

"알았어, 넌 그러니까……."

"내가 사토코를 불러낸 건 함께 진실을 찾고 싶었기 때문이야. 사토코만은 믿을 수 있어. 그리고 또 한 가지, 내가 나미카에 대해 자신 있게 말할 수 있는 게 있어. 나미카는 결코 스스로 죽음을 선택할 사람이 아니라는 것—, 그것만은 확실해."

5

미나미사와 마사코—. 우리 모두의 은사. 항상 다정하고 곁에 있는 것만으로도 품에 안긴 듯한 안심감을 느낄 수 있다.

도도 마사히코—. 쇼코의 연인. 고등학교 시절의 검도부 주장. 항상 침착하고 냉정하다. 거기에 성적 우수자. 친구들 중에서 가장 두뇌가 명석하다.

와코 이사미—. 약간 멍한 구석이 있는 테니스 선수. 그가 있으면 언제 어떤 자리라도 분위기가 흥겨워진다. 분위기 메이커.

이자와 하나에—. 와코의 연인. 소녀 잡지에서 튀어나온 듯한 여자애. 명랑하고 자신의 감정을 굳이 감추려하지 않는다. 울보.

사토코는 설월화에 참가한 다른 네 친구의 얼굴을 머릿속에 떠올렸다. 모두 다 지금까지 서로 돕고 서로 마음을 나눠왔던 친구들이다. 하지만 가가는 지금까지 있었던 일이나 쌓아온 정 같은 건 모두 없던 일로 하자는 것이었다.

"나도 괴로워."

가가는 변명을 하듯이 눈을 내리떴다. "하지만 이해할 수 없는 것을 이해할 수 없는 채로 넘어가는 건 용납이 안 돼. 어쩌면 역시 나미카는 자살한 것인지도 모르지. 그런 경우에는 어떻게든 그 이유를 알기 위해 노력할 거야. 하지만 그 전에 정말로 자살인지 어떤지, 그 점을 나 스스로 이해하고 싶어. 만일 자살설의 근거가 타살은 불가능하다는 것의 반증일 뿐이라면 정말로 타살은 불가능한지 어떤지를 끝까지 따져보고 싶어. 그리고 그게 안 된다면 그때는 정확한 나미카의 자살 동기를 찾아보기로 하자."

"하지만……."

사토코는 가슴이 답답했다. 자신의 심장이 아까부터 계속 급하게 뛰고 있다는 것을 사토코는 자각했다. "만일……, 만일 말인데, 타살이었다고 하면 가가 군은 그 동기가 무엇이라고 생각해?"

"동기에 대해서는 지금 단계에서는 생각하지 않도록 하자."

가가는 자기 자신에게 들려주듯이 말했다. "만일 타살이었다면 아마도 우리의 생각이 미치지 않는 영역의 일일 거야. 이해를 뛰어넘은 것을 추리하려고 해봤자 그건 무의미한 짓이야."

그럴지도 모른다고 사토코도 생각했다. 가령 어떤 이유가 있었건 친한 친구를 죽일 정도의 동기라면 자신으로서는 상상도 할 수 없는 영역인 것이다.

"방금 말했던 대로 내 목적은, 불가능하다는 이유로 타살설을 간단히 제외해도 되는가, 그걸 분명하게 밝히는 데 있어. 하지만 반대로 뭔가 교묘한 살해 방법이 발견된다고 해도 그 즉시 타살이라고 단정할 생각도 없어. 몹시 괴롭기는 하지만 이건 모두 진실에 도달하기 위해 필요한 단계야."

"하지만……, 역시 불가능해, 계획 살인 같은 건."

"그럴지도 모르지. 하지만 그렇게 단정하기 전에 속시원히 추적해보고 싶어. 그래서 사토코에게 부탁이 있어. 다시 한번 그때 상황을 자세히 알려줄래? 설월화 의식의 처음부터."

진지한 눈빛으로 가가는 사토코를 바라보았다. 그 시선을 견딜 수 없어 사토코는 눈을 감아버렸다. 무슨 영문인지 나미카의 쿨하게 웃는 얼굴이 눈꺼풀 안쪽에 떠올랐다. 그녀라면 어떻게 했을까. 죽은 사람이 자신이고 나미카가 이런 식으로 가가를 만났다면…….

"알았어."

사토코는 마음을 다졌다. "하지만 이것만은 알아줘. 나는 아무도 의심하고 싶지 않아."

"알아. 나 역시 그래."

어느 틈에 갖다 놓았는지 그새 차갑게 식어버린 핫 밀크를 가가는 마치 맥주라도 들이켜듯이 단숨에 비워버렸다.

사토코는 가방에서 볼펜을 꺼내 주문서 영수증 뒷면에 '나미카, 사토코, 도도, 와코, 하나에, 미나미사와 선생님'이라고 썼다. 모두가 자리를 잡은 데서부터 설명에 들어갔다(그림 5).

"처음에는 항상 앉던 순서대로 앉았어. 가좌에는 미나미사와 선생님. 그리고 당연히 가가 군은 없었지? 그런 다음에 오리스에를 각자에게 돌렸는데, 첫 번째 화 카드는 분명 도도 군이 뽑았어."

"도도가 점전좌로 나간 거군. 그러면 도도 자리에는 선생님이 들어가시지?"

"응, 순서가 이렇게 되는 거야."

사토코는 거기에 '나미카, 사토코, 미나미사와 선생님, 와코, 하나에, 화 카드는 도도'라고 적었다. "여기서 다시 오리스에를 돌려서 하나에가 설 카드, 선생님이 월 카드, 내가 화 카드였어."

"그럼 사토코가 나오고 도도가 그 자리로 들어가는군."

"3회째는 와코 군이 설 카드, 나미카가 월 카드, 도도 군이 화 카드였어. 그리고 그 사건이 터진 거야."

"흠, 그렇군."

가가는 신음을 올리며 그만의 특기인 팔짱을 꼈다. 그러고는 잔뜩 찌푸린 얼굴을 하고 메모에 눈을 떨구었다. "역시 어렵다. 어떤 방법을 써서 독을 넣었건 나미카가 그걸 먹지 않고서는 성립이 안 되는 거니까."

"나미카가 언제 차를 마시게 되느냐를 예측하는 건 아무래도 불가능해."

가가는 그 말에 대답하는 대신 "차 도구를 준비한 건 누구였지?"라고 물었다.

"모두 함께했어."

라고 사토코는 대답했다. "정확히 말하자면 여학생들끼리 준비했어."

"누가 무슨 준비를 했는지 기억나?"

"어려운 질문이다."

가가의 아버지가 경찰이라는 것을 사토코는 새삼 떠올렸다. 역시 이 남자에게는 분필보다 검은 가죽 수첩이 더 잘 어울릴 것 같다.

"차와 과자를 준비한 건 선생님이야."

"당연하겠지. 근데 어제 준비한 과자는 무엇이었어?"

"다식이야. 하지만 그게 무슨 관계가 있지?"

"아직은 모르겠어. 그리고 건과류 그릇이라든가 담배 합 같은 건 누가 준비했지?"

"딱히 누구랄 건 없었어. 그냥 생각난 사람이 꺼내오는 식이었으니까. 찻잔과 차선을 상자에서 꺼낸 건 나야. 그리고 건과류 그릇에 다식을 차려낸 건 하나에, 오리스에와 화월 패를 맞춰놓은 건 나미카였어……."

그때 나미카는 이미 자살할 마음을 갖고 있었던 것일까. 아니면 그 월 카드를 뽑고 독을 마시게 되리라고는 꿈에도 생각하지 못했을까.

"그랬구나……."

가가는 고민에 빠진 기색이었다. 당연하다고 사토코는 생각했다. 이번만은 가가가 잘못 짚었다—.

"역시 그런 일은 있을 수 없어. 그것보다 나는 나미카에 대해 조사해봤으면 좋겠어. 내가 나미카에 대해 아무것도 알지 못했던 것 같아."

가가는 말없이 집게손가락으로 테이블을 톡톡 두드렸다. 어서 빨리 어리석은 생각은 버려줬으면 좋겠다고 사토코는 마음속으로 간절히 빌었다.

"그래, 상황은 알겠어."

이윽고 가가는 무거운 입을 열었다. 하지만 눈은 허공의 한 지점을 응시한 채였다. "조금만 더 고민해봐야겠다. 지금 여기서 수수께끼를 풀 수 있을 거라고는 처음부터 기대도 하지 않았어."

"불가능한 건 아무리 고민해봐도 불가능할 뿐이야."

"어느 학자의 말인데,"

가가가 목소리 톤을 바꾸었다. 그럴싸한 농담을 내뱉을 때의 톤이었다. "어떤 일을 증명하려고 할 때, 가능하다는 것을 증명하는 것보다 불가능하다는 것을 증명하는 게 훨씬 더 어렵다는 거야? 그 의견에 나도 동감이야."

"하지만 실제로 가능한 살해 수단이 하나도 떠오르지 않잖아."

"그렇게 말한다면,"

가가는 쓰디쓴 것을 입 안에 머금은 듯 미간에 주름을 잡았다. "한 가지쯤은 가능성을 말해줄 수도 있어. 이를테면 러시안 룰렛 살인. 찻잔의 어딘가에 독을 발라두는 거야. 차를 마시는 사람이 그곳을 피해서 마신다면 살아남고, 독을 발라둔 자리에 입이 닿는다면 죽는 거야."

"그건 미친 사람들이나 하는 짓이지."

사토코는 내뱉듯이 말했다. 그리고 물이 든 컵을 꾸욱 움켜쥐었다. 투명한 유리가 하얗게 흐려져갔다.

"내 머리로는 그런 짓은 상상할 수도 없어."

"그야 뭐, 누구라도 그렇지."

가가도 컵을 잡더니 꿀꺽꿀꺽 마시고는 난폭하게 테이블에 내려놓았다. 그리고 영수증을 집어 들고 힘차게 자리에서 일어나 "그만 나가자"라고 말했다.

카페를 나선 두 사람은 한참이나 정처도 없이 걸었다. 이런 때, 역과 가까운 번화가라는 게 오히려 좋았다. 비슷한 또래의, 그야말로 아무 목적도 없어 보이는 젊은이들이 종횡으로 배회하고 있어서 자신들만 유난히 도드라지지 않기 때문이다. 이런 기분으로 이런 거리를 가가와 둘이서 걷게 될 줄은 사토코는 상상해본 적도 없었다.

문득 가가가 발을 멈췄다. 보석점의 쇼윈도 앞이었다.

"아참, 그렇지!"

"왜 그래?"

가가는 손목시계를 보았다.

"오늘 와코하고 하나에 테니스 시합이야."

"앗!"

그랬다. 엄청난 사건이 터지는 바람에 그쪽은 돌아볼 마음의 여유도 없었지만 그 두 사람에게는 대학 시절의 총결산이라고 할 대회라서 예정대로 참가했을 터였다.

"응원하러 갈까?"

"글쎄……."

가고 싶은 마음은 있었다. 자신이 시합할 때에 그들이 달려와 주었던 것이다. 하지만 과연 순수한 마음으로 와코와 하나에의 시합을 지켜볼 수 있을지, 아무래도 자신이 없어서 사토코는 망설였다. 가가의 영향 때문인지 자신의 마음속에 혹시나 그들도 나미카를 살해한 범인인지 모른다는 생각이 싹트기 시작한 건 사실이었다. 그런 마음을 품은 채 응원석에 태연히 앉아 있을 수 있을까.

그러자 가가는 그녀의 마음속을 뻔히 들여다본 것처럼,

"내가 이런 말을 하는 것도 이상하지만."

이라며 어깨에 손을 얹었다. "그건 그거고 이건 이거야. 친구니까."

"친구……."

그건 분명 맞는 말이었다. 하지만 과연 친구라는 게 무엇일까, 하고 사토코는 생각했다.

"아무래도 관둘래, 나는."

사토코의 말에 가가는 뜻밖이라는 듯 슬쩍 어깨를 치켜들었지만 곧바로 고개를 끄덕였다.

"그래. 너를 억지로 데려갈 마음은 없어. 나는 가볼게. 그럼 사토코는 이제부터 어떻게 할 생각이야?"

"글쎄."

그녀는 쇼윈도 안을 들여다보았다. 값비싼 반지며 목걸이가 진열되어 있었지만 그런 것들이 하나도 눈에 들어오지 않았다. 가게 안에서 점원이 이쪽에 신경을 쓰고 있었다.

"백로장에 가볼까……."

"백로장에?"

"나미카가 마지막으로 그 방을 나섰을 때의 모습을 되짚어 보고 싶어. 단서 같은 건 그리 쉽게 얻을 수 없겠지만."

"음, 그래."

가가는 그녀의 마음속을 알아본 듯했다.

"그것도 좋겠다. 단지 지금은 형사가 들락거리고 있을 거야."

사토코는 "그걸 노리는 것도 있어"라고 말하며 가가 쪽으로 몸을 돌렸다.

"형사에게서 뭔가 정보를 얻을 수 있을지도 몰라. 분명 쇼코 사건 때의 그 형사도 와 있을 거고."

그녀는 사야마 형사의 얼굴을 머릿속에 떠올렸다. 어딘지 약간 괴짜 같은 그 형사는 쇼코와 나미카의 죽음을 어떤 식으로 연결 짓고 있을까.

"정보 수집인가? 음, 역시 사토코답다."

"가만히 있을 수만은 없잖아."

그때 보석점의 여점원이 상냥하게 웃으면서 밖으로 나왔다. 가게 앞에서 망설이고 있는 커플이라고 생각한 모양이었다. 하지만 가가와 사토코는 점원이 말을 걸기 전에 냉큼 좌우로 헤어져 발걸음을 옮겼다.

가가가 예상했던 대로 백로장에는 이미 형사가 와 있었다. 사토코가 원룸에 들어섰을 때, 그 관리인 아줌마가 이렇게 말했던 것이다.

"나미카 학생 방에는 못 들어가. 아무도 들이면 안 된다고 경찰이 지시했어."

연달아 입주 학생이 죽은 탓이리라. 아줌마의 목소리에서는 역시 답답하고 안타까운 마음이 엿보였다. 그 얼굴에 불안과 초조의 빛이 미처 감출 수 없을 만큼 역력히 드러나 있었다.

"아무것도 손대지 않을게요. 그냥 잠깐 보는 것만이라도."

사토코가 부탁해도 관리인 아줌마는 완강히 고개를 저었다.

"뭔가 문제가 생기면 잔소리를 듣는 건 우리야. 게다가 학생이 들여다본다고 딱히 해결되는 것도 없어."

하지만, 이라고 사토코가 말하려는 순간, 관리인 아줌마가 사토코의 등 뒤로 시선을 옮기며 무뚝뚝한 얼굴 그대로 슬쩍 인사를 건넸다. 돌아보니 세 명의 남자가 사토코 쪽을 쳐다보며 서 있었다. 세 명 중 두 사람은 어제 미나미사와 선생님 댁에서 진술 조사를 할 때 만났던 형사들이고, 나머지 한 사람은 낯선 남자였다. 얼굴이 가늘어서 신경질적으로 보였다. 나이는 20대 후반쯤일까. 어딘가에서 본 듯한 얼굴이라는 느낌이 들었지만 사토코는 얼른 생각이 나지 않았다.

"어제는 고마웠어요."

나이 든 형사 쪽이 가볍게 머리를 숙였다. 젊은 쪽은 어제와 마찬가지로 덥석 깨물 듯한 얼굴로 쏘아보고 있을 뿐이었다.

"가나이 나미카 씨의 방에 무슨 볼일이라도?"

뭔가 의미심장한 말투였다. 만일 누군가 고의로 독을 넣었다면 가장 혐의가 짙은 건 사토코라고 했던 조금 전 가가의 말이 문득 되살아났다.

"그냥 잠깐 들여다보고 싶어서 왔어요."

저절로 말투가 거칠게 튀어나왔지만, 형사 쪽은 그리 신경 쓰는 기색도 없이 "마침 잘 됐네"라고 옆의 젊은 형사를 보았다.

"사토코 학생에게도 방을 좀 보여주자고. 이런 때는 친형제보다 친구가 오히려 더 예리하게 알아보는 거야."

그렇죠, 라고 젊은 형사가 대답하는 옆에서 낯설고 야윈 남자도 고개를 끄덕였다. 그 모습과 방금 형사의 말을 듣고 사토코는 이 남자가 나미카의 친오빠인 거라고 확신했다.

나미카의 방은 전에 사토코가 들렀던 때 그대로였다. 문에는 여전히 '상중'이라는 낙서가 붙어 있었다. 설마 그 문구가 현실이 될 줄은 그 글을 써 붙인 나미카 본인도 예상하지 못했으리라.

"이 탁자에서 화장을 하고 곧바로 나간 모양이에요."

형사가 가리킨 것은 눈에 익은 탁자였다. 그 위에는 세워놓을 수 있는 손거울과 몇 종류의 화장품이 어지럽게 놓여 있었다. 나미카는 항상 이랬어, 라고 사토코는 반가움과 슬픔이 뒤섞인 마음으로 그 물건들을 바라보았다. 하나같이 눈에 익은 것들이다—.

"뭔가 평소와 다른 점은 없어요?"

형사는 무신경하게 실내를 휘휘 돌아다녔다. 그의 발치에는 벗어던진 스웨터며 스타킹이 어질러져 있었다. 이것도 늘 보던 그대로였다.

"가나이 나미카 씨는 일기는 쓰지 않았던 것 같던데."

"나미카는 그런 거 쓰는 애가 아니었어요."

나미카의 오빠인 듯한 사람도 슬쩍 고개를 끄덕였다.

형사는 옷장을 열어 사토코에게 보여주었다. 여름옷이건 겨울옷이건 구분할 것 없이 뒤죽박죽 걸려 있었다. 실제로 나미카는 여름옷을 응용해서 한겨울에도 멋지게 입어내는 데 선수였다.

'별로 특이한 건 없어요…….'

그렇게 생각하며 시선을 움직이려다 사토코가 문득 그 눈을 멈추었다. 옷장 안의 가장 끝에 걸린 원피스가 마음에 걸렸다.

"왜 그래요?"

눈도 잽싸게 형사가 사토코의 표정을 읽어냈다.

사토코는 "아, 그리 대단한 건 아니에요"라고 고개를 저었다.

"근데……."

"근데?"

"이 원피스는 바로 최근에 산 거예요. 나미카, 꽤 마음에 들어 했는데……."

"그게 왜 이상하죠?"

왜 이상하냐고 물어도 대답하기가 어려운 일이었다. 설명하려고 해도 분명하게 딱 잘라 말할 수 있는 게 아니다. 하지만 그런 이야기를 해도 이 형사는 알아듣지 못하리라.

"어제 왜 이 옷을 입고 오지 않았나 해서요."

어제 나미카는 짙은 갈색의 면 재킷 차림이었다. 그건 요즘에 사들인 새 옷은 아니었다. 그렇게 말했더니 형사는 원피스

를 잠깐 만져본 뒤에,

"딱히 별다른 이유는 없는 거 아니에요? 옷이란 건 그날그날의 기분에 따라 입는 건데."

라고 별로 관심을 갖지 않는 눈치였다.

"그건 그렇지만……."

하지만 그건 다른 물건에 대해서나 할 수 있는 말이고, 옷에 관해서는 그렇지 않다고 사토코는 말하고 싶었다. 나미카는 이 원피스를 샀을 때, 설월화 의식에 입고 가기로 마음속으로 생각했을 터였다. 파티라든가 모임이 있을 때, 여자란 되도록 새 옷을 입고 가려고 하기 때문이다. 하지만 그건 극히 개인적인 감각의 문제여서 이 형사에게 이해시키는 건 아무래도 어려울 것 같았다.

형사는 이어서 선반이며 벽장 속을 사토코에게 보여주었다. 그때마다 뭔가 마음에 걸리는 게 없느냐고 확인했다. 하지만 옷장 속의 원피스만큼 사토코의 마음을 끈 것은 거기에는 없었다.

형사는 처음부터 별로 기대도 하지 않았다는 것을 "뭐, 그렇겠지"라는 말로 표현했다. 그리고 또 한 사람의 젊은 형사에게 눈짓으로 문을 열어주라고 했다.

"수고 많았어요."

형사의 말투는 부드러웠지만, 어서 나가달라는 감정이 비뚜름한 입 끝에 배어 있었다. 사토코는 방 안을 다시 한번 천천히 둘러보았다. 나미카가 여기서 생활하던 때의 공기가 그대로 얼어붙어 정지한 것만 같았다.

"자, 어서."

젊은 형사의 재촉을 받으며 방을 나서기 직전, 사토코의 시선은 탁자 위의 화장품에 가 닿았다. 눈에 익은 립스틱, 아이섀도, 파운데이션, 스킨로션, 밀크로션…….

"아……."

멍하니 열린 입에서 사토코는 저도 모르게 소리를 흘렸다. 형사는 이미 구두를 신고 있었지만 사토코의 목소리에 곧바로 반응했다.

"무슨?"

사토코는 대답하는 대신에 탁자로 다가가 화장품 속에서 하얀 반투명의 병을 들어올렸다. 그리고 창문 불빛에 비춰보고 "이상하네"라고 중얼거렸다.

형사는 다시 구두를 벗고 사토코 곁으로 다가왔다.

"뭐가 이상하죠?"

사토코는 화장품 병의 상표를 형사에게 보여주었다.

"이 밀크로션은 나미카가 쓰던 것인데 얼마 전에 다 떨어졌어요. 근데 이 병에는 아직 3분의 1쯤 남아 있지요?"

형사는 사토코에게서 화장품 병을 받아들더니 그녀와 마찬가지로 환한 곳에 비춰보았다.

"새로 산 거 아닌가?"

"그렇다고 하기에는 남은 양이 너무 적어요. 게다가 상표도 낡았잖아요."

"음, 그건 그렇군."

병을 들여다보는 형사의 눈이 날카롭게 변했다. "이걸 가나이 나미카 씨가 최근에 다 썼다는 건 확실해요?"

"네, 틀림없어요."

사토코는 단언했다. "전에 이 방에서 자고 갈 때, 밀크로션을 빌려 쓰려고 했는데 없었거든요. 새 걸 산다면서 자꾸만 까먹는다고 나미카가 말했었어요."

"흐음……."

형사는 다시 한번 훑듯이 그 병을 찬찬히 바라본 뒤에 젊은 형사를 불렀다. "이거 감식과로 보내줘."

"뭡니까?"

젊은 형사는 병을 받아들며 선배 형사와 사토코의 얼굴을 번갈아 보았다.

"아직 모르겠어."

라고 선배 형사는 대답했다. "하지만 아무래도 청산화합물인 거 같아."

그 한마디에 젊은 형사의 얼굴이 긴장으로 딱딱해지는 듯했다. 알겠다고 하더니 급한 걸음으로 복도로 나가 계단을 내려갔다.

사토코는 형사가 바로 그걸 찾고 있었던 거라고 짐작했다. 나미카의 방에서 독극물이 발견되면 자살설의 강력한 뒷받침이 될 터였다.

"겨우 매듭이 지어질 모양이네."

형사의 말에는 안도하는 기색이 담겨 있었다. 사토코는 뭐라고도 대답할 수 없었다.

복도 아래로 내려오자 젊은 형사가 관리실에서 전화를 하는 중이었다. 먼저 내려와 있던 나미카의 오빠인 듯한 사람은 거기서 조금 떨어진 곳에 멀거니 서 있었다. 젊은 형사는 사토코와 형사가 내려오는 것을 보자 전화 수화기를 손으로 막고 선배 형사를 불렀다. 이때 처음으로 그 형사의 이름이 야마시타라는 것을 알았다. 야마시타 형사는 수화기를 받아들었다.

그가 주위의 시선을 꺼리는 듯 작은 소리로 통화하는 동안에 나미카의 오빠인 듯한 사람이 사토코 쪽으로 다가왔다.

"나미카의 오빠예요. 다카오라고 합니다"라고 인사를 건넸다.

몹시 조용하고 나지막한 목소리였다.

사토코도 마찬가지로 자기소개를 하자 다카오는 표정이 조금 누그러들며 고개를 끄덕였다.

"나미카에게 이야기는 자주 들었어. 나미카하고는 고등학교 때부터 친하게 지냈지?"

"이번 일은 정말……"이라고 사토코가 조문의 인사를 하려는데 그는 손을 저으며 말을 가로막았다.

"이제는 돌이킬 수 없는 일이야. 그보다 잠깐 할 이야기가 있는데 시간 좀 내줄래?"

사토코는 손목시계를 보았다. 하지만 딱히 특별한 예정이 있는 것도 아니었다.

"네, 잠깐이라면."

그녀가 대답하는 것과 거의 동시에 야마시타가 전화를 마치고 사토코 쪽으로 다가왔다.

"협력해줘서 고맙습니다. 우리는 지금 경찰서로 돌아갈 건데 배웅해드릴까요?"

야마시타가 다카오를 향해 말했다. 그 말투로 보아 이곳까지 경찰차를 타고 온 모양이었다. 하지만 다카오는 잠깐 들를 데가 있다면서 사양했다. 형사는 사토코에게는 말을 건네지 않았다.

백로장을 나서자 사토코는 다카오와 함께 T대학로로 향했다. 그가 어딘가 조용히 이야기할 수 있는 곳이 없겠느냐고 해서 사토코는 항상 하던 대로 〈고개를 흔드는 피에로〉에 안내할 생각이었다.

도중에 다카오는 사토코에게 이런저런 질문을 던졌다. 최근의 나미카의 모습이며 사망하던 당시의 상황 등이었다. 사토코는 거의 모든 질문에 그저 애매한 대답밖에 하지 못했다. 일부러 그런 게 아니었다. 정확한 대답을 해줄 만한 자신이 없었던 것이다.

다카오의 말에 의하면 형제자매라고는 나미카 한 사람뿐이라고 했다. 아버지는 건축업을 하고 있고—이건 사토코도 나미카에게 들어서 알고 있었다—, 그도 지금 그 일을 거들고 있다는 이야기였다. 오늘은 나미카의 방을 조사하는데 입회해달라고 경찰에서 연락이 들어왔지만 장례식 준비 등으로 부모가 모두 시간이 나지 않아 자신이 대신 온 것이라고 말했다.

〈피에로〉에 들어가자 낯선 남자와 함께 들어서는 사토코를 보고 마스터의 눈이 둥그레졌다. 하지만 그 시선은 아랑곳하지 않고 두 사람은 가장 안쪽 테이블에 마주 앉았다. 마스터가 주문을 받으러 왔을 때, 나미카의 오빠라고 소개했더니 안타깝다는 듯이 머리를 긁적였다.

"이 가게에 나미카도 자주 왔었구나."

다카오는 가게 안을 한 바퀴 둘러보며 감개 깊은 듯 말했지만 그가 여동생이 사랑하던 가게에 대해 내비친 감상은 그 한마디뿐이었다.

"절대로 자살할 리가 없어."

마스터가 내준 커피에 설탕을 넣으며 나미카의 오빠는 갑작스레 본론으로 들어갔다. "내 동생이 자살할 리가 없지."

"저도 그렇게 생각해요."

사토코도 동의했다. 하지만 다카오는 조용히 고개를 저었다.

"너는 아마 나미카의 성격적인 면만 보고 그렇게 생각했겠지만, 내가 말하는 의미는 조금 달라."

"다르다니요?"

"나미카는 지금 결코 자살할 상황이 아니었다는 거야."

그는 목을 축이듯이 커피를 조금씩 마셨다. "아버지가 검도가였기 때문에 우리 오누이는 어렸을 때부터 검도를 배웠어. 어렸을 때부터 아이다운 놀이 같은 건 해본 기억이 없어. 모든 것이 다 검도를 위한 훈련이었으니까. 하지만 내가 검도 쪽에 재능이 없다는 걸 아버지가 일찌감치 알아봤는지 나한테는 별로 잔소리를 안 했지. 그 대신 나미카에게는 엄청난 기대를 한 모양이야. 정말 곁에서 지켜보기가 딱할 정도로 지독하게 훈련을 시켰어. 공부 같은 건 그다음 문제라는 식이었으니까. 검도 연습만 잘하면 그다음에는 무슨 짓을 하건 상관없다는 게 아버지의 사고방식이었어. 하긴 나미카도 그런 사고방식으로 살아온 것 같다만."

그리고 다카오는 문득 뺨을 풀며 웃었다. 어두운 웃음이었다.

"나미카도 여간 고집이 센 게 아니었어. 아무튼 도망치는 건 싫다면서 끝까지 맞섰어. 일단 검도로 이름을 날리면 아버지도 아무 소리 못 할 거라면서, 진심으로 챔피언 자리를 노렸던 것 같아."

"알고 있어요"라고 사토코는 말했다. 누구보다 잘 알고 있는 일이었다—.

"그리고 챔피언이 되자마자 검도는 내팽개칠 거라고 했어. 챔피언이라는 영예를 아버지에게 바치고 죽도를 그 앞에 내동댕이치는 게 자신의 청춘을 빼앗은 아버지에 대한 복수라는 식으로 생각했을 거야."

다카오의 이야기를 들으면서 사토코는 희미하게 몸을 떨고 있었다. 검도에 관해서는 자신은 나미카의 발치에도 미치지 못했다. 당연한 일이었다. 나미카는 그런 사연이 있었기 때문에 누구보다 강했던 것이다.

"그러니까 절대로……."

라고 친구의 오빠의 목소리가 나지막해졌다. "나미카는 절대로 지금 죽을 수는 없었어. 아무리 힘든 일이 있어도."

'결국은…….'

나미카의 오빠도 검도가라는 아버지와 똑같다고 사토코는 생각했다. 기껏해야 검도 아닌가. 하지만 그것을 '기껏해야'라고 정리하지 못하고 나미카의 생사까지도 지배하는 것이라고 믿고 있었다. 하지만 이 사람을 나무랄 수는 없다고 사토코는 생각했다. 나미카 역시 그들과 똑같은 마음이었던 것이다. 얼핏 쿨하게 보이는 가면 뒤에 질긴 집념이 소용돌이치고 있지 않았다고 단언할 수는 없었다.

"그래서 저한테 하실 말씀이라는 건?"

사토코가 물었다. 다카오는 커피를 다 마셔버려서 이번에는 물이 든 잔에 손을 내밀었다.

"그러니까 나미카는 누군가에게 살해되었어. 그런 의미에서는 너도 용의자의 한 사람인 셈이지만 그래도 그중에서 유일하게 믿을 만한 사람은 너밖에 없는 것 같았어. 그래서 이렇게 상의하려는 거야."

"고마운 말씀이네요. 하지만……."

사토코는 눈을 떨구었다. 다카오가 하려는 말을 이해했기 때문이다. "그날 참석했던 친구들 중에 누가 수상한지 물으셔도 저는 대답할 수가 없어요. 그걸 모르기 때문에 저도 지금 이렇게 힘들어하고 있으니까요."

"친구들을 감싸주려는 마음은 나도 이해하지만……."

다카오의 말을 다 듣기도 전에 사토코는 가방을 손에 들었다.

"아뇨, 자꾸 그런 걸 물으시면 저는 이만 실례하겠습니다."

사토코가 자리에서 일어서려고 하자 다카오는 당황해서 손으로 잡으려는 듯한 몸짓을 했다. "아, 알았어. 질문하는 방법을 바꿔야겠구나."

사토코는 다시 자리에 앉았다. 사토코 역시 그의 이야기를 듣고 싶었다. 다카오는 담담한 어조로 말을 시작했다.

"요즘 나미카가 어떻게 지냈는가 하는 점에서, 너희는 아무래도 지난번 앞방에 살던 친구가 사망한 사건과 연결 지어 생각하는 것 같은데 내 생각은 조금 달라. 구체적으로 말하자면, 한 달 반 전에 했던 개인 선수권 대회 때부터 나미카의 기색이 심상치 않았어."

"그 시합 때부터요?"

"그래, 나미카가 그 시합에 꽤 자신이 있었거든. 틀림없이 우승할 거라고 했어. 그런데 그런 허망한 결과가 나왔지? 이따금 시합에서 지고 집에 오면 나미카는 나한테 공연히 화풀이를 하곤 했는데 이번에는 전혀 그게 없었어. 그렇다고 침울한 것도 아니고 내내 뭔가 생각에 잠겨 있는 느낌이었어……. 너희 앞에서는 그런 적 없었어?"

"글쎄요……."

그 말을 듣고 보니 그랬던 것 같기도 했다. 그 시합 이후로 나미카는 검도 연습에도 거의 참가하지 않고, 결국에는 더 이상 죽도를 잡지 않겠다는 말까지 했다. 그랬다, 분명 〈버번〉에서 술을 마셨던 날 밤이다. 그때는 단순히 변덕이 난 모양이라고 그저 흘려들었다. 하지만 사토코로서는 나미카가 자기 집에서 오빠에게 공연히 화풀이를 하곤 했다는 이야기가 더 뜻밖이었다. 언제 어떤 경우에도 흐트러지는 일이 없는 나미카는 어쩌다 시합에서 패했을 때도 혼자서 지그시 분함을 삭히는 듯한 다부진 이미지가 있었다.

"아무튼 그 시합 뒤부터 뭔가 이상했어."

다카오는 그렇게 굳게 믿고 있는 모양이었다. "그래서 그때 시합에 패한 것 말고도 무슨 다른 일이 있었던 게 아닌가, 나는 그렇게 생각했는데 너는 혹시 뭔가 짐작되는 거 없어?"

생각해본 적도 없는 일이었다. 사토코는 모든 일이 쇼코의 죽음에서부터 시작된 것이라고만 생각해왔던 것이다. 하지만 개인 선수권 대회라면 쇼코 사건이 일어나기 한 달도 더 전이었다.

사토코가 대답을 못하고 있으려니 다카오는 답답한 듯 "애초에 그 시합 자체가 아무래도 이상했어"라고 하소연하듯이 말했다.

"나미카가 우승할 거라고 장담했던 건 절대로 자만심에서 한 말이 아니었어. 내 동생이라서 하는 말이 아니라 그 시합은 나미카가 다 이긴 것이나 마찬가지라고 나도 생각했었어. 미시마 료코의 경박한 검도에 나미카의 기백이 질 리가 없었어.

그런데 결과는 너도 아는 대로 정반대로 나왔어. 여우에 홀린 것 같다는 건 그런 때 하는 말일 거야. 패했다는 소식을 들었을 때, 나는 믿을 수가 없었어."

그때의 억울함이 되살아났는지 잔을 움켜쥔 다카오의 손에 힘이 들어갔다. 사토코는 그 손을 바라보며 "네, 그런 말을 하는 사람들이 많아요"라고 고개를 끄덕이며 공감했다. 검도의 달인인 가가도 정말 뜻밖의 결과라고 몇 번이나 고개를 갸웃거렸던 것이다.

사토코의 말에 다카오는 그제야 만족한 듯 "그렇지?"라고 자신의 마음이 통했다는 얼굴을 보인 뒤에,

"나는 그때 일이 이번 사건의 원인이 된 게 아닌가 싶어."
라고 말하며 진지한 눈빛으로 사토코를 바라보았다. "그래서 너에게 그때의 상황을 물어보면 뭔가 알 수 있을 거라고 생각했는데."

"도움이 되어드리지 못해 죄송해요."

사토코는 머리를 숙였다.

"아니, 괜히 너까지 걱정하지는 말고. 나미카가 이래저래 건방진 소리를 하기는 했지만 결국은 잘못 짚었던 것인지도 모르지. 하지만 이제 때늦은 얘기지만, 그 시합을 왜 내가 직접 보러 가지 않았는지 그게 안타까울 뿐이야."

"왜 안 오셨어요?"

아닌 게 아니라 아까부터 그게 이상하다는 마음이 들었다.

"아버지가 갔었어. 시합에서 졌다는 소식도 아버지에게서 들었고. 역시 몹시 기분 나빠 하셨어."

"아버님은 뭐라고 하셨어요?"

그러자 다카오는 후우 한숨을 내쉬더니 옛날 영화 스타가 하듯이 어깨를 으쓱 쳐들었다.

"잔뜩 틀어지셨더라고. 딱 한마디 하셨어. 미리 짜고 한 시합이래. 그러고는 아무 말도 안 해주셨어."

"미리 짜고 해요? 설마."

"그래, 설마 그럴 리가 없지. 말하자면 그럴 정도로 예상 밖이었다는 뜻이겠지. 아, 벌써 시간이 이렇게 됐네. 이제 그만 나갈까."

다카오의 뒤를 따라 사토코도 자리에서 일어섰다. 일요일이라 카운터 너머에서 한가롭게 신문을 읽고 있던 마스터가 황급히 일어섰다.

"뭔가 또 궁금한 게 있으면 연락할게."

다카오는 그렇게 말하고 역 쪽으로 걸어갔다. 사토코는 딱히 갈 곳이 있는 것도 아니었지만 아무튼 그와는 반대 방향으로 걸음을 옮겼다. 걸으면서 천천히 생각을 정리하고 싶었다.

그때 문득 하나의 단어가 이유도 없이 그녀의 뇌리에 되살아났다. 다카오가 마지막으로 들려준 '미리 짜고 한 시합'이라는 말이었다. 그 말을 들었을 때는 그리 크게 다가오지도 않았는데 지금 이 순간, 그 말은 분명 뭔가 중대한 것을 그녀에게 호소해왔다. 사토코는 그 정체를 잡으려고 애를 태웠다. 하지만 그 번뜩임은 거품처럼 그녀의 머릿속에서 소리도 없이 툭 터져서 사라졌다.

6

미나미사와 마사코가 다시금 전원을 집으로 초대한 것은 나미카의 장례식을 치른 이틀 후였다. 사토코가 그 이야기를 하나에게서 전해들은 건 그 전날이었다. 4교시 '중세문학' 강의를 계단교실의 뒤에서 두 번째 자리에 앉아 듣고 있을 때였다.

"내일이라도 모이라고 하셨어."

"내일? 뭔가 급하게 서두르시는 것 같다."

시선은 앞으로 향한 채, 입만 살짝 왼편으로 돌리고 사토코는 말했다. 키가 작고 빼빼 마른 중세문학 교수님은 학생들이 속닥거리는 것에 지극히 예민했다. 혹시라도 들켰다가는 신경질적으로 고함을 지르며 꾸짖었다.

"되도록 빠른 편이 좋다고 선생님이 그러셨어."

"그래?"

하나에의 집에 미나미사와 선생님이 직접 전화해서 그런 뜻을 알려왔다고 했다. 선생님의 진의는 얼른 파악할 수 없었지만, 사건이 일어난 이후 한 번도 인사를 가지 못한 것도 있어서 마침 좋은 기회라고 생각하며 사토코는 참석하기로 했다.

"아마 선생님은,"

하나에는 노트로 코 밑을 가리며 말했다. "우리 마음을 다독여주시려는 거야. 그 사건 이후로 다들 어쩐지 서먹서먹해졌잖아."

"그럴지도 모르겠다……."

사토코는 애매한 대답을 했다.

다음 날, 미나미사와의 집에 도착했을 때, 사토코보다 앞서서 이미 가가와 도도가 와 있었다. 두 사람 모두 왜 그런지 작은 가방을 챙겨왔다. 웬일이냐고 물어보니, 오늘 밤 자고 갈 거라는 대답이 돌아왔다.

"밤새 술 마시면서 이야기하기로 했어."

도도가 검은 술병을 번쩍 들었다. 대학생 처지에 상당히 호사스러운 외국산 위스키였다.

"나는 그런 얘기 못 들었는데?"

"여학생은 이래저래 번거로울 거 같아서 남학생만 재워주기로 했어.”

미나미사와가 커피를 들고 나오며 변명하듯이 말했다.

이윽고 와코와 하나에 커플도 나타났다. 다들 처음에는 굳은 표정을 풀지 못한 채 어색한 분위기였지만, 이윽고 술이 돌자 저절로 말수가 많아졌다.

“우리는 문제를 너무 복잡하게 보고 있어.”

처음부터 술잔을 비우는 속도가 빨랐던 와코가 자리의 주도권을 쥐었다. 이런 때에도 그는 분위기 메이커였다. “쇼코도 나미카도 결국 자살이야. 그애들이 절대로 자살할 리가 없다는 생각을 무슨 불문율처럼 고집하는 바람에 문제가 복잡해진 거라고.”

“고집하는 게 아니야.”

라고 말을 받은 것은 사토코였다. 어쩌다 얘기가 이렇게 흘러가는지 이해할 수 없었다. “단지 자살할 만한 동기가 전혀 생각나지 않는다고 했을 뿐이야.”

“아무리 친구라도 어차피 서로 다른 인간이야. 우리가 어떻게 그 마음속까지 알 수 있겠어?”

“그래도, 아, 그런 거였구나, 하고 납득할 만한 이유가 한 가지도 없는 건 이상하지.”

“그런 거 없을 수도 있어.”

와코는 잔을 들어 벌컥벌컥 들이켰다.

"근데 나미카가 자살이라는 건 확실하지?"

하나에가 친구들의 안색을 살피듯이 둘러보았다. 사토코는 가가를 보았다. 가가는 아무 소리도 들리지 않는 것처럼 말없이 위스키 잔을 기울이고 있었다.

"쇼코의 자살도 확실해. 나는 그렇게 생각해."

도도가 말했다. 그 말이 모두의 마음에 스며들 때까지 기다리듯이 잠시 조용해졌다. 일순 자리가 고요히 가라앉았다.

그때, 여태까지 이야기를 듣기만 하던 미나미사와 선생님이 침묵을 깨고 입을 열었다.

"이를테면……,"

전원이 일제히 미나미사와 쪽으로 시선을 옮겼다. "이를테면 내가 내일 자살한다면 너희는 그 동기를 어떤 식으로 생각할까?"

"안 좋은 농담이에요, 선생님."

도도가 작게 고개를 저었다. 하지만 미나미사와는 말을 이었다.

"어떤 의미에서는 진심이야. 이제 그만 죽어도 괜찮겠다고 생각하는 때가 아주 많아. 단지 직접적인 계기가 없었을 뿐이지……. 자, 얘기해봐, 너희들이라면 내가 왜 죽었다고 생각할까?"

다섯 명의 제자들은 다시 입을 꾹 다물었다. 술잔을 든 사람은 든 채로, 몸을 숙인 사람은 숙인 채로. 그리고 사토코는 가가의 옆얼굴을 지그시 쳐다보았다.

그러자 가가가 입을 열었다.

"선생님은 자살 같은 건 안 하실 거라고 생각합니다."

그러자 미나미사와 선생님은 빙긋이 웃으면서 말했다.

"내 남편이었던 사람 곁으로 가고 싶어. 내가 자살한다면 그게 동기라고 생각해줘."

고층 빌딩의 옥상에서 덜컥 등을 떠밀린 듯한 충격을 사토코는 느꼈다. 아마 다른 친구들도 똑같은 느낌이었으리라.

"내가 아직도 세상 떠난 남편을 그리워한다는 건 너희가 가장 잘 알 거야. 하지만 내가 이런 식으로 생각한다는 것까지는 알지 못했지? 자살의 동기라는 건 그런 것 같아. 원인은 너희들이라면 분명 알고 있을 거야. 하지만 그 원인이 어떤 경로로 죽음과 연결되는지, 그것까지는 본인이 아니고서는 아무도 알 수 없어."

"정말 외로운 일이네요"라고 하나에가 중얼거렸다. 묘한 타이밍이었다. 학생들은 그 말에 구원을 받은 듯 조금씩 표정이 환해졌다.

밤도 깊어 집에 돌아갈 전차가 슬슬 걱정되는 시각이었다. 미나미사와는 남학생들에게 하나에와 사토코를 역까지 배웅해주라고 부탁했다. 사토코는 가가가, 그리고 당연히 하나에는 와코가 따라가기로 했다.

"도도 군은 목욕탕 아궁이에 불 좀 때줄래? 혼자만 중노동을 하게 되어서 미안하구나."

"아뇨, 괜찮아요. 불 때는 거, 운치가 있어서 좋아합니다."

"선생님, 여전히 그 목욕탕을 쓰세요?"

하나에가 그렇게 물은 것은 이유가 있었다. 미나미사와 선생님 댁의 목욕탕은 아직까지도 바깥 아궁이에 장작을 때서 물을 데우는 방식이었기 때문이다. 역시 평소에는 손질이 힘들어서 거의 쓰지 못하고 대중탕으로 간다고 했다. 제자들이 몇 번이나 가스 목욕탕으로 바꾸라고 권했지만 사별한 남편이 유난히 좋아했다는 이유로 그대로 두고 있는 것이었다. 그리고 이렇게 학생들이 묵어갈 때마다 요긴하게 쓰곤 했다.

"그 목욕탕이 없어지면 정말 섭섭할 거야."

미나미사와는 조용히 미소를 지었다.

역까지 가는 길.

가가는 거의 말이 없었다. 오늘은 내내 그랬다. 사토코는 그 이유를 알 듯한 마음이 들었다. 사건을 단순 자살로 처리해버리려는 다른 친구들과, 스스로 납득할 수 있을 때까지 실상을 추적하려는 그는 서로 파장이 맞지 않는 것이다. 그래서 오늘은 가가가 속마음을 털어놓을 만한 분위기가 아니었다.

"바람직한 일이기는 해."

가가는 혼잣말처럼 말했다. "나도 우리 친구들만은 믿고 싶어."

"아니, 굳이 변명하지 않아도 돼."

사토코는 구두 끝에 길게 늘어난 그림자를 바라보며 말했다. "나도 다 알아."

툭 내던지는 듯한 말투가 되었다. 그럴 마음이 아니었는데도.

와코와 하나에가 앞에서 나란히 걸어가는 모습이 그림자 그림처럼 보였다. 그들의 그림자가 점점 멀어져가는 것은 자신들의 걸음이 느리기 때문이다. 평소 같으면 가가와 함께 갈 때는 숨이 찰 정도로 빨리 걸었는데 오늘은 그런 가가가 발을 질질 끌듯이 걷고 있었다.

사토코는 가만히 그의 옆얼굴을 보았다. 어둠 속에 날카로운 눈만 달빛을 반사하고 있었다. 그 눈으로 노리고 있는 것은 앞에서 걸어가는 두 사람일까, 아니면 미나미사와 선생님 댁에 있는 두 사람일까.

'아니, 아냐.'

사토코는 마음속에서 고개를 저었다.

어쩌면 나일지도 몰라.

제4장

1

……이상이 11월 2일에 일어난 설월화 사건의 개요야. 아버지도 옛날에 다도를 했다니까 잘 알겠지만, 미리 독약을 넣고 원하는 상대에게 그 독약을 먹인다는 건 일단 불가능한 거 같아. 그런데도 가나이 나미카가 마신 차 안에서는 청산가리가 검출되었어.

상식적으로 생각하면 추리가 성립되는 건 두 가지 경우밖에 없어. 가나이 나미카가 스스로 넣었거나 아니면 차를 저었던 아이하라 사토코가 넣었거나.

가나이 나미카가 자살할 만한 아이가 아니었다는 건 내가 보증해. 첫째로, 왜 하필 그런 자리에서 그런 방법으로 자살할 필요가 있겠어?

그리고 그보다 더 확신하는 건 아이하라 사토코가 친구를 살해하는 일은 절대로 없다는 거야. 게다가 그런 방법으로 살해하면 가장 먼저 자신이 의심을 받으리라는 건 코흘리개 어린애라도 다 알 거야. 경찰도 아이하라 사토코의 주변을 샅샅이 조사했지만 단서는 하나도 얻지 못했을 거야.

그러면 실상은 대체 무엇인가.

앞서 했던 말을 빌리자면, 범인은 우리의 상식을 뛰어넘는 방법을 썼다는 이야기야. 그 방법이란 어떤 것인가.

사건이 일어난 뒤로 나는 그 점을 계속 생각해봤는데 유감스럽게도 아직까지 해답이 떠오르지 않아. 범인은 나보다 훨씬 교활하고 지혜가 뛰어난 사람이라는 뜻인가.

그래서 아버지의 지혜를 빌리려는 거야.

설월화 의식에서 목표로 삼은 상대를 계획적으로 독살할 수 있는 방법에 대해 생각을 좀 해줬으면 좋겠어. 물론 과거에 그 비슷한 사건이 있었을 리는 없지만, 이런 사건에 대해 많은 경험을 쌓아온 아버지라면 당연히 우리와는 또 다른 견해를 보여줄 거라고 기대하고 있어.

내가 알고 있는 것에 대해서는 모두 다 적었는데, 추리하는 데 그밖에 또 필요한 것이 있다면 나한테 질문해줘.

바쁜 줄은 알지만 꼭 도와주기를 부탁해. 답장 기다릴게.

아버지께
교이치로

PS. 고향에 내려갔던 친구가 선물로 그 지역 술을 가져왔어. 싱크대 아래 찬장에 있어. 일단 마개를 열면 되도록 빨리 마실 것. 하지만 너무 많이 마시지는 말 것.

편지를 탁자 위에 올려놓을 때, 후회와 망설임이 뒤섞인 기분이 가가의 마음을 사로잡았다. 하지만 그는 결국 그 편지를 내려놓았다. 실상을 아는 것, 그게 가장 중요한 일이었다.

'부탁한다고?'

아버지에게 뭔가 부탁하는 게 몇 년 만인가 하고 가가는 생각했다. 대학에 들어가던 때였던가. 대학에 보내줘—. 그런 식으로 부탁했던 기억이 났다.

집을 나설 때, 현관에 걸린 하루치 달력 한 장을 뜯어냈다. 11월 16일, 사건이 일어나고 벌써 2주일이나 지났다.

대학에 도착한 건 10시쯤이었지만 가가는 강의도 듣지 않고 연구실에도 들르지 않은 채 곧장 도장으로 갔다. 점심때까지 땀 흘리며 검도 연습을 하고 오후에는 도쿄로 향할 생각이었다.

검도부 준비실에서는 모리타가 혼자 만화책을 보고 있었다. 검도복을 입고 있는 걸 보면 연습 중에 잠깐 쉬는 모양이었다. 상대해줄 사람이 오기를 기다렸던 걸까. 가가가 얼굴을 내밀자 만화책을 덮고 일어섰다.

"드디어 내일이에요."

자기가 시합에 나가는 것처럼 모리타는 긴장된 목소리였다.

"한 판 상대해줄래?"

"기꺼이."

모리타는 만화책을 자신의 로커에 챙겨 넣고 그 대신 죽도를 손에 들었다.

"그 뒤로 경찰에서는 아무 소리 없었어?"

검도복으로 갈아입으며 그저 흔한 이야기를 하는 투로 가가는 물어보았다. 나미카가 죽은 사건 이후로 경찰에서 몇 번이나 찾아왔다는 이야기를 모리타에게서 들었기 때문이다. 최근에 나미카의 태도가 어땠느냐, 라는 것이 질문의 중심이었지만 모리타를 비롯한 검도부원들도 경찰이 반색할 만한 정보는 갖고 있지 못했다.

"요즘에는 안 오던데요?"

모리타가 대답했다. 경찰이 들락거리지 않아 한결 마음이 놓인 눈치였다.

하지만 가가는 나미카의 죽음이 틀림없이 검도부와 뭔가 관계가 있는 듯한 느낌이 들었다. 지난번에 몇몇 여자 부원과 신입 부원에게서 최근에 나미카가 이상한 행동을 했다는 이야기를 들었던 게 아무래도 마음에 걸렸기 때문이다. 여자 부원은 나미카에게서 부원의 이력서 같은 건 없느냐는 질문을 받았다고 했다. 게다가 신입 부원은 9월의 여자 개인 선수권 대회 때 어디서 응원했느냐는 등의 질문을 받았다. 이 신입 부원이 응원석에 있었다고 대답한 것에 대해서는 다른 부원에게 확인까지 했던 것이다. 나미카는 대체 무엇 때문에 그런 것을 캐고 다녔을까.

모리타를 상대로 겨루기 연습을 하면서 가가는 도무지 검도에 집중하지 못하는 자신을 깨달았다. 지금은 죽도 같은 걸 휘두르고 있을 때가 아니었다. 하지만 당장 내일이 전국대회 날이다.

30분쯤 지났을 즈음, 가가는 도장 입구 쪽에 사토코가 와 있는 것을 알았다. 그는 호완護腕을 낀 오른팔을 쳐들어 모리타에게 신호를 보낸 뒤 "잠깐 휴식!"이라고 숨을 헉헉거리며 말했다. 모리타도 사토코 쪽을 쳐다보더니 큰 소리로 인사를 했다.

호면을 벗고 가가는 수건으로 얼굴을 닦으며 입구로 나가 사토코에게 말했다.

"뭔가 볼일이 있는 얼굴인데?"

"격려해주려고 왔어. 드디어 내일이 시합이지? 나, 응원하러 못 갈 거 같아."

"지금은 죽도를 휘두르고 싶은 마음도 없지만, 뭐, 대회에는 나가야지. 그보다 볼일은 뭐야?"

가가가 묻자 사토코는 목을 빼며 그의 등 뒤를 살피는 몸짓을 했다. 가가도 돌아보니 모리타가 부실에서 다시 만화책을 펼치고 있는 게 보였다.

"어제 나미카네 집에 다녀왔어."

부실에서 10미터나 떨어져 있는데도 사토코는 가가에게도 잘 들리지 않을 만큼 작은 소리로 말문을 열었다. "전에 얘기했지, 나미카의 방에서 발견된 화장품 병. 어제 나미카의 오빠에게 들었는데, 그거 내용물이 뭔지 밝혀졌대."

다 쓴 빈 병이었는데 뭔가 들어 있는 게 이상하다고 그녀가 지적했던 화장품 병이었다. 가가도 그 이야기를 들었을 때, 뭔가 느껴지는 게 있었다.

"독약이라도 들어 있었어?"

물론 농담 삼아 한 말이었다. 나미카가 스스로 독약을 먹었다고는 생각하지 않았다. 하지만 사토코의 대답은 가가의 그런 여유 있는 농담을 단숨에 튕겨내는 것이었다. 그녀는 대답했다.

"응, 독약이 들어 있었어."

그 순간, 가가는 자신의 뺨 근처가 마비되는 듯한 감각을 느졌다. "거짓말!"이라고 말하는 목소리도 조금 컬컬한 소리가 되어 나왔다.

"거짓말이 아냐."

사토코는 이미 충분히 놀란 뒤인지, 평소와 다름없이 냉정해 보였다. "독약이 들어 있었던 건 사실이야. 하지만 내용은 약간 달라. 독이 검출되기는 했는데 그건 청산가리가 아니었어."

"뭐라고?"

가가의 목소리가 크게 울렸다. 당황해서 뒤를 돌아보았다. 만화책을 보며 피식피식 웃고 있는 모리타의 기색에 달라진 것은 없었다.

"그럼 뭐였는데?"

"비소."

"비소라니, 아비산 말이야?"

졸지에 그런 말이 툭 튀어나온 건 비소에 의한 독살은 대부분 아비산이라는 하얀 가루를 사용한다는 이야기를 어떤 책에선가 읽은 기억이 났기 때문이다. 아마 아버지의 책이었을 것이다.

사토코는 살짝 고개를 저었다.

"자세한 건 모르겠지만 옛날에 농약으로 사용되던 것이래. 잔류성이 있어서 요즘은 사용 금지된 품목인 모양이야."

"농약이라. 흠, 그렇군."

비산납이라든가, 분명 그런 이름이었다고 가가는 자신의 기억을 더듬었다. 이런 것도 '서당 개 3년이면 풍월을 읊는다'라는 속담에 해당될까.

"그래서, 왜 나미카가 그런 독극물을 갖고 있었지?"

일단 물어보기는 했지만 예상대로 사토코는 우울한 얼굴로 미간을 좁힐 뿐이었다.

"경찰에서도 고개를 갸웃거리고 있는 눈치야. 자살할 수단 중의 하나로 준비해둔 게 아닌가 하는 말도 나오는 모양이야. 하지만 나미카가 청산가리를 가지고 있었다면 그걸로 충분했을 거야."

"보통이라면 그렇겠지."

게다가 나미카가 혹시 청산가리와 비소화합물이라는 두 종류의 독극물을 모두 갖고 있었다면 비소와 마찬가지로 청산가리도 발견되어야 마땅할 것이다. 하지만 지금으로서는 그런 정보는 전혀 없었다.

"이건 이번 사건의 포인트가 되겠군."

가가는 입술을 깨물었다.

"근데……."

말을 하려다가 사토코는 잠시 망설이는 눈빛을 보였다. 매사에 의사 표시가 분명한 사토코로서는 드문 일이었다. "요즘에 누군가하고 이야기 좀 해봤어?"

여기서 '누군가'라는 건 설월화 의식에 참가했던 친구들을 가리키는 말일 터였다. 가가는 가볍게 헛기침을 한 뒤에 "아니"라고 대답했다.

"나도 마찬가지야."

그게 큰 죄라도 되는 듯 사토코는 우울한 얼굴이었다.

"별수 없지. 그렇게 말하는 사토코를 그 친구들 중의 누군가가 의심하고 있을지도 모르고."

"너무 슬프다."

"크나큰 시련이지."

가가의 말이 너무 옛날 투였기 때문인지 사토코는 어이없다는 듯 쓴웃음을 지었다. 그리고 기분을 바꾸듯이 머리를 휘익 쓸어 올리더니,

"내일, 열심히 잘해, 알았지?"

라고 또렷한 어조로 말하고 복도를 빠른 걸음으로 걸어갔다. 검은색 스커트 자락이 바람에 날리듯이 하늘하늘 흔들렸다.

가가는 제자리로 돌아와 느긋한 동작으로 죽도를 들었다. '크나큰 시련'이라고 한 자신의 말이 되살아났다.

'또 썰렁한 말을 했네.'

그것을 잊어버리려는 듯 가가는 죽도를 힘차게 휘둘렀다.

학생식당에서 점심을 먹은 뒤, 죽도와 호구를 둘러메고 정

문 쪽으로 내려갔다. 하지만 막 교문을 나선 참에 그는 발을 멈추었다. 다시 빨간색 승용차가 시야에 뛰어들었기 때문이다.

'아참, 그러고 보니 오늘도 시내까지 차로 데려다준다고 했지…….'

오늘이 토요일이고, 지난주까지는 토요일마다 경찰 도장에 수업을 받으러 갔었다. 드디어 시합이 내일로 다가왔기 때문에 더 이상 경찰 도장에 갈 일은 없지만, 지난번 수업 때 미시마 료코가 시내 역까지 차로 데려다주겠다고 말했던 것이다.

가가는 차 안을 들여다보았다. 하지만 료코의 모습은 보이지 않았다. 눈에 익은 검은 선글라스만 운전석 앞에 아무렇게나 놓여 있었다.

가가는 그 자리에서 10여 분을 기다렸지만 료코는 나타나지 않았다.

'참내, 어이없는 학생이네.'

호구와 죽도를 승용차 옆에 내려놓고 가가는 다시 교문 안으로 들어갔다.

분명 검도장에 가 있을 것 같아서 그쪽으로 슬슬 걸어갔는데, 뜻밖에도 료코를 발견한 건 테니스 코트 앞이었다. 가가가 다가갔을 때, 료코는 마침 철망 앞을 지나 교문 쪽으로 걸어오는 참이었다. 테니스 코트 안에서는 몇 팀인가의 부원이 연습을 하고 있었다. 그 속에 와코와 하나에의 모습도 보였다. 두 사람은 며칠 전의 대회에서 결국 준우승이라는 성과를 올렸다.

료코는 웬일로 뭔가 진지하게 생각에 잠긴 얼굴이었지만 가가를 발견하자마자 평소의 건방진 눈빛이 되돌아왔다.

"처음으로 자기 쪽에서 찾아와줬네?"

"뭐 하고 있었어?"

가가는 료코의 어깨 너머로 테니스 코트를 보았다.

"아무것도 아냐. 그냥 잠깐 구경 좀 했어. 나도 테니스를 꽤 잘하거든."

"대단하네."

가가는 교문 쪽으로 돌아가며 다시 한번 코트에 시선을 던졌다. 우연인지 아니면 일부러 그런 것인지, 이쪽을 바라보던 와코와 눈이 마주쳤다. 그의 표정을 읽어내기에는 거리가 너무 멀었다.

"과감하게 나가면 우승할 수 있다고 아키가와 씨가 말하더라."

시트에 자리를 잡고 시동을 걸며 미시마 료코가 말했다. "하지만 힘으로 밀면 안 된대."

"아키가와 씨가 너에 대해서는 어떻게 예상했었지? 실제로는 4강까지 올라갔다고 들었는데."

가가가 물었다. 지난주 일요일에 남자보다 한 발 앞서 여자부 전국대회가 있었는데 미시마 료코가 4강까지 올라가는 성적을 올린 것이다.

"아키가와 씨에게 직접 물어보지는 않았지만, 예상보다 훨씬 더 좋은 결과가 나온 거 같아."

자랑스럽다는 듯이 료코는 선글라스를 슬쩍 쳐들어 보였다.

"그래? 또다시 예상 밖이었군."

비꼬는 소리를 해준 것이었지만 료코는 그 말에는 대답하지 않았다.

"근데 지난번 그 사건, 해결 됐어?"

잠시 뒤에 료코가 물었다. 몹시 궁금하면서도 일부러 지나가는 말처럼 툭 던진 것이다. 가가는 좀 더 답답하게 해주고 싶어졌다. "그 사건이라니?"

"지난번 그 일."

료코는 앞 유리의 먼지를 와이퍼로 밀쳐냈다. "가나이 나미카가 죽은 사건 말이야. 그거, 결국 자살이었어?"

"자살이었다면 어떤데?"

"뭐, 별로. 나하고는 관계없는 일이야. 그냥 잠깐 물어봤어."

"지역 예선 결승에서 너한테 졌지? 그게 마음에 걸려서 자살했다면?"

일순 료코의 눈이 불안정하게 허우적거렸다고 가가는 생각했다.

"그래도 어쩔 수 없어. 정정당당한 승부의 결과였잖아. 게다가 가나이 나미카가 그렇게 예민한 성격이었어?"

"전혀 아니지."

가가는 정면을 바라본 채 말했다. 료코가 흘끔 이쪽을 보며 입가를 삐뚜름하게 트는 게 시야 한 귀퉁이에 잡혔다.

"한때는 타살일지 모른다는 얘기도 있었던 모양인데, 그건 어떻게 됐어?"

"글쎄, 어떻게 됐을까?"

반은 시치미를 뗀 것이고 반은 본심이었다. 사실 가가도 수사본부가 어떻게 돌아가는지 전혀 파악하지 못했다. 요즘 들어서는 형사들의 모습도 거의 보이지 않았다. 그 일 말고도 사건은 넘쳐난다. 어쩌면 이제는 다른 사건을 쫓고 있는지도 모른다.

"다도회 살인사건이라나, 그럴싸한 이름을 붙여서 큼직하게 다루는 신문도 있더라. 근데 아무튼 그 사건에 관해서는 가가 군은 나한테 고맙다고 해야 하는 거 아냐?"

"내가?"

가가는 흐려진 유리에 낙서를 하던 손을 멈추었다. "왜?"

"그날, 경찰 도장에 수업 받으러 갔던 날이야. 그래서 가가 군은 그 무슨 어려운 한자 이름의 다도회에 좀 늦게 갔잖아. 그때 제시간에 참석했다면 가가 군도 용의자로 경찰의 취조를 받았을 거야."

"그래서 너한테 고마워하라고?"

"당연하지."

"그렇다면 이렇게 말할 수도 있어. 그 다도회에 늦는 바람에 나는 나미카의 마지막 모습을 못 보고 말았어. 그 덕분에 대체 어떤 상황이었는지 남들에게 일일이 물어봐야 했다고. 그 자리에 참석했다면 내가 직접 체험했을 텐데……."

거기까지 말한 순간, 가가는 뇌리에 번쩍 전류가 내달리는 것을 느꼈다. 갑작스럽게 사고의 세계로 빠져드는 바람에 료코가 이러니저러니 얄미운 소리를 하는 것도 귀에 들어오지 않았다.

'그걸 깜빡 놓쳤어…….'

가가는 자신의 머리가 모자랐던 게 원망스럽기만 했다. 어쩌면 이렇게 바보였는가.

만일 가가가 제시간에 그 자리에 참석했다면 설월화 의식은 7명이 했을 터였다. 사실 해마다 7명이서 했었다. 6명이 된 것은 완전히 이례적인 일이었다. 문제는 그것이었다. 7명 예정이었다가 갑작스럽게 6명이 되면서 범인은 자신의 계획을 급하게 변경해야 했을 것이다.

생각할 수 있는 건 두 가지였다.

범인의 계획은 7명이든 6명이든 실행에 옮길 수 있는 것이었다. 혹시 상황이 약간 변경되더라도 그걸 순간적으로 수정할 수 있는 범위의 것이었다.

그리고 또 한 가지는, 범인의 계획은 6명이 아니고서는 불가능했다. 이 경우라면 당연히 범인은 설월화 의식에 참가하는 사람이 6명이라는 것을 미리 알고 있었다.

가가는 번쩍 눈을 떴다. 어느새 눈까지 감고 있었던 것이다.

"아, 차 좀 세워줘."

미시마 료코는 깜짝 놀라서 눈을 치켜떴다.

"갑자기 무슨 소리야? 자는 줄 알았더니만."

"내려야겠어, 차 세우라고."

한시라도 빨리 집중적으로 추리해보고 싶었다. 추리를 위해서는 종이와 연필, 그리고 조용한 공간이 필요하다.

"안 돼. 이제 곧 도착할 텐데."

"뛰어내린다?"

"시속 80킬로미터야. 죽지 않을 자신이 있다면 뛰어내리셔."

"제기랄."

폭주족 같으니라고. 가가는 앞 유리를 향해 마구 주먹질을 해댔다.

2

시합 당일은 비가 내렸다. 11월답지 않게 후텁지근한 날씨가 한동안 이어졌기 때문에 참고 참다가 드디어 쏟아진다는 느낌의 기나긴 비였다.

가가는 죽도와 호구를 둘러메고 혼자서 무도관 출입문에 들어섰다. 모리타를 비롯한 대학 응원팀은 아침에 도쿄로 오기로 했다.

"T대학의 가가 교이치로입니다."

접수처에서 이름을 말했다. 담당 학생은 흠칫 놀란 기색으로 목소리 주인공의 얼굴을 올려다보았다. 누구든 이름 정도는 알고 있다는 것이 학생 검도계에서 가가의 위치였다.

옷을 갈아입기 전에 대전표를 보았다. 출전한 선수는 49명. 1회전 부전승으로 올라온 선수가 15명. 하지만 가가는 그 행운의 조에는 끼지 못했다.

탈의실에서 옷을 갈아입고 있는데 어깨를 두드리는 사람이 있었다. 모리타라면 너무 이르다고 생각하며 돌아보니 눈에 익은 남자가 변함없는 동안으로 웃고 있었다.

"여어, 야구치, 오랜만이다."

M대학의 옛 주장이었다. 얼굴에 어울리지 않게 상단부터 치고 들어오는 공격적인 검도가 특기였다.

"어째 떨떠름한 얼굴을 하고 있네, 올해의 우승을 노리는 가가 선수가?"

"연습 부족이야."

"네가? 그런 쓸데없는 소리를 하니까 이런 중요한 시합 날에 비가 내리는 거야. 올해 우승을 못 했다가는 당분간 '전국'이라는 간판하고는 굿바이 해야 할걸?"

전국 선수권 대회는 출장 자격이 6단 이상이었다.

"앞날은 길어. 천천히 충전할 거야."

"또 그런 느긋한 소릴 하고. 사실은 그거지? 그 나미카라는 여학생이 자살한 사건이 마음에 걸려 있는 거 아니냐?"

호쾌한 사내였지만 말을 듣기 좋게 돌려서 할 줄은 모른다.

"오사카까지 소문이 퍼졌어?"

"정말 깜짝 놀랐어. 그 드센 여학생에게 그런 일이 생기다니. 역시 전국대회에 출전하지 못했던 게 상당한 충격이었던 모양이지?"

나미카는 중앙 무대에서는 거의 이름이 알려지지 않았지만 가가와 친한 선수들 사이에서는 상당히 인기가 있었다. 검도부원 중에 미인이 그리 많지 않다는 게 인기의 이유였다.

"하지만 큰 충격을 받은 그 심정도 이해가 돼. 그만한 실력을 갖추고 있었잖냐. 우리 쪽의 기요미즈가 준결승전에서 미시마 료코와 붙었는데, 상대가 가나이 나미카였다면 그리 쉽게 이기지는 못했을 거라고 나중에 그러더라고."

기요미즈는 야구치와 같은 M대학의 여자부 주장이다. 나미카가 없는 이번 대회에서 당당히 준우승을 거두었다. 가가가 축하의 말을 건네자 야구치는 잔뜩 찌푸린 얼굴을 흔들었다.

"결과야 좋았지만 내용은 형편없었어. 좋은 승부를 기대했던 결승전에서 아차 하는 사이에 두 판으로 패했어. 상대가 너무 강했다면 그나마 이해가 되지만 별로 실력 차이가 있었던 것 같지도 않은데 말이야."

"그거야 자주 있는 일이지."

특히 검도처럼 한 순간의 기백으로 승부가 결정되는 시합은 그런 일이 비일비재했다.

"물론 그렇지. 패한 측에서 이러니저러니 해봤자 다 쓸데없는 소리야. 근데 문제는 그다음이야. 기요미즈가 이상한 변명을 늘어놓더라고."

"무슨 변명?"

변명이라는 것도 패자에게서는 자주 볼 수 있는 일이다.

"상투적인 얘기야. 시합 직전에 갑자기 속이 울렁거렸다나? 기합도 힘도 넣을 수가 없어서 졌다고 투덜거리더라. 당당하게 패배를 인정하라고 한마디 해줬다만. 여자들이란 쉽게 포기하지 못하는 게 도무지 마음에 안 들어."

말을 하는 사이에 답답한 마음이 되살아났는지 야구치는 목소리가 점점 커졌다. 가가는 그가 더 이상 흥분하기 전에 어서 빠지자는 생각에 총총히 탈의실을 뒤로했다.

개회식을 마치고 선수석에 돌아오자 모리타와 다섯 명의 검도부 부원이 기다리고 있었다.

"간밤에 잘 못 잔 것 같은데요. 눈이 불그레해요."

"괜찮아. 아마 너보다는 잘 잤을 거다."

말은 그렇게 했지만, 가가는 미시마 료코의 차 안에서 생각난 힌트를 재료 삼아 도쿄 여관에서 밤새 설월화 수수께끼를 파고 들었다. 현재로서는 그 추리는 더 이상 진전되지 못하고 막혀버렸다. 하지만 그는 이 생각을 계속 추구해나가면 반드시 해답을 얻을 것이라고 확신했다.

"1회전은 A대학의 야마우치군요."

모리타는 어제와 다를 바 없이 여전히 긴장한 얼굴을 하고 있었다.

"아는 사람이야? 나는 본 적이 없는데."

"3학년이에요. 상대의 호흡과 엇박자를 놓는 게 특징이죠. 너무 호흡이 맞지 않아 좀 천천히 공격하려고 하는 때를 잽싸게 노리고 들어옵니다."

"꽤 잘 아는데?"

"제가 그 수에 당했거든요."

A대학의 야마우치는 아닌 게 아니라 그런 검도로 공격해왔

다. 결코 주도권을 건네주지 않겠다는 기백이 넘쳤다. 가가는 지그시 기다리는 전법을 쓰기로 했다. 이런 경우에는 상대의 패기를 이용하는 게 가장 효과적이다. 그리고 종반에 마구잡이로 머리를 공격하고 들어오는 것을 받아 손목치기로 한판을 땄다. 그로 인해 초조해진 야마우치가 다시 두 판째의 시작과 동시에 경계심을 잃고 마구 손목을 치고 들어올 때 그것을 피하면서 머리를 정확히 내리쳐 한판을 더 따냈다.

"역시 대단하시네요."

자리로 돌아오자 모리타가 고개를 갸웃갸웃 해가며 감탄하고 있었다.

1회전을 확실하게 내 것으로 만들자 긴장으로 경직되었던 몸이 적당히 풀리는 느낌이 들었다. 상대를 잘 만난 행운도 있어서 2회전도 간단히 두 판으로 승리했다. 그리고 그 참에 점심시간으로 접어들었다.

여관에서 준비해준 도시락을 먹으며 가가는 옆에서 재잘재잘 떠드는 T대학 여자 부원들의 대화에 귀를 기울였다. 여학생 중의 한 명이 2회전에서 가가와 맞붙은 선수의 고등학교 때 후배라는 게 이야기 내용이었다.

"솔직히 말해봐. 어느 쪽을 응원했어?"

여자부 주장이 가가가 들으리라는 것 따위는 아랑곳하지 않고 묻고 있었다. 질문을 받은 부원은 "아이 참, 곤란하네"라고 쑥스러워 하더니 “그 선배가 가가 선배를 이길 리 없다고 생각했어요. 뭐, 혹시라도 이겼다면 우리 모교 선배라고 자랑 좀 쳐야겠다는 마음은 있었죠”라고 솔직하게 실토했다.

‘그래, 그럴 수도 있지.’

가가는 못 들은 척하면서 내심 고개를 끄덕였다. 대학 검도부는 고등학교부터 해온 사람들이 대부분이다. 당연히 시합장에서 예전 친구나 선배를 만나는 일이 많다. 그럴 때마다 반가운 마음도 있어서 자기도 모르게 내심 그쪽을 응원하게 마련이다.

“넌 어디 고등학교였어?”

여자부 주장이 끈질기게 물었다. 그 부원은 망설이듯이 자신의 모교 이름을 입에 올렸다. 가가도 들은 적이 있는 학교였지만 여자부 주장은 잘 모르는 모양이었다. “아, 그래?”라고 애매하게 맞장구를 치더니,

“그래도 우리 대학 팀이 출전했으니까 고등학교는 이제 상관없다고 생각해야 해. 진지하게 하는 소리니까 다들 명심해”라고 그야말로 진지한 얼굴로 말했다.

여자부 주장의 그 말에 누구도 감명을 받은 듯한 기색은 없었지만, 그 순간 가가는 뭔가 머릿속에 걸리는 것을 느꼈다. 그것은 점차 또렷한 형태가 되어 그의 의식의 표면에 모습을 드러냈다.

“아냐, 설마…….”

저도 모르게 가가는 입 밖에 내어 말했다. 다행히 한창 수다를 떨던 여자 부원들에게는 그 소리가 들리지 않은 모양이었다.

3회전은 한판승, 4회전은 연장 끝에 겨우 이겨서 그럭저럭 4강까지 올랐다. 여기까지는 작년에도 올라왔었다.

“어떻게 된 거야, 쩔쩔매는데?”

대기실에서 땀을 닦고 있으려니 다시 야구치가 찾아와 가가를 놀렸다. 그도 준결승 진출이었다.

“가나이 나미카의 한이 서린 건가?”

“그럴지도.”

그것도 농담이라고 하는 거냐, 하고 가가는 마음속에서 내뱉었다.

준결승 상대는 키가 큰 스기노라는 선수였다. 위에서 머리치기로 수없이 공격해왔다. 가가도 나름대로 키가 있는 편이지만, 아무래도 자꾸 손이 쳐들려서 그 약점을 치고 들어온 상대에게 날카롭게 손목을 맞았다. 깃발 하나가 올라갔지만 가까스로 한판을 모면했다. 아슬아슬한 상황이었다.

죽도를 마주치고 서로 몸싸움을 하는 상태가 이어졌다. 거리를 두고 뛰어봤지만 공격이 제대로 되지 않았다. 어설프게 물러섰다가는 스기노가 높이 뛰어서 내려칠 때 머리를 맞을 우려가 있었다.

연장전에 들어간 뒤에도 여전히 몇 번이나 몸싸움을 거듭했다. 가가는 스기노의 눈을 보았다. 어떻게 해야 할지 방책을 강구하고 있는 눈이었다.

'죽도를 밀고 나올 것이다.'

가가는 그렇게 확신했다. 상대도 나와 똑같은 생각을 하는 것이다—.

서로의 몸이 떨어지는 참에 가가는 자기 쪽에서 먼저 결단을 내려 죽도를 밀고 들어갔다. 스기노는 당황한 것 같았다. 손목을 중심으로 균형이 무너져서 시합 후 처음으로 빈틈을 보였다.

머리치기에 성공했다는 손맛이 있었다. 다음 순간, 세 개의 깃발이 올라갔다.

"이번 판, 위험했어요."

선수석에는 일찌감치 모리타가 와서 기다리고 있었다. 긴장한 얼굴은 약간 창백해져 있었다. "역시 스기노도 지난번에 준결승에 올랐던 만큼의 실력이 있네요."

"쉽게는 져주지 않는 상대야."

땀이 눈에 스몄다.

"스포츠드링크 좀 드실래요?"

"응, 좀 마시자."

모리타는 스테인리스 포트를 집어 들더니 그 뚜껑을 컵 삼아 반투명한 액체를 가가에게 건네주었다. 가가는 한 모금에 반 이상을 마셨다. 최근 유행하는 스포츠드링크는 흡수가 빠르다고 다들 애용하고 있었다.

"결승전은 야구치와 하게 될까요?"

가가에게서 받아든 뚜껑을 닫으며 모리타가 물었다.

"기세가 대단하니까 순리대로 풀린다면 그 녀석일 거야."

그런 가가의 눈앞에서 다시 한쪽의 준결승이 시작되었다. 야구치는 자신의 특기인 상단上段 자세로 공격해 들어갔다. 상대는 규슈대학 학생으로, 가가도 한 차례 대전한 적이 있었다. 정면으로 파고드는 손목과 머리치기에 속도감이 있었다.

시합은 상대의 잽싼 공격을 야구치가 초장부터 머리치기로 꺾어버리는 모양새로 비교적 조용한 싸움이 이어졌다. 서로 견제를 주고받으면 싫더라도 점점 긴박감이 더해간다. 하지만 전국대회의 단골인 야구치를 상대로 마음이 초조했는지 점점 규슈 쪽 선수의 움직임에서 기백이 사라졌다. 그리고 섣부르게 앞으로 나왔을 때, 그 빈틈을 노려 야구치가 손목을 치면서 제압되었다.

결승은 가가와 야구치의 대전이 되었다.

물을 끼얹은 듯한 고요함 속에 양 선수는 준비 자세를 취한 뒤, 벌떡 일어섰다. 야구치는 중단에서 상단으로 죽도를 크게 휘둘러 올렸다. 보통 이 순간이 작전을 걸 수 있는 기회지만 경솔하게 뛰어들 수는 없다. 야구치는 이것을 미끼로 삼을 터였다. 이때를 노렸다가 거꾸로 제 무덤을 판 자가 얼마나 많았는가.

가가는 중단 자세에서 죽도 끝을 야구치의 왼편 손목에 맞추는 모양새, 이른바 평청안平睛眼의 자세로 받았다. 잔재주가 통할 만한 상대가 아니라는 건 충분히 알고 있었다.

야구치는 갑작스럽게 한 손 머리치기를 날려왔다. 가가는 그것을 피한 뒤에 바로 앞까지 공격해 들어갔다. 야구치의 손목치기, 가가의 허리치기, 두 가지 모두 점수로 연결되지 않았다.

일순 서로 떨어진 참에 야구치의 한 손 손목치기가 들어왔다. 충분하지는 않지만 날카로운 공격이었다. 가가는 과감하게 뛰어올랐다가 빠지며 치는 기술을 선보였다. 하지만 둘 다 한 걸음씩이 모자랐다. 그리고 공격의 사이사이를 누비듯이 야구치는 양손으로 죽도를 잡고 목을 향해 찔러왔다. 공기를 가르는 소리가 들릴 만큼 빠르고 날카로운 찌르기 공격이었다.

이마에서 땀이 쏟아져 코와 턱을 타고 흘러내렸다.

거리를 확보하려는 야구치를 가가는 죽도를 좌편수左片手에서 우편수右片手, 다시 좌편수로 바꿔 잡는 식으로 교묘하게 따돌렸다. 물론 공격할 기회를 노리면서 차근차근 거리를 좁혀 갔다.

한 차례 치고 물러서는 순간을 포착하자마자 가가는 단숨에 목덜미를 노렸다. 야구치는 손목을 공격해왔다. 그 틈에 허리, 나아가 한 손으로 목 찌르기. 비로소 야구치의 자세가 흔들렸다.

'땄다!'

가가는 손목과 머리를 연달아 공격했다. 하지만 여전히 2퍼센트 부족한 상태에서 좀체 결판이 나지 않았다. 다시 들어가기…….

그 순간 가가는 두개골에 가벼운 충격을 느꼈다. 하지만 정말로 큰 충격을 받은 것은 그다음 순간이었다.

심판 세 사람이 기를 올린 것이다. 장내를 뒤흔드는 환성, 그리고 한숨. 야구치가 슬쩍 오른손을 쳐드는 게 보였다.

'아차, 당했다.'

깊은 추격은 금물이라고 계속 주의해왔던 것이다. 하지만 상대가 내보인 먹이에 보기 좋게 걸려들고 말았다. 아니, 그보다 가가는 먹이인 줄 뻔히 알면서 덥석 문 것이었다. 내 것으로 할 자신이 있었다. 하지만 지금 자신은 한판을 빼앗기고 있었다.

'왜 끝까지 공격하지 못했지?'

왜, 어째서?

다양한 스포츠 선수들이 그렇듯이 가가는 전혀 무의미한 자문자답을 되풀이했다. 다른 누구의 탓도 아니다. 오로지 실력

일 뿐이다. 그렇게 자신에게 들려주었다. 몸 상태도 완벽하다. 그래, 조금 전에 야구치에게서 들은 이야기처럼 갑작스럽게 몸 상태가 나빠지는 식의 일도 지금의 나에게는 일어나지 않았다.

그때, 다시금 두개골에 전류가 내달렸다. 하지만 이번에는 내부에서 밀려온 충격이었다.

'혹시 나미카도?'

"시작!"

두 판째 시합이 시작되었다. 그 소리에 가가는 퍼뜩 정신을 차렸다. 그와 동시에 야구치는 양손으로 죽도를 잡고 목을 찌르고 들어왔다. 섬광처럼 빠르다. 조금 전에 이 일격을 먹은 것이다.

'그렇구나…….'

호면 안에서 가가는 중얼거렸다. 수수께끼의 작디작은 한쪽 끝이 이제 막 풀렸다는 마음이 들었다. 하필이면 이런 때에. 하지만 이건 나미카의 원한에 사무친 마음이 자신에게 와 닿은 것이라고 가가는 해석했다.

'만일 내 추리가 맞다면, 나미카는 정말 죽어서도 눈을 감지 못했을 거야.'

가가는 잽싸게 물러서서 거리를 끊었다. 야구치는 약간 의외라는 듯, 곧바로는 거리를 좁혀오지 않았다. 서로 상대를 노려보는 시간이 흘렀다.

가가는 천천히, 그리고 신중하게 팔을 올렸다. 위험한 도박. 하지만 이것밖에는 남은 방도가 없다. 이제 남은 시간이 얼마 없는 것이다.

'나미카, 너의 원한은 꼭 갚아주마!'

상단과 상단, 즉 겹상단의 모양새가 되면서 장내는 아연 후끈 달아올랐다.

겹상단의 경우, 죽도가 서로 맞닿지 않기 때문에 거리를 잡기가 어렵다. 분명하고 신중하게 거리를 좁힐 필요가 있다. 하지만 기회가 보이면 상대보다 왕성한 기백과 적극성을 가지고 공격하지 않으면 안 된다. 가가는 공격했다. 한 손 머리치기, 한 손 손목치기를 연달아 날렸다. 야구치도 시간 끌기 수법을 쓰는 일 없이 과감하게 응전해왔다. 타이밍을 슬쩍 늦춘 좌측 허리치기. 죽도 끝을 내렸다가 올려치는 아래 손목치기. 그리고 거기서 가가는 작정하고 뒤로 물러섰다. 야구치가 튀어나온다. 조금 전에 선보인 머리치기다.

이기느냐 지느냐, 둘 중 하나였다. 물러서면서 손목치기를 날렸다. 맞았다는 실감은 있었다. 하지만 서로 같이 친 건가?

깃발 두 개가 올라갔다. 그것과 거의 동시에 시간 종료 신호가 날아왔다.

연장전은 3분.

가가의 작전은 정해져 있었다. 겹상단에서 길게 끌면 아무래도 야구치 쪽이 유리하다. 조금 전에는 온몸을 던진 기습 공격이 성공한 것뿐이다. 이번에는 더 이상 통하지 않을 것이다.

'수는 한 가지뿐이야.'

준비 자세에서 상대의 움직임을 지켜보며 일어섰다. 처음에는 중단 자세.

가가는 야구치의 눈을 보았다. 조금 전에 했던 예상 밖의 상단 공격에는 역시 당황한 기색이었지만 지금은 다시 침착함이 되살아나 있었다. 눈에 핏발이 서서 덤비는 상대보다 눈빛이 고요한 적이 더 무서운 법이다.

'망설이지 마. 지금은 망설일 때가 아니야.'

죽도가 마주쳤다. 심판이 지금 말을 걸어오잖아…….

'승부야.'

"시작!"

바닥을 쓰는 소리를 남기고 가가는 단숨에 뛰어들었다. 야구치가 아직 상단 자세를 취하기 전이었다. 그의 죽도가 아래로 처져 있는 것은 이 순간밖에 없다.

"손목!"

그 순간, 가가의 귀에는 아무 소리도 들리지 않았다. 마주치고 들어올 야구치가 공격해오지 않았다. 그리고 상대의 호면 속에서 온화한 웃음을 보았을 때, 가가는 처음으로 자신의 승리를 알았다. 소리가 귓속으로 다시 돌아왔다. 그것은 점차로 거대한 메아리가 되어 그 자신을 휘감았다. 높직이 올라간 주심의 깃발을 바라본 것은 그로부터 몇 분 뒤였던 듯한 마음이 들었다.

시상식은 엄숙하게 거행되었다.

"우승, T대학 가가 교이치로!"

우승자를 호명하는 소리에 앞으로 나갔을 때도 가가는 아직 실감이 나지 않았다. 표창장을 손에 든 채, 준우승을 한 야구치의 시상 내역을 듣고 있을 때에야 문득 가가의 마음속에 물결이 밀려오듯이 무언가가 치밀었다.

성대한 박수 속에 가가는 표창장과 트로피를 머리 위로 치켜올렸다. 몸은 타오르듯이 뜨거웠다. 붕 띄워 올리는 듯한 열기 속에서 그는 마음속으로 중얼거렸다.

'사토코, 나미카가 나를 이기게 해줬어.'

3

월요일, 〈고개를 흔드는 피에로〉의 좁은 출입문으로 들어선 것은 오후 2시를 조금 지났을 즈음이었다. 등을 숙이고 들어갈 때, 목 근처가 얼얼하게 아팠다. 어제는 역시 지나치게 술을 많이 마셨는지, 이 시간에도 여전히 술기운이 빠지지 않았다.

가가의 얼굴을 보자마자 마스터가 우승 축하한다는 인사를 건넸다. 그리고 "아침부터 내내 기다렸어"라며 안쪽 테이블을 턱으로 가리켰다. 친구들의 지정석에 사토코가 혼자 앉아 있었다.

"축하해. 결국 해냈구나."

"나미카 덕분이야."

"나미카?"

문득 웃음이 멈춰버린 사토코의 얼굴에서 시선을 돌리며 가가는 카운터를 향해 "마스터, 커피 주세요"라고 말했다.

"아무리 그래도 그 막강한 야구치 군을 상대로 상단 공격을 감행하다니, 정말 대단해. 그게 작전이었어?"

하지만 가가는 사토코의 얼굴 앞에 손바닥을 펴 보이며 "검도 얘기는 하지 말자"라고 말했다.

"왜? 그거 들으려고 왔는데."

"내 자랑이 돼."

"그러면 어때, 자랑 좀 해봐."

"아니, 그보다 훨씬 더 중요한 이야기가 있어."

그렇게 말하고 가가는 주위를 쓰윽 둘러보았다. 오후 시간이라서 슬슬 손님이 늘고 있었지만 그들 주위의 자리는 비어 있었다.

"전에 나미카의 오빠를 만났다고 했지?"

"응, 만났지."

형사 입회하에 나미카의 방을 보고 왔다는 이야기를 가가는 사토코에게서 들었다.

"그때 나미카의 오빠가 그런 말을 했지? 나미카가 뭔가 이상해진 건 여자 개인전을 치른 다음부터라고."

"맞아."

왜 갑작스럽게 그 이야기를 꺼내는지 의아한 모양이었다. 사토코는 멀뚱한 얼굴로 고개를 끄덕였다.

"그 말을 듣고 내 나름대로 생각해봤어. 분명 그 시합 이후로 나미카는 검도에 대해 갑작스럽게 열의를 잃은 눈치였어. 나미카는 묘하게 쿨한 성격이었지만, 챔피언이 되겠다는 마음은 누구보다 강했을 거야. 어쩌면 나보다 더. 그러면 대체 그 시합 때 무슨 일이 있었는가. 유감스럽지만 그 점을 전혀 알 수가 없어. 미시마 료코에게 패했던 게 원인이라면 지금까지 했던 것보다 연습을 더 열심히 하면 돼. 그리고 나미카라면 충분히 그렇게 했을 거야. 그렇지?"

"응, 나도 그렇게 생각해."

"그 시합 때에 무슨 일이 있었는가. 그 점이 계속 마음에 걸린 채로 시합에 나갔는데 어제 드디어 그걸 알아낸 거 같아."

"어떤 건데?"

사토코가 묻자 가가는 혀로 슬쩍 입술을 더듬었다.

"나미카는 자신의 패배가 아무래도 이상하다고 느꼈던 거야"

"자신이 질 리가 없다는 식으로? 그거야 물론 생각했겠지."

"아니, 조금 더 구체적인 의문이야."

그리고 가가가 잠시 뜸을 들이는 참에 마스터가 커피를 가져왔다. 잔에서 커피 향을 풍기는 김이 피어올랐다. 가가는 잔을 코끝에 대고 향기를 맡은 뒤, 블랙으로 한 모금을 마셨다.

"나미카는 그 시합이 미리 짜인 각본대로 흘러갔다고 생각한 거 같아."

"미리 짜인 각본대로?"

사토코는 미간에 주름을 잡으며 되물었다. "뭘 어떻게 미리 짰다는 거지?"

"약이야."

"약?"

"시합 전에 뭔가 약을 먹였어. 이를테면 몸이 나른해지는 약 같은 거."

"에이, 설마."

"그 시합에 대해 많은 사람들이 평가를 내렸지만 하나같이 의견이 일치했어. 정말 예상 밖이었다는 거. 특히 나미카의 움직임이 후반에 급격히 둔해졌다는 점을 지적한 사람들이 많아.”

“아무리 그래도 약을 먹였다는 건 너무 난폭한 추리 아닐까? 딱히 증거도 없잖아.”

“그 비슷한 사례가 있었어.”

가가는 야구치에게서 들은 이야기, 즉 M대학의 기요미즈가 결승전을 하기 전에 속이 메슥거렸고 그것 때문에 제 실력을 발휘하지 못했다고 변명처럼 투덜거렸다는 이야기를 사토코에게 해주었다.

“기요미즈가 결승전에서 모두의 예상과는 다르게 어이없이 졌다는 이야기는 나도 들었어. 하지만 기요미즈와 나미카는 아무 관계도 없잖아?”

“기요미즈의 준결승 상대가 누구였는지 알고 있어? 바로 미시마 료코야. 나미카는 미시마 료코와의 시합에서 제 실력을 발휘하지 못했어. 그리고 M대의 기요미즈는 미시마 료코와 준결승을 마친 직후에 몸 상태의 변화를 호소했어. 이것을 그저 우연이라고 넘겨버릴 수 있을까?”

사토코는 가볍게 팔짱을 끼더니 고전적인 명탐정이 하듯이 집게손가락과 엄지손가락을 턱에 댔다.

“각각의 시합에서 미시마 료코가 상대에게 약을 먹였다는 거야?”

“나미카 때는 정확하게 성공했어. 하지만 기요미즈의 경우에는 약의 효과가 좀 늦게 나타났던 거 아닐까?"

"하지만 어디서 어떻게 약을 먹일 수 있어?"

가가는 "바로 그 점이야"라고 말한 뒤, 잠시 시간을 벌기 위해 컵의 물로 입술을 적셨다.

"그 시합 이후로 나미카가 검도부에 찾아와서 묘한 것을 조사했다는 건 말했었지?"

"응, 지난번에 들었지."

"이력서가 없느냐고 했고 1학년 부원을 잡고 이상한 걸 묻고, 아무튼 이유를 알 수 없는 일투성이였어. 하지만 여기서 한 가지 가설을 세워보면 앞뒤가 맞아떨어진다는 것을 알았어."

"뭔데? 뜸 들이지 말고 빨리 말해봐."

뜸을 들이려는 건 아니지만 바짝 마른 목을 축이기 위해 가가는 다시 커피를 마셨다. 자꾸 목이 마른 것은 약간 흥분한 상태이기도 하고, 어제의 술기운이 남은 영향 때문이기도 했다.

"그 1학년이 S고등학교 출신이었다는 것, 그리고 미시마 료코도 S고 출신이라는 걸 생각해보면 저절로 이런 가설이 성립돼."

멍해진 얼굴로 사토코는 새삼 가가를 바라보았다.

"미시마 료코가 미리 짜놓은 각본에 고등학교 후배를 끌어들였다. 그래서 나미카는 그 일을 거들어준 후배를 찾으려고 클럽 명부에서 S고 출신을 조사했다……?"

그렇게 말하고 사토코는 뭔가 생각이 났는지 헉 숨을 삼켰다.

"뭔가 짐작 가는 게 있는 모양이지?"

가가는 사토코의 반응을 즐기듯이 눈을 슬쩍 치켜떴다.

"내가 지난번에 말했지, 나미카의 오빠한테서 들은 이야기? 나미카의 아버지가 그 시합을 보고 '그건 미리 짜고 한 승부야'라고 하셨다는 거."

가가는 손가락을 따악 튕겼다.

"바로 그거야. 실은 나도 그 말이 생각났어. 그래서 오늘 여기 오기 전에 나미카의 집에 들러서 아버지에게 좀 더 자세한 이야기를 듣고 왔어."

"나미카의 아버지에게?"

"응, 덕분에 내 추리에 분명한 확신을 갖게 됐어."

가가는 커피를 추가로 주문하고 나미카의 아버지를 만났던 이야기를 풀어냈다.

아침에 T대학입구역에 도착한 것은 11시쯤이었지만 가가는 대학과는 반대 방향의 전차를 탔다. 나미카의 집에 가보자는 건 그 전날 시합을 마치고 도쿄에서 돌아오는 기차 안에서부터 마음먹고 있었다.

나미카의 본가는 가가의 집에서도 한 시간이 걸리고, T대학

입구역에서라면 세 번이나 전차를 갈아타고 두 시간 넘게 가야 했다. 이만큼 먼 거리였기 때문에, 그리고 나미카의 성격을 보더라도 본가에서 학교에 다닐 생각은 처음부터 하지 않았을 것이다.

'가나이 건축사무실'이라는 간판이 걸린 2층 건물이 나미카의 아버지가 경영하는 회사였다. 자택은 건물 바로 뒤편이었다. 가가가 찾아가자 나미카의 어머니는 일순 놀라는 표정을 보였지만 곧바로 반갑게 응접실로 맞아주었다. 아버님을 뵈었으면 좋겠다고 말하자 잠시 뒤에 점심을 먹으러 들어올 거라고 했다. 급한 일이면 전화로 호출하겠다고 했지만, 가가는 그러실 것까지는 없다고 사양했다.

전날의 시합에서 거둔 성공적인 결과에 대해 나미카의 어머니와 30분쯤 이야기하고 있으려니 현관문이 열리는 소리가 나고 나미카의 아버지 가나이 소키치가 돌아왔다. 어머니가 현관에 나가 가가가 왔다는 것을 알리자 소키치는 집 안에 울릴 만큼 큰 소리로 반색을 하더니 힘차게 문을 열고 응접실로 들어왔다.

"안녕하셨어요?"

"응, 가가 군, 축하하네. 잘 왔어."

소키치는 사무실 점퍼를 입은 채 땅딸막하고 통통한 몸을 소파에 앉혔다. 짧게 깎은 머리에 백발이 부쩍 늘어난 듯했지만 장례식장에서 봤을 때에 비하면 안색은 훨씬 나아져 있었다.

"참 잘했어. 다음에는 전 일본 선수권을 목표로 뛰어봐야지?"

"네, 열심히 하겠습니다."

가가는 고등학교 시절에 그에게서 검도 초보 훈련을 받은 적이 있었다. 가가의 재능을 알아보았는지 그때도 그는 열심히 지도해주었다. 그런 만큼 이번 우승은 그에게도 흐뭇한 뉴스일 터였다.

잠시 시합에 대한 이야기를 한 뒤에 가가는 "나미카에게도 우승한 모습을 보여주고 싶었습니다"라고 조용히 화제의 방향을 바꾸었다. 소키치는 고개를 끄덕이며 "음, 그래"라고 낮게 잠긴 목소리로 말했다. 얼굴에 새겨진 주름이 그 순간만큼은 한층 더 깊어보였다.

"그 뒤로 경찰 쪽에서 뭔가 소식이 있었습니까?"

소키치는 가만히 고개를 가로저었다.

"이래저래 조사는 하는 모양인데, 아직껏 알아낸 게 별로 없는 모양이야. 타살 가능성도 있다던데, 그러다가 공연히 사토코나 도도 군을 의심할까 봐 걱정이야. 설마하니 그 아이들이 나미카를 해칠 리는 없잖아."

가가는 대답할 말이 없었다. 이토록 굳은 신뢰를 배신한 자가 그 친구들 중에 있다는 것이 그의 추리인 것이다.

"아버님, 이건 사토코에게 들은 이야기인데요."

가가는 그가 '미리 짜고 한 시합'이라고 말했던 것에 대해 물어보았다. 소키치는 점퍼 호주머니에서 담배를 꺼내더니 부루퉁한 얼굴로 불을 붙였다.

"확실하게 미리 짰다고 말할 수야 없지만 그건 도저히 이해할 수 없는 시합이었어."

"무슨 말씀이신지."

"가가 군도 눈치를 챘겠지만, 그 시합에서 상대편인 미시마 료코는 상당히 지쳐 있었어. 더구나 미시마는 많이 움직이면서 기회를 찾는 게 특기야. 그러니까 나미카는 조용히 자세를 정하고 상대가 지친 틈만 노리면 다른 잔기술은 쓸 것도 없이 분명히 이길 시합이었어. 근데 나미카는 그 빈틈을 잡지 못했어. 아니, 빈틈이 없었던 게 아니야. 눈에 뻔히 보이는 기회가 왔을 때도 공격을 못한 거지. 그런 창피스러운 시합은 상대와 미리 짜고 한 것이라는 소리를 들어도 아무 할 말이 없어. 그런 의미에서 내가 그 말을 한 거야."

말을 하면서도 당시의 답답함이 되살아났는지 소키치는 아직 3분의 2 이상 남은 담배를 재떨이에 꾹꾹 눌러 껐다. 나미카가 자주 하던 버릇이구나, 하고 가가는 그 모습을 멍하니 바라보았다.

"역시 나미카의 아버지는 대단해. 검도 6단다운 시선이지. 정확하게 잘 보셨어."

게다가 친딸의 일이니 더더욱 그럴 거라고 가가는 덧붙였다.

"그럼 이 일은 가가 군의 추리가 맞아떨어졌다고 하고,"

사토코는 아무것도 붙어 있지 않은 벽에 시선을 던지며 말했다. "누가 약을 넣은 범인이라고 생각해? 그리고 쇼코나 나미카가 살해된 사건과는 어떤 관련이 있는 거지?"

아픈 곳을 찔려서 가가는 입 끝이 삐뚜름해졌다.

"문제는 그거야. 아직 확실한 게 없어. 하지만 일단 그런 쪽으로 범인을 찾아보는 게 앞으로 해야 할 일이야. 나는 그 일이 일련의 사건과 어디선가 반드시 연결될 거라고 믿어."

"어려운 문제는 여전히 풀리지 않았네."

사토코는 안타까운 듯 눈을 떨구었다.

〈고개를 흔드는 피에로〉를 나와 4교시 강의를 들은 뒤, 가가는 도장에 들르지 않고 웬일인지 곧장 역으로 나갔다. 오늘은 반드시 들러보기로 결심한 곳이 있었다.

그 목적지에 가기 위해서는 전차를 두 번 갈아타고, 그 역에서 다시 버스로 갈아타야 했다.

입구에서 선향線香을 사고 통에 물을 담아 가가는 묘지 안을 조용히 걸어 들어갔다. 서녘 하늘이 저녁노을로 빨갛게 물들고, 크고 작은 다양한 묘비의 그림자가 기묘하게 흔들렸다. 오늘이 월요일이기 때문이리라. 성묘를 나온 사람이라고는 전혀 보이지 않았다.

'분명 이 근처였던 거 같은데?'

가가가 나미카의 무덤을 찾은 건 두 번째지만 지난번에는 사토코가 안내해주었다.

한참 이리저리 찾아보는 사이에 눈에 익은 묘비를 발견했다. 2미터가 넘는 번듯한 묘비였다. 그곳을 오른쪽으로 돌아가면 된다는 게 기억났다. 하지만 그 큰 묘비를 돌아서기 직전에 가가는 발을 멈추고 순간적으로 몸을 숨겼다. 나미카의 묘 앞에서 너무나 잘 아는 친구들의 모습이 눈에 띄었기 때문이다. 와코와 하나에였다.

훌쩍훌쩍 우는 소리가 들렸다. 하나에일 터였다. 그녀가 울면서 뭔가 말을 하는 것 같았지만 가가가 몸을 숨긴 곳에서는 알아들을 수 없었다.

"너무 걱정하지 마."

와코의 목소리는 또렷하게 들렸다. "나미카는 그런 거에 일일이 신경 쓰는 애가 아니야."

다시 하나에의 울음 섞인 목소리. 이것도 들리지 않았다. 와코가 그만 가자고 말했다.

발소리가 가까워지는 것을 느끼고 가가는 더욱더 깊숙이 몸을 낮추었다. 그가 숨을 죽이고 지켜보는 바로 앞으로 와코가 하나에를 부축하며 지나갔다. 하나에의 흑흑거리는 숨소리가 가가의 귀에도 와 닿았다.

두 사람이 사라진 뒤, 가가는 나미카의 묘 앞에 섰다. 방금 피워놓은 향불 몇 개가 가느다란 연기로 줄무늬를 그리고 있었다.

가가도 물을 뿌리고 향을 올린 뒤에 합장했다. 전국대회에서 우승했다는 소식, 그것을 알려주려고 오늘 이곳까지 찾아온 것이다.

'아무래도 수수께끼가 너무 많다, 나미카.'

손을 맞댄 채 가가는 일련의 수수께끼를 되짚어보았다.

'쇼코 사건에 대해 네가 뭔가 알고 있었던 거야?'

범인, 동기, 범행 수단, 모든 것이 해결되지 않은 채였다. 특히 백로장에 출입한 방법을 알지 못한다는 게 시간이 지체되는 원인이었다.

'그다음에는 나미카, 네 사건을 해결할 거야…….'

이것도 범행 수단이 불명확하다는 게 특징이다. 그것이 해결되지 않았기 때문에 아직껏 자살인지 타살인지의 판정조차 내리지 못하고 있다. 게다가 '시합 조작 사건'이 과연 관계가 있는 것인지, 그 점도 확인해야 한다.

"나미카, 뭐라고 말 좀 해봐."

가가는 묘비를 향해 그렇게 중얼거렸다. 나미카는 뭔가를 알고 있었다. 하지만 이제 그녀는 대답해줄 수 없다.

"다음에 찾아올 때는 사건을 해결한 뒤였으면 좋겠다."

가가는 통에 남은 물을 있는 힘껏 뿌려주었다.

집에 도착한 것은 7시 가까운 시간이어서 주위는 제법 어두웠지만 현관 등불은 여전히 꺼진 채였다. 항상 그렇듯이 더듬더듬 손을 짚으며 집 안으로 들어가 형광등 스위치를 올리자 이 또한 항상 그렇듯이 탁자 위에 하얀 종이가 얹혀 있었다. 평소와 다른 점은 그 종이에 적힌 글씨의 양이 많다는 것이다.

경찰서에서 호출이 들어와 나간다. 오늘 못 올지도 모른다.

편지의 첫 문장이다. 못 올지도 모른다는 건 뭐야, 하고 가가는 혀를 찼다. 혹시 들어올 수도 있다는 식으로 써놓고는 실제로 집에 돌아온 적이 한 번도 없었다.

하지만 그 뒤를 읽자마자 가가는 더 이상 불평 따위는 나오지 않았다. 아버지의 메시지는 다음과 같이 이어졌다.

네가 던져준 숙제, 아직까지는 풀리지 않는다. 단지 내 나름대로 생각나는 게 있어서 여기에 적어둔다.

나는 설월화에 관해서는 경험이 없지만 다도를 배우던 곳에서 몇 차례 화월 의식은 해본 적이 있다. 너도 알고 있겠지만 화월 의식의 경우에는 차를 젓는 사람(화)과 마시는 사람(월)만 화월 카드로 정하게 된다. 참가자는 5명이고 카드는 화·월·1·2·3의 5장이다. 순서는 설월화와 마찬가지고, 그 전회에 화도 월도 당첨되지 않았던 사람이 오리스에 안의 카드를 뽑는다. 즉 오리스에 안에는 화와 월 외에 번호 카드가 한 장 들어 있는 것이다. 따라서 이번 사건 때와는 달리, 카드를 뽑았다고 해도 반드시 어떤 역할에 당첨되는 일은 없다.

실은 옛날에 이 화월 의식을 하면서 일부러 특정한 사람에게 마지막까지 화도 월도 당첨되지 않도록 수를 썼던 일이 있다. 이건 친구 중의 한 사람이 트릭을 좋아해서 그 친구의 제안으로 벌인 일이다. 분명 여흥 삼아 했던 것 같은데, 왜 그런 일을 했는지는 분명하게 기억나지 않는다. 당시의 다도 사범이 상당히 아름다운 미망인이었으니까 아마 그 사범에게 괜히 집적거리던 남자를 골탕 먹이려던 게 주된 목적이었을 것이다. 아무튼 그때는 나도 젊은 시절이라서 철없는 짓을 많이 했다.

그래서 시작한 그 장난이 기막히게 성공했었다. 표적이 된 남자는 아무리 뽑아도 번호 카드만 나오는 통에 한 번도 차를 젓는 역할이나 차를 마시는 역할을 해보지 못했다. 우리는 다도회가 끝나고 진심으로 유쾌하게 웃었다.

그 비밀을 말하자면, 시시할 만큼 간단한 것이다. 아래에 그것을 설명하겠지만 이번 사건의 수수께끼를 해명하는 데 도움이 될지는 모르겠다. 하지만 화월 카드 추첨 결과를 조작하려고 든다면 이런 방법밖에 없을 것이다.

가가는 자리에 앉는 것도 잊고 그 내용에 빨려들었다. 여기에 적힌 트릭의 비밀이라는 건 아버지도 지적했듯이 그리 대단한 수법도 뭣도 아니었다. 오히려 유치한 방법이었다. 하지만 이번 설월화 사건을 추리하면서 한 번도 이런 식으로 생각해본 적은 없었다.

'그나저나……,'

종이를 든 손을 파르르 떨며 가가는 생각을 굴렸다. '아버지도 이런 유치한 짓을 하던 시절이 있었구나.'

가가는 아버지의 편지를 든 채 전화로 달려가 서둘러 번호를 눌렀다. 연결음이 한 차례, 두 차례……, 두근거리는 마음을 억누르느라 힘이 들었다.

상대가 나왔다. 젊은 남자의 목소리였다. 이쪽의 이름을 댔다. 상대는 그것만으로도 누구를 바꿔주어야 하는지 알아차린 듯했다.

"여보세요."

그 목소리를 듣자마자 가가는 단숨에 줄줄 말을 쏟아냈다.

"사토코? 나야. 상의할 일이 있어. 내일 만나자. ……응, 아침이야. 9시면 좋겠어……. 〈피에로〉? 아니, 그다음에 갈 데가 있어. 그러니까 나가기 편한 곳이 좋아. 그렇지, 지난번에 갔던 가게. 〈기억〉이라는 카페였지? ……무슨 일이냐고? 설월화 수수께끼에 관해서라고 하면 충분하겠지?"

4

카페 〈기억〉에서 5분쯤 기다렸다. 사토코가 늦게 온 게 아니었다. 가가가 그만큼 빨리 도착한 것뿐이다.

사토코는 회색 면 재킷에 검은 인조가죽 타이트스커트 차림으로 나타났다. 자연스럽게 두른 머플러가 유난히 경쾌해서 가가는 저도 모르게 "무슨 스포츠 경기라도 보러 가냐?"라고 가벼운 입을 놀렸다.

"재미있는 이야기를 해준다고 했지? 아, 난 밀크티 주세요."

어깨에서 가방을 내리며 사토코는 웨이터에게 주문했다.

"재미있는 건 이제부터야. 그 계기를 잡았다고나 할까."

그리고 가가는 스타디움 점퍼 호주머니에서 반으로 접은 종이를 꺼냈다.

"이 사건에 그대로 적용할 수 있을지는 모르겠지만, 이런 방법이 있다는 걸 알았어."

가가는 종이를 펼쳐 사토코에게 보여주었다. 그것은 어제 아버지가 써두고 간 편지였다.

실은 오리스에 안은 모조리 번호 카드였다. 표적이 된 사람을 빼고는 모두 다 한편이었기 때문에 각자 화 카드와 월 카드를 미리 갖고 들어갔고, 화와 월을 뽑았다고 내놓는 순서를 미리 정해두었다는 얘기다. 그 사람도 설마하니 모두가 미리 짜고서, 게다가 화월 패를 각자 준비했을 줄은 꿈에도 생각하지 못했을 것이다.

사토코는 고개를 드는 것으로 내용을 다 읽었다는 것을 알려왔다. 그 눈의 반짝임은 분명하게 조금 전과는 달라져 있었다.

"맹점이지?"

가가가 물었다. 그녀는 편지를 돌려주며 고개를 끄덕였지만,

"근데 이걸 어떻게 설월화 의식에 응용할 수 있지? 여기에 적힌 트릭은 화월 카드가 아니라 번호 카드를 뽑게 하는 방법이잖아. 게다가 그 사건에서는 모두가 미리 짜는 일은 절대로 있을 수 없어. 왜냐면 나는 그런 얘기는 전혀 들은 적이 없거

든."
이라고 반론을 했다. 당연한 의견이었다.

"분명 여기에도 적혀 있는 대로 이 트릭을 곧장 적용할 수는 없어. 설월화 의식은 훨씬 더 복잡하고, 범인의 마지막 목적은 독약을 먹게 하는 거였으니까. 하지만 그때 범인은 반드시 나미카에게 월 카드를 뽑게 할 필요가 있었어. 임의로 카드를 뽑아가는 시스템을 생각한다면 나미카에게 반드시 특정한 카드를 뽑게 할 방법이라면 이것밖에 없다고 생각해. 즉 나미카가 카드를 뽑을 때, 오리스에 안의 카드는 모조리 월 카드뿐이었어."

아버지의 편지를 읽었을 때, 왜 여태까지 그런 생각을 못 했는지 가가는 스스로 어처구니가 없고 화가 났을 정도였다. 카드는 설·월·화, 그리고 번호 카드 외에는 따로 존재하지 않는다는 선입견을 품은 채 추리를 시작했기 때문에 그런 쪽으로는 전혀 머리가 돌아가지 않았던 것이다.

사토코는 혼란스러운 머릿속을 어떻게든 정리해보려고 두 손으로 얼굴을 가린 채 불규칙적인 호흡 소리를 냈다. 하지만 이윽고 숨을 고르더니 "다른 문제점도 아직 너무 많아"라고 감기에 걸린 듯한 목소리로 말했다. 그리고 그 문제점들을 하나하나 지적하려고 했지만 가가는 그것을 가로막고서,

"응, 알고 있어."

라고 대답했다. "사토코가 무슨 말을 하려는지 나도 잘 알아. 유감스럽지만 지금으로서는 만족스러운 답을 내놓을 수가 없어. 하지만 추리의 방향으로서는 이것밖에 없다고 생각해. 아니, 그보다 어떻든 한 가지 방법을 정하고 뛰어들지 않으면 일이 도무지 진행이 안 돼."

사토코는 가가의 말에 곧바로 대답하지 않았다. 밀크티를 한 모금 마시고, 그리고 다시 생각에 잠겼다. 그런 동작을 두세 번이나 되풀이한 뒤에,

"그래서 어떻게 할 생각이야?"

라고 눈만 움직여 가가를 바라보았다.

가가는 "고등학교에 가봐야겠어"라고 대답했다.

"고등학교에? 뭐 하려고?"

"다도부에 들러볼 거야. 너도 오랜만이니까 가고 싶지? 실은 졸업한 뒤로 도장에는 몇 번 갔지만 다도실은 들여다본 적이 없어."

"너무 캐묻는 것 같지만, 대체 뭐 하려고 다도부에 가는 건데?"

사토코의 목소리가 조금 높아졌다. 그것을 신호 삼아 가가의 표정이 딱딱하게 굳었다.

"만일 범인이 화월 패를 따로 준비했다면 과연 어디서 입수했을까?"

"화월 패를 어디서 구했느냐고? 그야 다도 도구를 취급하는 가게 아니겠어?"

"그럴까?"

가가는 고개를 갸우뚱 기울였다. "내가 범인이라면 그렇게는 안 할 거야. 화월 패를 사러 오는 손님이 한 달에 몇 명이나 될까? 거의 없어. 그렇다면 점원이 얼굴을 쉽게 기억할 가능성이 있어. 즉 가게에서 카드를 사들이는 방법은 이런 때는 쓰지 않겠지."

거기까지 말했을 때, 사토코는 "아, 알았다" 하고 손을 마주 쳤다.

"그래서 다도부에 가보려는 거구나."

"그렇지."

"왜 나를 불러냈는지도 알겠네. 다도부원에게 내 얼굴이 통할 거라는 속셈이지?"

"그건 네 상상에 맡길게."

가가는 계산서를 들고 자리에서 일어섰다.

가가와 사토코가 안내를 받아 들어간 곳은 현립 R고등학교, 그 지역에서는 상당히 유명한 일반고였다. 프랑스인이 설계했다는 교사는 전면이 유리창인 데다 몇 동의 건물이 늘어선 한복판에 자리 잡고 있어서 이채로운 모습이었다.

"어째 머쓱한데?"

사토코는 교문을 들어설 때, 코에 주름을 잡으며 그렇게 말했다.

마침 점심시간인지 교내에서는 교복 차림의 학생들이 저마다 자신의 시간을 즐기고 있었다. 슬슬 북풍이 차가워지는 계절인데도 운동장에서는 자리가 좁다 하고 달리기를 하는 학생들이 있었다. 얼마 전까지 우리도 저렇게 뛰놀았는데, 라고 가가는 생각했다. 지금은 마치 다른 생물을 보고 있는 것만 같다.

다도부 교실은 문화 클럽하우스라는 교사 안에 있었다. 문을 열고 들어가면 안에 다다미방이 있고 간단한 도코노마*도 딸려 있다. 그 방에서 세 명의 여학생이 트라이앵글 모양으로 앉아 도시락을 먹고 있었다. 가가의 머릿속에는 예전에 자주 보았던 똑같은 장면이 떠올랐다. 그때 이 방에 앉아 있던 것은 사토코와 나미카와 쇼코, 세 여학생이었다. "무슨 볼일이셔?" 라고 도전적인 질문을 던지는 것은 언제나 나미카였다. 그리고 나머지 두 여학생은 노골적으로 방해꾼을 보는 듯한 눈빛을 하곤 했다. 하지만 이제 그중 두 친구는 이 세상 사람이 아니었다.

세 명의 후배 여학생이 일제히 이쪽을 보았다. 그중 한 명은

* 일본식 방의 상좌를 한 단 높여 족자나 꽃꽂이를 장식하는 곳.

젓가락으로 집어 올린 크로켓을 막 입에 넣으려는 참이었다.

사토코는 부드러운 말투로 자신을 소개했다. 세 여학생을 안심시키려고 애쓰는 기색을 가가는 알 수 있었다. 그 노력의 보람이 있었는지 여학생들은 두 사람을 받아들이듯이 자리를 내주었다. 두 사람은 입구 쪽에 자리를 잡았다.

사토코는 다도부 활동에 대한 소식 같은 평범한 이야기들을 몇 가지 물어본 뒤에,

"근데 설월화 연습도 하니?"

라고 지나가는 말처럼 물었다. 자연스러운 전개라고 옆에서 듣고 있던 가가는 생각했다.

"아, 설월화요?"

가장 오른편에 앉은 밤색 긴 머리의 여학생이 말했다. 지금까지의 대화를 보면 그 여학생이 현재 다도부 부장인 듯했다. 그 여학생은 자기 혼자서만 대답을 독점하기가 미안했는지 다른 두 여학생 쪽을 돌아보며 "요즘에 했던가?"라고 속삭였다. 다른 두 여학생은 말을 하는 건 너한테 다 맡긴다는 식으로 고개를 저었다.

"하지만 도구는 일단 구비하고 있지?"

"네, 있을 거예요."

"요즘에 그걸 누군가에게 빌려준 적은 없었니?"

밤색 머리의 여학생은 다시 다른 두 사람의 의견을 물어본

뒤에 "없었을 텐데……"라고 대답했다. 말꼬리가 애매한 것이 이 여학생의 특징이었다. 아니면 이 나이 또래에는 다들 그런 것일까.

"그 도구를, 잠깐만 보여줄 수 있을까?"

옆에서 가가가 끼어들었다. 갑작스런 말이었기 때문이리라. 세 여학생의 얼굴이 똑같이 긴장하는 표정이었다. 하지만 가가는 아랑곳하지 않고 말을 이었다. "좀 보고 싶은데."

밤색 머리의 여학생은 잠깐 머뭇거리는 눈치였지만 사토코가 "부탁할게"라고 말하자 곧바로 자리에서 일어섰다.

부실 바로 옆에 붙박이장이 있어서 다도 도구는 모두 그곳에 넣어뒀을 터였다. 밤색 머리 여학생은 그 안을 잠시 뒤적이더니 이윽고 찾아낸 모양이었다. 하지만 도구를 꺼내던 그 여학생이 작은 소리로 "어라, 이상하네?"라는 말을 흘렸다.

"왜 그래?"

다른 두 여학생 중 한 명이 처음으로 입을 열었다. 밤색 머리의 여학생은 뭔가 당황한 기색으로 다시 붙박이장 안을 뒤적이고 있었다.

"왜 그러니?"

이건 사토코였다. 그러자 여학생은 얼굴이 살짝 붉어지면서 "없어요"라고 겨우 들릴 정도의 목소리로 대답했다.

"없다고?"

가가의 말투가 저도 모르게 거칠어졌기 때문이리라. 여학생이 흠칫 놀랐다.

그녀는 쟁반에 세 개의 오리스에를 담아 다시 자리로 돌아왔다. 세 개의 오리스에 모두 먼지가 끼어 있었다. 미나미사와 선생님이 다도부를 담당하시던 시절에는 이런 일이 없었는데, 라고 가가는 그 먼지 낀 오리스에를 바라보며 생각했다.

"카드도 이 안에 들어 있어야 하는데 그게 안 보여요."

"어디 잠깐 좀 보자."

가가는 세 개의 오리스에를 들여다보았다. 역시 안에 아무것도 들어 있지 않았다. 제대로라면 설·월·화, 그리고 여섯 장의 번호 카드가 들어 있어야 했다.

"아, 혹시……?"

가장 왼쪽에 앉아 있던 여학생이 멈칫거리는 기색으로 입을 열었다. 둥근 얼굴의 여자애였다. "지난번에 누군가 유리창을 깼을 때……."

다른 두 여학생이 뭔가 생각난 듯이 "아, 그래"라고 고개를 끄덕였다.

"유리창이 깨졌어?"

사토코는 세 여학생을 차례로 둘러보았다. "무슨 얘기야?"

그러자 밤색 머리의 여학생이, 아마 교사에게 혼이 날 때도 이런 얼굴이었을 거라고 짐작 되는 표정을 보이며,

"얼마 전인데요, 아침 시간에 여기 다도실에 왔더니 저기 유리창이 깨져 있었어요. 그래서 도둑이 들어왔나 하고 조사해 봤는데 특별히 없어진 물건도 없는 것 같아서 누군가 장난을 친 모양이라고 그냥……."
이라고 마지막은 꺼져가는 목소리로 말했다. 가가는 창문을 보았다. 그곳에는 이미 깨진 흔적은 없었지만 그중 한 장만은 다른 것에 비해 새것이었다.

"화월 패가 없어졌다는 건 그때는 알지 못했어?"

사토코의 질문에 여학생은 힘없이 고개를 끄덕였다. "훔쳐 간다면 다기나 찻잔 같은 것일 테니까……."

"그게 언제였지?"

"지난달이었을 거예요."

"정확하게는?"

그녀는 다른 두 여학생과 이야기해본 끝에 "10월의 마지막 수요일이었어요"라고 이번에야말로 똑똑하게 대답했다. "그러니까 유리창이 깨진 건 화요일 밤이겠지요."

가가와 사토코는 서로 눈짓을 주고받았다. 이건 중요한 열쇠가 될 내용이었다. 만일 도둑맞은 화월 패가 설월화 트릭에 사용되었다면 범인에게는 10월 마지막 화요일 밤의 알리바이가 없다는 얘기가 된다.

"고마워, 큰 도움이 됐다."

사토코는 저도 모르게 그런 말이 튀어나왔다. 하지만 후배 여학생들은 대체 무슨 도움이 되었는지 상상도 못 했을 것이다. 갑작스럽게 다도부 선배라면서 이상한 이야기만 캐묻다가 돌아갔으니.

"당장 모두의 알리바이를 조사해봐야겠어."

"정말 안 내키는 일인데……."

"내가 할게."

하지만 가가와 사토코는 그 내키지 않는 일에 곧바로 뛰어들지는 못했다. 클럽하우스를 나오는데 바로 그 회색 양복의 사야마 형사가 기다리고 있었기 때문이다.

5

"언제부터 우리 뒤를 밟았어요?"

고등학교 근처의 찻집에 들어가자마자 가가는 물었다. 필요 이상으로 환한 하얀 벽이 눈에 거슬리는 찻집이었다. 하지만 가가도 사토코도 예전에는 단골로 들락거리던 곳이었다.

"한참 전부터."

당연한 일 아니냐는 듯이 사야마 형사가 대답했다. 그는 벽 쪽에 앉아 있었다. 그 뒤의 벽에 붙은 포스터에는 그야말로 고교생 대상 분위기의 파르페며 크레이프 같은 메뉴가 파란색이며 핑크색 등의 매직잉크로 적혀 있었다. 그 컬러풀한 색채와 형사의 그을린 듯한 색깔의 양복은 그저 입에 발린 소리로라도 어울린다고 할 수 없었다.

형사는 말을 이었다. "뒤를 밟았다고는 해도 자네가 아니라 아이하라 사토코 씨 쪽이었어."

"설월화 의식에 참가했던 사람은 모두 미행하는 건가요?"

그러자 사야마는 재미있다는 듯 사토코 쪽을 보더니 "만일 타살이라면 모두 다 두말할 것 없는 용의자니까 당연하지"라고 말했다.

"물론 당연하시겠죠."

가가는 형사의 눈을 정면으로 바라보았다. "그래서 어떻습니까, 수상한 친구가 있었어요?"

"아니, 없어."

형사는 고개를 저었다. "수사관 모두가 전혀 수확 없음, 이라는 상황이야. 나를 빼고는."

"오늘은 성과가 있었다는 말인가요?"

"그렇지. 자, 이야기 좀 해주실까, 무엇 때문에 여기 왔는지?"

형사는 그렇게 말하며 커피를 한 모금 마신 뒤 "어휴, 무슨 커피가 이리 싱거워? 완전히 고등학생용이네"라고 툴툴거렸다.

가가는, 범인이 화월 패를 조작하는 트릭을 썼다고 생각했고 거기에 사용한 카드는 모교의 다도부에서 가져왔을 거라고 추리한 끝에 여기까지 오게 되었다고 간단히 설명했다. 본의는 아니지만, 이런 일을 감춰봤자 별 의미가 없다는 건 명백했다. 다도부에 가면 가가 일행이 어떤 것을 조사했는지 금세 알아낼 것이기 때문이다.

가가의 말을 듣고 형사는 적잖이 놀란 눈치였다.

"화월 패를 조작한 트릭이라고? 흠, 그렇군. 그래서 생각대로 잘 풀렸어?"

"아직 모르겠어요."

가가가 대답했다. "하지만 고등학교 다도부에서 누군가 화월 패를 훔쳐 간 건 분명합니다."

"그래, 그런 것 같군……. 알겠어. 우리 쪽에서도 다시 한번 정식으로 알아보지. 다도부실에 도둑이 든 것부터 조사해야겠어."

사야마는 잽싼 손놀림으로 수첩에 뭔가 적어 넣었다. 'R고등학교 다도부, 탐문수사'라는 식으로 메모했을 터였다.

"제가 질문을 좀 해도 될까요?"

가가가 물었다. 답변을 거절해도 끈질기게 달라붙을 생각이었다. 하지만 사야마는 수첩을 닫더니 시원한 어조로 "좋지"라고 말을 받았다.

"사야마 형사님이 설월화 쪽에도 관심을 가진 걸 보면 경찰에서는 나미카 사건과 쇼코 사건이 서로 관련이 있다고 보는 것 같군요."

형사는 어깨를 움츠렸다. "자네들은 그렇게 생각하지 않나?"

"어떤 관련이지요?"

"관계자가 극히 한정된 사람이라는 점이야. 그 이외의 관련이 발견된다면 사건은 해결되겠지. 적어도 나는 그렇게 생각하고 있어."

"나미카의 자살설은 어때요? 신문 기사에는 그쪽이 유력하다고 나와 있던데."

"유력하지. 가장 유력하다고 해도 좋아. 단지 그쪽으로 확실히 몰기 위해서는 두 가지 문제점을 해결할 필요가 있어. 첫째는, 왜 자살을 연출하는 데 그런 복잡한 방법을 썼는가 하는 점, 그리고 또 하나는 백로장 살인사건에서의 가나이 나미카의 역할이야. 혹시 그녀가 범인이라는 확증이 발견되기라도 한다면 본부의 의견은 당장 자살설 쪽으로 기울 거야."

사야마 형사가 '본부의 의견'이라는 대목을 특히 강조했다고 가가는 느꼈다. 자신의 의견은 그것과는 다르다는 의지를 보인 것이다.

"나미카의 방에서 비소화합물이 발견되었다는 거 말인데

요."

"어허, 벌써 들었어? 하지만 그냥 거기까지야. 가나이 나미카가 왜 그런 것을 갖고 있었는지는 전혀 짐작도 가질 않아. 이 또한 자살의 다른 수단으로서 준비한 게 아닌가 하는 게 유력하기는 하지만."

"나미카의 자살설 이외에는 어떻지요? 즉 타살 가능성은?"

사야마는 담배를 한 개비 꺼내더니 찻집에서 준비해둔 성냥으로 불을 붙였다.

"아까도 말했듯이 전혀 수확 없음, 이야."

"유력한 용의자는 누구지요?"

그 물음에 대해 형사는 "전부 다라니까"라고 답답하다는 듯이 대답했다.

"모두 다 수상하고, 또 어떤 의미에서는 모두 다 수상하지 않아. 수수께끼 놀이는 아니지만, 어떻든 닫혀진 방 안에서의 독살사건이기 때문에 그 자리에 있었던 사람들이 모두 다 수상하다는 건 분명해. 하지만 동기라는 점에서 보면 누구 한 사람도 그럴 가능성이 없다는 거야. 지금까지 우리가 조사한 범위에서는 말이지. 단지 이 모순을 해결할 방법이 딱 한 가지가 있어."

"그중에 쇼코를 살해한 범인이 있었고, 그것을 나미카는 알고 있었다……."

"역시 날카롭군."

사야마 형사는 젓빛 연기를 천장을 향해 토해내며 말했다.

"그래서 범인은 가나이 나미카를 살해했다, 라는 추리야."

"동기에 대해 말한다면 그렇겠지요. 하지만 방법론에서 보면 어떻게 되죠? 경찰 측에서는 나미카에게 독약을 먹인 방법에 대해 뭔가 알아낸 게 있어요?"

가가는 일부러 도전적인 말투를 써보았다. 하지만 사야마 형사는 자극을 받는 듯한 기색이 없었다.

"수사본부에서는 방법 면에서 보자면 역시 가장 수상한 사람은, 미안하지만 여기 있는 아이하라 사토코 씨라는 설이 지배적이야. 싱거워 빠진 추리지만."

"분명 싱거운 얘기군요."

가가는 어이없다는 감정을 일부러 강조하면서 곁눈으로 사토코를 바라보았다. 그녀는 아까부터 말없이 두 사람의 대화를 듣고 있었지만, 이 대화에는 역시나 고개를 떨구는 기색이었다.

"하지만 사토코가 쇼코를 살해한 범인이고 그런 사실을 나미카에게 들켰다는 추리는 성립이 안 되죠. 백로장 사건에서 사토코에게는 분명한 알리바이가 있으니까요."

"〈버번〉이라는 주점에서 술을 마시고 있었다고 했었지?"

"물론 그 점은 확인하셨겠지요? 그 진술의 진위를 확인해본다고 하셨는데."

"확인을 끝냈지. 그래서 이렇게 눈앞에 있는데도 아무 짓도 못 하는 거야."

"백로장에 출입한 방법은 알아냈어요?"

"눈이 핑핑 돌게 질문을 퍼붓는군. 이런 일은 처음이야. 아, 그러니까 그 밀실 문제는……. 어때, 자네는 알아냈어?"

가가는 고개를 저으며 "숨기려는 게 아니에요"라고 양해를 구했다. 형사는 쓴웃음을 지었다.

"내가 언제 숨겼다고 했나? 혹시 자네가 수수께끼를 풀었다면 내게도 좀 알려줬으면 좋겠다는 것뿐이야."

"그래요. 잘 알겠습니다."

"자, 그럼 이쯤에서 그만."

사야마는 계산서를 들고 자리에서 일어섰다. "앞으로도 정보는 서로 공유 좀 하자고. 자네들의 힘을 빌려야 할 일이 많아."

"정말로 공유하는 거죠?"

가가가 그의 등에 대고 말하자 형사는 건너편을 바라본 채로 대답했다.

"나를 믿으라고."

그리고 사야마 형사는 가게를 나갔다가 금세 다시 돌아오더니 입구에서 얼굴만 내밀고 말했다. "깜빡했네. 전국대회 우승

축하해."

그날 집에 돌아온 뒤에 가가는 혼자서 설월화 수수께끼를 풀기 위해 머리를 굴리고 있었다. 책상 위에는 한 장의 종이가 펼쳐졌고 거기에는 다음과 같이 적혀 있었다(그림 14).

1. 나미카, 사토코, 도도, 와코, 하나에, 미나미사와 선생님의 순서로 앉는다.

2. 오리스에를 돌린다. 도도가 화 카드를 뽑는다.

3. 도도가 차를 젓는다. 앉은 순서는 나미카, 사토코, 선생님, 와코, 하나에가 된다. 오리스에를 돌린다. 사토코가 화 카드, 선생님이 월 카드, 하나에가 설 카드를 뽑는다.

'그리고 그다음에 사건이 일어났어.'

나미카에게로 오리스에가 건너왔을 때, 안에 든 카드는 모조리 월 카드로 바꿔치기가 되어 있었다, 라는 게 가가의 추리였다.

'만일 그렇다면 나미카 다음에 카드를 뽑은 도도와 와코도 당연히 월 카드를 뽑았어야 해. 하지만 그렇다고 이 추리가 성립되지 않는 건 아니야…….'

도도와 와코가 공범이라면, 이라는 가설을 가가는 세웠다. 두 사람 모두 월 카드를 뽑았으면서도 화 카드와 설 카드를 뽑았다고 밝히는 것이다. 설마 거짓말로 카드 이름을 댈 것이라

그림 14 가가 교이치로의 메모

(1) 순서대로 앉는다.

(2) 오리스에를 돌린다.

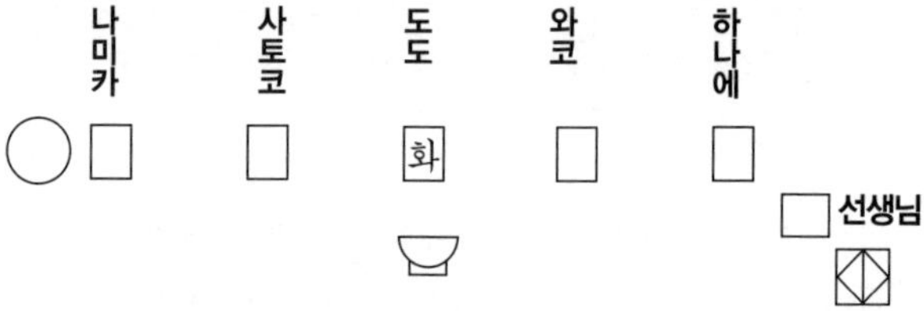

(3) 도도, 차를 젓는다. 오리스에가 돌아간다.

(4) 사토코, 차를 젓는다. 오리스에가 돌아간다.

고는 아무도 생각하지 않는다.

'문제는 언제 카드를 바꿔치기 했느냐는 거야.'

나미카 이전에 오리스에를 만진 자를 가가는 생각해보았다. 도도나 와코라면 앞뒤가 맞는 건가.

'아냐…….'

가가는 메모를 앞에 두고 머리를 부여잡았다. 나미카 이전에 오리스에에 손을 댄 것은 사토코인 것이다. 화 카드에 당첨된 사토코는 그 카드를 번호 카드로 바꾸기 위해 오리스에 안을 뒤적인 셈이 된다.

가능성은 두 가지였다.

사토코와 도도와 와코가 공범일 경우, 그리고 또 하나는 화월 패를 조작했다는 추리 자체가 잘못된 경우.

아니, 카드를 조작한 건 확실하다고 가가는 생각했다. 실제로 고등학교 다도부에서 카드를 도둑맞았지 않았는가. 우연한 일이라고 하기에는 시기며 상황이 너무 정확하게 맞아떨어진다.

그렇다면 역시 세 사람이 공모해서……. 아니, 그럴 리는 없다고 가가는 머리를 저었다. 사토코가 나미카를 죽일 리 없다. 그것만은 믿고 싶었다.

'답이 안 나와.'

가가는 방바닥에 큰 대자로 누워버렸다.

며칠 뒤 저녁나절, 며칠 만에 가가는 와코와 하나에 커플을 만났다. 〈고개를 흔드는 피에로〉의 카운터에서 둘이 핫초코를 마시고 있었던 것이다.

"일부러 우리를 피하는 줄 알았어."

와코는 가가가 앉을 공간을 만들기 위해 자리를 좁혀 앉으며 말했다. "마스터 말로는 여전히 여기에 얼굴을 내민다고 하니까 그건 내가 괜히 지레짐작을 한 모양이네."

"내가 왜 너희를 피해?"

가가는 와코 옆에 앉아서 핫 밀크를 주문했다.

"네가 우리를 믿지 않는다고 하더라고."

"누가 그런 소리를?"

이 질문에는 직접 대답하지 않고 와코는 마스터 뒤에 늘어선 위스키 병을 바라보며 "형사가 찾아왔었어"라고 말했다.

"묘한 날짜의 알리바이를 묻더라고. 지난달 다섯 번째 화요일 밤."

10월에 화요일이 다섯 번이나 있었구나, 하고 가가는 생각했다.

"고등학교 다도부에 도둑이 들었다는 거야. 도둑맞은 건 화월 패. 그래서 범인이 그 카드를 이용해 나미카에게 독을 먹이는 트릭을 썼다. 그게 너의 추리라고 하던데?"

사야마 형사에게서 들었구나.

"그저 한 가지 가능성으로 생각해본 것뿐이야."

"나미카는 자살이야. 그것 이외에 다른 가능성은 없어."

"그걸 누가 증명할 수 있지?"

"물적 증거를 원한다면 보여줄 수 있어. 이를테면 그 화월 패를 도둑맞았다는 날 밤, 나와 하나에는 테니스부 멤버들하고 대학 합숙소에서 미니 캠프 중이었어. 그 주 일요일에 시합이 있어서 마지막 총력 연습을 했으니까. 다른 멤버들의 눈을 피해 합숙소를 빠져나와 R고등학교까지 가서 도둑질을 한 뒤에 다시 돌아오는 게 가능한지 어떤지, 다른 멤버에게 확인해보면 당장 확실하게 밝혀지겠지?"

그렇다면 와코와 하나에는 알리바이가 있는 건가, 하고 가가는 냉정한 눈빛으로 와코의 열심히 움직이는 입을 바라보았다.

"아니, 그보다 화월 패 몇 장 준비하는 것으로 어떻게 나미카에게 독약을 먹일 수 있다는 거야?"

"와코 군, 이제 그만해."

와코의 목소리가 점점 높아지는 게 마음에 걸렸는지 하나에가 그의 어깨를 잡으며 말했다. "가가 군은 그냥 객관적으로 파악해본 거야. 나미카가 자살한다는 건 도저히 믿을 수가 없다고 와코 군도 말했었잖아."

잠시 침묵이 흘렀다. 와코는 횟술을 들이켜듯이 컵에 든 물을 단숨에 마셔버렸다.

그날 밤 사토코에게서 전화가 왔다. 여보세요, 라는 목소리에 힘이 없었다.

"오늘, 형사가 나를 찾아왔어."

"알리바이? 다섯 번째 화요일의?"

"나는 그런 한밤중의 알리바이 같은 건 없으니까 정말 난처했어. 하지만 다른 사람은 대부분 증명이 됐나 봐."

"와코하고 하나에가 알리바이가 있다는 건 알고 있어."

"도도 군도 마찬가지야. 연구실에서 밤새 교수님이랑 다른 학생들하고 함께 있었대. 그러니까 알리바이가 없는 건 나하고……."

"선생님?"

이건 말도 안 된다고 가가는 마음속으로 내뱉었다.

"나도 그 뒤에 이래저래 생각해봤는데 화월 패를 어떻게 조작하건 남에게 자기가 마음먹은 대로 카드를 뽑게 하는 건 불가능할 거 같아. 가가 군은 그랬었지, 나미카에게 오리스에가 건너왔을 때, 그 안이 모두 월 카드로 바꿔치기 되었을 거라고? 하지만 마지막에 오리스에를 만진 건 나야. 나를 믿는다면 오리스에의 내용물을 바꿔치기한다는 생각은 할 수 없어, 어느 누구도. 게다가 독약을 넣는 방법도 그래. 오늘 사야마 형사에게도 말했지만 독약이 어떤 경로를 거쳐 찻잔 속으로 들어갔는지, 그건 아직도 밝혀지지 않았대."

"그래서?"

가가는 물었다. 그래서 어떻다는 말을 하려는 건가. "나미카는 자살일지도 모른다는 마음이 든 거야?"

"아니야……."

수화기에서 들려오는 목소리의 볼륨이 흐트러졌다. 사토코가 고개를 흔든 모양이었다. "나미카가 자살 같은 건 안 한다는 생각은 변함이 없어. 하지만 그렇다고 우리 친구들 중에 나미카를 죽이려고 한 사람이 있었고 그 사람의 계획대로 살해되었다니, 그런 추리를 해도 정말 괜찮을까? 나는 어쩐지 근본적으로 생각하는 방식을 바꿔야 할 것 같은 마음이 들어……."

6

나미카가 죽고 한 달이 넘는 시간이 훌쩍 지나갔다. 12월의 어느 날, 가가는 미시마 료코의 승용차 조수석에서 이번 겨울 들어 처음으로 내리는 눈을 바라보고 있었다.

"양복쯤은 입고 왔어야지."

미시마 료코는 차 안의 이퀄라이저를 조절하면서 말했다.

그녀 쪽은 순백의 드레스 차림이었다. 그게 어떤 이름의 드레스인지 가가는 알지 못했다. 하지만 자신이 상상할 수 있는 가격을 훌쩍 뛰어넘는 옷이라는 것만은 틀림없다고 생각했다. 그리고 가가는 여전히 스타디움 점퍼였다. 이것밖에 없는 것이다. 고집을 피우자는 게 아니었다.

"하긴 가가 교이치로다워서 괜찮긴 하다."

료코는 오른쪽 옆얼굴로 히죽 웃었다. 가가가 좋아하지 않는 표정이었다.

해마다 연말이면 이 지역 검도가들이 모이는 친목회에서 초대장이 날아왔다. 하지만 가가는 한 번도 참석한 일이 없었다. 이런 모임이라는 건 제법 이름이 알려진 사람들끼리 모여서 마스터베이션을 하는 듯한 짓이라고 생각해왔기 때문이다. 검도뿐만 아니라 모든 스포츠가 대다수의 무명 선수들이 저변을 받쳐주기 때문에 존속하는 것이다. 그런 사실을 망각한 채 무슨 친목을 도모한다는 것인가.

하지만 올해는 가가도 참석하지 않을 도리가 없었다. 전국대회에서 우승하는 바람에 오늘 모임에서 자신이 가장 중요한 인물이 되었기 때문이다. 경찰 도장에서 특별 지도를 해준 아키가와를 통해 초대장이 왔기 때문에 어떻게도 거절할 방도가 없었다.

"검도가의 친목회라고 해서 어딘가 요정 같은 데서 하는 줄 알았는데."

장소는 일류 호텔이었다. 뷔페식 파티라고 방금 전에 료코에게서 들은 것이다.

"난 소개팅에 나가는 기분이야."

그래서 화려한 드레스로 경쟁해볼 생각이냐고 한마디 쏘아붙이고 싶었지만 그 말을 입 밖에 내지는 않았다.

가가는 기회가 닿는 대로 료코에게 나미카를 어떻게 이겼는지 물어볼 생각이었다. 료코가 어떤 수단으로든 시합 직전에 나미카에게 뭔가 약을 먹였을 거라고 가가는 짐작하고 있었다. 문제는 그 수단이었다. 물론 료코가 직접 나섰을 리는 없고 누군가에게 지시를 했을 터였다. 그게 과연 누구인가.

하지만 단순하게 캐물었다가는 료코가 아니라고 부정해버리면 끝이다. 오히려 경계심이 발동해서 꼬리를 잡기가 어려워질 뿐이다. 어떻게든 스스로 실토하게 할 방법은 없을까—. 가가는 아까부터 그것만 궁리하고 있었다.

신호에 걸리는 일도 없이 빨간 승용차는 모 일류 호텔 앞에 도착했다. 그리고 차가 서자마자 이번 모임의 실무자인 듯한 남자가 나타났다. 그는 포마드 냄새를 풍풍 풍기며 다가오더니 우선 미시마 료코에게 입에 발린 인사를 길게도 늘어놓았다. 아무래도 미시마 그룹이 검도계에도 그 영향력을 뻗치고 있는 모양이다. 남자는 료코에게 아부 섞인 웃음을 지은 것에 보상이라도 받으려는 듯 가가에게는 노골적으로 수상쩍은 눈빛을 퍼부었다.

"이쪽은 가가 교이치로 군이에요."

료코가 묘하게 코에 걸린 목소리로 가가를 소개했다. 마치 자신이 소중히 간직해온 보석을 자랑하는 듯한 말투였다. 적잖이 추레한 보석이기는 하지만.

남자는 잠깐 멈칫한 뒤에야 그 이름에 반응을 보였다. 하지만 유명 인사를 구경하듯이 호기심 가득한 시선으로 바뀌었을 뿐이다.

파티 회장은 벌써 분위기가 달아올라 있었다. 가슴에 리본을 단 사람들끼리 담소하는 모습이 여기저기서 눈에 띄었다. 오늘 이 자리에 초대된 영광을 서로 치켜세우는 거라고 생각하며 그 모습을 가가는 차가운 눈빛으로 지켜보았다.

미시마 료코는 여기서도 마치 공주처럼 굴었다. 가만히 서 있기만 해도 여기저기서 남자들이 줄줄이 인사하러 달려오니까 콧대가 높아지는 것도 무리는 아니었다. 그들은 학생도 있는가 하면 배가 나온 중년 남자도 있었다.

"그 시합, 대단했어요."

미시마 료코에게 인사를 하는 참에 가가에게도 한 마디씩 건네는 자들이 적지 않았다. 검도가치고는 몸집이 작고 창백한 이 남자도 그중 한 사람이다. "겹상단의 승부, 정말 볼만했어요."

"고맙습니다."

하지만 이런 사람일수록 대개는 쓸데없는 한마디도 빠뜨리지 않는다.

"하지만 나라면 그렇게는 안 했을 거야. 일단 연막작전으로 찬찬히 상대의 움직임을 살폈겠지."

이런 때 가가는 "그래요? 당신이 야구치와 대전할 때는 그렇게 하시지요"라는 식으로 대꾸해서 상대를 불쾌하게 한다. 그래서 그런지 전국대회 우승자라는 으리으리한 간판에도 불구하고 가가 옆에 다가오는 자는 그리 많지 않았다.

"기분이 별로 안 좋아 보이는군."

미즈와리 잔을 한 손에 들고 말을 걸어온 사람이 있었다. 양복을 입은 모습은 처음이라서 언뜻 알아보지 못했지만 그 예리한 눈빛만은 전혀 변함이 없었다.

"아키가와 씨는 좋아 보이시네요."

"자네와 마찬가지로 이런 곳보다는 도장 쪽이 더 마음이 편해. 검도는 격투기야. 서로 으르렁거릴 필요는 없겠지만 그래도 사이좋게 술을 마시는 건 아무래도 성격에 맞질 않아."

"동감입니다."

가가는 미시마 료코 쪽을 보았다. 도저히 검도를 할 것처럼 보이지 않는 뚱뚱한 남자가 손수건으로 땀을 닦아가며 료코

앞에서 샐샐 웃고 있었다.

가가는 훈제 연어 조각을 입에 옮기며 중얼거렸다. "완전 스타 취급이네요."

"료코의 아버지가 미시마 그룹의 톱클래스거든. 지금 머리를 조아리고 있는 저 뚱보는 계열 회사의 중역이야. 위에 잘 보이려고 자기 회사 검도부 활동에 느닷없이 참가해서 생고생을 하고 있는 모양이야. 중역이라고는 해봤자 미시마 일족이 아니니 언제 목이 날아갈지 모르는 처지겠지. 어라, 이쪽으로 오네."

가가도 아키가와도 똑같이 모르는 척 얼굴을 돌렸지만 뚱보는 아랑곳하지 않고 두 사람 앞을 가로막고 섰다.

"야아, 이거 참, 작년의 전 일본 챔피언과 올해의 학생 챔피언 아닙니까. 둘이 나란히 서 있으니 정말 보기 좋군요."

뚱보는 두 사람이 외면하거나 말거나 양복 안주머니에서 명함을 꺼내 내밀었다.

"나는 이런 사람인데요, 우리 회사 검도부의, 뭐, 말하자면 총무 같은 역할이죠."

총무는 무슨, 개뿔이다, 하고 가가는 흥미 없는 눈길을 명함에 떨구었다. 호소다 노리오, 이름에 세細라는 글자가 들어 있는데 몸은 왜 그 꼴이냐는 생각이 들었지만 그런 말을 대놓고 할 수는 없다. 그나저나 어떤 회사의 중역인가…….

"우리 지역에 이런 쟁쟁한 실력자가 두 명이나 있다니, 이건 큰 행운이라고 해야겠지요. 우리 회사 검도부 클럽에도 꼭 와서 지도 좀 해줘요. 아니, 무료 봉사를 해달라는 건 아니고, 오기만 한다면야 그만한 답례는 해드리지……. 아, 잠깐, 가가 군, 가가 군!"

호소다의 긴 잔소리를 무시하고 가가는 엄청난 기세로 회장을 가로질렀다. 그가 달려간 곳에서는 미시마 료코가 몇몇 학생들에 둘러싸인 채 전국대회 이야기를 늘어놓고 있었다. 가가는 그 학생들을 헤치고 들어가 료코의 팔을 움켜쥐었다.

"잠깐 이리 와봐."

"아야야, 왜 이래?"

료코는 미간을 찌푸리며 가가의 얼굴을 올려다보았다. 하지만 그 강한 눈빛에 압도되어 말끝을 얼버무렸다.

"아무튼 따라와. 할 얘기가 있어."

가가는 다시금 료코의 팔을 잡아당겼다. 하지만 옆에서 가로막고 나서는 사람이 있었다. K대학의 고다마라는 녀석이었다.

"이봐, 무슨 짓이야? 여자 분에게 무례하잖아."

"할 이야기가 있어. 방해하지 말아줘."

"이야기라면 여기서 해."

"료코, 너를 위해서 하는 말이야. 남의 눈이 없는 곳으로 가든지, 아니면 여기 아부꾼들을 쫓아내든지, 둘 중의 하나로 하는 게 좋을 거야."

"가가, 어디서 까불고 있어?"

고다마가 가가의 멱살을 움켜쥐었다. 엄청난 힘이었다. "이름 좀 날렸다고 우쭐하는 꼴은 못 봐주겠어."

가가는 고다마를 마주 노려보았다. 오른손은 여전히 료코의 팔을 잡은 채였다.

"꺼져, 너 따위하고는 볼일이 없어."

고다마의 얼굴이 인왕상처럼 뒤틀린다고 생각한 순간, 가가는 뒤편의 테이블까지 홱 떠밀렸다. 얼굴로 날아온 펀치를 순간적으로 왼손을 내밀어 막았지만 고다마의 기세를 죽일 수는 없었던 모양이다.

고다마는 다시 덤벼들었다. 테이블이 뒤집히고 접시가 깨지는 소리가 났다. 여자의 비명, 남자의 고함 소리.

이런 짓을 하려던 게 아니었는데.

그렇게 생각하면서 가가는 주먹을 휘두르고 있었다.

7

"바보 같기는."

장난꾸러기 꼬마를 바라보는 여선생 같은 눈빛으로 사토코는 가가를 보았다. 가가는 점퍼 옷깃을 세우고 그 안에 얼굴을 움츠리고 있었다. 부어오른 건 가셨지만 상처는 아직도 생생했다. 이렇게 전차를 탔을 때도 다른 사람과 눈이 마주치지 않도록 최대한 조심했다.

"대격투를 했다면서? 대체 왜 그런 짓을 했어?"

"어쩌다 보니 그렇게 됐어."

말하는 것만으로도 뺨 언저리가 욱신거렸다.

"가가 군이 충동적으로 행동하다니, 웬일이래? 이유를 말해봐."

"……."

그건 아직 말할 단계가 아니었다. 모든 것이 머릿속에서 정리된 뒤에, 라고 가가는 생각했다. 하지만 과연 그런 때가 오기나 할까.

"정말 자기 멋대로네. 제대로 말도 안 해주면서 기어코 나를 데리고 다니는 건 또 뭐야?"

"미나미사와 선생님 댁에 가는데 함께 갈 거냐고 물어봤을 뿐이야. 따라온 것은 네 의지에 따른 결정이고."

"네가 그런 식으로 얘기했잖아, 뭔가 중요한 일이 있는 것처럼. 그러니 따라왔지."

그 말에도 가가는 대답 대신 침묵을 지켰다. 중요한 일…….

그건 맞는 말인지도 모른다.

미나미사와 선생님 댁은 최근 부쩍 추워진 날씨 때문에 마치 시간까지 얼어붙은 것처럼 한산했다. 앞마당의 철쭉도 완전히 가지만 남아서 가가는 왠지 오래된 흑백사진을 바라보는 듯한 기분을 맛보았다.

현관 격자문을 열고 두 사람을 맞이해주는 미나미사와 선생님은 전보다 더욱 작아진 것처럼 보였다. 좀 더 하얗게 시들어버린 느낌…….

"어서 오너라."

그녀는 주름이 깊은 입가에 가득 웃음을 지으며 두 사람을 올려다보았다. 안녕하세요, 라고 가가는 인사했다. 웃고 있는 건 입뿐이라고 생각하면서.

미나미사와는 두 사람을 응접실로 데려가려고 했지만 가가는 그녀의 등 뒤에 말을 건넸다.

"오랜만에 선생님이 만들어주신 차를 한 잔 마셨으면 좋겠어요."

미나미사와는 복도 중간에서 멈춰 섰다. "그래?"

"그렇지?"

가가는 옆에 있던 사토코에게 동의를 청했다. 사토코도 곧바로 "그러고 보니 꽤 오래됐네요"라고 대답했다.

"다도회 방은 이제 사용해도 괜찮지요?"

가가가 물어본 것은 사건 직후에는 현장 보존으로 사용이 금지되었기 때문이다. 미나미사와는 고개를 끄덕였다.

"그럼 오랜만에 함께 마셔볼까?"

가가와 사토코는 기쁨의 탄성을 올렸다.

나미카가 쓰러졌던 그 방에서 가가와 사토코와 미나미사와는 세 사람만의 다도회를 시작했다. 우선은 도구를 준비하는 것에서부터. 가가는 부엌과 방을 몇 차례나 들락거리는 미나미사와에게 물었다.

"그때 쓰던 도구는 이제 없습니까?"

"그때?"

"설월화에 쓰셨던 도구요."

아아, 하고 미나미사와는 고개를 끄덕였다. 그리고 쓸쓸한 눈빛으로 가가를 바라보더니 도구가 아직 돌아오지 않았다고 말했다. 경찰에서 가져가고는 돌려주지 않았다는 말이었다.

"도구를 모두 다 가져갔어요?"

"그렇단다."

"그 값비싼 찻잔도요?"

"아이, 그리 값비싼 건 아니었지만, 그것도 아직."

"이 차선도 그때 사용했던 게 아니군요?"

가가가 그렇게 물었을 때, 미나미사와는 첫 잔째를 준비하는 중이었다. 찻잔 안을 차선으로 휘저은 뒤에 그 찻잔을 사토코 쪽으로 내밀었다.

"그때 썼던 도구가 유난히 궁금한 모양이구나."

미나미사와는 가가에게 물었다. 그는 가만히 고개를 끄덕였다.

"도구 한 가지쯤은 이곳에 남아 있을 줄 알았거든요."

나이 든 은사님이 어떤 반응을 보이는지 가가는 신경을 집중하여 관찰했다. 미나미사와는 무표정이었다. 사토코가 차를 마시고 찻잔을 돌려놓을 때까지 등을 꼿꼿이 세운 자세로 시선을 조용히 아래쪽에 떨어뜨린 채였다. 하지만 가가는 그것이 은사님의 반응인 거라고 생각했다.

그다음에는 올 한 해를 돌아보는 이야기로 옮겨갔다. 정말 많은 일이 있었어, 라는 은사님의 말에, 정말 이런저런 일이 많았어요, 라고 제자는 받았다. 하지만 막상 중요한 이야기에 대해서는 양쪽 모두 먼저 입을 열려고 하지 않았다.

"드디어 졸업이지?"

미나미사와는 조용한 눈빛으로 두 사람을 번갈아 바라본 뒤에 마치 한숨을 내쉬듯이 말했다. "대학을 졸업해도 너희들 사이는 그대로 지켜나갔으면 좋겠구나. 나 같은 할머니는 그냥 내버려둬도 괜찮으니까."

"졸업한 뒤에도 신세를 질 텐데요, 선생님."

사토코가 말했다. 그건 그럴 거라고 가가는 생각했다. 하지만 '너희들'이라는 건 누구누구를 가리키는 말일까.

"한 잔 더 마실 수 있을까요?"

가가의 말에 미나미사와는 뭔가 생각난 듯이 살짝 손뼉을 치는 몸짓을 보였다.

"아참, 그렇지. 친구가 선물해준 귀한 차가 있었어. 이번에는 그걸 꺼내보자."

그녀가 자리에서 일어나려는 것을 보고 사토코가 먼저 일어섰다. "와아, 귀한 차가 있었어요? 선생님, 제가 가져올게요. 항상 넣어두시는 그 자리지요?"

"응, 알겠니?"

그렇게 말하면서 미나미사와는 차의 브랜드 명을 사토코에게 알려주었다. 가가는 그런 쪽에는 전혀 문외한이지만 사토코는 금세 알아듣는 눈치였다. 다시금 환성을 올리고 있었다.

사토코를 기다리는 동안 미나미사와는 찻잔을 헹구어 닦아내고 차선을 저을 준비를 했다. 변함없이 낭비라고는 없는 그 완벽한 손놀림을 바라보며 가가는 잠시 침묵에 잠겼다. 공기의 흐름이 멎고 소리가 빠져나간 듯한 공간에서 두 사람 사이로 몇 초인가의 시간이 흘러갔다.

가가는 정좌한 자세로 얼굴만 은사님을 향해 돌렸다. 그리고 가볍게 호흡을 가다듬었다.

"선생님은 알고 계셨지요?"

목소리를 낮추려고 애썼지만 예상 밖으로 공기가 파르르 흔들렸다. 하지만 미나미사와는 마치 가가의 질문이 들리지 않는 것처럼 꿈쩍도 하지 않았다. 손을 움직이는 리듬도 전혀 흐트러지지 않았다.

"사건 며칠 뒤에 선생님이 우리를 모두 부르셨어요. 친구들 간에 서로를 의심하는 건 슬픈 일이라고 하시면서요. 지금 생각해보면 그때 우리를 부른 의미를 좀 더 깊이 생각했어야 옳았어요. 하긴 그때 생각났다고 해도 이해할 수 없었을 테지만요."

미나미사와의 손이 멈췄다. 하지만 그것은 가가의 말에 대한 반응이 아니었다. 찻잔을 다 씻어낸 것이다. 그녀는 깨끗해진 찻잔을 내려놓더니,

"나는 아무것도 모른단다."

라고 온화한 웃음을 눈가에 띠었다. 지은 웃음이 아니라 진심으로 선량한 심성에서 우러난 그 표정을 보고 왠지 가가는 한순간 부르르 떨리는 것을 느꼈다. 그녀는 말을 이었다.

"하지만 가가 군이 그런 말을 하는 걸 보니 이미 알고 있는 모양이구나. 하지만 나는 그걸 알지 못하는 것 같아. 그리고 앞으로도 알게 되는 일은 없을 거야."

"진상을 알고 싶지 않으시군요?"

"언제라도 진실이라는 건 볼품없는 것이야. 그건 그리 대단

한 게 아니라고 나는 생각한단다."

"거짓에 의지하는 삶에 가치가 있을까요?"

"거짓인지 진실인지, 그걸 어느 누가 판정할 수 있지?"

그때 스르르 장지문이 열리고 사토코가 돌아왔다. "사토코, 수고했다"라는 미나미사와. 두 사람의 조용한 논쟁은 거기에서 끝이 났다.

침묵이 다실을 지배했다. 찻잔과 차선이 맞부딪치며 돌아가는 소리가 기분 좋게 울려 퍼졌다.

"자, 들어라."

내준 찻잔에 가가는 손을 내밀었다. 한 모금 마시고 저절로 탄성이 나왔다.

"맛있어요!"

"가가 군은,"

새로운 차에 대한 가가의 감상에 만족스러운 얼굴이 되어 미나미사와는 말했다. "사토코의 집에 인사하러 가는 건 졸업한 다음이니?"

두 모금째를 맛보던 가가는 찻잔에서 얼굴을 들었다. 그리고 옆자리의 사토코를 보았다. 그녀는 모르는 척 시치미를 뚝 떼는 얼굴을 하고 있었다.

"제 희망이 이렇다고 밝힌 것뿐이에요. 사토코에게 그걸 요구한 것도 아니고 대답을 원한 것도 아닙니다."

"대답은 할 거야."

사토코가 말했다. "졸업하기 전까지는 꼭."

"졸업하기 전까지?"

가가는 한숨을 내쉬었다. "무슨 좋은 일이라도 기다리는 것처럼 말하는데? 졸업만 하면 과거는 모두 사라진다고 생각하는 거야?"

"아까 내가 차를 가지러 갔을 때, 선생님하고 뭔가 이야기하는 거 같던데."

미나미사와 선생님 댁에서 돌아오는 전차 안에서 사토코가 물었다. "무슨 이야기를 했어?"

"뭐, 별로."

"나한테 말하기 싫어?"

옆에서 사토코는 가가의 얼굴을 들여다보았다. 그는 그 시선을 가로막듯이 눈을 감아버렸다. 그녀는 "뭐, 마음대로 하셔"라고 다시 고개를 돌렸다.

"근데 딱 한 가지만 알려줘. 오늘 선생님 댁에 갔던 건 뭔가 목적이 있었던 거지? 그 목적은 이루었어?"

가가는 눈을 감은 채 "그건 아직 몰라"라고 대답했다.

그리고 잠시 동안, 두 사람은 말없이 전차의 진동에 몸을 맡겼다. 가가는 차 안에 걸린 여성 패션잡지 광고를 멍하니 바라보았다. 동양인과는 한참 동떨어진 체형의 여자가 겨울 원피스를 입고 웃음을 흩뿌렸다.

"아, 그거!"

가가는 저도 모르게 말을 흘렸다. 사토코가 고개를 들었다.

"뭐?"

"나미카가 죽고 네가 그 방에 가봤을 때, 옷장 안을 보고 뭔가 이상하다고 했었지? 설월화 다도회 날에 어째서 새 원피스가 아니라 오래된 재킷을 입고 갔을까 하고."

"응."

사토코는 먼 곳을 보는 눈빛이 되었다가 이내 두세 번 고개를 끄덕였다. "정말 이상했어. 나미카, 꽤 스타일리스트였으니까."

"그 이유를 알았어."

"알았어? 어째서인데?"

"호주머니야."

"호주머니?"

"나미카는 그날 반드시 호주머니가 달린 옷을 입고 가야 했어. 나는 그 새 원피스를 본 적이 없지만 아마 그 원피스에는 호주머니가 없었을 거야."

"응, 원피스에는 보통 호주머니가 없지. 하지만 그게 무슨 관계가 있는 건데?"

"그게 키포인트야. 이걸 설명하려면 설월화 트릭부터 설명할 필요가 있어."

사토코는 평소에도 큼직한 눈을 더욱더 크게 떴다. "풀린 거야, 그 트릭이?"

"일단은."

"아이, 치사하잖아, 나한테는 말도 안 해주고. 나도 알 권리가 있어."

"아니, 아직 말할 만한 단계가 아니야. 마지막 마무리가 남았어. 그게 확실해지지 않고서는 그저 단순한 추리 게임일 뿐이야."

"그래도……."

"확실해지면 꼭 연락할게. 다음에 전화할 때는 모든 수수께끼가 풀렸다고 생각해도 돼. 그때까지는 절대로 전화도 안 할 거야. 솔직히 사토코의 집에 전화하는 건 아무래도 쑥스러워."

사토코가 뭔가 반론을 하려고 했을 때, 전차는 마침 그녀가 내려야 할 역에 도착했다. 사토코는 뾰로통한 얼굴로 자리에서 일어나며 "그게 언제쯤이야?"라고 물었다.

"졸업하기 전까지는 꼭."

그리고 가가는 씨익 웃어보였다. 사토코는 가가를 흘겨보며 차에서 내렸다.

사토코가 내리고 두 개 역을 지났을 때, 가가는 전차에서 내려 다른 선으로 갈아탔다. 이쪽은 사람들로 제법 붐볐다. 가가는 한 바퀴 둘러본 뒤에 결국 출입문 가까운 곳에 서 있기로 했다.

전차 출입문 근처는 왜 그런지 인기가 높다. 가가의 뒤를 따라 뛰어든 젊은 남자도 자리가 없다는 것을 알자 다시 문 쪽으로 돌아왔다. 검은 테 안경에 안색이 좋지 않은 남자였는데 가가는 그 얼굴을 보고 아, 하는 소리를 냈다. 동시에 남자 쪽에서도 가가를 알아본 모양이었다.

"검도부의 가가 군?"

그 가느다란 목소리도 귀에 익었다.

"도도와 같은 연구실의?"

그랬다. 금속공학과 연구실에서 흰 가운을 입고 있던 남학생이었다. 그는 덜컹 출발하는 전차의 흔들림에 몸이 휘청거리면서도 데라즈카라고 자신의 이름을 밝혔다.

데라즈카는 가가가 전국대회에서 우승했다는 소식을 들었는지, 검도에 대한 질문을 했다. 마치 잘하는 대화라는 건 상대방의 자랑 이야기를 귀 기울여 들어주는 것이라고 깨달은 사람처럼.

이윽고 화제가 끊겼을 때, 가가는 뭔가 다른 화젯거리가 없을지 생각해보았다. 칭찬을 받는 건 물론 기분 좋은 일이지만 그것도 너무 지나치면 사람을 놀리는 게 아닌가 하는 마음이 든다. 물론 기가 약해 보이는 그가 그런 나쁜 마음을 먹을 리는 없겠지만.

데라즈카를 처음 봤을 때의 일이 생각났다. 그때 가가는 연구실에서 도도를 기다리고 있었다. 그때 뭔가……, 그렇지, 동력도 없이 계속해서 돌아가는 두 개의 도르래를 보고 그에 대한 질문을 했었다. 그러고 보니 그 장치는 계속해서 잘 돌아가는지 궁금했다.

"한 가지 물어보고 싶은 게 있는데."

가가가 물어보자 데라즈카는 흐뭇해하는 얼굴로 귀를 쫑긋 세웠다.

그날 밤, 사토코의 집 전화가 울렸다. 밤 11시가 넘은 시간이었다. 가가 군이라는 사람에게서 전화가 왔다는 새어머니의 말에 사토코는 방을 뛰쳐나왔다. 얼마나 급하게 뛰어나왔는지 잠옷 가운에 미처 팔도 다 꿰지 못했다. 수화기를 빼앗다시피 받아들자마자 "그래, 나야"라고 헉헉거리는 소리를 냈다.

"응, 나다."

가가 쪽은 침착했다. "졸업할 때까지 기다리지 않아도 될 것 같아."

제5장

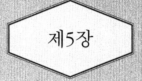

1

T대학 금속재료 연구실.

논문은 90퍼센트 완성되었다. 이제 남은 것은 마무리 작업, 그리고 보충 자료를 지나치거나 모자람 없이 붙이는 것뿐이다.

도도 마사히코는 의자에 앉은 채 크게 기지개를 켰다. 몸이 삐거덕거리는 소리가 들릴 것 같았다. 이곳에 있으면 마음이 차분해지지만 글을 쓰느라 시간이 가는 것을 깜빡 잊곤 한다.

"벌써 4시야?"

하얀 벽에 걸린, 그저 둥그런 것밖에는 아무 특징도 없는 시계를 바라보며 그는 중얼거렸다. 그 목소리가 메아리로 울릴 만큼 연구실은 조용했다.

도도는 창가로 다가가 블라인드 틈새를 쳐들어 바깥의 상황을 살펴보았다. 한낮에도 블라인드를 꼭꼭 닫고 형광등 불빛 아래서 작업하는 게 그의 습관이었다. 그렇게 하지 않으면 마음이 차분히 가라앉지 않는 것이다.

창문 아래 공터에서는 몇몇 학생들이 삼각 베이스에서 소프트볼을 하며 놀고 있었다. 옷차림이 모두 제각각이어서 럭비 유니폼을 입은 학생이 있는가 하면 유도복 차림의 학생도 있었다. 아마도 각각의 동아리 활동이 시작되기 전에 잠시 즐기는 것이리라. 응원단 차림의 한 남학생이 히트를 쳤다.

'저런 식으로 시간을 보내는 방법도 있지.'

도도는 블라인드에서 손을 떼고 책상 위로 시선을 떨구었다. 산더미 같은 그래프용지와 리포트. 일순 그런 모든 것이 그의 머릿속에서 사라져 텅 비어버렸다.

문이 열렸다. 이쪽의 상황을 슬쩍 살피듯이 우선 얼굴부터 내민다. 녀석의 그런 면이 정말 싫다고 도도는 생각했다.

"너무 조용해서 없는 줄 알았어."

데라즈카는 조금 말을 더듬었다.

"쉬고 있었지. 무슨 볼일이라도 있어?"

"볼일이라고 할 정도는 아니고……. 마쓰바라 교수가 리포트를 연내에 꼭 마감하라고 하셨어."

"말 안 해도 알아."

도도는 짜증 난 듯이 내뱉고 난폭하게 의자에 몸을 내맡겼다. 그런 그에게 데라즈카가 말했다.

"너는 교수님 이 총애하는 제자잖아. 내년 국제회의 때도 함께 데려갈 것 같던데."

"아직 정해지지 않은 일이야."

도도의 입이 삐뚜름하게 틀어졌다. 그렇다, 아직 정해지지 않았다. 최후의 심판은 조금 더 기다려야 한다.

도도의 눈에 데라즈카가 오른손에 들고 있는 물건이 들어왔다. "그건 뭐야?"

데라즈카는 "아, 이거?"라고 말하더니 겸연쩍은 듯 피식 웃으며 그것을 들어올렸다. "그냥 장난 삼아 만들어봤어. 별거 아닌 장난감이야."

그것은 금속으로 만든 인형이었다. 머리 부분은 점토. 하지만 그 얼굴에는 아직 눈도 코도 없었다.

"아까부터 만들었던 게 그거였군."

어디에 쓰려는 건가, 의아해하며 그 재료를 흘끗 쳐다봤던 것이다.

"이제 얼굴을 그리려고 해."

"그런 거, 어디에 쓰려고?"

"누군가에게 선물할 거야. 오늘이 크리스마스이브잖아."

크리스마스이브인가—. 도도는 작년의 오늘이 생각났다. 쇼코와 둘이 프렌치 레스토랑에서 와인 파티를 했다. 그녀가 준 선물은 손으로 짠 스웨터였다. 그러고 보니 그 스웨터는 어디에 넣어두었을까.

"그런 인형을 누가 좋아하겠냐?"

"상관없어."

데라즈카는 금속 인형을 들고 옆방으로 사라졌다. 그러자 거의 동시에 입구에서 노크 소리가 들렸다.

네, 라고 대답하자 가가 교이치로의 음영이 짙은 얼굴이 문에서 나타났다.

"바쁜 모양이구나."

가가는 도도의 어지러운 책상 위를 보며 말했다.

"졸업 때까지 마지막 총력전이야."

도도의 말에 가가는 "졸업이라"라고 뭔가 따분하다는 기색으로 연구실의 하얀 벽을 둘러보았다.

"너는 어때, 졸업논문은 다 썼어?"

그러자 가가는 크응 코를 울리더니 "우리 쪽 논문은 글자 수만 채우면 오케이야"라고 자조적인 웃음을 지었다. 그리고 다시 진지한 얼굴로 돌아와 도도를 바라보며 물었다.

"오늘 저녁에 시간 있나? 사토코가 송년회 겸 크리스마스

파티를 하자고 연락해왔어."

"아, 너무 갑작스러운데?"

도도는 옆에 붙은 달력 쪽으로 얼굴을 돌렸다. "몇 시부터야?"

"7시"라고 가가는 말했다.

"알았어. 어떻게든 시간을 내야지. 선물은 안 가져가도 돼?"

"그냥 몸만 오면 돼."

"장소는?"

"〈피에로〉"

"또 거기야?"

"거기가 아니면 안 되거든."

자, 그럼 이따 보자, 라고 말하며 가가는 연구실을 떠났다.

2

망가져서 문이 닫혀버린 뻐꾸기시계가 어느새 5시를 가리켰다. 마스터는 카운터 안에서 변함없이 유리잔을 닦고, 옆 테이블에 앉은 네 명의 손님은 스키 여행 계획을 세우는 모양이었다. 크리스마스이브인데도 이 찻집의 손님은 보통 때와 다름이 없었다. 실내 장식도 항상 보던 그대로고 특별 메뉴가 준비된 것도 아니었다.

와코는 빈 커피 잔을 손바닥 안에서 만지작거렸다. 바로 조금 전까지 따스한 모카 향기로 가득 차 있었는데 이제는 차갑게 식어버렸다.

"하나에, 너는 어떻게 할 생각이야?"

찻잔 밑바닥에 말을 걸듯이 고개를 숙인 채로 말했다.

"어떻게 해야 할까……."

하나에는 연보랏빛 손수건을 움켜 쥔 손을 테이블 위에 올려놓고 있었다. 아까부터 내내 똑같은 자세다. "나도 모르겠어. 와코 군은 어떻게 해야 한다고 생각해?"

"흠, 어떻게 해야 하나……."

와코는 깊은 한숨을 내쉬었다. "하지만 대답은 이미 나와 있어."

"어떻게?"

"그건……,"

와코는 잔을 잡지 않은 오른쪽 손으로 테이블을 가볍게 쳤다. 그리고 몇 초 동안 말을 머뭇거린 끝에 불쑥 내뱉었다. "모든 것을 털어놓아야 한다는 거."

"안 돼."

하나에는 손수건을 움켜쥔 자세 그대로 강하게 부정했다. "그건……, 그것만은 안 돼."

"하지만 이대로는 도저히 내 마음이 개운하지를 않아."

"모든 것을 털어놓는다고 뭐가 달라지는 것도 아니잖아."

"그렇게 다른 친구들을 배신하고 아무렇지도 않은 얼굴로 사회에 나가자는 거야?"

"일단 졸업하면 다들 잊어버릴 거야. 우리 일도 마찬가지로 다 잊어버릴 거고……. 와코 군, 우리 둘만 생각해. 그런 짓을 했다가는 우리, 결혼 못 해."

'결혼'이라는 자신의 말에 하나에는 가슴이 뭉클해진 모양이었다. 와코는 양쪽 팔꿈치를 테이블에 짚고 그 손을 깍지 낀 채 엄지손가락으로 눈두덩을 꾸욱 눌렀다.

그때 좁은 출입문으로 들어온 사람은 검은 테 안경을 쓴 얼굴색이 안 좋은 남자였다. 무슨 영문인지 그 남자는 흰 가운을 걸치고 있었다. 이공학부 학생인 모양이었다.

흰 가운의 남자는 와코와 하나에가 앉은 테이블에서 가장 가까운 카운터 석에 자리를 잡더니, 약간 말을 더듬으며 블루마운틴 커피를 주문했다. 그 생김새와 주문 내용이 너무도 동떨어진 것이었기 때문인지 스키 이야기를 하던 팀이 킥킥 웃음을 흘렸다. 하지만 마스터는 무표정인 채로 "항상 마시던 그거지?"라고 대답했다.

"오늘 같은 날도 일을 한 모양이네?"

원두커피를 갈면서 마스터가 묻자 남학생은 "그렇다니까요"

라며 얼굴을 찌푸렸다. "우리 교수는요, 4학년은 일회용품이라고 생각하거든요."

아하하, 하고 마스터가 웃었다. "무슨 종이 기저귀도 아니고."

"농담이 아니에요. 그 교수는 정말 그렇게 생각해요. 그러니까 어쩌다 몸이 아파서 하루 쉬기라도 하면 엄청 신경질을 내죠. 다음 날에 그 교수하고 얼굴을 마주치면 몸은 좀 어떠냐는 말은 한마디도 안 하고, 늦어진 걸 어떻게 채울 거냐고 그것만 확인해요."

"어이구, 대단하시네."

"대단하죠. 이공학부의 보스니까요. 괜히 밉보였다가는 끝장이에요."

"너는 예쁘게 봐줬어?"

그러자 흰 가운의 남학생은 천만의 말씀이라는 듯 고개를 가로저었다.

"아뇨, 완전 무시당하는 쪽이죠. 우리 연구실에 애지중지하는 제자가 있는데 그 녀석은 그 녀석대로 엄청 힘들 거예요. 일을 완벽하게 해야 하니까 거의 학교에서 밤샘을 하다시피 해요."

블루마운틴이 그 앞에 나왔다. 그는 커피 잔을 코에 대고 우선 향기부터 즐기더니 블랙으로 한 모금 마셨다.

"아참, 깜빡할 뻔했네."

그는 흰 가운의 호주머니를 뒤적이더니 뭔가 금속으로 만든 물건을 꺼냈다. "마스터, 이거 크리스마스 선물이에요."

그는 그것을 카운터 위에 올려놓았다. 금속으로 만든 인형에 간단한 옷을 입힌 것이었다. 마스터는 그것을 집어 들더니 "와아, 피에로잖아?"라고 좋아했다.

"피에로로 보였다면 대성공이에요."

"피에로로 보이고말고. 꽤 닮았어. 근데 왜 이걸 나한테?"

"그냥요."

남학생은 말끝을 흐리며 커피 잔에 입을 댄 뒤에 "혹시 인기를 끌면 대량생산이나 해볼까"라고 작은 소리로 중얼거렸다.

"어디에 장식할까나."

마스터가 인형을 든 채 가게 안을 둘러보았다. 선반 같은 건 하나도 없었다.

"우선 오늘은 여기 놓아둘까?"

결국 마스터는 카운터의 사이펀siphon✣ 옆에 그 인형을 놓았다.

"우리 가게 이름하고 딱 맞아떨어져."

인형을 놓아두는 각도를 다양하게 조정해본 뒤에 마스터는

✣ 유리로 만든 커피 끓이는 기구.

만족스러운 듯 실눈이 되어서 웃었다.

"조금 있으면 더 딱 맞아떨어질 거예요."

"왜?"

"아무튼요."

남학생은 코를 움찔움찔하면서 히죽 웃었다.

3

사토코는 역 앞 책방에서 다기에 관한 책을 잠깐 뒤적여 보고 그 옆의 옷가게까지 둘러본 다음에야 〈고개를 흔드는 피에로〉로 향했다. 7시 10분 전이었다. T대학로를 천천히 걸어 올라가며 사토코는 어떻게든 마음을 진정시키려는 헛된 노력을 되풀이했다. 가가에게서 전화를 받은 그날 밤부터 이런 흥분 상태가 이어졌다. 강의를 들을 때도, 한밤중에 이불 속에 있을 때도, 오늘 일이 머릿속에 달라붙어 결코 떨어지는 일이 없었다.

사토코는 친구들의 얼굴을 하나하나 머릿속에 떠올렸다. 각각의 얼굴에 각각의 만남이 오버랩되었다. 다양한 과거가 뒤엉키는 가운데 만남이라는 것은 이상할 만큼 미화되어 마음속에 뭉클하게 다가왔다. 하지만 오늘은 그것까지 포함하여 모든 추억에서 눈을 돌리지 않으면 안 된다.

"그거 말고 다른 좋은 방법은 없을까?"

가가와 이야기하면서 사토코는 그렇게 물었다. 애원하는 듯한 심정이었다.

"어떤 방법이든 결과는 마찬가지야."

그게 대답이었다. 맞는 말일 것이다, 아마도.

으스스한 표정의 피에로 간판은 변함없이 삐뚜름하게 기울어져 있었다. 사토코는 문을 열기 전에 한차례 심호흡을 했다.

이것이 가장 좋은 방법이라고는 생각하지 않는다. 하지만 애초에 가장 좋은 방법 같은 건 존재하지 않는다.

가가는 도도와 헤어진 뒤, 사회학부 연구실로 돌아가 스스로 생각해도 별로 잘 쓴 것 같지 않은 졸업논문의 마무리 작업에 들어갔다. 하지만 도통 글이 나오지 않았다. 이제부터 치르게 될 일을 생각하면 매사에 무덤덤한 가가 역시 정신이 집중되지 않는 것이었다.

추리에는 잘못이 없다.

몇 번이나 시행착오를 거듭하고, 다 완성된 추리도 꼼꼼하게 점검했다. 그 결과, 어떻게도 부정할 수 없는 스토리가 서서히 모습을 드러냈다. 그것은 가가 스스로도 정말 믿고 싶지 않은 내용이었지만, 이제는 믿지 않을 도리가 없는 상황에 이르고 말았다.

진실을 추구하는 것에 어떤 큰 의미가 있는가—. 그것은 가가로서도 알 수 없는 일이었다. 미나미사와 선생님의 말씀대로 진실이란 볼품없는 것이고 그리 큰 가치가 없는 것인지도 모른다. 게다가 가치 있는 거짓말이라는 것도 이 세상에는 존재할 것이다. 하지만 가가는 이대로 넘어갈 수는 없었다. 친구의 원한을 풀자는 게 아니었다. 아무 이론 없이, 오로지 진실을 알고 싶다는 것과도 달랐다. 더구나 정의감 같은 건 가장 적합하지 않은 말이었다. 굳이 말하자면, 이것이 우리의 졸업 의식이라고 가가는 생각했다. 긴 시간을 들여 언젠가는 무너져버릴 나무토막을 쌓아온 것이라면 그것을 무너뜨렸을 때 비로소 우리가 건너온 한 시대를 완성시킬 수 있으리라.

가가는 글쓰기를 포기하고 펜을 내려놓았다. 책과 노트를 정리하고 방을 나섰다. 손목시계의 바늘은 6시 반을 가리키고 있었다. 그는 교문으로 향하던 발길을 다시 돌려 검도장에 들러보기로 했다. 검도 연습은 오늘부터 휴가에 들어갔다.

아무도 없는 도장에 서서 가가는 잠시 죽도를 휘둘렀다. 자신들이 지금까지 키워온 무언가를 그는 공중에서 몇 번이고 베어냈다.

가가가 크리스마스 파티를 제안할 사람이 아니라는 것은 도도도 이미 몇 년 전부터 잘 알고 있었다. 전원을 소집해서 뭔가를—아마도 일련의 사건에 관한 무언가를—하려는 거라고 도도는 생각했다.

하지만 쇼코 사건을 녀석은 어떻게 추리했을까—.

자살이냐 타살이냐에 대해서 가가는 상당히 일찍부터 타살설을 밀고 있는 눈치였다. 분명 객관적으로 생각한다면 타당한 추리인지도 모른다. 하지만 누군가가 다른 누군가를 살해했다고 할 때는 모두가 이해할 만한 동기를 밝혀야 한다.

쇼코를 살해할 만한 동기 따위 아무도 갖고 있지 않다—. 도도는 주먹을 움켜쥐었다. 그래도 가가는 누가 범인인지 단언할 수 있을까. 연인이었던 자신조차 알지 못하는 동기를 어디서 어떻게 찾아내서?

설월화 의식 또한 마찬가지라고 도도는 생각했다.

그 게임을 하는 도중에, 전혀 아무 의심도 하지 않는 사람을 살해할 목적으로 특정인을 지정해 독약을 먹일 수 있는 방법이라는 게 혹시 있을지도 모른다. 하지만 그런 방법은 자신이 생각하는 한에서는 몇 사람이 공범 관계가 되지 않고서는 불가능할 터였다. 과연 어떤 친구들이 공범이라는 것인가.

도도는 연구실을 나섰다. 가가가 대체 어떻게 나올 것인지, 불안과 기대감으로 문을 닫는 그의 손이 파르르 떨렸다.

와코와 하나에는 6시 이전에 일단 〈고개를 흔드는 피에로〉

를 나와서 학교 안과 T대학로 등을 산책한 뒤에 다시 돌아오기로 했다.

"걸으면서 생각해보자."

멋진 아이디어라고 생각하며 두 사람은 그것을 실행에 옮겼지만 결국 아무런 결론도 내리지 못했다.

"어쨌든 오늘은 말하지 마."

다시 〈고개를 흔드는 피에로〉 앞까지 왔을 때, 하나에는 애원하듯이 와코를 올려다보았다. 와코는 미간에 주름을 잡았다.

"고백한다면 오늘밖에는 기회가 없어."

"안 돼, 제발."

하나에는 와코의 가슴팍에 얼굴을 묻었다. 와코는 그녀의 가느다란 어깨에 손을 얹었다.

와코와 하나에가 도착하면서 친구들이 모두 모였다. 마스터에게는 미리 자리를 마련해달라고 부탁했었다. 항상 앉던 그 안쪽 테이블에 두 사람이 나란히 앉기를 기다려 유리잔에 와인을 채웠다.

"느닷없는 크리스천을 위해 건배!"

가가가 잔을 높이 들었다. 다른 네 친구도 뒤를 따랐다. "건배!"와 "메리 크리스마스!"

마침내 막을 올리는 줄이 끊겼다—. 가가는 와인 잔 너머로 친구들의 얼굴을 살펴보았다. 그렇게 하는 사람이 자기 말고도 또 있을 터였다.

4

피에로 인형을 알아본 것은 사토코였다.

"뭐야, 저건?"

그 목소리에 일제히 카운터 위를 바라보았다.

"인형 같은데?"

"피에로라고 만든 모양이야."

가가는 자리에서 일어나 다가가더니 그 조잡하게 만들어진 인형을 집어 들었다.

"몸은 금속으로 만들었군. 얼굴은 점토야."

가가는 그 인형을 테이블의 친구들 쪽으로 돌려놓았다. "정말 엉성하게도 만들었다."

"점심때, 마스터하고 이야기하던 어떤 학생이 가져온 거야."

와코가 말했다. 곁에서 하나에도 고개를 끄덕였다. 이윽고 마스터가 테이블로 다가와, 잘 아는 손님이 선물해준 것이라고 말했다.

"고개를 흔드는 피에로라는 건가요?"

"그런 거 같긴 한데……."

마스터는 뭔가 말하려다가 입을 다물어버렸다.

파티는 이어져서 와인에서 위스키로 옮겨갔다. 올해의 반성, 내년의 포부. 쇼코와 나미카의 이름은 금기라도 되는 듯 아무도 입에 올리지 않았다.

"도도 군의 새해 계획은 뭐야?"

사토코는 그에게 미즈와리를 만들어주며 물었다. "역시 연구?"

"……그렇지, 뭐."

라고 도도는 대답했다. 꿈에서 깨어난 듯 잠깐 타이밍을 놓친 대답이었다. "그랬으면 좋겠다."

"그랬으면, 이라니?"

하지만 사토코에게서 텀블러를 받아든 도도는 한 모금에 잔의 반 이상을 마셨다. 그리고 불쑥 말했다. "미안하지만 나는 이만 가봐야겠다."

"아직 이른 시간인데?"

가가가 놀란 얼굴을 보였지만 도도는 무표정하게 코트에 팔을 꿰었다.

"사토코와 이야기하다 보니 아직 처리하지 못한 일이 생각났어. 그거 끝나는 대로 다시 올게. 오늘 밤에 몇 시쯤까지 여기 있을 예정이야?"

가가는 문짝이 망가진 뻐꾸기시계에 시선을 던졌다. "대략

11시쯤? 사토코와 하나에는 좀 더 일찍 일어날 수도 있고."

"그때까지는 올 거야."

도도는 마스터에게 가볍게 손을 흔들더니 친구들 쪽은 돌아보지 않고 허리를 숙여 가게를 나섰다. 그가 문을 연 순간, 들이친 바람에 하얀 눈이 섞인 것을 보고 가게 안의 손님들 사이에서 환성이 일었다.

"자, 그럼……."

가가는 얼음만 넣은 위스키를 입에 흘려 넣더니 점퍼를 집어 들었다. "와코, 나가자."

"뭐? 나가다니?"

돌연한 말에 와코는 어리둥절한 얼굴이었다. "어디 가는데?"

"됐으니까 빨랑 나와."

가가는 와코의 재킷을 집더니 억지로 손에 쥐어주었다. "가보면 알아."

"잠깐. 어디 가는 거야?"

하나에가 소리쳤다. "나도 갈래."

"너는 그냥 여기 있어."

말리고 나선 것은 사토코였다. 그녀는 하나에의 팔을 꽉 붙잡았다. 그 강한 힘에 하나에는 아무 말도 하지 못했다. 사토코는 테이블에 시선을 향한 채 "남자는 남자끼리, 여자는 여자끼리야"라고 말했다.

"가가와 사토코, 둘이 뭔가 꾸미고 있지? 설명 좀 해봐."

"설명은 나중에. 시간이 없어."

와코의 대답을 기다릴 것도 없이 가가는 피에로를 나섰다. 바깥 공기는 한층 더 차가워진 것 같았다. 가가의 뒤를 이어 와코가 따라 나왔다. 더 이상 아무것도 묻지 않았다.

쏟아지기 시작한 눈은 길바닥에 닿은 뒤에도 녹지 않아서 서서히 T대학로를 하얗게 물들여갔다. 그 위에 새겨진 발자국의 숫자도 아직은 그리 많지 않았다.

가가는 망설임 없이 역 방향으로 걸음을 옮겼다. 한차례의 도박. 하지만 망설이고 있을 여유는 없었다. 주어진 시간이 확실하게 줄어들고 있는 것이다.

불안한 기색의 와코를 뒤에 달고 가가는 역 앞에 도착했다. 하지만 그는 역을 그대로 지나쳐 다시 걸음을 옮겼다.

"역에 가는 거 아니었어?"

뒤에서 와코가 물었다. 가가는 그저 "조금만 더 가면 돼"라고 대답할 뿐이었다.

그는 도중에 좁은 길로 접어들었다. 가로등도 없는 어두운 길이었다. 눈은 거기에도 공평하게 내렸지만 사람이 거의 지나다니지 않는 만큼 더 빨리 쌓였다.

큼직한 건물 뒤편에 이르렀을 때, 가가는 발을 멈추었다. 그리고 신중하게 한 걸음 한 걸음 옮겨갔다. 눈 때문에 길이 미끄럽다는 이유 때문만은 아니었다.

"아직 오지 않은 모양이군."

가가는 혼잣말을 했다. "누가 오는 거야?"라고 등 뒤에서 와코가 물었다. 가가는 대답하지 않았지만, 와코도 대답을 기대하지 않았는지 되풀이해서 캐묻지는 않았다.

옆 건물의 응달에 두 사람은 몸을 숨겼다. 가가가 하는 짓으로 와코도 어렴풋이 목적을 짐작한 모양이었다. 와코는 회색빛 건물을 올려다보며 "여기, 백로장이구나"라고 중얼거렸다.

"……."

"그리고 올 사람은……, 도도?"

가가는 대답하지 않았다. 눈빛만 백로장 벽에 못 박혀 있었다.

"그렇군. 도도가 범인이었어."

"아직은 모르는 일이야."

마음에도 없는 소리를 가가는 했다. 바보, 무슨 소리를 하는 거야—.

"어째서?"

와코의 말이 하얀 입김이 되어 가가의 눈앞을 스쳐갔다. 거기에 대해 뭔가 대답하려고 했을 때, 싸그락싸그락 눈을 밟는 소리가 들려왔다. 가가는 꿀꺽 숨을 삼켰다.

검은 그림자가 천천히 다가오는 게 보였다. 큰 키에 트렌치

코트를 걸친 그림자였다.

그림자는 백로장 벽 옆에 멈춰 섰다. 젖빛 창유리 앞이었다.

'역시.'

가가는 절망과 만족감이 뒤섞인 기분을 맛보고 있었다. 역시 내 추리는 틀리지 않았어.

길 쪽으로 차가 지나가면서 한순간 헤드라이트 불빛이 그림자의 옆얼굴을 비췄다. 창백한 얼굴, 그리고 요즘 들어 부쩍 여위어버린 도도의 신경질적인 표정이 떠올랐다.

도도는 코트 호주머니에서 뭔가를 꺼냈다. 그것은 가가와 와코가 선 자리에서는 거리가 멀어 알아볼 수 없었지만 손바닥 안에 들어갈 만큼 작은 물건이었다.

그 물건이 라이터라는 것을 깨달은 건 도도가 어둠 속에서 찰칵 불을 켰을 때였다. 작은 불길이었지만 그것은 도도의 옆얼굴을 한층 또렷하게 비춰냈다. 가가 옆에서 와코가 침을 꿀꺽 삼키는 소리가 들렸다.

도도는 라이터 불을 창문의 중심—두 장의 창유리가 겹쳐진 곳—에 가까이 댔다. 그리고 잠시 그 자세를 유지하고 있었다. 시간으로 치면 1, 2분쯤일까.

이윽고 그는 불을 끄고 라이터를 코트 호주머니에 넣었다. 주위는 다시 어둠에 감싸였다. 와코에게는 깜짝 놀랄 일, 그리고 가가에게는 예상했던 그대로의 일이 일어난 것은 다음 순간이었다. 도도가 창문에 손을 짚고 힘을 주자 소리도 없이 새시 창문이 열린 것이다. 와코는 저도 모르게 소리를 내려다가 그 입을 손으로 막았지만 더 이상 그럴 필요는 없었다. 가가가 불쑥 뛰쳐나갔기 때문이다.

"그것 때문에 라이터가 필요했던 거야?"

가가의 목소리에 도도는 얼어붙은 듯 몸이 굳어버렸다. 열린 유리창에 손을 짚은 그 자세 그대로였다. "뭔가 이상했어. 담배를 안 피우는 네가 라이터를 갖고 있는 게."

도도는 천천히 가가 쪽을 돌아보았다. 아까부터 계속해서 내리는 눈과 똑같을 만큼 하얗게 질린 얼굴이었다.

"그렇군……."

도도는 목소리를 쥐어짰다. "그 인형은 네가 뒤에서 조종한 거였어."

"데라즈카 군에게 부탁했어. 한 차례 연극을 해달라고."

"흠……."

도도는 유리창을 조용히 닫았다. 유리에는 그의 손자국이 또렷이 남았다.

"어떻게 된 거야? 나한테도 설명 좀 해줄래?"

와코는 가가와 도도의 얼굴을 번갈아 바라보았다. 가가는 "잠시 뒤에 다시 한번 저 창문을 열어보면 알게 돼"라고 말하고, 도도에게 "얼마나 기다리면 되지?"라고 물었다. 도도는 두 손을 코트 호주머니에 찌른 채 "기온이 낮으니까 이제는 괜찮을 거다"라고 대답했다.

"이제 된 모양이다."

가가는 와코 쪽을 보며 말했다. "창문을 열어봐."

기묘한 대화에 당황하면서도 와코는 하라는 대로 창문을 열어보았다. 하지만 창문은 1밀리미터도 움직이지 않았다.

"안 움직이는데? 어떻게 이럴 수가 있지?"

도도에게서 눈을 돌리지 않고 가가는 말했다.

"요즘 한창 유행하는 형상기억 합금이야. 그걸 새시 창문의 열쇠로 쓴 거야."

"형상기억 합금?"

"과학이라면 젬병인 와코도 이름쯤은 알겠지? 형태를 기억하는 금속이야. 최근에는 장난감에도 쓰이지. 도도, 미안하지만 라이터 좀 잠깐 빌려줄래?"

도도는 말없이 호주머니에서 라이터를 꺼내 가가에게 건넸다. 일회용 라이터가 아니라 묵직한 무게감이 있는 은빛 던힐 라이터였다. 가가는 그것을 받아들더니 조금 전 도도가 했던 대로 새시의 열쇠 근처에 불길을 댔다. 잠시 뒤에 가가가 창문을 열어보자 이번에는 간단히 열렸다. 와코는 "엇, 왜?"라고 작은 소리를 흘렸다.

"열쇠를 좀 봐."

가가의 말에 와코는 창문으로 얼굴을 넣어 안을 들여다보았다. 앗, 하는 소리가 조금 전보다 커졌다.

새시 열쇠의 구부러져 있어야 할 금속 고리가 똑바로 펴져 있는 것이었다(그림 15-1, 그림 15-2). 그래서는 열쇠로서의 역할을 하지 못한다.

"닫을게."

가가는 서둘러 창문을 닫았다. 잠시 기다린 뒤 다시 창문을 열어보았다. 하지만 이번에는 꿈쩍도 하지 않았다.

"금속 고리가 원래 모습으로 돌아갔어."

가가는 와코에게 설명했다. "어떤 식으로 변형시키더라도 열을 가하면 기억된 형태로 돌아가는 것이 형상기억 합금의 특징이야. 특히 양방향성 기억 합금이라고 불리는 금속은 온도가 높을 때와 낮을 때의 형상을 각각 기억시킬 수 있어. 이 창문의 열쇠에 사용된 금속 고리는 바로 그 양방향성 합금이기 때문에 온도가 올라가면 반듯하게 펴지고 온도가 내려가면 구부러지는 성질을 갖고 있어. 그 결과, 안에서 고리를 걸어 잠가버린 상태에서도 라이터 불로 온도를 높여 바깥에서 창문을 열 수 있는 거야."

"……잘 아는군."

감정이 담기지 않은 나지막한 음성으로 도도는 말했다.

"형상기억 합금에 대한 것은 데라즈카 군이 가르쳐줬어. 너

그림 15-1 평상 온도에서

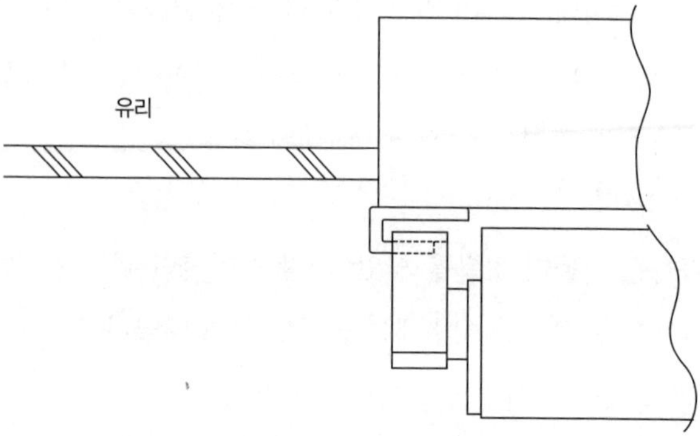

그림 15-2 가열 상태

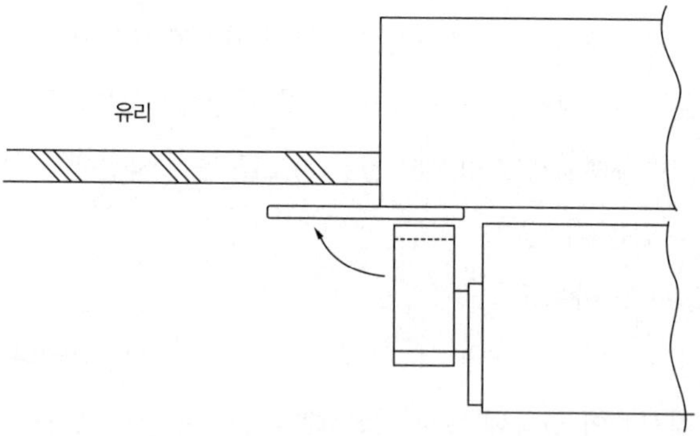

희 연구실에 동력이 없는데도 계속해서 돌아가는 두 개의 도르래가 있었지? 그것이 계속 돌아가는 건 두 개의 도르래에 걸린 용수철 모양의 벨트가 이 합금으로 만들어졌기 때문이었어. 벨트가 뜨거운 물속을 지나갈 때는 줄어들고 뜨거운 물에서 나오면 반듯하게 펴지는 거야. 그 힘으로 도르래는 계속 돌아간 거고. 데라즈카에게서 그 이야기를 들었을 때, 나는 이 열쇠에도 그런 트릭을 사용했을 거라고 생각했어. 그래서 즉각 확인해봤어."

"하지만 왜 이 창문 열쇠가 그런 금속으로 만들어져 있지?"

와코가 마침 적합한 질문을 했다.

"바꿔 놓았기 때문이야"라고 가가는 대답했다.

"도도가 마음대로 이 원룸에 드나들 수 있게 쇼코를 시켜서 고리를 바꿨어. 내가 들은 이야기로는 백로장 입주자 중에는 안에서 뒷문을 열어 남자 친구를 들어오게 해주는 여학생들이 많았어. 하지만 그런 방법을 쓰려면 미리 정확하게 연락을 주고받아야겠지. 밤늦은 시간까지 연구실에 있어야 하는 도도가 문득 생각날 때마다 들르기에는 그 방법은 아무래도 번거로워. 그래서 생각해낸 고육지책이었을 거야. 금속재료 연구실의 기술을 활용한다면 열쇠 부품을 형상기억 합금으로 만들고 자신이 원하는 형상을 기억시키는 것쯤은 간단한 일이었겠지. 그런 식으로 도도는 엄격한 관리인의 눈에 띄는 일 없이 언제라도 자신이 원하는 시간에 쇼코의 방에 들어갈 수 있었어. 아마 쇼코 방의 열쇠도 갖고 있을 거고. 하지만 이 트릭을 알고 있는 사람이 쇼코와 도도 외에 또 한 사람이 있었어. 바로 나미카야."

음악은 〈화이트 크리스마스〉에서 존 레논과 오노 요코의 〈해피 크리스마스〉로 바뀌었다. 오늘 밤은 아무튼 처음부터 끝까지 캐럴송만 틀어줄 생각인 모양이다.

사토코는 아까부터 피자를 베어 먹고 와인을 마시는 동작만 기계적으로 되풀이하고 있었다. 하나에가 이따금 뭔가 말을 붙이려고 했지만 사토코가 그녀 쪽을 돌아보지도 않는 바람에 그만 포기한 듯 고개를 떨구었다. 그 또한 아까부터 내내 똑같이 되풀이하는 동작이었다.

"도도야."

도도가 나미카를 살해했다고 말하면서 가가는 서글픈 얼굴로 두세 번 눈을 깜빡였다. 그 중대한 고백 속에서 가가가 보인 감정의 변화는 그것뿐이었다.

가가에게서 전화를 받은 그다음 날, 사토코는 다시 〈기억〉이라는 카페에서 그를 만났다. 그리고 그 중대 발언을 듣게 되었던 것이다.

"설월화의 트릭을 짚어나가면 범인은 도도 이외에는 없었어. 하지만 그렇게 단정 짓기에는 여전히 불확실한 점이 많아서 나도 분명하게 밝힐 수 없었어. 그래서 조금만 더 기다려달라고 했던 거야."

"그 불확실한 점이 이제 확실해졌다는 말이야?"

어느 정도는, 이라고 가가는 대답했다.

"의문점의 첫 번째는 범죄 동기인데 나는 이런 식으로 생각했어. 즉 쇼코를 죽인 것은 도도였고, 나미카는 그것을 알아챘다. 분명 나미카는 도도에게 자수를 권했겠지."

설마, 하고 숨을 삼키는 사토코의 반응을 무시하고 가가는 말을 이었다.

"쇼코가 죽은 직후에 나미카는 사토코와 함께 필사적으로 자살의 이유를 알아내려고 했어. 그래서 자살이 아니라 타살이라는 것을 알게 된 뒤에도 계속해서 범인을 찾는 데 최선을 다할 거라고 나는 생각했었어. 하지만 실제로는 전혀 그렇지 않았어. 사토코가 백방으로 뛰어다닌다는 건 알고 있었지만, 나미카는 우리 앞에 나타나지도 않게 되었지. 나미카의 성격을 생각하면 그건 정말 이상한 일이야. 하지만 만일 나미카가 일찌감치 범인을 알았다고 한다면, 그리고 그게 바로 우리 친구였다면, 그런 나미카의 행동도 충분히 이해가 되지."

아닌 게 아니라 그 무렵 나미카의 행동은 뭔가 이해하기 어려운 점이 있었다. 탐정 놀이는 그녀의 취향이 아니었는지도 모르지만, 그래도 친한 친구가 살해된 것이다. 평소의 나미카라면 누구보다 앞장서서 범인 찾기에 나섰을 터였다.

"하지만 나미카는 어떻게 일찌감치 범인을 알아냈을까?"

혼잣말처럼 중얼거리는 사토코의 의문에 "그래, 그거야"라고 가가는 힘주어 말했다.

"두 번째 의문이 바로 그거였어. 그리고 세 번째 의문은, 어떻게 도도가 백로장에 마음대로 드나들 수 있었느냐는 점이었지. 그래서 새로운 추리를 세워봤어. 어쩌면 두 번째와 세 번째 의문은 서로 연결되어 있는지도 모른다, 라고."

"연결되어 있다니?"

"이를테면 이런 가설은 어떨까. 백로장에는 특별한 출입 수단이 있었고, 그것을 알고 있는 사람이 나미카와 도도, 그리고 쇼코뿐이었다면?"

살해된 사람은 쇼코, 그렇다면 소거법에 따라 범인은 도도일 수밖에 없다고 나미카는 일찌감치 알았던 것이다…….

"하지만 그렇게 마음대로 드나들 수 있는 방법이 정말 있었을까?"

"있었어."

그리고 가가는 형상기억 합금을 사용한 트릭에 대해 설명했다. 이 특수한 금속에 대해서는 텔레비전 방송 등에서 이따금 다뤄졌기 때문에 사토코도 알고 있었지만, 일상생활에 도입해서 생각해볼 만큼 친근하게 느낀 적은 없었다.

그 형상기억 합금 트릭은 처음에는 도도와 쇼코가 언제든지 자유롭게 만날 수 있게 하려고 고안해낸 것이라는 가가의 추리는 설득력이 있었다. 그리고 다정한 성격의 쇼코였기 때문에 그런 두 사람만의 비밀을 친구인 나미카에게 이야기했다는 것 또한 충분히 가능성이 있었다.

하지만, 이라고 가가는 엄격한 시선을 아래로 향했다.

"열쇠의 트릭을 해명하면서 나는 쇼코를 죽인 건 도도라는 확신을 얻었어. 하지만 수수께끼는 살해 동기야. 도도가 왜 연인을 살해하지 않으면 안 되었는가. 그건 아직도 모르겠어."

"그렇다면……, 결정타는 없는 셈이네."

"없지."

라고 가가는 말했다. "하지만 여기까지 온 이상, 아무것도 안 하고 넘어갈 수는 없어. 그다음의 진상은 도도 스스로 털어놓게 해야지. 그러기 위해서는 덫을 놓는 수밖에 없어."

"덫?"

그렇다는 듯이 가가는 고개를 끄덕였다.

그가 제안한 방법이란, 형상기억 합금의 존재를 일부러 친구들의 눈에 띄는 곳에 전시해두고 그것을 목격한 도도의 반응을 지켜보자는 것이었다. 지금까지는 아무도 그런 금속 따위는 생각조차 못 하는 상태였기 때문에 도도도 마음을 놓고 있었지만, 그것을 모두가 주목해버린 다음에는 언제 어디서 누가 밀실 트릭과 연결해 정확한 추리를 해낼지 모르는 위태로운 상황이 된다. 만일 도도가 범인이라면 어떤 형태로든 틀림없이 반응을 보일 것이라는 게 가가의 예상이었다.

"도도의 연구실에서 함께 일하는 데라즈카라는 남학생을 내가 알고 있어. 형상기억 합금에 대해 그가 많은 것을 가르쳐줬어. 그 친구에게 좀 도와달라고 부탁해볼 생각이야."

그렇게 해서 생각해낸 것이 피에로 인형이었다. 형상기억 합금으로 만든 인형의 기묘한 움직임에 사토코와 친구들이 신기해한다는 연극을 연출하여 도도의 반응을 확인해볼 생각이었다.

그런데 도도는 인형을 언뜻 보기만 하고도 얼굴색이 크게 변한 채 그 자리에서 도망쳐버렸다.

사토코가 슬픈 진실을 확신하게 된 것은 그 순간이었다. 아마 가가도 똑같은 심정이었으리라…….

"이쪽 호주머니에는 뭐가 있는지 좀 보여줄래?"

가가는 도도의 코트 오른쪽 호주머니를 가리켰다. "그쪽 손에 쥐고 있는 건 아마 보통 금속으로 만들어진 고리겠지? 바꾸기 전의 고리 말이야. 너는 그걸 다시 한번 바꿔놓으려고 이렇게 나타난 거고."

도도는 호주머니에서 손을 꺼내려고 하지 않았다. 하지만 그가 호주머니 속에서 뭔가를 꽉 움켜쥐고 있다는 건 코트 위로도 충분히 알 수 있었다.

"하지만 어떻게 나미카를 살해할 수 있었다는 거야?"

와코가 가가의 어깨를 잡았다. "설월화 의식을 하는 도중에 나미카에게 독약을 먹일 방법이 있어?"

가가는 도도에게서 시선을 돌리지 않고 말했다.

"설월화에 대해서는 정말 고민을 많이 했어. 그야말로 밤잠을 설쳐가면서 궁리에 궁리를 거듭했지. 그래서 알게 된 것은 절대로 단독범일 수 없다는 거였어. 하지만 공범이 있었다고 해도 일이 그리 쉽게 풀릴 리는 없어. 누구누구가 공범이라면 실현 가능한가. 내 추리는 거기서부터 시작되었다고 할 수 있어. 하지만 도무지 답이 나오지 않았어. 고민하면 할수록 추리에 무리한 부분이 생기고, 결국 세 사람 이상이 공모하지 않으면 불가능하다는 결론만 나왔지. 내 추리에 근본적인 잘못이 있다는 건 분명했지만 그게 뭔지 전혀 짐작도 가지 않았어. 그런 때에 튀어나온 게 R고등학교 다도부에서 화월 패를 도둑맞았다는 이야기야. 그 일로 우리 모두가 알리바이 조사를 받았고 모두 다 무죄라는 판정이 나왔지만, 나는 고등학교 다도부의 절도 사건이 이번 일과 무관할 리 없다고 생각했어. 화월 패를 훔쳐낸 건 누구인가. 거기서부터 다시 시작하기로 했지.

그리고 한 가지, 중요한 점을 놓쳤다는 걸 깨달았어."

가가는 바짝 마른 입술을 혀로 핥으며 도도의 기색을 살펴보았다. 도도는 마치 가가의 말이 들리지 않는 것처럼 아무런 반응도 보이지 않았다. 역의 플랫폼에 서서 마지막 전차를 기다리고 있는 듯한 모습이었다.

가가는 말을 이었다.

"내가 놓친 것은……, 화월 패를 훔쳐 온 사람이 바로 나미카였다는 거야."

도도가 토해내는 하얀 입김의 리듬이 흐트러지는 것을 가가는 분명하게 확인했다. 어둠에 뒤섞여 여전히 그 표정은 읽어낼 수 없었지만.

"무슨 말이야?"

와코의 목소리는 떨리고 있었다. 추위 때문만은 아닐 터였다.

"화월 패를 조작해서 설월화 의식 중에 '뭔가'를 하려고 했던 게 사실은 나미카였던 거야."

"그런 어처구니없는……."

"나미카의 방에서는 비소가 발견되었어. 나는 그녀가 그것을 사용해서 '뭔가'를 하려고 했다고 추리했어. 그러면 그 '뭔가'라는 게 무엇인가. 어쩌면 누군가에게 그 비소를 먹이려고 했던 게 아닐까."

"비소를……."

"문제는 그 상대가 누구냐는 거야. 나미카가 독극물을 먹이려고 생각할 만한 상대……. 그럴 만큼 미웠던 사람……. 내 추리는 다시 막다른 길에 들어섰어. 하지만 아주 작은 일로 그 수수께끼는 간단히 풀렸어. 와코, 내 이야기를 다 들었다면 내가 너를 왜 여기에 데려왔는지 알 수 있겠지?"

와코는 중간부터 이미 눈치를 챘는지 침통한 표정으로 조개처럼 입을 꾹 다물어버렸다. 미간에 깊은 주름이 새겨진 것을 어둠 속에서도 알아볼 수 있었다.

"그래, 나미카는 그때 일을 복수하려고 했어. 그 시합 때의 일."

마스터가 서비스로 테이블 위에 촛불을 켜주었다. 연한 블루의 캔디를 꼬아놓은 듯한 모양의 양초였다. 받침접시에는 미키 마우스가 그려졌고 그 미키 마우스의 집게손가락에 초를 세우는 것이었다.

빈 와인 잔을 손에 들고 사토코는 그 작은 불꽃을 골똘히 바라보았다. 불꽃 너머에서는 하나에가 테이블에 두 손을 짚은 채 그 안에 얼굴을 묻고 있었다. 촛농이 눈물처럼 한 방울씩 주르륵 떨어졌다. 풍전등화—. 왜 그런지 그런 말이 머릿속에 떠올랐다. 무엇이 풍전등화라는 것인가.

사토코의 기억 속에서 가가는 말을 이어갔다.

"그 시합 날, 나미카가 마신 음료수에 약을 타서 미시마 료코가 이길 수 있도록 미리 공모한 건 와코였어."

그런 말을 할 때도 가가의 말투는 흐트러지는 법이 없었다.

"와코가 왜 그런 짓을?"

"일자리 때문이야."

"일자리?"

"와코는 취직 문제로 고민했어. 형이 왕년에 열렬한 학생운동 투사였다는 게 와코의 취직 문제에까지 악영향을 끼쳤기 때문이야. 게다가 하나에와의 결혼을 생각하면 시시한 회사에 취직할 수도 없었어. 한편, 미시마 료코는 지역 예선을 앞두고 어떻게든 우승할 궁리를 하고 있었지. 다른 선수들은 별 어려움 없이 이길 수 있지만, 가나이 나미카만은 아무래도 이기기 힘들다고 판단했겠지. 그래서 앞서 말한 약물에 의한 비열한 작전을 쓰기로 한 거야. 하지만 어떻게 시합 전에 나미카에게 약을 먹일 것인가. 미시마 료코는 그 일을 해줄 만한 사람을 비밀리에 찾아나섰어. 미시마 료코의 재력이라면 아마 흥신소 사람이라도 풀었겠지. 그 끝에 와코를 주목하게 됐어. 와코가 마침 그때 산토 전기라는 회사에 시험을 치기로 했으니까. 이건 얼마 전에 검도연맹 친목회에 나갔다가 알게 된 사실이지만 산토 전기라는 곳은 미시마 그룹의 계열사야. 미시마 료코는 와코에게 접근해 산토 전기에 채용해주는 대신 음료수에 약물을 넣어달라고 지시했어……."

분명 나미카의 스포츠드링크에 약을 넣었다는 게 가가의 추리였다. 그 말을 듣고 보니 사토코도 생각나는 것이 있었다. 시합 직전에 사토코가 스포츠드링크를 마시겠느냐고 물었을 때, 나미카는 조금 전에 마셨다고 대답했던 것이다. 그 스포츠드링크를 와코에게서 받았던 것일까.

"하지만 나미카는 자신의 패배가 약물 때문이라는 것을 알아버렸어. 그리고 약을 탄 것이 와코라는 것도. 그녀가 미워해야 할 첫 번째 상대는 물론 미시마 료코겠지만, 친구를 배신한 와코도 도저히 용서할 수 없었을 거야. 그래서 나미카는 우선 와코부터 응징하기로 마음먹었어. 설월화 의식의 바로 다음 날에 와코와 하나에의 혼합 복식 대회가 있었지? 나미카는 와코를 가벼운 비소 중독에 빠뜨려 시합을 기권하게 하겠다는 작전을 썼어. 그러면 어떻게 설월화 의식 도중에 와코에게 비소를 먹일 것인가. 궁리 끝에 나미카는 한 가지 방법을 생각해냈어. 바로 거기에 이번 사건과의 접점이 있는 거야."

그런 이야기를 들으면서 사토코는 두통이 몰려왔던 게 생각났다. 누구보다 친한 친구들인데 왜 일이 이렇게 되어버렸을까, 라는 생각이 그녀의 의식을 혼란에 빠뜨렸다.

"사건이 일어난 당시를 기억해봐. 분명 나미카가 월, 도도는 화, 그리고 와코는 설 카드였지?"

사토코는 할 말을 잃고 그저 고개만 끄덕였다.

"월 카드를 뽑은 나미카는 차를 마셨고, 그리고 쓰러졌어. 그래서 우리는 범인이 어떻게 나미카에게 월 카드를 뽑게 했느냐 하는 쪽으로만 생각했어. 하지만 이런 식으로 생각하면 어떻게 될까? 즉 카드를 뽑기 전까지는 와코에게 약물을 먹이기 위한 나미카의 계획이 진행되고 있었다면?"

"나미카의 계획?"

"그래. 카드를 뽑기 전까지는 주모자가 나미카였어. 와코에게 설 카드를 뽑게 하자는 것이 나미카의 계획이었지. 설 카드는 다식을 먹는 역할이야. 아마도 다식을 먹을 때 비소가 와코의 입 안에 들어갈 수 있는 방법을 궁리했겠지."

"다식에 비소가 들어 있었어?"

사토코는 다식의 하얀 빛깔을 머릿속에 떠올렸다. 하지만 가가는 고개를 저었다.

"다식에 비소를 넣기는 어려웠을 거야. 여러 개의 다식 중에 와코가 어떤 것을 집어 갈지도 알 수 없고, 그렇다고 다식 모두에 비소를 넣었다가는 다른 사람이 피해를 입을 우려가 있으니까."

"그럼 비소를 어디에?"

"카드였어."

가가는 담담하게 말했다. "카드에 비소를 발라둔 거야. 카드를 만진 손으로 다식을 먹으면 비소가 입에 들어갈 거라고 예상했겠지. 하긴 그런 적은 양으로 얼마나 효과가 있을지 미심쩍은 부분이지만."

'그래서 그랬구나…….'

비소를 물에 녹여 화장품 병에 넣어두었던 이유를 사토코는 그제야 깨달았다. 그러는 게 카드에 바르기가 편했기 때문일 것이다.

"그래서 나미카는 어떻게 와코 군에게 설 카드를 뽑게 한 거야?"

사토코가 물어보자 가가는 마치 그 질문을 기다렸다는 듯 몸을 앞으로 쓰윽 내밀며 "그게 바로 포인트야"라고 말했다.

"내가 전에 말했었지? 나미카에게 반드시 월 카드를 뽑게 하기 위해서는 오리스에 안의 카드가 모조리 월이면 된다고. 그거하고 똑같아. 와코에게 반드시 설 카드를 뽑게 하기 위해서는 오리스에 안의 카드가 모조리 설이면 되는 거야. 자, 여기서 사건이 일어나기 직전의 상황을 다시 한번 생각해보자. 사토코가 차를 저었고, 다른 사람은 3회째의 제비뽑기에 들어갔어. 하지만 선생님과 하나에는 그 전회에 화월 카드를 뽑았기 때문에 대체 카드를 이미 갖고 있었어. 그래서 실제로 카드를 뽑은 건 나미카, 도도, 와코, 그 세 사람뿐이었어. 그리고 오리스에 안에는 설·월·화 카드가 들어 있었지."

가가는 들고 온 노트에 그때의 상황을 그려보았다(그림 16-1).

"이 상태에서 3회째의 제비뽑기가 시작되었지? 맨 처음에 뽑은 사람은 나미카야. 그녀는 거기서 첫 번째 작전에 들어갔어. 카드를 바꿔버린 거야. 미리 설 카드 두 장을 숨겨두고 있다가 카드를 뽑는 척하면서 그 두 장의 설 카드와 오리스에 안의 세 장의 카드를 슬쩍 바꿨어(그림 16-2). 즉 나미카에서 그 다음의 도도에게 오리스에가 건너갔을 때는 그 안에 설 카드만 두 장이 있었어. 그리고 조금 전에도 말했듯이 이 두 장의 카드에는 비소를 발라두었어. 도도가 한 장을 뽑고, 남은 한 장은 와코가 뽑았어……."(그림 16-2)

"도도 군도 와코 군도 설 카드를 뽑은 거네?"

"나미카와 도도는 각자 월, 화 카드도 미리 준비해서 자신이 뽑은 카드를 말할 때는 그 카드를 내밀고 실제로 뽑은 카드는 감춰버렸어(그림 16-3). 지금까지의 추리에서 알 수 있듯이 이 트릭에는 반드시 도도의 협력이 필요해. 나미카를 살해한 범인이 도도라고 생각하게 된 것은 이런 추리를 한 다음부터였지. 왜냐하면 도도만은 그때 나미카가 틀림없이 월 카드라고 말한다는 것을 알고 있었기 때문이야. 나미카는 쇼코를 살해한 범인이 도도라는 것을 일찌감치 알았지만 그것을 발설하지

그림 16-1 3회째 제비뽑기 직전

그림 16-2 나미카. 오리스에 안의 카드를 바꿔치기한다.

그림 16-3 모두 뽑은 뒤, 나미카와 도도는 월, 화 카드를 낸다.

않는 대신 비소 계획을 도와달라고 요구한 거야. 그리고 도도는 그 계획을 거꾸로 이용해 나미카까지 살해했어."

"도도는 어떻게 독약을……."

사토코의 말에 가가는 확인하듯이 "청산가리 말이지?" 하고 그녀의 얼굴을 들여다본 뒤에 대답했다.

"아마 차선을 이용했을 거야."

"역시……."

라고 한숨을 내쉰 것은 사토코 역시 그렇게 짐작했기 때문이다. "나 바로 앞 순서로 다기를 준비한 사람은 도도 군이었어. 내가 저은 차를 마실 사람은 나미카라는 것을 도도 군은 미리 알고 있었으니까 어딘가에 독을 섞기만 하면 되는데……, 그래, 차선이 가장 적당했겠네"

"차를 저은 뒤에 차선은 위로 향하게 세워두지? 거기에 스포이트 같은 걸로 재빨리 청산가리를 떨어뜨렸을 거야."

"그 차선으로 내가 차를 저었으니까 당연히 청산가리가 차에 섞였겠지. 하지만 그렇다면 이상하잖아? 도도가 차선에 청산가리를 묻혔다면 나중에라도 차선에서 그게 검출되었어야 하잖아."

"사토코 다음에 다기를 준비한 사람이 누구지?"

가가의 질문에 사토코는 그때의 상황을 머릿속에 떠올렸다. 차를 저은 뒤에 사토코는 가좌로 이동했다. 그리고 화 카드를 뽑은 사람이 사토코 다음으로 점전좌에 나갔다.

"……도도 군."

"그래."

가가는 크게 고개를 끄덕였다. "나미카가 쓰러지고 다들 그쪽에 정신이 팔렸을 때, 도도는 숨겨뒀던 다른 차선과 독이 묻은 차선을 슬쩍 바꿔버렸어. 그 차선에는 미리 차 가루도 묻혀왔겠지. 그리고 도도는 마지막 마무리 작업에 들어갔어. 즉 다들 병원에 연락하려고 허둥거리는 틈을 노려 도도는 쓰러진 나미카를 안아주는 척하면서 그녀의 호주머니에서 바꿔치기한 화월 패를 빼낸 거야."

"나미카가 일부러 호주머니가 달린 옷을 입었다고 했었지……. 하지만 아직도 이해가 안 되는 게 있어. 그때는 참가자가 6명이어서 카드를 뽑는 그룹이 나미카와 도도와 와코 팀, 그리고 나와 선생님과 하나에 팀으로 갈라졌었어. 근데 어떻게 나미카가 바라던 대로 팀이 정해졌지? 만일 팀이 다른 사람으로 정해졌으면 나미카나 도도 군의 계획은 성공할 수 없었어."

그러자 가가도 똑같은 생각을 했다는 듯이 "그래, 그 점이 문제야"라고 집게손가락을 내밀었다.

"나미카와 도도의 카드 트릭은 분명 1회 때부터 시작됐어. 내가 짐작하기로는 그때 카드의 흐름은 거의 대부분 두 사람이 미리 짰던 거 같아. 사토코, 그때 일을 다시 한번 잘 생각해 봐."

사토코는 눈을 감고 그때를 머릿속에 떠올렸다. 벌써 몇 번이나 되짚어보았기 때문에 기억은 또렷했다.

맨 처음 오리스에가 돌아갈 때는 화 카드만 이름을 댄다. 그것이 도도였다.

"우선 그게 트릭의 시작이야. 도도가 처음으로 화 카드를 뽑은 것도 계획대로였어."

가가는 말했다. "전에 사토코가 그랬지? 오리스에를 준비한 건 나미카였다고. 아마 그때부터 벌써 작전에 들어갔을 거야."

오리스에 준비는 나미카가……. 분명 그랬다.

"첫 번째 작전은 아마 이런 게 아니었을까? 오리스에 안에는 원래 설·월·화와 1·2·3의 번호 카드가 들어 있어야 하는데 화 카드는 미리 도도가, 그리고 번호 카드 한 장은, 이를테면 3 정도의 카드는 나미카가 갖고 있었고 실제로 오리스에 안에는 네 장의 카드뿐이었어."(그림 17-1)

"그러면……, 어떻게 되는 거야?"

"오리스에는 나미카에서부터 돌았어. 그녀는 한 장을 잡는 척하면서 미리 확보해둔 3의 카드를 손에 들었어. 그런 다음에 오리스에를 사토코에게 넘긴 거야. 이 시점에서 오리스에 안에는 5장의 카드가 들어 있어야 하는데 4장뿐이었어. 하지만 손으로 더듬어서 카드를 뽑는 사토코는 안에 몇 장이 들어 있는지, 그것까지는 알 수 없어."

"그야 그렇지. 당연히 오리스에 안에는 카드가 정확히 들어 있을 거라는 선입견을 갖게 마련이니까."

"사토코에게서 오리스에를 받은 도도도 나미카와 마찬가지로 움직였어. 즉 카드를 뽑는 척하면서 품속에서 화 카드를 꺼낸 거야. 그다음에 오리스에는 통상대로 돌아갔고 초화는 도도가 되었지."

"자신이 화 카드를 뽑았다고 말한 뒤에 그 카드는 오리스에 안에 다시 넣었던 거네."

"그런 순서에서는 작전을 쓸 수 없었을 거야. 오리스에도 카드도 이미 다른 사람의 손에 넘어갔으니까. 단지 오리스에가 나미카의 손에 건너왔을 때, 그녀는 그다음 작전에 들어갔을 거야."

"그다음 작전이라니?"

"그리 대단한 건 아니야. 나미카가 갖고 있던 3의 카드를 오리스에 안에 넣는 척하면서 실은 넣지 않기만 하면 되거든. 그리고 그다음에 카드를 뽑을 때, 나미카는 다시 뽑는 척하면서 3의 카드를 손에 드는 거야. 그러니까 나미카는 1회에도 2회에도 카드를 뽑지 않고 처음 뽑아둔 3의 카드를 계속 쥐고 있었던 셈이야."

그림 17-1 1회째 제비뽑기의 트릭

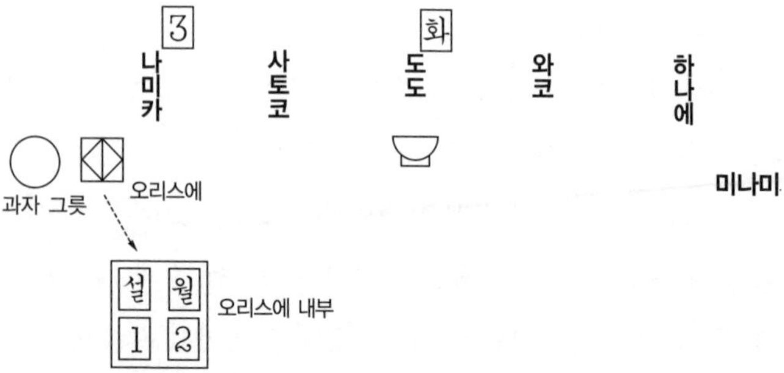

그림 17-2 2회째 제비뽑기의 트릭

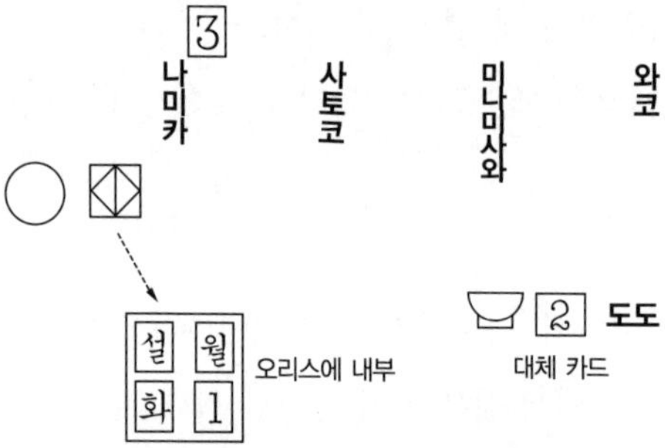

"왜 그런 짓을 했는데?"

"아까도 말했지? 팀을 자기 계획대로 나누기 위해서야. 그 시점에 6명이 3명씩 두 팀으로 갈라지니까. 즉 이때에 설·월·화 카드를 뽑은 세 사람과 번호 카드를 뽑은 세 사람이 마지막까지 한 팀으로 남는 거야. 근데 세 장의 번호 카드 중 한 장은 이미 점전좌에 나가기 전에 화 카드와 바꿔치기해서 숨겨놓고 있었어. 편의상 이것을 2의 카드라고 해두자. 나미카가 도도와 같은 팀이 되기 위해서는 그녀도 반드시 번호 카드를 뽑을 필요가 있었어. 그래서 미리감치 번호 카드, 그러니까 여기에서는 3의 카드를 확보해둘 필요가 있었던 거지(그림 17-2). 그리고 남은 또 한 장의 번호 카드는 반드시 와코가 뽑도록 해야 해."

다시금 두통이 밀려왔다. 눈두덩을 지그시 누르는 사토코에게 가가는 "잠깐 쉴까?"라고 물었다. 하지만 사토코는 고개를 저었다. "아냐, 계속해봐."

"단지 그때 오리스에 안에는 설·월·화 카드 세 장과 1의 번호 카드까지 모두 네 장이 들어 있어. 오리스에는 사토코, 선생님, 와코, 하나에의 순으로 돌아가게 되는데 그 번호 카드를 와코가 뽑을 확률은 4분의 1이었어. 그 점을 감안하면 아마 나미카는 하나에가 번호 카드를 뽑아도 괜찮다고 생각했던 거 같아. 와코나 하나에 둘 중 한 사람이 비소에 중독되면 그다음

날의 시합에는 나갈 수 없고, 그러면 목적은 이룬 셈이니까. 그렇게 보면 확률은 2분의 1이 돼. 그리고 이 트릭 중에서 그 부분만은 확률에의 도박이었을 거야. 만일 그때 사토코나 선생님, 둘 중의 한 사람이 번호 카드를 뽑았다면 나미카의 작전은 거기서 끝났을 거야."

비극이 일어날 확률은 50퍼센트였던 것이다. 하지만 아무리 그래도 이 또한 얼마나 무서운 계획인가. 거기까지 가가의 말을 듣고서 사토코는 새삼 나미카의 강한 집념을 실감했다. 올해 대회에 청춘을 걸었던 나미카가 비열한 수단 때문에 그 꿈이 무너져버린 것을 알고 얼마나 큰 분노와 슬픔을 느꼈을지, 그건 아마 자신들의 상상을 훨씬 뛰어넘는 것이었는지도 모른다.

하지만 이 놀라운 계획도 마지막 순간에 또다시 의외의 결말로 흘러갔다. 독약을 마시는 사람이 와코가 아니라 자신이 될 줄은 아무리 집념 강한 나미카도 마지막까지 예상조차 하지 못했으리라.

"이상이 설월화 트릭이야."

무슨 큼직한 일거리라도 끝낸 듯이 가가는 후우 긴 한숨을 내쉬었다. 그와 동시에 정기를 다 소모해버린 것처럼 그의 어깨가 조그맣게 보였다.

겹겹이 눈물방울을 흘리며 타오르는 양초의 불꽃 속에서 사토코는 가가의 그 등을 떠올렸다. 모든 수수께끼를 풀어낸 뒤, 가가의 얼굴은 검도 시합에서 분패했을 때의 표정 그대로였다.

그는 무엇에 그토록 패배감을 느꼈던 것일까.

어느새 함박눈으로 변해 있었다. 세 명의 젊은이는 자신들이 걸어온 흔적을 남기려는 듯이 한 걸음 한 걸음 눈을 꾹꾹 밟으며 나아갔다. 크리스마스이브를 즐기는 대학생들이 큰 소리로 떠들며 지나갔다. 세 사람은 나란히 T대학로를 향해 걸음을 옮겼다. 그리고 역 앞에 이르렀을 때, 누가 먼저 그러자고 한 것도 아닌데 그들의 발이 뚝 멈추었다.

"이제 어떻게 할 생각이지?"

가가는 도도에게 물었다.

"글쎄, 어떻게 할까."

라고 도도는 대답했다. "아무튼 너희들 앞에는 나타나지 않도록 할게."

"졸업할 때까지 아직 세 달이나 남았어."

"아니, 세 달밖에 안 남았지."

"그건 그렇다."

졸업의 의미를 가가는 생각해보았다. 알 수 없었다.

"선생님 댁에는 가볼 생각이냐?"

도도는 놀란 얼굴로 가가를 바라보았다. 그리고 그다음에는 희미한 웃음을 지었다. 서글픈 웃음이라고 가가는 생각했다.

"안 가는 게 좋겠지?"

"글쎄, 어떨까……."

"그것도 지금부터 생각해볼게."

그게 좋겠다고 대답하는 대신, 가가는 눈을 깜빡이면서 고개를 끄덕였다.

"왜 쇼코를 살해했는지, 네 입으로 말해줄래?"

"……나도 모르겠어."

도도는 걸음을 옮겼다. T대학로를 따라 올라갔다. 크리스마스 분위기는 절정에 달해서 길 양쪽에 늘어선 가게마다 환하게 불이 켜져 있었지만 그가 가는 길은 유난히 어두워서 앞을 내다보기조차 힘이 들었다.

가가는 도도의 등에서 와코 쪽으로 시선을 돌렸다.

"와코는 이제 어떻게 할 거지?"

"나 말이냐……."

와코는 눈이 잔뜩 묻은 양팔을 꼈다. "나도 우선은 생각부터 해봐야겠다. 그 전에 데리러 가야 할 여자가 있어."

"하나에? 그래, 둘이서 잘 상의해봐."

"결론은 나오지 않을지도 모르겠다만."

"굳이 결론을 내릴 필요는 없어."

자, 그럼, 이라고 손을 흔들고 와코는 걸음을 옮겼다. 도도가 사라져간 그 길이었다. 도중에 와코는 멈춰 섰다.

"사토코에게 뭔가 전할 말 없냐?"

가가는 잠시 생각했다. 그리고 말했다. "잘 부탁한다고 전해 줘."

"그걸로 되겠어?"

"안 될까?"

와코는 다시 한번 손을 흔들었다. 그리고 더 이상 뒤를 돌아보지 않았다.

가가는 두 사람이 지나간 길을 바라보았다. 계속해서 내리는 눈은 두 사람의 발자국을 급하게 지워가는 것만 같았다.

5

술주정뱅이가 흐느적흐느적 걷고 있었다. 자동차 옆을 지나간 뒤에 뭔가 잊어버리기라도 한 것처럼 뒤를 돌아보더니 차 문 옆으로 다시 돌아왔다. 헐렁한 코트를 입었고 머리에는 털실로 짠 스키 모자를 쓰고 있었다. 유리창을 툭툭 두드리기에 파워윈도를 내려주었더니 느닷없이 주정뱅이는 물었다.

"이봐, 어느 쪽이 이길 거 같아?"

차 안으로 지독한 술 냄새가 훅 끼쳐 들었다.

"어느 쪽이라니?"

"NHK 홍백가합전 말이야. 역시 올해도 홍팀이 이길까?"

"미안하지만 못 봤어요."

뭐야, 이거, 라는 얼굴로 주정뱅이는 이쪽을 보았다. 그리고 한두 걸음 걸어가더니 다시 몸을 돌려 차 안을 들여다보았다.

"뭐하고 있어?"

"편지 쓰고 있는데요."

라고 그는 대답했다. 그는 왼손에는 편지지를, 오른손에는 검은 볼펜을 들고 있었다.

"여자한테?"

"응."

그러자 술주정뱅이는 흐뭇한 듯 누런 이를 내보였다.

"러브레터구나? 난 또 종이비행기라도 만드는 줄 알았네."

"왜요?"

"흐흥, 왜 그럴까."

주정뱅이는 흐느적거리는 걸음으로 차 옆으로 물러서며 말했다. "이런 날 밤에 술을 마시는 거 말고 할 일이라면 종이비행기 접는 것 정도밖에 더 있어?"

"여자를 품에 안는 남자도 있겠죠."

주정뱅이는 캬캬캬 하고 높직한 소리로 웃었다. "너나 나나 그런 여자가 없으니까 술이나 마시고 편지나 쓰고 있는 거야."

주정뱅이는 "자, 그럼"이라고 말하고 사라져갔다.

자동차는 우편함 옆에 세워두었다.

핸들은 얼음처럼 차갑게 식어 있었다.

그는 파워윈도를 올리고 룸라이트 아래에서 다시 편지를 읽어보았다. 스스로 생각해도 짜증이 날 만큼 자디잔 글씨가 그 속에 줄줄이 채워져 있었다.

이 편지가 도착할 때쯤에는 새해가 밝았을까. 만일 그렇다면 새해 복 많이 받아라.

며칠 전에 들은 가가 너의 추리, 정말 훌륭했다. 설마 그 난해한 트릭을 간파해낼 줄은 생각도 못 했다. 아무래도 나미카의 방에서 비산을 발견한 게 치명타였던 것 같다.

너의 추리는 거의 완벽했지만, 심정적으로 몇 마디 덧붙이고 싶은 부분도 있고, 확실하게 해두어야겠다고 생각되는 점도 있어서 이렇게 펜을 들었다. 한창 새해 분위기에 취해 있을 때에 이런 이야기를 하게 되어서 미안하지만 그래도 잠깐만 나와 함께 해주라.

가장 중요한 점부터 말하겠다.

쇼코는 내가 살해한 게 아니다.

크게 놀랐겠지? 너의 추리의 한쪽 기둥이 무너진 셈이니까.

쇼코는 내가 살해한 게 아니다. 물론 나 이외의 누군가가 살해한 것도 아니다.

쇼코는 자살이었어.

상세한 내용을 설명하기로 하자.

그날 밤, 나는 쇼코의 방에 가기로 했다. 실은 쇼코가 '모종의 병'에 걸렸을 가능성이 있어서 그날 병원에서 진찰을 받고 올 예정이었다. 그리고 내가 쇼코를 찾아간 주된 목적은 그 진단 결과를 듣는 것이었다.

내가 쇼코의 이상을 깨달은 것은 그녀의 수상한 태도 때문이었다. 어느 시기를 경계로 몸에 손가락 하나 대지 못하게 했던 것이다. 나는 집요하게, 그리고 반은 강제로 캐물었다. 이윽고 체념한 쇼코는 울면서 모든 것을 털어놓았다. 충격적인 내용이었다.

나는 한참이나 아무 말도 못 했지만 이윽고 내뱉은 말은 "지나간 일은 별수 없지"라는 것과 "빨리 병원에 가는 게 좋겠다"라는 것이었다. 쇼코는 놀라서 내 얼굴을 보았다. 자신이 저지른 잘못을 내가 용서해줄 것이라고는 생각도 못 했다는 얼굴이었다. 쇼코는 조금 전과는 또 다른 눈물을 흘리며 내게 미안하다고 사과하고, 그리고 연인의 관대한 마음에 감사했다.

하지만 쇼코는 알지 못했다. 아니, 나 자신도 깨닫지 못했다. 나는 결코 쇼코를 용서하지 않았다는 것을.

어떻든 이야기를 좀 더 풀어나가자.

방문 전에 확인 전화를 했다. 그게 오후 10시다. 하지만 쇼코는 전화를 받지 않았다. 백로장에 분명 돌아와 있었을 텐데, 그 무뚝뚝한 관리인은 방에 가서 불러도 대답이 없다고 했다.

이 시점에서는 나는 별다른 의문도 품지 않았다. 예정대로 그 뒤에 곧장 백로장에 갔고 뒤쪽 창문으로 들어갔다. 내가 침입한 곳은 창고. 항상 문이 잠겨 있지만 창고 안쪽에서는 간단히 열 수 있는 장치였다. 나는 창고를 나가 곧바로 2층에 올라갔다. 그리고 쇼코의 방을 조용히 두드렸다.

내 마음속에 불길한 예감이 날아든 것은 그 순간이었다. 지금까지 그런 일은 한 번도 없었기 때문이다. 나는 망설이지 않고 내 열쇠로 문을 열었다. 그 열쇠는 형상기억 합금으로 창고 창문의 고리를 바꾸었을 때 나도 따로 하나 마련한 것이었다.

쇼코가 쓰러져 있는 것을 발견했을 때, 내가 느낀 충격을 이해할 수 있을까. 사랑하는 여자의 자살을 내 눈으로 목격한 것이다. 하지만 나는 소리를 내지 않았다. 소리를 냈다가는 나는 파멸하고 만다고 순간적으로 판단했기 때문이다.

그때의 쇼코의 상태를 설명해두기로 하자.

쇼코가 면도날로 손목을 긋고 그 손을 세면기에 넣은 채 출혈과다의 자살을 꾀한 상황은 사토코가 현장을 발견했을 때와 다를 바가 없다. 문제는 내가 발견했을 때의 모습이다.

쇼코의 손이 세면기 밖에 나와 있었던 것이다.

아마도 무슨 겨를엔가 툭 떨어진 모양이었다. 그녀의 손은 세면기 옆에 있었다. 그리고 그 때문에 출혈이 억제되었기 때문인지 쇼코는 아직 희미한 숨을 쉬고 있었다.

엄청난 동요 속에서 나는 그녀가 자살을 시도한 이유를 생각했다. 혼란 속에서 내가 내린 결론은, 그날 받은 진찰 결과를 쇼코가 이런 식으로 내게 알린 것이라는 생각이었다. 즉 진찰 결과가 최악으로 나왔다. 그리고 쇼코는 그것을 고민하다가 죽음을 선택했다—. 그런 결론이었다.

나는 쇼코의 상태를 확인해보았다. 그때 즉시 적절한 조치를 취했다면 쇼코는 살았을 것이다. 하지만 시시각각 죽음을 향해 다가가는 쇼코의 몸을 관찰하면서 내가 생각한 것은 역시 이것이 최선의 길인지도 모른다는 실로 비정한 감상이었다. 물론 오로지 나한테 유리한 쪽으로만 생각한 것에 불과했지만…….

나는 쇼코의 팔을 다시 세면기 안에 넣었다. 굳어가던 상처를 다시 벌려놓으면서. 그리고 (이것이 나중에 치명타가 되고 말았지만) 나는 바닥에 흘린 피를 내 손수건으로 닦아냈다.

나는 이미 정신이 반쯤 나간 상태였다. 그러고는 우선 현장을 탈출할 궁리를 했다. 누군가에게 들켰다가는 엄청난 혼란이 일어나리라는 건 불을 보듯 뻔한 일이었다.

나는 내 지문이 묻어 있는지 확인했다. 다행히 쇼코 방의 문손잡이에는 털실 커버가 씌워져 있었기 때문에 거기서 지문이 검출될 리는 없었다. 게다가 방 안의 다른 부분을 내 손으로 직접 만진 기억도 없었다.

이제는 탈출하는 것뿐이다, 라고 생각했을 때였다. 복도에서 쇼코를 부르는 소리가 들렸다.

심장이 멎을 뻔했다. 방문을 열고 들어서자마자 쇼코를 향해 달려갔기 때문에 문 잠그는 것을 깜빡 잊었던 것이다. 하지만 이제 새삼 그 문을 잠글 만한 여유는 없었다. 나는 순간적인 판단에 따라 방의 전기를 끄고(들고 있던 내 손수건으로 형광등 스위치를 당겼다. 당황하기는 했지만 절대로 지문을 남겨서는 안 된다는 생각은 내 머릿속에서 떠나지 않았다), 부엌 뒤쪽의 그늘 속에 몸을 숨겼다. 쇼코는 물론 그대로 쓰러져 있는 채였다.

누군가 문을 열었다. 수명이 줄어드는 듯한 순간이었다. 그 누군가는 문 안으로 얼굴을 들이밀고 잠시 쇼코의 이름을 부르더니 이윽고 가버렸다. 지금 생각하면 불과 몇 초의 일이었지만, 그때는 몇 시간인 것처럼 느껴진 순간이었다.

잠시 상황을 살피다가 나는 탈출을 감행하기로 했다. 그때 생각난 것은 최대한 내가 들어오기 전의 상태로 돌려놓자는 것이었다. 나는 전기를 다시 켰다. 그리고 마음을 굳게 먹고 방을 나섰다. 그나마 내게 다행이었던 것은 문이 반자동 록이어서 열쇠 없이 잠글 수 있었다는 것, 그리고 옆방 여학생이 텔레비전을 크게 켜두었다는 것이었다. 하지만 내게 큰 불운이었던 것은 탈출 직후에 나미카가 돌아와 쇼코의 방문을 두드렸다는 것이다. 잠깐의 시간

차이로 쇼코의 방을 찾은 두 증인의 말이 서로 달랐기 때문에 제삼자의 침입이라는 의심을 사게 되었다는 건 가가 너도 알고 있는 그대로다.

나는 들어왔던 때의 경로를 그대로 되짚어 나왔다. 즉 창고로 들어가 안쪽에서 문을 잠그고 창문으로 탈출한 것이다. 그리고 정신없이 밤길을 내달렸다. 대학까지 가는 길은 참으로 멀었다.

다음 날 쇼코의 사체가 발견되었다. 자살로 처리될 것 같다는 말을 듣고 나는 안도의 한숨을 내쉬었다. 그때까지도 나는 정신이 나간 듯한 상태였던 것이다.

사토코에게서 타살 가능성이 있다는 말을 듣고 난 뒤에 나는 하루하루 살아도 살아 있다는 마음이 들지 않았다. 아예 사실을 밝혀버리자는 생각도 했다. 하지만 아무래도 그건 할 수 없었다.

그렇기 때문에 나미카가 나를 찾아왔을 때는 정말 소스라치게 놀랐다.

가가의 추리대로 나미카는 형상기억 합금의 금속 고리에 대해 알고 있었고, 그래서 곧바로 범인이 나라는 것을 알아냈다. 나는 나미카에게 모든 것을 고백했다. 나미카는 내게 경찰에 자수하라고 권했다. 하지만 나는 경찰에 갈 수 없었다. 나 자신의 장래를 파괴하는 일은 도저히 할 수 없었던 것이다. 나미카는 자신이 직접 경찰에 말할 생각은 없지만 친구들에게는 밝히겠다고 했다. 나는 잠시만 기다려달라고 부탁했다. 나미카가 발설하면 누군가는 틀림없이 경찰에 신고할 거라고 생각했기 때문이다. 나미카는 그런 일은 없을 거라고 했지만, 나는 믿을 수 없었다. 그리고 친구라는 게 얼마나 믿을 수 없는 것인지 설명하기 위해 지난번 여자 개인전에서 나미카가 미시마 료코에게 패했던 승부의 사전 조작에 대해 말했던 것이다.

그렇다, 나는 나미카가 패한 이유를 알고 있었다. 스포츠드링크에 뭔가 약을 타는 장면을 우연히 목격했기 때문에.

나미카는 자신이 뭔가 약을 먹었다는 건 짐작하고 있었다. 하지만 그 범인이 누구인지 듣고는 깜짝 놀란 기색이었다.

나미카의 태도가 급변한 건 그때부터였다.

그녀는 다시 나를 불러내 쇼코와의 일을 아무에게도 말하지 않는 대신 자신의 계획을 도와달라고 했다. 가가가 추리했던 대로 와코나 하나에, 둘 중 누군가에게 비소를 먹여 시합에 나가지 못하게 한다는 것이었다.

나미카의 계획을 들었을 때, 이것이 내게는 중요한 기회라고 생각했던 것을 부정하지는 않겠다. 쇼코와의 일을 나미카에게 들켰을 때부터 살의가 있었다는 것을 인정한다. 특히 나미카의 계획을 거꾸로 이용하면 완전범죄가 될 수 있다는 것을 나는 깨달았다.

가가가 말했듯이, 계획이 성공할지 아닐지는 50퍼센트의 확률이었다. 나미카는 그 확률에 걸어볼 것이고 만일 안 될 경우에는 그만 포기하겠다고 했다. 나 역시 그 확률에 걸어보고 안 되었을 경우에는 다른 방법을 강구할 생각이었지만 그 확률에 대한 집념은 아마 나미카보다 내가 더 강했을 것이다.

트릭의 내용은 가가가 추리한 것이 정확하게 맞았기 때문에 생략한다.

단지 트릭에 사용한 화월 패와 차선의 처리 방법에 대한 설명을 듣지 못했기 때문에 보충해둔다.

가가라면 벌써 감을 잡았을 테지만 그런 소도구들은 미나미사와 선생님 댁의 목욕탕 가마 안에 감춰두었다. 경찰이 출동했을 때 반드시 소지품 검사를 할 거라고 예상했기 때문이다. 내 예상은 정확히 들어맞았다.

며칠 뒤에 나는 그 물건들을 회수할 목적으로 선생님 댁에 전화해서 찾아가도 괜찮겠느냐고 물었다. 하지만 미나미사와 선생님은 그렇다면 다른 친구도 모두 함께 모이자고 하셨다. 나는 그 제안에 따를 수밖에 없었다. 친구들의 눈이 신경은 쓰였지만 어떻게든 증거품을 회수해올 생각으로 그날 선생님 댁에 갔다.

그런데 생각지도 못한 행운이 돌아왔다. 목욕탕 가마에 불을 때는 일이 내게 떨어진 것이다. 나는 증거품을 회수하는 것뿐만 아니라 그 자리에서 재로 만들어버릴 수도 있었다.

이 편지를 쓰면서 나는 그 일을 다시 생각해본다. 어쩌면 그건 선생님의 배려가 아니었을까. 아마 선생님은 우연히 목욕탕 가마 안의 증거품을 발견했고 범인이 나라는 걸 알고 계셨을 것이다.

내가 전화를 하자 그 확신은 더욱 강해졌다. 내가 찾아가려는 목적이 증거품 회수라는 것을 깨달은 선생님은 나 혼자만 방문하는 건 위험하다고 생각했다. 형사의 눈이 여기저기서 번뜩이고 있었으니까 방문 목적을 추궁하거나 집을 나서다가 소지품 검사를 당하게 되면 끝장이기 때문이다. 그래서 전원을 집합시키는 방법을 생각해내셨을 것이다. 그리고 목욕탕 가마를 내게 맡겨 증거품 처리를 하게 해준다는 건 미나미사와 선생님이 아니고서는 아무도 생각하지 못할 일이다.

선생님이 왜 나를 감싸주셨는지, 나는 알지 못한다. 아마도 이유 같은 건 없었을 것이다. 고등학생 시절에 내 답안지를 첨삭해 주셨던 것처럼 내 계획의 부족함을 메워주신 게 아닐까. 그런 선생님이셨다, 옛날부터.

자, 그럼 마지막이 되겠지만, 여기서 반드시 양해를 구해야 할 일이 있다. 쇼코가 정말로 '모종의 병'에 걸렸는가 하는 점이다.

답은, No.

경찰의 정보를 통해 알고 있는지도 모르지만 쇼코의 몸에는 아무 이상도 없었다. 또한 주목해야 할 일은 쇼코가 아무래도 병원에도 가지 않은 듯하다는 점이다.

나는 머리를 부여잡고 고민했다. 그러면 대체 쇼코는 왜 자살을 꾀했는가. 의사의 진찰을 받을 것도 없이, 자신의 몸의 이상을 그런 종류의 병이라고 혼자 믿어버린 것일까.

거기까지 생각했을 때 내 뇌리에 되살아난 것은 그날 아침에 내가 쇼코에게 했던 말이다. 나는 그녀에게 이렇게 말했던 것이다.

"만일 나쁜 결과가 나왔을 경우, 나와 너 사이에 육체관계는 없었던 것으로 해줄래? 그리고 가능하다면 졸업할 때까지 만나지 않았으면 좋겠다."

명령이 아니었다. 나는 애원하다시피 했다. 아들의 성공을 바라는 부모님과 완벽주의자 마쓰바라 교수의 얼굴이 눈앞에 어른거려서 쇼코의 마음을 헤아려줄 여유가 없었던 것이다.

하지만 그건 쇼코에게는 너무나 잔혹한 말이었을 것이다. 그러잖아도 불안해서 괴로워하는 때에 단 한 사람 의지하고 있던 연인에게마저 버림을 받은 꼴이었으니.

아니, 쇼코의 고백을 들은 시점에 내가 헤어지자는 말을 했었다면 그녀의 충격은 그나마 적었을지도 모른다. 내가 어설프게 일단 그녀를 용서한 듯한 행동을 취했기 때문에 진찰 직전의 배신은 그녀에게 천국에서 지옥으로 떨어지는 듯한 절망감을 주었을 거라고 나는 충분히 짐작할 수 있다.

그런 의미에서 역시 쇼코를 죽인 건 나였는지도 모른다.

그런데 그토록 쇼코를 괴롭혔던 병, 그리고 그것을 둘러싼 그녀의 고백을 말하자면……

글은 거기에서 멈춰버렸다. 더 이상 글을 써 내려갈 마음이 나지 않았던 것이다. 그는 차창 밖으로 몸을 내밀어 하늘을 올려다보았다. 분명 이런 날 밤에는 종이비행기라도 날리는 게 더 의미 있는 일인지도 모른다—.

그는 고민 끝에 편지지를 갈기갈기 찢어버렸다. 그리고 차에서 내려 근처에 있던 쓰레기통에 그 잔해를 버렸다.

차 안에는 봉투만 남겨졌다. 수신인이 적혀 있고 우표도 붙여져 있었다.

'자, 이제 어떻게 하지?'

그는 차 안에서 장난꾸러기 같은 웃음을 흘렸다.

도도 마사히코가 아버지의 자동차를 몰고 한겨울의 바다로 뛰어든 것은 그 해가 끝나기 직전, 즉 12월 31일 오후 11시 30분경이었다. 하루에 한두 차례 페리호 선박이 드나들 뿐인 작은 항구였고 인가와도 상당히 떨어진 곳이었다. 밤늦은 시간이었기 때문에 항구에는 아무도 없었고 등불도 꺼져 있었다. 자칫하면 어느 누구도 이 사고를 알아보지 못할 상황이었다. 자동차가 떨어지는 장면을 목격하고 경찰에 통보한 것은 우연히 그 길을 지나가던 라면 포장마차 주인이었다. 경찰의 질문에 대해 라면집 아저씨는 다음과 같이 증언했다.

"여기를 지나가는데 저기 반대쪽에서 엄청난 속도로 달려오는 차가 있더라고요. 80킬로미터는 됐을 겁니다. 이 근처는 폭주족 같은 건 거의 없거든요. 아무래도 이상하다 싶어서 가만히 지켜보고 있었더니만 곧장 바다로 내달리는 거예요. 이거 큰일이구나, 하고 생각하자마자 풍덩 하더라고요."

인양 작업은 다음 날인 1월 1일 점심때까지 계속되었다. 새해 벽두부터 크레인 차를 동원해야 했지만 그래도 순조롭게 끝난 편이라고 수색 대원들은 안도의 표정을 보였다.

그들이 건져 올린 것은 하얀 크라운 승용차였다. 면허증을 통해 운전자가 도도 마사히코라는 게 판명되었고, 나아가 소지품 속에서 학생증도 발견되었다. 차 안에 있었던 것은 그 한 사람뿐이었고 유서 같은 건 발견되지 않았다.

오후에는 유족이 달려왔다.

6

떠밀리듯이 개찰구를 나서자 역 앞에 사람들이 줄을 서 있는 게 보였다. 정월 초하루부터 동원된 제복 경관들이 입에 호각을 문 채 인파를 정리하고 있었다. 사람들은 마치 잘 사육된 양처럼 느릿느릿 일정한 방향으로 움직였다. 외국인들은 이 인파의 흐름이 어디로 향하는지 짐작도 못 할 것이다.

"이래서 싫어, 정초에 죄다 절에 몰려가는 거."

사토코는 짜증스러운 얼굴로 행렬을 바라보았다. "옷도 엉망이 될 텐데."

그녀는 검은 모피 코트를 입고 있었다. 기모노 차림은 아무래도 싫다고 항상 말했었다.

"이런 정초 풍경도 좋잖아. 나는 처음이야."

그렇게 말하며 가가는 행렬 끝에 줄을 섰다. 사토코도 그 뒤에 붙으며 한차례 한숨을 내쉬었다.

절 문 안에 들어서기까지 20분 넘게 걸렸다. 게다가 거기서 보시함까지 다시 10분을 서 있었다. 그 사이에 사토코는 두 번 발을 밟혔고 세 번 남의 발을 밟았다. 정확한 숫자를 파악할 수 있었던 것은 밟힐 때마다 "아얏!"이라고 신음했고, 밟을 때마다 "죄송해요"라고 사과했기 때문이다. 그녀가 밟은 세 번 중의 한 번은 가가의 발등이었다.

보시함에 둘이 합하여 505엔을 던져 넣고 합장을 한 뒤에는 한 해의 운수를 점치는 제비뽑기를 해보기로 했다. 가가는 길吉, 사토코는 대길大吉이었다.

"다시 한번 뽑아보면 어떨까?"

"싫어. 복이 달아난단 말이야."

"의외로 신심이 도타운 편인데. 보시함에는 듬뿍 500엔씩이나 넣고."

"그 정도에 듬뿍 넣었다고는 하지 않지."

사토코는 '대길'이라고 인쇄된 종이쪽을 소중히 지갑 속에 챙겨 넣었다.

"올해는 사토코에게 비약의 한 해가 될 텐데 그 첫걸음이 아주 괜찮네. 좋았던 일도 나빴던 일도 이미 지나간 일은 모두 다 잊어버려."

"응, 잊어버리고 싶어……."

"어째 말끝이 애매하다?"

그러자 사토코는 슬쩍 눈을 치켜뜨며 가가의 얼굴을 보았다.

"저기, 잠깐만 지난 일에 대해 함께 생각해줄래?"

라고 물었다. "게다가 다시 떠올리고 싶지도 않은 이야기지만."

"정초부터 그 참혹한 사건을 다시 떠올리라는 거야?"

라고 가가는 미간을 찌푸렸다. "그래도 거절하면 안 되겠지?"

"미안해, 잠깐이면 돼."

사토코의 뺨은 살짝 붉어져 있었다.

두 사람이 들어간 곳은 역 앞 상점가에서 유일하게 문을 연 과일주스 매점이었다. 이런 때가 아니면 절대 들어가지 않을 칙칙한 가게였지만 설날 참배객들이 몰려들어서 가가와 사토코가 자리를 잡는 데도 10분 넘게 입구에서 기다려야 했다. 게다가 커피 한 잔에 평소의 두 배 가까운 가격표가 붙어 있었다.

커피 받침접시 두 개를 놓으면 가득 찰 만큼 좁아터진 테이블에 두 사람은 마주 앉았다.

부루퉁한 점원이 가고 나서 사토코는 이야기를 시작했다.

"도도 군은 쇼코를 살해한 동기를 결국 밝히지 않았어. 가가 군이 그건 그냥 됐다고 해서 나도 더 이상 캐묻지 않았지만, 내 나름대로 생각을 해봤어."

가가는 인스턴트를 약간 진하게 탄 느낌의 커피를 한 모금 마신 뒤, 별로 내키지 않는 듯 슬쩍 고개를 끄덕였다.

"그래서 이것밖에 없다 하는 결론에 도달했어."

"이것밖에 없다 하는 결론?"

"그래, 이거야."

그리고 사토코가 가방에서 꺼낸 것은 빨간 표지의 일기장이었다. 가가도 본 적이 있었다. 쇼코의 일기장이다.

"처음에 다들 쇼코는 자살이라고 생각했지? 그때만 해도 나 미카와 함께 그 동기를 캐내려고 했었어. 근데 연달아 사건이 터지는 바람에 그걸 못 하고 그냥 지나가고 만 거야. 하지만 실은 그게 가장 중요한 점이라는 생각은 항상 하고 있었어."

"그래?"

여기서 비로소 가가는 관심을 드러냈다. 사토코는 일기장을 펼쳐 보여주면서 쇼코가 참가했던 강좌 여행과 거기서 벌어진 낯선 남자들과의 불장난에 대해 이야기했다.

"쇼코는 이 일 때문에 크게 자책했던 거 같아. 8월에 일기를 전혀 쓰지 않고 비워둔 것도 그 탓이야."

"골동품 같은 순정파 여대생이네. 누군가하고는 달라도 너무 다르다."

"하지만 이때는 미나미사와 선생님에게 고민 상담을 하고서 그래도 마음이 풀렸던 거 같아. 여기 봐, 다시 일기를 쓰기 시작했지?"

"선생님은 어떤 충고를 해주셨을까?"

"도도 군에게 말하지 않으면 전혀 모를 테니까 입 다물고 가만있으라고."

가가는 하마터면 커피가 목에 걸릴 뻔했다.

"역시 사토코와 나미카의 은사님이시다."

"아무튼 쇼코의 고민은 이 시점에 일단 해결된 셈이야. 그래서 나도 이런 쪽은 아닐 거라고 생각했는데 나미카는 이쪽을 고집했어. 강좌 여행에서 관계를 가졌던 남자가 그즈음에 불쑥 나타난 게 아닐까, 아니면 도도 군이 이 일을 알아버린 게 아닐까, 그런 얘기를 했거든. 근데 마침 그즈음에 타살설이 나오는 바람에 더 이상 그쪽으로는 생각하지 않게 된 거야."

"동기보다 밀실 수수께끼 쪽으로 추리의 레이더가 옮겨간 거지?"

"꼭 그런 건 아니지만 그 뒤에 또다시 나미카까지 살해되는 바람에 뭐가 뭔지 뒤죽박죽이 되었어. 하지만 범인이 도도 군이었다는 걸 알고 나서 가만히 생각해보니까 우리가 그때 쇼코의 자살 동기로 추리했던 것이 아주 중요한 요소였다는 걸 깨달았어."

"흠."

가가는 빨간 표지의 일기장을 찬찬히 읽기 시작했다. 눈빛도 진지하게 변해 있었다.

"그래서 뭔가 찾아냈어?"

확신이 있는 건 아니지만, 이라고 사토코는 전제를 했다.

"이를테면 쇼코가 여름에 강좌 여행에서 한 일을 도도 군이 알았다고 해도, 그때 만났던 남자가 나타났다고 해도, 그건 도도 군이 쇼코를 살해할 동기는 되지 않아. 좀 더 저능하고 질투심 강한 남자라면 충동적으로 그런 일을 저지를 수도 있겠지만 도도 군은 그런 인물은 아니니까."

"그건 나도 동감이야."

라고 가가는 낮은 목소리로 대답했다. "그런 면이 약간은 있었으면 좋겠다는 생각이 들 정도였지."

"그렇지? 혹시 그런 문제였다면 그냥 두 사람이 헤어져버리면 해결될 일이었어. 그렇다면 결국 헤어지는 것만으로는 끝나지 않을 어떤 문제가 두 사람 사이에 있었다는 뜻이겠지?"

사토코는 가가의 얼굴을 들여다보았다. 내 말을 이해하겠느냐고 물어보는 눈빛이었다. 가가는 팔꿈치를 테이블에 짚고 얼굴 앞에서 두 손을 마주 꼈다.

"이를테면 쇼코가 하룻밤 불장난으로 만난 남자의 아이를 임신했다거나……. 그렇다면 그냥 헤어지는 것만으로는 일이 끝나지 않아. 사람들은 그 아이를 도도의 아이라고 생각할 테니까. 초 엘리트 코스를 목표로 삼은 도도로서는 치명적인 오점이 되는 거야."

"그렇겠지."

사토코는 가볍게 다리를 꼬며 가가를 내려다보았다. "하지만 쇼코가 임신을 했다면 경찰이 그것을 주목하지 않았을 리 없어."

"실제로 임신은 안 했는지도 모르지. 상상 임신이라는 것도 있고, 뭔가 이유가 있어서……."

"그래, 생리가 늦어졌던 것뿐인지도 모르지. 그리고 그것을 쇼코는 임신이라고 혼자 지레짐작을 했다거나."

도중에서 가가가 말하기 어려워하는 눈치여서 사토코가 뒷말을 이었다. "나도 그런 가능성은 생각했어. 그래서 이 일기장을 다시 한번 꼼꼼히 읽어봤어. 쇼코가 이 일기장에 자신의 몸 상태 등을 상세히 적어두곤 했으니까 뭔가 임신을 암시할 만한 말이 있을지도 모른다고 생각했기 때문이야."

"그래서 어땠어?"

"죽기 일주일 전에 생리를 했다고 적혀 있어. 그러니까 임신설은 끝이야. 하지만 그 대신 상당히 마음에 걸리는 말이 나왔어."

그리고 사토코는 가가의 손에서 일기장을 가져다 익숙한 손놀림으로 페이지를 넘겼다. 그녀가 펼친 곳은 쇼코가 마지막으로 일기를 쓴 페이지였다.

"여기 좀 읽어봐."

사토코는 가가 쪽을 향해 일기장을 건넸다. 그녀가 가리킨 곳에는 이렇게 적혀 있었다.

> 피곤한 하루하루가 이어진다. 써야 할 리포트는 잔뜩 밀려 있고, 나미카의 코 고는 소리는 시끄럽고, 도무지 잠이 오지 않는다. 게다가 습진까지 생겨서 너무 가렵고, 진짜 싫다……

가가가 다 읽은 것을 확인하더니 사토코는 손을 내밀어 그 앞 페이지를 펼쳤다.

"그리고 여기하고 여기도 읽어봐."

가가는 그 부분에도 시선을 내달렸다. 그리고 마침내 사토코가 무슨 말을 하려는지 차츰 감이 잡혀왔다. "그럼 혹시……?"라고 그는 얼굴을 들었다.

“그래. 쇼코는 이 시기에 정체불명의 습진으로 고민하고 있었어. 일기에는 그냥 장난하듯이 적어뒀지만 꽤 심각했던 거 같아. 언젠가 하나에도 말했었지? 쇼코가 몸에 뾰루지가 생겨서 고민하고 있다고. 바로 이게 모든 일의 원인이 아니었는가. 나는 그런 생각이 들어.”

가가의 얼굴은 어느새 침통한 표정으로 바뀌었다.

“그러니까 쇼코가 뭔가……, 그런 쪽의 병에 걸렸었구나. 여름에 낯선 남자들에게서 옮은…….”

“경찰에서 아무 말도 없었던 걸 보면 사실은 그렇지도 않았던 거야. 그저 단순한 습진이었어. 하지만 쇼코는 그런 몹쓸 병에 걸렸다고 혼자 끙끙 고민했던 것 같아. 쇼코 성격에 그런 병을 진찰하러 병원에 갈 용기도 없었을 거고.”

“그리고 쇼코가 그것을 도도에게 털어놓았다면? 도도로서는 연인이 그런 병에 걸렸다면 자신의 몸도 걱정이었겠지. 아니, 도도의 몸에 이상이 없더라도 주위의 시선은 당연히 도도를 의심하게 돼. 엘리트 코스는 물 건너간 이야기가 되고…….”

“아, 이건 단순히 내 추리일 뿐이야.”

사토코는 마치 가가를 위로하듯이 말했다. 거기에 대해 가가는 이렇게 대답했다.

“하지만 그런 거라면 도도에게 살해되기 전에 쇼코가 먼저 자살했을 거 같은데?”

잠시 생각해보고 사토코는 그럴지도 모르겠다고 중얼거렸다.

"자살할 생각이었는데 그 전에 살해되었는지도 모르고."

두 사람은 잠시 침묵에 잠겼다. 식어버린 맹탕 커피를 꽤 오래도록 바라보았다. 이윽고 가가가 입을 열었다.

"확인해볼까, 도도에게?"

하지만 사토코는 외국영화의 여배우가 하듯이 어깨를 슬쩍 치켜들었다. "아니, 그딴 거 아무려나 상관없는 일이잖아?"

7

1월 4일, 가가 교이치로는 도도 마사히코의 장례식에 참석했다. 다른 친구들은 아무도 오지 않았지만 가가는 일이 이렇게 된 책임의 일단이 자신에게 있는 듯한 마음이 들어서 조문의 향을 올리기로 했던 것이다.

'게다가 친구이기도 하고.'

가가는 영정 사진 속의 도도에게 말을 건넸다. 만일 그가 말을 할 수 있다면 과연 어떤 대답을 했을까.

"도대체 무슨 영문인지를 모르겠구나."

도도의 어머니는 그렇게 말하며 울었다. 가가는 대답했다.

"네, 저도 이유를 모르겠습니다."

사야마 형사가 말을 걸어온 것은 가가가 향을 올리고 나왔을 때였다. 꽤 오랜만에 만난 듯한 느낌이 들었다.

"혼자야?"

형사는 주위를 둘러보았다. 항상 입는 회색 양복에 베이지색 트렌치코트를 입고 있었다. 어디선가 본 듯한 스타일이다.

"항상 혼자예요."

가가는 입가를 풀며 웃어 보였다. 어떤 반응을 보일까. 하지만 사야마는 "그랬나?"라고 가볍게 흘려들을 뿐이었다.

"그가 왜 크라운 자동차를 몰고 겨울 바다로 뛰어들었을까?"

"글쎄요."

가가는 무심한 대답을 했다. "코롤라 자동차여서는 너무 가벼워서 안 되겠다고 생각한 거 아닐까요?"

"왜 겨울 바다였지?"

모르겠다고 대답하는 대신 양팔을 펼쳐 보였다.

그러자 사야마가 말했다.

"봄까지 기다렸다면 내가 뛰어들게 놔두지 않았을 테니까."

가가는 형사의 얼굴을 보았다. 그의 시선은 조용히 상가喪家의 안쪽을 바라보고 있었다.

"그러면 사야마 형사님이 한발 늦었다는 거군요."

"그래."

형사는 날카로운 눈빛을 하늘로 옮겼다. "너무 늦어버렸어."

장례식은 오전 중에 끝이 났다. 가가는 곧장 집으로 돌아왔다.

집에 돌아와 보니 아버지는 이미 나가고 없었다. 변함없이 휘갈겨 쓴 메모만 놓여 있었다.

친척들에게 정초 인사하러 다녀오마. 못 올지도 모른다.

바보 같은 아버지, 아예 버릇이 되셨네—.

탁자 위에는 아버지의 메모 외에도 늦게 도착한 연하장들이 놓여 있었다. 대부분 아버지 앞으로 온 것이었지만 그 속에 겨우 체면치레 정도로 가가 앞으로 온 것도 섞여 있었다. 어찌 됐건 해마다 줄어들고 있다는 건 분명했다.

연하장을 들여다보던 가가의 손이 문득 멈췄다. 한 통의 봉서가 섞여 있었기 때문이다. 받는 사람은 가가 교이치로라고 적혀 있었다. 그리고 보낸 사람의 이름을 본 순간, 가가는 저도 모르게 헉 하는 소리를 흘렸다.

보낸 사람이 도도 마사히코였던 것이다.

가가는 두근거리는 마음을 억누르며 봉투 끝을 뜯었다. 어쩌면 이건 도도의 유서인지도 모른다.

하지만—.

봉투 안은 텅 비어 있었다.

가가는 봉투를 다시 살펴보았다. 혹시 어딘가에 뭔가 적혀 있을지도 모른다고 생각했기 때문이다. 하지만 그런 건 어디에도 없었다. 확인을 위해 안쪽도 살펴보았지만 아무것도 적혀 있지 않았다.

가가는 그것을 탁자 위에 내려놓고 한참 동안 바라보았다. 도도는 왜 빈 봉투를 보내온 것일까.

이윽고 가가는 그것을 손에 들고 천천히 코에 대보았다.

바다 냄새가 나는 것 같았다.

8

맥주 세 병에 식빵과 햄을 넣으면 가득 차버리는 냉장고, 여기저기 녹이 슨 철제 책상, 9인치짜리 중고 텔레비전, 부서진 컬러박스, 망가진 팬시케이스, 따뜻해질 때까지 엄청나게 시간이 걸리는 전기스토브. 그리고 종이박스 세 개—. 와코의 이삿짐은 그것뿐이었다. 4년 동안 사용한 이불은 어제 종이 쓰레기와 함께 내버렸다.

짐은 작은 트럭 한 대로 충분히 실어 나를 수 있는 양이었다. 와코는 친가 근처의 쌀집에서 트럭을 빌려와 오전 중에 벌써 이삿짐을 다 실었다. 그다음은 방 청소와 집주인에게 인사하는 것뿐이었다.

카펫까지 벗겨내 아무것도 없는 방바닥에 벌렁 누워 와코는 처음 이 하숙방에 왔을 때의 일을 떠올렸다. 너무 좁은 방에 깜짝 놀라기도 했고, 이곳은 나만의 성이라는 만족감도 있었다.

처음 들어왔을 때는 지금보다 훨씬 짐이 적었다. 책상, 이불, 갈아입을 옷 조금—. 분명 그런 정도였을 것이다. 작은 트럭은 커녕 도도의 아버지가 빌려준 자동차로 단 한 번에 나를 수 있었다.

그저 잠깐 여행을 떠나는 정도의 이삿짐이었지만 그때는 친구들이 우르르 몰려와 도와주었다. 가가, 사토코, 도도, 쇼코, 나미카, 그리고 하나에. 여학생 넷이서 저마다 걸레를 들고 구석구석 청소까지 해주었다. 남학생은 별 도움이 되지 않았다. 그저 팔짱을 끼고 이래저래 잔소리만 했다. 그나마 전혀 도움도 안 되는 잔소리.

하지만 오늘은 아무도 오지 않았다.

당연한 일이다. 오늘 이사한다는 건 아무에게도 말하지 않았으니. 게다가 그때의 친구들은 자기를 빼고는 세 사람밖에 남지 않았다. 쇼코도 나미카도 자기들이 쓰던 방조차 정리하지 못한 채 세상을 떠났고, 도도는 이 방에 들어올 때 짐을 날라준 그 크라운 자동차에 자신을 싣고 바다에 뛰어들었다.

졸업이란 이런 것이구나…….

문 앞에 인기척이 있어서 와코는 고개를 빼고 내다보았다. 꾸지람 들은 아이가 부모의 눈치를 살피는 듯한 얼굴로 하나에가 서 있었다.

"오늘 이사하는 거야?"

"응."

와코는 몸을 일으키며 대답했다. "아무도 모르게 나가려고 했는데."

"왜?"

"그냥 그러고 싶었어. 그런 때, 있잖아?"

"그래도……."

하나에는 문 옆의 기둥에 손을 짚고 가만히 고개를 숙였다. 와코는 더 이상 견딜 수 없어서 눈을 돌려버렸다. 그리고 애써 환하게 말했다.

"형님 친구가 하는 인쇄회사에서 일하기로 했어. 작은 회사지만 테니스 동호회도 있다더라. 나야 뭐 테니스만 할 수 있으면 최고지."

"그래……."

하나에의 말끝이 흔들렸다. 그렇게 생각하자마자 눈물이 주르르 뺨을 타고 바닥에 떨어졌다. "……미안해."

"아냐, 됐어."

와코는 당황해서 하나에 쪽으로 몸을 돌렸다. "산토 전기를 취소한 건 내가 마음대로 결정한 일인데 뭘. 네가 미안해할 일이 아니야."

"그래도……."

"원래부터 내가 그런 대기업에 합격할 리가 없었어. 채용 소식에 내가 도리어 깜짝 놀랐을 정도야. 그래서 네가 그 얘기를 해줬을 때는, 뭐야, 역시 그런 거였구나, 하는 심정이었어. 정말 나는 아무렇지도 않아."

"가가 군은 나미카의 음료수에 약을 탄 건 와코 군이라고 생각하고 있어. 내가 그것만이라도 분명하게 밝혀야 하는데……."

"아니, 그것도 괜찮아."

와코는 떼쓰는 어린아이를 달래듯이 다정하게 말했다. "나를 도와주려고 그랬던 거잖아. 게다가 나미카가 죽었을 때, 너는 정말 큰 고통을 겪었어."

미시마 료코의 지시에 따라 시합 전에 나미카의 음료수에 약을 탔다, 라는 이야기를 하나에에게서 들은 것은 설월화 사건이 터진 직후였다. 나미카는 자살한 거라고만 생각했던 하나에는 그 자살의 동기가 검도 시합에서 패한 것 때문인지도 모른다고 혼자 끙끙 고민했다. 그리고 그 끝에 와코에게 모든 것을 털어놓았다. 와코는 설마 그런 일 때문에 나미카가 자살할 리는 없다고 생각했지만 어떻든 그 일을 친구들에게 밝히자고 말했다. 그 일이 연달아 터진 사건과 뭔가 관련이 있다고 생각했기 때문이다. 하지만 하나에는 그것만은 하지 말아달라고 애걸했다. 그 말을 해버리면 와코의 채용이 취소될 우려가 있었기 때문이다.

하지만 결국 가가에 의해 모든 것이 밝혀졌다. 나미카의 음료수에 약을 탄 것이 와코였는가 하나에였는가 하는 차이는 있었지만, 그건 본질적인 문제가 아니었다.

"내가 그런 짓만 하지 않았어도……."

하나에는 두 손으로 얼굴을 가렸다. 그 틈새로 흐느껴 우는 소리가 흘러나왔다. "나미카도 도도도 죽지 않았을 거야."

"그건 아무도 모르는 일이야."

와코는 호주머니에서 손수건을 꺼내 하나에의 손에 쥐어주었다. "그런 거 생각할 필요 없어. 하나에는 어떻든 이번 일은 모두 다 잊어버리도록 해."

"잊을 수가 없어."

"잊을 수 있어. 이번 사건도, 그리고 나도."

딸꾹질을 하는 소리와 함께 하나에의 흐느낌이 일순 뚝 멎었다. 손수건 너머로 와코를 바라보는 그 눈은 서글플 만큼 붉게 충혈되어 있었다.

“잊어버려, 나도.”

하나에의 가느다란 어깨를 안으며 와코는 다시 한번 말했다.

“안 돼, 못 해.”

“괜찮아, 할 수 있어.”

조용히 그는 그녀를 끌어안았다. “익숙해지면 아무렇지도 않을 거야.”

9

학장의 인사말. 그저 졸리기만 할 뿐.

가슴이 뭉클했던 건 초등학교 졸업식 때뿐이구나, 하고 사토코는 하품을 씹으며 생각했다. 그때는 〈작별〉이라는 외국곡의 노래도 했었다. 오랫동안 사귀었던 정든 내 친구여, 작별이란 웬 말인가, 가야만 하는가……, 그다음이 뭐였더라, 하고 잠깐 기억이 흐릿해졌다.

중학교와 고등학교는 졸업식이고 뭐고 정신이 없었다. 입시 공부에서 해방되어 이제 몇 달 동안은 마음 놓고 놀 수 있겠다고 희희낙락했다. 남학생의 눈을 의식하는 내숭 여학생들만

찔끔찔끔 울었던가.

'아무리 그래도…….'

사토코는 졸업식장 안을 둘러보며 한숨을 내쉬었다. 참석한 졸업생이 3분의 1도 안 된다. 출석을 부르는 것도 아니고, 나오지 않더라도 졸업증서는 우편으로 보내주니까 그럴 만도 하지만.

사토코가 졸업식에 참석하기로 한 것은 기나긴 학생시절에 뭔가 매듭을 짓자는 마음 때문이었다. 특별한 감개가 있었던 것은 아니지만 집을 나설 때 아버지는 "드디어 졸업이구나"라고 뭔가 깊은 생각이 담긴 듯한 말을 건네왔다. 아버지 쪽에서 사토코에게 말을 걸어온 것은 꽤 오랜만이었다. 어쩌면 오늘이야말로 말을 건네기에 적합한 날이라고 생각했는지도 모른다. 만일 그런 거라면 아버지와는 늘 어디선가 어긋나버린다는 생각을 하면서 사토코는 응, 이라고 순순히 고개를 끄덕여 주었다.

"4월부터는 사회인이구나."

"그러네."

"네 새엄마 말로는 기어코 도쿄로 가겠다고 했다면서?"

"응."

"나는 반대야. 그 생각은 지금도 변함이 없어."

"알고 있어."

"알면서도 가겠다는 거네. 아버지를 설득할 마음도 없냐?"

"관두기로 했어."

"왜?"

"이유가 없으니까."

"아버지를 설득할 이유가 없다는 거야?"

"섭섭해?"

"섭섭하네. 정말로 섭섭해서 도쿄에는 보내고 싶지 않았어. 부모의 이기심이라는 건 나도 알아."

"달래기 전법?"

"도쿄 같은 데, 가지 마라."

"싫어."

그리고 사토코는 집을 나온 것이다. 이제 사토코는 아버지가 일관되게 반대해준 것에 대해 일종의 감사와도 같은 것을 느꼈다. 아버지가 반대할 때마다 자신의 강한 의지를 새삼 확인할 수 있었기 때문이다. 이렇게 졸업식장에 앉아 있는 지금도 자신의 결심에 망설임이 없다는 것을 분명하게 느낄 수 있었다.

학생부에서 졸업증서를 받아든 뒤, 사토코는 오랜만에 〈고개를 흔드는 피에로〉에 가보기로 했다. 거의 한 달 남짓 얼굴을 내밀지 않았을 터였다.

고개를 삐뚜름하게 기울인 피에로 간판은 오늘도 어딘가 서글픈 기색으로 사토코를 맞아주었다. 허리를 숙이지 않으면 들어갈 수 없는 찻집. 어쩌면 이제는 더 이상 들어갈 일도 없으리라.

"졸업 축하해."

사토코의 얼굴을 본 마스터가 조건반사 같은 타이밍으로 인사말을 건넸다. 그는 오늘 몇 명이나 되는 손님에게 똑같은 인사를 할까.

"누구를 축하한다고?"

카운터 가장 안쪽 구석에 앉아 있던 남자가 얼굴을 들었다. 무슨 변덕이 났는지 전혀 어울리지도 않는 수염을 기르고 있었다.

"그 수염도 어울리지 않지만,"

사토코는 가가 옆에 미끄러지듯이 자리를 잡았다. "양복도 영 안 어울린다."

"가출할 거라면서?"

"잘도 아시네."

"내 귀가 소머즈 귀거든."

그렇게 말하며 가가는 익숙하지 않은 손놀림으로 양복 안주머니에서 갈색 봉투를 꺼냈다. 사토코도 방금 받아온 졸업증명서다.

"4년간의 수확이야. 자기들 마음대로 만들어놨더라."

"내 것하고 바꿀까?"

가가는 풋 웃음을 터뜨렸다.

"바꿔도 아무도 모를지도. 그냥 봉투만이라도 좋아."

졸업증서를 다시 안주머니에 챙겨 넣은 뒤, 가가는 맥주를 주문했다.

"대낮부터 술판이야?"

"축배야."

우선 사토코의 잔에 따르고 나머지를 자기 쪽에 따랐다. 마스터가 감자튀김을 서비스로 내주었다.

"뭐 하나 물어봐도 돼?"

라고 사토코는 말했다. 좋다는 대답 대신에 가가는 감자튀김을 입에 넣으려던 손을 멈추고 그녀를 보았다.

"지금도 나와 결혼하고 싶다고 생각해?"

그는 감자를 입에 던져 넣었다. "응, 지금도."

"그렇구나……. 미안해."

"섭섭하네."

"응, 나도 섭섭해."

잘 먹었습니다, 라고 가가는 마스터를 불렀다. 돈을 카운터에 놓고 그는 의자에서 내려섰다. 카운터 위에서는 어설픈 장난감 피에로가 모두에게서 잊힌 채 억지웃음을 짓고 있었다. 사이펀의 열기에 자극을 받아 피에로는 슬쩍 고개를 흔들었다.

가가 교이치로의 첫 등장

대학 4학년은 인생의 중요한 고비가 된다. 긴 학생시절을 마치고 좋든 싫든 사회에 첫발을 내밀어야 하는 시기이기 때문이다.

T대학 4학년의 일곱 친구들, 출신 고등학교도 똑같다. 세 쌍의 커플—가가와 사토코, 도도와 쇼코, 와코와 하나에—과 싱글 여학생 나미카로 구성된 그룹이다. 〈가가 형사 시리즈〉로 유명한 주인공 '가가 교이치로'가 이 이야기에서 처음으로 등장했다. 작가 히가시노 게이고에게 가가는 참으로 특별한 주인공이다. 히가시노 게이고의 작가 데뷔는 1985년, 그 이듬해에 야심차게 발표한 두 번째 소설 『졸업』에서 가가는 대학생 신분으로 활약을 펼친다. 그 이후 30년이 넘도록 히가시노 게

이고와 함께 걸어온 주인공이고, 아마 앞으로도 이 작가와 함께 나이를 먹어갈 것 같다.

날카로운 관찰력과 흔들림 없는 냉철함, 인간에 대한 따스한 믿음을 버리지 않는 가가 형사의 원점이라는 점에서 『졸업』은 그 의미가 크다. 가가의 범상치 않은 가족사가 조금씩 모습을 드러내고, 경찰관이었던 아버지와의 조용한 티격태격은 전체 시리즈를 넘나드는 중요한 모티브가 된다.

아직 형사가 되기 전의 대학시절, 가가의 첫사랑은 명민하고 침착한 성품의 여학생 아이하라 사토코. 사건의 수수께끼를 풀어가면서 때로는 공감하고 때로는 견제하는 두 사람의 팽팽한 사랑의 교감이 흥미롭다. 이때는 여성의 자유로운 개성의 발현이 한창 화두가 되던 시절이다. 사토코의 단짝 친구 나미카는 자아실현을 향해 달리는 여성의 대표적인 인물. 그녀는 남학생과의 교제에도 적극적이어서 매번 다른 남자를 달고 다니지만, 데이트 따위로 시간을 허비하는 식의 정식 교제를 했던 일은 한 번도 없다. '연인'이라는 건 집중력을 무너뜨리고 시간을 낭비하게 하는 원흉이라는 게 나미카의 지론이다.

그에 비해 도도와 쇼코 커플은 현실적이고 전통적인 남녀의 조합이라고 할까. 출세를 향해 치밀하게 노력하는 도도, 적잖이 의존적이고 나약한 '망설임 공주' 쇼코의 사랑은 어떤 결

말을 맺게 될까. 분위기 메이커에 잘생긴 얼굴의 와코와 귀여운 울보 여학생 하나에 커플은 대학가에서 가장 흔하게 보이는 커플인지도 모른다. 두 사람은 대학 테니스부에서 알콩달콩 사랑을 키워가는데……. 캠퍼스를 둘러싸고 젊은이들의 개성이 두드러지는 싱싱한 대화가 긴장감과 재미를 더해주는 청춘 추리소설이다.

다도회, 검도부, 테니스부의 특별활동과 함께 일곱 친구의 우정과 사랑이 교차하면서 충격적인 사건은 꼬리를 물고 이어진다. 특히 미나미사와 선생님을 중심으로 고등학교 때부터 이어진 일본 전통의 다도회 풍경은 진한 녹차 향기를 풍기고, 사건과 얽히면서 적절히 배치된 검도 이야기는 추리의 깊이와 넓이를 더해주는 중요한 장치가 된다.

졸업이란 필연적으로 알을 깨고 나오는 아픔을 낳는 모양이다. 우정이나 사랑, 다양한 가치의 변화에 적응해야 한다. 미나미사와 선생님의 말씀처럼 '진실이란 볼품없는 것'인지도 모른다. 이상과 꿈을 향해 달려온 학창시절, 그 울타리 안에서 쌓아온 달콤한 세계를 무너뜨리는 것으로 졸업은 완성되고, 우리는 볼품없는 진실이 넘치는 사회를 향해 전혀 새로운 탑을 쌓기 위해 첫발을 내딛는다.

일본 추리소설계의 거목 히가시노 게이고가 〈가가 형사 시리즈〉의 첫 작품으로서 특별히 공을 들여 써 내려간 본격 추리 게임, 새겨볼수록 그 묘미가 진한 술처럼 독자를 취하게 한다. 범인 찾기와 함께, 이 이야기는 살인의 동기를 찾아나가는 'Why done it?'이라는 요소에 주목하며 읽어나가면 재미는 두 배가 될 것이다.

졸업

지은이 히가시노 게이고
옮긴이 양윤옥
펴낸이 김영정

초판 1쇄 펴낸날 2009년 6월 30일
개정판 1쇄 펴낸날 2019년 7월 25일
개정판 11쇄 펴낸날 2024년 10월 10일

펴낸곳 (주)현대문학
등록번호 제1-452호
주소 06532 서울시 서초구 신반포로 321(잠원동, 미래엔)
전화 02-2017-0280
팩스 02-516-5433
홈페이지 www.hdmh.co.kr

ISBN 978-89-7275-008-6 04830
978-89-7275-000-0 (세트)

* 책값은 뒤표지에 있습니다.
* 파본은 구입처에서 교환해드립니다.